国家社科基金重大项目
"中国史诗研究百年学术史"（18ZDA267）阶段性成果

内蒙古大学一流学科建设经费资助

内蒙古自治区高等学校创新团队发展计划支持

第十二批"草原英才"工程
"多民族文学交融与中华民族认同研究"创新团队资助

内蒙古大学口头传统
研究协同创新中心丛书

丛书主编
冯文开

Series of Cooperative Innovational
Center for Studies of Oral Tradition
in Inner Mongolia University

史诗名篇导读

A GUIDE TO
EPICS APPRECIATION

张浩兰　冯文开

著

社会科学文献出版社
SOCIAL SCIENCES ACADEMIC PRESS (CHINA)

总　序

　　"口头传统"译自英文 oral tradition，有广义和狭义之分，广义的口头传统指口头交流的一切形式，狭义的口头传统则特指传统社会的沟通模式和口头艺术（verbal art）。活形态的口头传统在中国蕴藏之宏富、形态之多样、传承之悠久，在当今世界上都是不多见的。基于国内当时对于口头传统的学术研究，以及对于相关资料的数字化与信息化的处理较为落后的状况，中国社会科学院民族文学研究所经充分酝酿，于 2003 年 9 月 16 日成立了"口头传统研究中心"。此后，该口头传统研究中心一直致力于口头传统的搜集整理与研究，在形成自身学术集群效应和研究论域的同时，也为从事各民族口头传统研究的学者提供了一个更为广阔的学术空间和一个更有活力的学术平台。总之，这一学术共同体有志于引领国内口头传统研究的发展，推进国内口头传统研究朝向学科化进阶，将中国口头传统研究推向国际学术的舞台。

　　自中国社会科学院民族文学研究所口头传统研究中心成立以来，内蒙古大学文学与新闻传播学院便与该中心在学术研究、项目合作、人才培养等诸多方面有着密切的学术联系。内蒙古大学文学与新闻传播学院拥有中国语言文学一级学科博士学位授权点和一级学科硕士学位授权点，形成了本科、硕士、博士三个层次的学科体系。经过多年的努力，内蒙古大学文学与新闻传播学院在中国民族文学研究、史诗学与口头传统研究方面具备了较好的学术积累，民族文学、史诗学与口头传统成为该学院最具特色和优势的专业方向。

2019 年 8 月 13 日，内蒙古大学文学与新闻传播学院联合中国社会科学院民族文学研究所口头传统研究中心成立了内蒙古大学口头传统研究协同创新中心。这个协同创新中心大体可以说是中国社会科学院民族文学研究所口头传统研究中心和内蒙古大学文学与新闻传播学院在多年合作基础上建立起来的研究机构，立足"服务内蒙、创新机制、汇聚队伍、整合资源、培养人才"的原则，通过跨机构横向合作，助推学术资源共享和思想生产。

经过充分的讨论，本着推精品、推优品的学术宗旨，口头传统研究协同创新中心向内蒙古大学申请"内蒙古大学一流学科建设"经费，以资助出版一批质量较高的学术著作。我们将这批著作命名为"内蒙古大学口头传统研究协同创新中心丛书"，第一期拟推出《中国史诗研究学术批评（1949~2019）》《中国史诗研究学术档案（1840~1949）》《草原文化中的马母题意象研究》三部著作。

我们后续将着手启动第二期的出版规划，期待将该丛书做成一个长线的项目，以提升内蒙古大学口头传统研究协同创新中心的科研实力和影响力。"内蒙古大学口头传统研究协同创新中心丛书"的作者主要是该中心的中青年学者们。

在此，我代表内蒙古大学口头传统研究协同创新中心的各位同仁，感谢内蒙古大学文学与新闻传播学院对这个项目的支持，感谢内蒙古大学一流学科建设经费的资助。

由于能力和条件所限，丛书难免会有种种瑕疵，切望各位读者方家批评指正。我们深知，丛书的出版并不意味着工作的终结。内蒙古大学口头传统研究协同创新中心的工作将在已有的基础上稳步展开，也期待各位读者今后给予持续关注。

朝戈金

2020 年 6 月 8 日

目　录

导　言

　　史诗作为一种韵文体的叙事文学样式，古老而源远流长，是一个民族在特定历史阶段创作出来的崇高叙事，在人类文化史上占据着重要位置。每一部宏伟的民族史诗都是一个民族的"圣经"，是一个民族在特定历史时期创造的艺术范本。东西文化传统涌现了许多民族史诗，如《吉尔伽美什》《摩诃婆罗多》《罗摩衍那》《伊利亚特》《奥德赛》《卡勒瓦拉》《格萨尔》《江格尔》《玛纳斯》《苗族史诗》《布洛陀》等。它们中的任何一部都是一个民族的象征与丰碑，是"一种民族精神标本的展览馆"。①

　　20世纪后期以来，许多权威的工具书和学养深厚的国际学人都曾对史诗做出过界定。《新普林斯顿诗歌与诗学百科全书》（*The New Princeton Encyclopedia of Poetry and Poetics*）是国际学界影响深远的诗学工具书，它的"史诗"词条云："一部史诗是一首长篇叙事诗，描述一个或多个英雄，描述与历史相关的事件，例如战争或者征服，描述英雄的冒险活动，或者描述作为传统信仰核心的其他神奇功业。史诗往往在一个社会的口头文化传统里形成，与该文化的历史、文化和宗教传统相伴随。史诗的主人公往往是一个英雄，有时是一个半神半人的英雄，通常从事艰难的

---

①　〔德〕黑格尔：《美学》（第三卷下册），朱光潜译，商务印书馆，1997，第108页。

事业，并卷入神祇与人的争端中。但是，史诗描述的事件经常影响着一个民族的日常生活，改变这个民族的历史进程乃至命运。在叙事体制上，史诗通常篇幅宏大，描述详尽无遗，史诗中的片段都是按照一定的逻辑顺序组合在一起，使用的语言也是崇高的。史诗经常从'事件的中间'开始叙事，使用了一系列诗学技巧，往往以召请缪斯或者其他具有神性的人物的降临开篇，大量使用程式化的人物形象和明喻，对英雄的'详表'、对武器与装备以及祭品和仪式的描述等多使用程式化的方式。经常重复出现的叙事包括英雄之间的战斗，在战斗发生之前双方都要有一番自我吹嘘，还包括娱乐或比赛以及令人难以置信的冒险，冒险活动有时伴有超自然的力量或使用计谋。史诗不仅使用叙事诗的创作技巧，而且使用抒情诗和戏剧诗的技巧。史诗融合了颂词和挽歌，而且在它们的基础上有所扩展。"①

　　黑格尔将史诗分成象征型、古典型和浪漫型三种类型。象征型史诗是正式史诗发展的第一个阶段，《罗摩衍那》《摩诃婆罗多》等一些东方史诗可以列入这个范畴。但是，以荷马史诗为范例，黑格尔认为《罗摩衍那》《摩诃婆罗多》以及属于这一范畴的希伯来、阿拉伯和波斯的史诗都不是真正的史诗，批评《罗摩衍那》和《摩诃婆罗多》"各部分的整一性是松散的，无数互不相干的故事，神的传说，节欲苦行及其功效的说教，对一些哲学教条和流派的永无休止的诠释，以及许多其它内容都杂糅在一起，看不出部分对部分以及部分对整体的联系"。②古典型史诗是正式史诗发展的第二个阶段，荷马史诗是其典范。黑格尔指出荷马史诗首次把人们带到真正史诗的艺术世界，认为荷马史诗是真正的史诗，

---

① Alex Preminger and T. V. F. Brogan eds., *The New Princeton Encyclopedia of Poetry and Poetics*, Princeton University Press, 1993, pp. 360 – 361.

② 〔德〕黑格尔：《美学》（第三卷下册），朱光潜译，商务印书馆，1997，第 171 页。

代表着史诗的顶峰。① 浪漫型史诗是正式史诗发展的第三个阶段，是基督教的各民族的半史诗半传奇故事式诗歌的丰富发展，如《熙德之歌》《罗兰之歌》《尼伯龙根之歌》等。黑格尔确立了史诗先象征型，次古典型，再浪漫型的演化进程，而且在哲学－美学的经验基础上把这一顺序加以法则化。这种公式化体系和顺序是规范诗学的体现，是黑格尔依据古典文学范本推导出的史诗形成、发展与演变的内在规律。其实，象征型、古典型、浪漫型史诗在演化过程中必然有着千丝万缕的联系，甚至它们可能有着共同的起源，而非黑格尔提出的线性发展模式，复合型史诗的存在也是可能的。

　　20 世纪后期国际学界逐渐解构了口头与书写的二元对立模式，与之相应国际史诗学界逐渐抛弃了"原初的"和"次生的"史诗划分方法，逐渐接受了劳里·杭柯划分史诗类型的方法。② 他以创编、演唱、接受为界定维度将史诗分为三种类型。一是民间口传史诗，其创编、演唱和接受存在于同一过程中，如《伊利亚特》《罗摩衍那》《贝奥武甫》《罗兰之歌》《熙德之歌》《尼伯龙根之歌》，以及中国北方三大英雄史诗等。二是文人书面史诗，即个体诗人以民间口传史诗为样式书面创作出来的宏大叙事，它的材料来自口头传统，但是诗人能够自由地决定自己所要创作的史诗的形式和结构，自由地使用自己掌握的传统文化知识。公认的文人书面史诗有维吉尔的《埃涅阿斯纪》、塔索的《被解放的耶路撒冷》、但丁的《神曲》、弥尔顿的《失乐园》等。三是"准书面"史诗，或说"以传统为取向"的史诗，最好的范例是芬兰的民族史诗《卡勒瓦拉》。这一类是编纂者在搜集和熟练掌握本民族丰富的口头传统资源的基

---

① 〔德〕黑格尔：《美学》（第三卷下册），朱光潜译，商务印书馆，1997，第 174 页。

② Lauri Honko, *Textualising the Siri Epic*, Helsinki, Academia Scientiarum Fennica, 1998, p. 37.

础上，按照逻辑顺序对其进行编纂，创作出具有国家主义和民族主义色彩的"以传统为取向"的史诗。

20世纪50年代以来，随着中国少数民族史诗不断得到挖掘和发现，中国学人开始有意识地摆脱域外史诗理论的框架，根据中国少数民族史诗的自身特点和文化传统提出了新的史诗类型。钟敬文主编的《民间文学概论》将中国少数民族史诗划分为创世史诗和英雄史诗，指出创世史诗描述天地日月的形成、人类的产生、家畜和各种农作物的来源，[①] 英雄史诗则描述民族之间频繁的战争以及与之相联系的民族大迁徙等。[②] 潜明兹赞同钟敬文的分类方法，从基本情节构成和形象思维特点两个方面对创世史诗和英雄史诗各自的特征进行了较为详尽的区分和阐释。[③] 20世纪90年代以后，中国学人普遍认为应该将迁徙史诗从英雄史诗的类型中独立出来，钟敬文对此持肯定态度。[④]

2010年，朝戈金、尹虎彬和巴莫曲布嫫合作撰写的《中国史诗传统：文化多样性与民族精神的"博物馆"（代序）》描述了中国少数民族史诗的多样性，科学地界定了创世史诗和迁徙史诗的概念和范畴。[⑤] 沿袭以往学人的观点，朝戈金、尹虎彬和巴莫曲布嫫根据史诗传承和流布的地域、民族地理区域及经济文化类群的异同将中国少数民族史诗分为南北两大史诗传统，北方民族以长篇英雄史诗见长，南方民族以中小型创世史诗

---

① 钟敬文主编《民间文学概论》，上海文艺出版社，1980，第287页。
② 钟敬文主编《民间文学概论》，上海文艺出版社，1980，第290页。
③ 潜明兹：《史诗探幽》，中国民间文艺出版社，1986，第27～44页。当然，"创世史诗"还可以进一步探讨，如怎样界定它与神话的关系，它是划入神话的范畴还是划入史诗的范畴，等等。
④ 钟敬文、巴莫曲布嫫：《南方史诗传统与中国史诗学建设——钟敬文先生访谈录（节选）》，《民族艺术》2002年第4期。
⑤ 朝戈金、尹虎彬、巴莫曲布嫫：《中国史诗传统：文化多样性与民族精神的"博物馆"（代序）》，《国际博物馆》（全球中文版）2010年第1期。

和迁徙史诗为主。北方民族生活在东起黑龙江漠北、西至天山西麓、南抵青藏高原的广袤地区，他们操持的语言分别属于阿尔泰语系范畴下的蒙古、突厥、满－通古斯三个语族，以及汉藏语系范畴下的藏缅语族。"北方英雄史诗带"中"三大英雄史诗群"尤为突出。① 除了"三大英雄史诗群"外，"北方英雄史诗带"还有许多源远流长、风格规模各异的英雄史诗。突厥语族英雄史诗群有柯尔克孜族的《艾尔托西图克》《库尔曼别克》《阔交加什》等，维吾尔族的《乌古斯传》《先祖阔尔库特书》《艾米尔古尔乌古里》等，哈萨克族的《阿勒帕米斯》《阔布兰德》《阿尔卡勒克》等，乌孜别克族的《阿勒帕米西》《吕尔奥格里》等。蒙古语族英雄史诗群有《汗哈冉贵》《阿拉坦嘎鲁》《英雄锡林嘎拉珠》《阿拉坦沙盖》等。② 满－通古斯语族英雄史诗群有赫哲族的《满都莫日根》《安徒莫日根》《希尔达鲁莫日根》等，鄂伦春族的《英雄格帕欠》，达斡尔族的《少郎和岱夫》《阿勒坦嘎乐布尔特》《绰凯莫日根》等，满族的《乌布西奔妈妈》《恩切布库》等。

南方少数民族史诗丰富，羌、彝、纳西、普米、白、哈尼、傣、基诺、拉祜、佤、布朗、景颇、德昂、阿昌、傈僳、怒、独龙、苗、侗、布依、仡佬、水、土家、壮、仫佬、瑶、毛南、京、畲、高山、黎等30多个少数民族大都拥有以口头形态流传的史诗，其中有的还被记录在本民族或本支系的各种经籍和唱本里。朝戈金、尹虎彬和巴莫曲布嫫将南方少数民族史诗称为"南方民族史诗群"，它的史诗类型比"北方英雄史

---

① 朝戈金、尹虎彬、巴莫曲布嫫：《中国史诗传统：文化多样性与民族精神的"博物馆"（代序）》，《国际博物馆》（全球中文版）2010年第1期。
② 仁钦道尔吉曾按照基本情节结构类型将蒙古英雄史诗划分为"单篇型史诗""串联复合型史诗""并列复合型史诗"三种类型，将国内蒙古英雄史诗划分为巴尔虎、卫拉特、科尔沁－扎鲁特三个传承圈，可参见仁钦道尔吉的《〈江格尔〉论》（内蒙古大学出版社，1999）和《蒙古英雄史诗源流》（内蒙古大学出版社，2001），下文对此有详述，此处不赘述。

诗带"更为丰富,既有英雄史诗,又有创世史诗与迁徙史诗,其中创世史诗与迁徙史诗是由"南方民族史诗群"生发出来的学术概念。创世史诗是以创世神话为基本内容,以天地万物、人类社会文化的起源及发展为叙述程式的韵文体叙事。① 彝族的《梅葛》、傈僳族的《创世纪》、纳西族的《崇般图》、白族的《创世纪》、阿昌族的《遮帕麻与遮米麻》、景颇族的《勒包斋娃》、独龙族的《创世纪》、佤族的《司岗里》、傣族的《巴塔麻嘎捧尚罗》、布朗族的《创世纪》、怒族的《创世歌》、土家族的《摆手歌》、布依族的《赛胡细妹造人烟》、哈尼族的《十二奴局》、拉祜族的《牡帕密帕》、畲族的《盘瓠歌》、毛南族的《创世歌》、黎族的《追念祖先歌》、普米族的《帕米查哩》、德昂族的《达古达楞格莱标》、基诺族的《大鼓和葫芦》、壮族的《布洛陀》、侗族的《侗族祖先哪里来》、苗族的《洪水滔天歌》、瑶族的《密洛陀》等是创世史诗的代表作,它们一同构筑了具有南方民族地域文化特色的"创世史诗群"。②

迁徙史诗"大多以本民族在历史上的迁徙事件为内容,展示族群或支系在漫长而艰难的迁徙道路上的社会生活和文化命运,塑造迁徙过程中发挥重大作用的民族英雄、部落首领等人物形象及描绘各民族迁徙业绩的壮阔画卷"的韵文体叙事。③ 哈尼族的《哈尼阿培聪坡坡》、拉祜族的《根古》、苗族的《溯河西迁》、瑶族的《寻根歌》、侗族的《天府侗迁徙歌》等是其代表作,它们构成的"迁徙史诗群"在"南方民族史诗群"里占有重要的位置。英雄史诗也是"南方民族史诗群"的重要史诗

---

① 朝戈金、尹虎彬、巴莫曲布嫫:《中国史诗传统:文化多样性与民族精神的"博物馆"(代序)》,《国际博物馆》(全球中文版)2010年第1期,第11页。

② 朝戈金、尹虎彬、巴莫曲布嫫:《中国史诗传统:文化多样性与民族精神的"博物馆"(代序)》,《国际博物馆》(全球中文版)2010年第1期,第12页。

③ 朝戈金、尹虎彬、巴莫曲布嫫:《中国史诗传统:文化多样性与民族精神的"博物馆"(代序)》,《国际博物馆》(全球中文版)2010年第1期,第12页。

类型，如傣族的《兰嘎西贺》、壮族的《莫一大王》、侗族的《萨岁之歌》、纳西族的《黑白之战》、彝族的《铜鼓王》等。

　　当然，中国少数民族史诗并非按照先创世史诗，次迁徙史诗，再英雄史诗的线性顺序演化的，史诗类型的发展是动态的、非线性的，具有多种发展的可能，其中一些史诗兼具创世史诗、迁徙史诗和英雄史诗的特征。朝戈金指出《亚鲁王》呈现混融性叙事特征，是一种"复合型史诗（跨亚文类）"："《亚鲁王》具有在中国境内流布的创世史诗、迁徙史诗和英雄史诗三个亚类型的特征，其中'创世纪'部分用大量篇幅讲述宇宙起源、日月星辰形成等内容，其后又生动叙述了亚鲁王为避免兄弟之间手足相残而率众远走他乡的筚路蓝缕，其间伴随着艰苦卓绝的战争杀伐，故而兼具迁徙史诗和英雄史诗的叙事特征。"①

　　一部民族史诗一旦形成，便会对一个特定民族的社会、文化、生活产生多重作用，包括娱乐、教育、仪式、认同等社会功能。如果只关注史诗的结构特征，忽视史诗的功能，那么根本无法将它与其他口头文学样式区别开来，也无法在本质上理解作为特定社会或族群叙事范例和传统资源的史诗。

　　史诗是一个族群的历史记忆与神圣叙事。"如果把各民族史诗都结集在一起，那就成了一部世界史，而且是一部把生命力，成就和勋绩都表现得最优美，自由和明确的世界史。"② 一部史诗能够让人们记住祖先曾经拥有的光辉与荣耀，知晓自己族群形成与发展的历史进程，坚信他们将来高贵的命运。因此，史诗在久远而漫长的口头传唱过程中对传统中的受众起着历史教育的作用。史诗既体现一个民族的历史和文化的传承，

---

① 朝戈金：《〈亚鲁王〉："复合型史诗"的鲜活案例》，《中国社会科学文摘》2012年第7期。

② 〔德〕黑格尔：《美学》（第三卷下册），朱光潜译，商务印书馆，1997，第122页。

又承载着这个民族的精神和理想。史诗中的英雄是一个民族已发展出来的思想和行为方式方面的范例,一个民族性格中分散在许多人身上的光辉品质都集中在他身上,他是显示出人性美的完整个体。[①] 史诗呈现的民族的精神特质、制度、习俗、信仰对一个民族的社会实践与民俗生活发挥着重要的道德教育功能。

鲍勒对史诗英雄的精神特质做出精辟的概括:"成为英雄是男人的最高目标,他超越了人类的脆弱而获得了一种自我满足,这是一种男性心态。他拒绝承认任何事情是困难的。即使失败,只要他尽他所能去做了,他也获得内心的满足。"[②] 《江格尔》里英雄们持有的崇高价值观深深地影响了蒙古族民族道德的培养,江格尔奇鄂利扬·奥夫拉、巴桑嘎·穆克宾等人曾经到苏联红军部队中演唱《江格尔》,鼓舞战士们的士气和斗志。[③] 《玛纳斯》里英雄们的思想品德和价值观念潜移默化地影响着柯尔克孜人,郎樱对此描述道:"《玛纳斯》通过人物英雄的塑造,通过感性化、情感化的审美意境,使听众在史诗接受过程中受到潜移默化的影响,使史诗的思想价值转化为教育价值。史诗中的英雄们强烈的英雄主义气概和高尚的情操,以及他们对于真善美不懈的追求精神,对于人民群众具有教育鼓舞作用。"[④]

戈登·伊内斯(Gordon Innes)曾记录了冈比亚人巴卡里·西迪贝(Bakari Sidibe)对《松迪亚塔》的评述:"虽然松迪亚塔毫无疑问地比我们更强大、更勇敢,但是他也像我们一样是一个人。他的品质也是我们所具有,虽然它简化成一种形式。松迪亚塔告诉我们一个男人能做什么,

---

① 〔德〕黑格尔:《美学》(第三卷下册),朱光潜译,商务印书馆,1997,第136~138页。

② 转引自 Lauri Honko, *Textualising the Siri Epic*, Helsinki, Academia Scientiarum Fennica, 1998, p.21。

③ 仁钦道尔吉:《〈江格尔〉论》,内蒙古大学出版社,1999,第17~23页。

④ 郎樱:《〈玛纳斯〉论》,内蒙古大学出版社,1999,第196页。

展示了一个男人的潜力。即使我们不渴求做出与松迪亚塔一样的大事，但是我们感到，我们的精神因了解像松迪亚塔那样的人展示的精神而得到升华。在战争前夕，一个歌手（griot）将为国王和他的追随者们演唱《松迪亚塔》。这个故事能唤起参与战争的受众超越自我，当然不必鼓励他们去超越松迪亚塔，而是让他们感到有能力获得他们以前只敢想象的伟大事情。通过让他们记起松迪亚塔的事迹提高他们对自己能力的预估。"① 《松迪亚塔》不仅能给其民族人民以强烈的自豪感，而且可以让他们审视自己的生活，规范自己的行为，告诉自己应当承担的责任和义务，应当争取的荣誉。尼日利亚南部伊卓族人每隔几年便将其所有民众召集起来举办演唱部族史诗《奥兹迪》的活动，模拟史诗中祖先和英雄的生活，学习他们的优秀品德，接受民族精神的洗礼和再教育。② 刚果共和国伊昂加人生活的社区经常演唱《姆温都史诗》，一方面满足民众的娱乐需求，另一方面教育民众宽容与互依互助，增强社区的凝聚力。③

史诗演唱经常与民间信仰、宗教文化以及祭祀仪式相关联，而且这种情形依然活跃在各种不同的史诗演唱传统里，使得史诗演唱具有宗教功能及相应的禁忌。但是，这种功能已经逐渐呈现减弱的趋势，史诗演唱逐渐由神圣性转向世俗化，娱乐功能逐渐增强。

文化娱乐与休闲消遣是史诗的重要社会功能，与之相关的事例在不同族群的史诗演唱传统里不胜枚举。荷马史诗中那些向裴奈罗佩求婚的王公贵族让菲弥俄斯演唱诗歌，活跃宴饮的气氛。④ 《贝奥武甫》中吟游

---

① 转引自 Lauri Honko, *Textualising the Siri Epic*, Helsinki, Academia Scientiarum Fennica, 1998. p. 21。

② 详细论述可参见《松迪亚塔》序言，李永彩译，译林出版社，2003。

③ 《松迪亚塔》序言，李永彩译，译林出版社，2003。

④ 〔古希腊〕荷马：《奥德赛》，王焕生译，人民文学出版社，2000，第8页。

诗人演唱英雄的业绩给贝奥武甫与赫罗斯加助兴。① 说唱艺人桑珠曾为拉加里的嘉波说唱《格萨尔》，还应贵族赤钦的邀请演唱了《阿达拉姆》。② 当然，史诗歌手的演唱活动不会完全局限在王公贵族的府第，他的受众不会仅仅是王公贵族与喇嘛活佛。即使豢养的宫廷史诗歌手也断不会将自己的演唱范围限定在上层社会，虽然这样的场合给史诗歌手演练和提高演唱技艺提供了一个良好的艺术环境。对于一个史诗歌手而言，不管是在王公贵族的家里，还是在贫苦民众的家里，演唱史诗都是他们的职责，都是他们展示才华和带给人们欢愉的方式。甚至可以说，绝大多数史诗歌手都活跃在民间，与普通民众生活在一起，他们的演唱给民众单调而贫乏的生活带来了欢乐。塞尔维亚的新帕扎尔（Novi Pazar）的咖啡馆经常聘请一些有名气的史诗歌手，将他们演唱史诗的活动作为一种娱乐节目来招揽和取悦顾客。德马伊尔·佐基奇（Đemail Zogić）是一个咖啡馆的业主，曾经雇用歌手萨利赫·乌戈利亚宁（Salih Ugljanin）和苏莱曼·马基奇（Sulejman Makić）在自己的店里唱歌，付给他们薪酬，顾客赏给他们的小费也一并交与他们。如果雇用的歌手在受雇期间生病，德马伊尔·佐基奇便会临时客串歌手的角色，给顾客们演唱史诗，以保证店铺的生意不受影响。③

当人们在紧张劳作时，史诗歌手可以演唱史诗来消除他们的疲劳，为他们增添快乐，让他们得到娱乐和休息。当印度南部卡纳塔克（Karnataka）西南地区的土鲁（Tulu）妇女下地拔秧或插秧时，一个女性歌手经常演唱《斯里史诗》以缓解妇女们劳作的辛苦，提高妇女们劳作的效率和热情。歌手古帕拉·奈卡（Gopala Naika）曾经给在田地里劳作的妇女

---

① 《贝奥武甫》，陈才宇译，译林出版社，1999，第36页。

② 杨恩洪：《民间诗神——格萨尔艺人研究》，中国藏学出版社，1995，第216页。

③ 〔美〕阿尔伯特·贝茨·洛德：《故事的歌手》，尹虎彬译，中华书局，2004，第20~21页。

们演唱过《斯里史诗》，这些妇女排成一条线，手拔着秧苗，以拔秧发出的声音呼应史诗演唱的节奏。①

史诗的娱乐功能不仅体现在日常生活里，而且体现在节日庆典中。公元前 6 世纪，雅典执政者裴西斯特拉托斯（Peisistratos）指派俄诺马克里托斯（Onomacritos）整理和校勘出《伊利亚特》和《奥德赛》规范本，将吟诵荷马史诗作为泛雅典娜节日庆典的比赛节目，规定诗人必须按照规范本呈现的创作顺序吟诵荷马史诗。随后，一个吟诵荷马史诗的职业群体开始出现，并时常出现在各种各样的庆典和祭祀活动中，参加吟诵荷马史诗的比赛，获得奖励与报酬。以美姑为中心的义诺彝区盛行的"克智"论辩活动存在于民间的婚丧嫁娶中，既有竞技的成分，也有娱乐的成分，还有仪式的成分。②

史诗歌手演唱史诗娱乐受众的同时，自己也得到了物质上的报酬。不论在普通百姓的家里，还是在汗王贵族的府邸里演唱史诗，江格尔奇经常受到热情招待。1941 年，江格尔奇阿乃·尼开为通晓蒙古语的汉人张生财演唱了几天《江格尔》，张生财以一块茶砖、一件衣服和一块衬衫布相赠。③ 在巴桑嘎·穆克宾演唱《江格尔》后，受众送给他一件短棉袄，赏给他 3 个卢布。④ 索县热都乡的人们经常聚在一起，凑齐一些肉、酥油、茶等，邀请说唱艺人玉梅说唱《格萨尔》。⑤ 歌手时常得到受众的精神鼓励。如果现场的受众不停地用掌声和喊叫声鼓励，玛纳斯奇曼别

---

① Lauri Honko, *Textualising the Siri Epic*, Helsinki, Academia Scientiarum Fennica, 1998, p. 77.

② 巴莫曲布嫫：《克智与勒俄：口头论辩中的史诗演述（上、中、下）》，《民间文化论坛》2005 年第 1、2、3 期。

③ 仁钦道尔吉：《〈江格尔〉论》，内蒙古大学出版社，1999，第 16 页。

④ 仁钦道尔吉：《〈江格尔〉论》，内蒙古大学出版社，1999，第 22 页。

⑤ 杨恩洪：《民间诗神——格萨尔艺人研究》，中国藏学出版社，1995，第 164 页。

特阿勒·阿拉曼唱起来便更有劲。① 如果受众不时发出惊讶、兴奋和称赞的声音,那么江格尔奇便会激情四溢,尽情施展着自己的演唱才华。②

谈及史诗,必然要谈及史诗的宏大和崇高。这源于史诗具有的认同功能和强大内聚力能够将特定群体乃至民族凝聚和团结起来。在特定群体乃至民族的文化中,史诗往往是其文化的认同符号。所以,一个非传统中的受众聆听史诗,可能会感到史诗听起来枯燥、乏味、语词多重复等,但是传统中的受众则对歌手演唱的史诗兴趣盎然,他们对史诗中的英雄及其行为和业绩产生认同,将史诗视为辨识自我、依托自我的神圣而宏大的叙事。歌手和受众对史诗的认同是史诗存在的一个重要条件,没有歌手和受众的认同与支持,一首口头诗歌是不能被视为史诗的。因此,劳里·杭柯将认同功能作为界定史诗的重要维度。③ 他认为史诗是"宏大叙事的范式,它起源于职业歌手的表演,是一个超级故事,在长度上,表达的力量和内容的意义远超过其他叙事。它的功能是一个群体或社区在接受史诗时获得认同"。④ 在他看来,群体认同"是一套凝聚人们的价值观、符号象征和感情的纽带,通过持续不断地对话协商,为我们在天地间创建一个空间(同时将'我们'与'他们'区别开来)"。⑤ 史诗传统中的歌手和受众正是通过史诗中的英雄和事件找到个人身份的自我认同。

特定族群乃至民族的史诗、神话、传说、民间故事、咒语、颂词等

---

① 阿地里·居玛吐尔地:《〈玛纳斯〉史诗歌手研究》,民族出版社,2006,第80页。

② 仁钦道尔吉:《〈江格尔〉论》,内蒙古大学出版社,1999,第19~20页。

③ Lauri Honko, *Textualising the Siri Epic*, Helsinki, Academia Scientiarum Fennica, 1998, p. 28.

④ Lauri Honko, *Textualising the Siri Epic*, Helsinki, Academia Scientiarum Fennica, 1998, p. 28.

⑤ Lauri Honko, "Epic and Identity: National, Regional, Communal, Individual," *Oral Tradition* 11/1 (1996), p. 21.

诸多口头文学样式构成口头文学生态，而史诗与这个族群乃至民族的认同关系让史诗与这个口头文学生态中的其他文学样式区别开来，[①]使史诗在内容、形式、功能等方面远远胜过了口头文学生态中的其他叙事文类。也就是说，史诗内涵的丰富性、对特定族群乃至民族的影响力、表述的力度都是其他叙事文类不可比拟的。史诗囊括了开天辟地、自然万物的生成、人类的起源等诸多神话，回答了世界本原问题，描述了特定族群或民族形成的历史，歌颂了特定族群或民族中的英雄，进而呈现了特定族群或民族的认同，这也是史诗具有神圣性和崇高性的原因所在。

　　总而言之，"不同的史诗在不同的演唱传统里产生的认同辐射的范畴各不相同，凝聚力大小不一，认同范围也表现为个人的、社区或区域的乃至民族国家的认同等诸多形态"。[②]"史诗存在的意义，在这里不仅是艺术地讲述一个关于英雄的故事，而且是通过宏大的叙事，全面承载一个民族的精神风貌和情感立场。它不仅教化民众，而且强化他们内部的联系——共同的先祖意识、归属感和历史连续感。史诗的操演实践，就是将千百年间传承下来的叙事，与特定时空中的当下日常生活实践联系起来。生活在当下的民众，在反复与被神圣化和艺术化的历史建立对接和对话过程中，获得自我认同。"[③]

[①]　Lauri Honko, "Epic and Identity: National, Regional, Communal, Individual," *Oral Tradition* 11/1 (1996), p. 22.

[②]　朝戈金、冯文开：《史诗认同功能论析》，《民俗研究》2012 年第 5 期，第 12 页。

[③]　朝戈金、冯文开：《史诗认同功能论析》，《民俗研究》2012 年第 5 期，第 12 页。

域外史诗

吉尔伽美什

　　《吉尔伽美什》是世界上迄今发现的最早的史诗，从它编定成书的年代上看，它早于希腊和印度的史诗时代，表明在文明火种点燃的时期，苏美尔人和巴比伦人已经把英雄与太阳镌刻在自己的灵魂之中。约公元前2000年，苏美尔语和阿卡德语记载的泥板书已出现。公元前1500年前后，较为完整的《吉尔伽美什》被以巴比伦语记载在泥板上，它的结构和内容基本定型。19世纪末，乔治·史密斯成功解读出了尼尼微的宫殿遗址中发掘出来的洪水泥板，将苏美尔－巴比伦文明重新还给了现代人类，那些尘封的爱憎苦乐和被遗忘的文明世界把人类的视野导向新的空间。

　　《吉尔伽美什》共三千余行，用楔形文字记述在十二块泥板上。十二块泥板，像是穿起这个传奇故事的绳线，在每个精彩的落笔之处，都会出现吉尔伽美什。他是苏美尔人的精神领袖，在每一次笔力回旋之时，史诗便迸发出人性之光，永久闪耀。《吉尔伽美什》的内容可以分为三大部分，它们展现了史诗主人公吉尔伽美什截然不同的形象特征。

　　《吉尔伽美什》史诗的第一部分是第一块泥板和第二块泥板的内容，讲述了吉尔伽美什和恩奇都两个英雄的来历。起初，吉尔伽美什在人世间孤独求败，无法找到灵魂伴侣。于是，他在建造乌鲁克城后，强取豪夺，奸淫无度。由于年轻气盛，吉尔伽美什对臣民实施高压统治，抢男霸女，并且逼迫城中居民筑城修庙，因劳役繁重，民怨四起。此时，众神齐聚一堂，决定造一个能够与吉尔伽美什相抗衡的英雄，他名叫恩奇都。恩奇都造成之后，被置于荒野与羚羊为伴，与群兽嬉戏，但他内心也渴求能够有人懂他，能有一个知心的朋友。直到有一天，恩奇都被猎人发现了。这个猎人向吉尔伽美什求来神娼莎姆哈特，神娼将恩奇都驯服。继而神娼把恩奇都带到乌鲁克城，恩奇都与吉尔伽美什遭遇。经过一场酣战，两人结成了惺惺相惜的生死兄弟，并肩作战。此后，吉尔伽美什由暴君转为明主。

史诗的第二部分，从第三块泥板开始记录了吉尔伽美什与恩奇都结交之后携手为人民造福的丰功伟绩。第三块泥板写道，两位英雄合力征讨怪物芬巴巴，下令制造武器，向杉树林进发。紧接着第四块泥板描写了吉尔伽美什的胆怯，恩奇都鼓励吉尔伽美什。最后英勇的吉尔伽美什和恩奇都大战芬巴巴，解救出了女神伊什姐尔。故事并没有结束，在第七块泥板中女神伊什姐尔爱慕吉尔伽美什的英姿，向他求婚，但是遭到吉尔伽美什的呵斥和拒绝。吉尔伽美什的态度惹恼了女神，女神向她的父亲天神阿努哭诉了吉尔伽美什对她的侮辱，请求父亲替她来惩戒这个人，毁灭他的城池。阿努造了一头巨大的天牛降临人间，给人类带来祸害。吉尔伽美什和恩奇都合力杀死了天牛，将天牛的心肝奉献给天神舍马什。这一部分史诗内容出现转折，吉尔伽美什不再是残暴的君王，而是保护国家人民的英雄，他与好友恩奇都并肩作战，展现出超强的英雄气概。

从第七块泥板开始，史诗的笔调转向低沉，在崇尚力量、正义与荣耀的同时，远古的两河流域先民也在宇宙星空之下、柴米油盐之余去思考人的生老病死和自然的续世轮回。自然赋予人类思考的动力，自然也给予人类答案。在《吉尔伽美什》中，吉尔伽美什和恩奇都英勇解救了乌鲁克人民，却因此触犯了天神的条规，天神决定赐死两个人中的一个人，他们选中了恩奇都，这就意味着吉尔伽美什要失去他的灵魂伴侣。

　　史诗的最后一部分描写了吉尔伽美什对永生的探索，开启了人类对生与死哲学命题的探析。第十块泥板到第十二块泥板铺开了吉尔伽美什游历并且探求永生的画卷。他去寻找永生不死的乌特那庇什提牟，纵然道有山隔，纵然途经山谷，他也要勇往直前；纵然寒暑交替，纵然明暗轮回，他也要不惜一切代价寻找心灵的归宿："［纵然要有］悲伤［和痛苦］，［纵然要有］潮湿和［干枯］，［纵然要有］叹息和［眼泪，我也要去］！来，［给我打开入山的门户］！"① 在《吉尔伽美什》里，在洪水中幸存下来的乌特那庇什提牟以第一人称向吉尔伽美什讲述了洪水故事。天神恩利尔想要泛起洪水来减少人类，埃阿预先把这个灾难告知乌特那庇什提牟，乌特那庇什提牟和他的妻子造船逃过了这一劫，而其他人都葬身黏土，恩利尔让乌特那庇什提牟和他的妻子位同诸神。经过一番艰辛的跋涉后，吉尔伽美什找到了乌特那庇什提牟。乌特那庇什提牟向吉尔伽美什讲述了洪水故事，告诉吉尔伽美什他成神和获得永生是恩利尔的安排。在离别之际，乌特那庇什提牟告诉吉尔伽美什能够得到长生不老草的地方。这是乌特那庇什提牟赠送给吉尔伽美什的礼物，也是对吉尔伽美什付出的努力和艰辛的回报。吉尔伽美什潜入海洋的深底，得到长生不老草。但是当他在冷水泉里净身洗澡时，一条蛇从水里出来将长生不老草叼走了。吉尔伽美什的希望破灭了，他不能永生了。他彻底陷入了绝望与悲恸中。

　　在第十二块泥板中，吉尔伽美什和恩奇都进行了一次灵魂的对话，这是吉尔伽美什对诸神安排的命运的一种批判和抗争。但他挣脱不了诸

---

① 《吉尔伽美什》，赵乐甡译，译林出版社，1999，第65页。根据书中"凡例"，［　］为泥板残缺部分，［译文］为译者根据有关部分酌加的，〈　〉为泥板原文至今意义难明的，〈译文〉为根据有关部分推测酌加的，（中文）为译者根据行文后加的。

神安排的生死，挣脱不了大自然的法则。吉尔伽美什带着对"死亡和生命"这个终极命题的困惑，走向史诗的终结之篇。史诗的泥板至此阅尽，英雄的豪情荡气回肠。

在表层结构的叙述中，我们可以先后看到对英雄诞生的追述和赞美，化敌为友的传奇经历、对妖魔和天牛的胜利、同伴逝去的悲剧、英雄探索的失败等都在其中了。同时，在情节的不断丰富过程中，不同的母题分别展现不同的情感内涵，比如征讨杉妖、女神求爱被拒、杀天牛、求永生、洪水故事、与亡灵对话等母题各有特色，各成体系，但又统一连贯。在这个以泥板为线条的史诗结构中，我们也可以感受到不同泥板渗透出来的情感的变化，那种由喜到悲、由生的赞美到死的恐惧的情节转变，像天象历法中的十二进位一样，十二块史诗再现了阴阳和轮回，生与死在黄道圈上交织喜悲。

吉尔伽美什是古巴比伦人的灵魂使者，是美索不达米亚的英雄，是两河流域的传说。在这段尘封已久的故事中，我们每每可以感受到他拒绝女神求婚反遭报复的恼怒、在雷电交加的暴风雨中目睹乌鲁克城坍塌的绝望、英勇战胜天牛的胜利欢呼，还有他失去好友恩奇都的悲恸。智慧出众、勇敢非凡、武力过人而又半神半人的吉尔伽美什，不仅仅是一个个体存在，更是两河流域人民的精神灯塔。

吉尔伽美什是乌鲁克城邦的君王、天神的儿子："大力神［塑成了］他的形态，天神舍马什授予他［俊美的面庞］，阿达德赐给他堂堂丰采，诸大神使吉尔伽美什姿容［秀逸］，他有九［指尺］的宽胸，十一步尺的［身材］！"[1] 他具备强大的号召力，用鼓声唤起伙伴们的集体意识，促使他们"奋臂而起"，"修筑起拥有环城的乌鲁克的城墙"[2]，牢固地防卫着

---

① 《吉尔伽美什》，赵乐甡译，译林出版社，1999，第4~5页。
② 《吉尔伽美什》，赵乐甡译，译林出版社，1999，第3页。

本族的故土和疆域，正如史诗中所说的那样，他的一切劳苦和艰辛全刻在碑石上。

除此之外，吉尔伽美什有着为集体获取财富而献身的精神。征讨芬巴巴实际上是一次为乌鲁克城的民众争夺木材的行动，恩奇都劝阻他，不要冒险到这个森林："［芬］巴巴的吼叫就是洪水，他嘴一张就是烈火，他吐一口气就置人于死地。为什么你竟，打定了这样的主意？"① 吉尔伽美什勖勉恩奇都说："让我走在你的前面！你要喊：'不要怕，向前！'我一旦战死，就名扬身显——'吉尔伽美什是征讨可怕的芬巴巴，战斗在沙场才把身献'，为我的子孙万代，芳名永传。"② 这种不怕战死的牺牲精神，表现了原始社会的英雄主义、氏族成员的高贵品质和军事英雄的荣誉感。在天神舍马什的帮助下，吉尔伽美什和恩奇都最终战胜了芬巴巴。

吉尔伽美什是正直的、正义的代表，他的英雄气概表现为不苟且、不妥协。吉尔伽美什拒绝了女神的求婚，却带来了灾难，遭到天神的惩罚，天神派了天牛来到乌鲁克残害居民。这一次，吉尔伽美什为了他的子民站出来，与天牛展开殊死搏斗："它第三次喘着鼻息，朝恩奇都［扑去］，恩奇都〈躲开了〉它的冲击。恩奇都跳起，将'天牛'的犄角抓住，'天牛'惊慌已极，用尾巴将［　　　］拂拭。恩奇都开口［说了话］，他对［吉尔伽美什］说：'我的朋友啊，我们［已经取得］胜利。'（一三七—一五一行缺损较重）［他］将剑［刺进］颈和角中间，杀了牛，他们扒出心肝，奉献于舍马什之前。他们退下，在舍马什之前礼拜完毕，两兄弟同坐并肩。"③

吉尔伽美什和恩奇都联手除掉了凶猛的天牛，史诗中这场战斗描写

---

① 《吉尔伽美什》，赵乐甡译，译林出版社，1999，第25页。
② 《吉尔伽美什》，赵乐甡译，译林出版社，1999，第27页。
③ 《吉尔伽美什》，赵乐甡译，译林出版社，1999，第47页。

得非常精彩激烈、细致生动，节奏感极强的诗句体现了古巴比伦人对正义的坚定信念，展现出了吉尔伽美什和恩奇都的英雄气概。

恩奇都是天神赐予吉尔伽美什的伙伴，也是天神赐予人间的能够与吉尔伽美什相抗衡的神性力量。在《吉尔伽美什》中，他与吉尔伽美什一样享有天神赐予的神力。但是不同的是，恩奇都起初是一个未开化的人，他的身上还保留着兽性，通过教化慢慢具有了人性。所以说如果吉尔伽美什是半人半神的形象，那么，恩奇都则是一个半人半兽的形象。

史诗的开篇揭示了吉尔伽美什的暴政给乌鲁克城人民带来的伤害，作为众神之首的天神阿努听到了妇女们的控诉，求助女神阿鲁鲁，她用泥土造就了与吉尔伽美什拥有相同神力的对手，对抗吉尔伽美什，以保护人们的安全。

阿鲁鲁创造了英雄恩奇都，让他出生在荒野中。"他浑身是毛，头发像妇女，跟尼沙巴一样〈卷曲得如同浪涛〉，他不认人，没有家，一身苏母堪似的衣着。他跟羚羊一同吃草，他和野兽挨肩擦背，同聚在饮水池塘，他和牲畜共处，见了水就眉开眼笑。"① 寥寥几行字，清楚地描述了恩奇都的形象特征。他的头发又长又密，与荒野中的动物一般，他是自然之子。他思想落后，不认人不识国，他与野生动物为友，生活习惯和习性与它们一样野蛮。他诞生于荒野之中，与野兽为伍的出身和经历，在史诗中得到了无数次的强调。虽然恩奇都在外表体征、生活习性、认知水平等方面与动物无异，但是阿鲁鲁创造他的时候就曾从尼努尔塔那里汲取气力，结合当时创造恩奇都的初衷和目的，恩奇都不会是普通的动物，在猎人的描述中就曾揭示他的神秘力量："普天之下（数）他强悍，［他力气之大］可与阿努的精灵相比。他［总是］在山里游逛，他总是和野兽一同［吃草］，他总是在池塘［浸泡］双脚。我害怕，不敢向他

① 《吉尔伽美什》，赵乐甡译，译林出版社，1999，第3~4页。

跟前靠，［我（？）］挖好的陷阱被他填平，［我设下的］套索被他扯掉。他使兽类和［野物］都从我手中逃脱，我野外的营生遭到他的干扰。"① 猎人与父亲讲起自己的所见，重申了恩奇都的动物习性，也强调了他可以填平陷阱、撤走套索和释放猎物等。这些行为表明恩奇都有别于野生动物，并且暗示着恩奇都未来受到教化逐渐成为人类的可能。

在神娟教导开化后，恩奇都从原始的动物世界、茹毛饮血的原始生活中离开，渐渐地显现出人的属性，褪去了兽性。神娟夸赞了他俊逸的外表，肯定了他的力量，提议他一同前往乌鲁克见见同样力大无比的吉尔伽美什。恩奇都同意了，这个时候的他被曾经一同生活的动物抛弃，他需要结交新的朋友。他听闻了吉尔伽美什对女性的欺凌和霸占，十分不满，与吉尔伽美什苦战一番。不打不相识，他与吉尔伽美什结为好友。正是恩奇都的出现，让吉尔伽美什褪去暴君的凶残，走上了抗敌除妖的道路。

恩奇都首次张口说话标志着他拥有了理性和智慧，他开始与人交谈甚至渴望友情。在神娟的教导之下，他享受了人间的美食，与人们一起欢快地唱歌，他的外表和内心也发生了改变。"他把油脂，擦上自己的发际，这才像个人似的，穿上衣服，简直和新郎无异。他为猎取狮子，拿起了兵器。他为饲养人夜里能够安睡，他曾捉了狼，还把狮子猎取，那些牧者的头领，才得躺躺歇息。恩奇都是他们的守护人，一条勇猛的好汉，英雄盖世！"② 恩奇都帮助饲养人杀害了危险的动物，这说明他的思想在发生变化，他在靠近人类，对抗动物。这也预示着他后来与吉尔伽美什携手抗敌的经历。

他是英勇奋战的英雄，也是冷静睿智的助手。在与怪兽芬巴巴的对

---

① 《吉尔伽美什》，赵乐甡译，译林出版社，1999，第 8~9 页。
② 《吉尔伽美什》，赵乐甡译，译林出版社，1999，第 17~18 页。

抗中，他处处保护吉尔伽美什，在面对芬巴巴的苦苦求饶时，劝告吉尔伽美什应该果断处死芬巴巴。在面对凶残的天牛时，他也没有退缩，甚至还主动攻击神。恩奇都听到伊什妲尔在城墙上捶胸顿足的愤恨诅咒吉尔伽美什的时候，他扯下天牛的一条腿对女神说道："我若是抓到你，也要像治它这样，治你一番！我正要用它的肠子，把你的肚皮捆缠！"① 恩奇都的行为是在警告女神不要再伤害人们，他在威胁神的生命。

吉尔伽美什与恩奇都相互映衬、相互交织，两位英雄的形象更为丰满和立体。没有与吉尔伽美什的较量，就不会有恩奇都的教化；没有恩奇都的牺牲，就没有吉尔伽美什后来对永生的探索和对人的生死的深刻领会。他们在现世的人生追求与兄弟义气上诠释了朴素的英雄主义。

《吉尔伽美什》具有较高的艺术成就，继承了苏美尔文学的优良传统。《吉尔伽美什》中的神祇大多是苏美尔、阿卡德神话故事中的著名形象，如阿努、埃阿、舍马什和恩利尔等。苏美尔、阿卡德的口头文学为《吉尔伽美什》的创作提供了大量的素材。《吉尔伽美什》将人和神交织在一起，构成错综复杂的故事情节，通过丰富多彩的想象展现人与诸神之间的矛盾与斗争，吉尔伽美什与恩奇都都深陷这种神话的故事纠缠中，既给读者以多叙事、多层次的厚重观感，又增强了动人心弦的艺术魅力，具有浓厚的神话色彩。同时，《吉尔伽美什》在语言上保留了民间口头创作的特点，自然质朴，以叙述为主，史诗中穿插的人物对话丰富而新奇，史诗善于运用比喻、夸张等手法，将英雄事迹与心路历程一一道来。

《吉尔伽美什》篇幅不长，却真实地反映了古代苏美尔的社会现实，充满了强烈的人间社会的生活气息。它描绘了军事民主制的社会状况，吉尔伽美什的专横残暴既是早期奴隶制国王的特点，又带有氏族部落酋

---

① 《吉尔伽美什》，赵乐甡译，译林出版社，1999，第48页。

长的遗风。恩奇都到来之前，"吉尔伽美什仗恃他的膂力"，^① 像野牛一般统治着乌鲁克的人民，从不敛息。这是奴隶制初期军事领袖勇武粗野、骄横任性的表现。当然，天神创造了恩奇都，两位英雄共同改变了乌鲁克，吉尔伽美什由恶变善，这体现了苏美尔人对野蛮转向历史文明的向往。征讨芬巴巴是对英雄的赞歌，也反映了氏族社会部落战争的实况。

史诗中既描写了人的世界，也描写了神的世界。在不同的世界中，都充满强烈的生活气息。在史诗中有乌鲁克居民对吉尔伽美什暴政的控诉和呻吟，"乌鲁克的贵族在［他们的屋］里怨忿不已：吉尔伽美什不给父亲们保留儿子……［吉尔伽美什不给母亲们保留闺女］"^②；也有吉尔伽美什与好友恩奇都生死分别时的痛苦景象，"恩奇都终于病倒在吉尔伽美什面前，（吉尔伽美什开了言），泪如瀑布一般——'弟兄啊，亲爱的弟兄！为什么不顾我们是弟兄，竟将我无罪从宽？而且我还必须坐在那幽灵的跟前。［必须坐在］那幽灵的［门边］？我再也不能亲眼，把我亲爱的弟兄［瞧看］'"^③；还有女神伊什妲尔勇敢地向吉尔伽美什求婚的场景，以及一些真实的自然景象，比如暴风雨导致的洪水灾害，所有人都葬身于黏土之中。史诗中直接或间接地反映了古巴比伦的狩猎、畜牧、兵工、筑城、造船、饮食等生产生活。这些细节尽管在史诗中较少，但是能够展现古巴比伦社会现实的大致面貌，反映了古巴比伦人的生活习俗和生产劳动。

史诗中再现了人民遭受的苦难和现实生活，并且也赋予了神凡人的色彩。史诗中写道："我迎着四方的风（将诸鸟）统统放走，献上牺牲。

---

① 《吉尔伽美什》，赵乐甡译，译林出版社，1999，第11页。

② 《吉尔伽美什》，赵乐甡译，译林出版社，1999，第5页。

③ 《吉尔伽美什》，赵乐甡译，译林出版社，1999，第51页。

我在山顶将神酒浇奠。我在那里放上七只，又七只酒盏，将芦苇、杉树和香木天宁卡放置在台上面。诸神嗅到它的香味，诸神嗅到他们所喜爱的香味，诸神便像苍蝇一般，聚集在敬献牺牲的施主身边。"① 这是乌特那庇什提牟在得到神的指点后，幸存于洪水灾难之后进行的献祭活动，这是关于神的活动，在史诗中神却被写得和凡人一样，凸显出其作为剥削者的贪婪的形象特征。

史诗也具有鲜明的浪漫主义色彩，这主要体现在史诗的梦境描写中。吉尔伽美什与母亲的神灵直接对话，在母亲的提议之下，他与恩奇都结为好友。在抗敌之路上，母亲也起到了保护他的作用，他的母亲总会通过梦境给他一些启示。史诗中的梦境还渲染了阴郁低沉的气氛。恩奇都做了一个不好的梦，梦里天神要降给他和吉尔伽美什惩罚，最后恩奇都病倒离世。史诗中的感伤主义与浪漫主义完美融合，随着恩奇都的离世，屡屡出现吉尔伽美什悲伤落泪的场面，这很可能是苏美尔－巴比伦人的习俗，在激动情绪的夸张和气氛的渲染之下，起到一定的艺术作用。

《吉尔伽美什》具有丰富的文学性和深刻的思想性。吉尔伽美什对于死亡与生命的认知，是先民们探索世界本原和事物发展的一道终极难题，体现出原始社会向文明社会过渡时期人类社会的特点，展现了人和神的矛盾，深化了这部史诗的思想内容，使这部史诗带上了哲学的奥秘色彩。在向森林进发前，吉尔伽美什对恩奇都说："在太阳之下永［生者］只有神仙，人的（寿）数毕竟有限。"② 这些对生死的哲思像一道闪电，照亮了整个古巴比伦文明的长空。史诗认为，即便是英雄，对于神安排的生死也是无能为力的。生与死如同宇宙的运行，是天经地义的。人类无法逃避死亡，但或许可以超越死亡。吉尔伽美什看到了自己的宿命："我的死，也将和

---

① 《吉尔伽美什》，赵乐甡译，译林出版社，1999，第81页。
② 《吉尔伽美什》，赵乐甡译，译林出版社，1999，第27页。

恩奇都一样。悲痛浸入我的内心,我怀着死的恐惧,在原野徜徉。"①

　　史诗还热情赞扬了英雄大胆探索人生奥秘、自觉认识自然法则的行为,讴歌了他们敢于违抗神意的积极进取的精神。吉尔伽美什对永生的寻求实际上是他对诸神安排的生死的一种批判和抗争。比如吉尔伽美什在面对利诱的情况下,仍旧选择远游寻求生死之道,未曾停下脚步。第十块泥板记载:"吉尔伽美什哟,你要流浪到哪里?你所探求的生命将无处寻觅。自从诸神把人创造,就把死给人派定无疑,生命就保留在他们自己的手里!吉尔伽美什哟,你只管填满你的肚皮,不论白天黑夜,尽管寻欢逗趣;每天摆起盛宴,将你华丽的衣衫穿起;白天夜里你(尽管)跳舞游戏!你洗头,沐浴,爱你那手里领着的儿女;让你怀里的妻子高高兴兴,这才是〔做人〕的正理。"② 吉尔伽美什在寻求永生的道路上无功而返,只是在归来之时看着辉煌的乌鲁克城墙才得到些许的安慰。他领悟到了,虽不能永生,他毕竟能名垂青史。史诗以英雄末路的悲歌为情感基调,但是并不是写英雄之死,吉尔伽美什是民族精神的象征,是人们对美好生活的深沉寄托。整个史诗的悲剧阴霾,终被吉尔伽美什的英雄壮举所穿透,闪现着人性的光辉。

---

① 《吉尔伽美什》,赵乐甡译,译林出版社,1999,第62页。
② 《吉尔伽美什》,赵乐甡译,译林出版社,1999,第70页。

荷马史诗

　　荷马史诗是世界文学的艺术瑰宝，是欧洲文学的典范和不朽的丰碑。它像一团色彩斑斓的星云，裹挟着无数的秘密和猜想，激发起每个时代人们的好奇心和想象。从荷马史诗产生之日起，学者们纷纷著书分析和讨论荷马史诗的内容和语言等各个方面，时至今日荷马史诗的研究已经有两千多年的历史，但是荷马史诗经过时间的洗礼仍旧散发着引人注目的魅力。"谁是'荷马'？""是否有荷马其人？""荷马一人创作了《伊利亚特》和《奥德赛》吗？""荷马是如何创作了这惊世之作？"等吸引着众多学者提出自己的新见解。

　　荷马史诗以手稿形态遗存，活形态的歌手已近消失。因此，对荷马的研究，我们只能通过书面的文字探讨其中的端倪，做出一些尽可能接近传统的推测。首先要追问的是："谁是'荷马'？"答案莫衷一是：荷马可能是一个人，可能是几个人，或可能根本不存在。这个问题可以说贯穿了国际史诗学术史。历史上是否的确曾有过荷马其人？希腊人的回答是肯定的。生活在公元前7世纪上半叶的厄斐索斯诗人卡利诺斯（Callinos）曾提及史诗《塞拜德》，认为它是荷马的作品；生活在前6世纪的色谱法奈斯（Xenophanes）和开俄斯诗人西摩尼得斯（Simonides，约前556~468）也曾提及荷马的名字。另外，柏拉图和亚里士多德、色诺芬尼、希罗多德和修昔底德等都认为历史上真有荷马其人。18世纪意大利启蒙主义哲学家维柯认为"真正的荷马"不是一个人，而是希腊民族。他指出荷马史诗不是一个人的创作，而是整个希腊民族的群体创作。1769 年英国考古学者伍德（Robert Wood）发表《论荷马的原创性天才》（An Essay on the Original Genius of Homer），更径直提出荷马目不识丁，史诗一直是口耳相传的。1795 年，德国学者沃尔夫（Friedrich August Wolf）刊印了一篇论文《荷马引论》（Prolegomena ad Homerum），引发了19 世纪发生在"分辨派"（Analysts）和"统一派"（Unitarians）之间的论战，它贯穿了 19 世纪荷马问题的始终。① "分辨派"主张"荷马多人说"，认为荷马史诗出自多人之手；"统一派"主张"荷马一人说"，认为荷马史诗是由一个天才作者独自完成的。亲身经历这场论战最后一幕的帕里把 19 世纪以来民族志方法纳入语文学领域，对"荷马问题"做出当代回答：荷马史诗不仅是口头的，而且是传统的。回顾"谁是'荷马'"学术史，我们可以在一定程度上确认，荷马是一个史诗歌手，是古希腊史诗传统的一个象征，是一个具有玄奥智慧的歌手。

接下来，我们要追问荷马周围是否存在歌手群体？荷马史诗中提到了菲弥俄斯和德摩道科斯两位歌手，猛烈抨击荷马的色诺芬尼据说是一个以背诵荷马史诗为业的人②，柏拉图的《伊安篇》也提到一位自称精通荷马史诗的人物。③ 由此，我们大抵可以断定，首先，古希腊拥有歌手群体，他们像荷马一样在表演中创作，荷马不过是其中最为优秀和杰出的一位。其次，他们的社会地位不高，多为王公贵族吟唱英雄故事，演唱的曲目也半分由不得自己，甚至命运也掌握在这些人的手中。菲弥俄斯内心很不情愿为那些向裴奈罗佩求婚的王公贵族们演唱，但是他不得不

---

① 〔美〕约翰·迈尔斯·弗里：《口头诗学：帕里—洛德理论》，朝戈金译，社会科学文献出版社，2000，第 8 页。

② 汪子嵩等：《希腊哲学史》（第一卷），人民出版社，1997，第 534～536 页。

③ 〔古希腊〕柏拉图：《理想国》，郭斌和、张竹明译，商务印书馆，1986，第 406～407 页。

向他们屈服，最后还是因为奥德修斯的赦免，才侥幸活命。德摩道科斯
虽然受到主人的礼遇，但是他对表演的曲目没有任何自主权，他不得不
根据主人的意愿调整自己的表演。结合学者从菲弥俄斯（Phēmios）和德
摩道科斯（Dēmodokos）本义推测出歌手是受到民众尊敬的人的观点，我
们可以这样认为，古希腊歌手社会地位低，但是他们歌唱英雄的业绩，
凭借自己精湛的技艺而受到民众的尊重。再次，古希腊出现职业化的史
诗歌手，他们大多为盲人。荷马就是其中的一位，在演唱史诗时，总要
唱："缪斯爱他，喜欢，给他好事坏事掺半，夺走他的视力，但却给他歌
唱的美甜。"[1] 或许因为他们是盲人，为了生存不得不苦练演唱技艺，所
以盲人在歌手群体中显得更为优秀。那么歌手使用的乐器是什么呢？荷
马史诗中的菲弥俄斯和德摩道科斯都是弹着竖琴歌唱的。竖琴又名"里
拉琴"，由七个弦组成，故有时被称为"七弦琴"。相传首先由众神使者、
宙斯之子赫尔墨斯把琴弦缠绕在乌龟壳上制成，随后他把琴赠给太阳神
阿波罗，阿波罗又把琴赠给了他的儿子——奥尔甫斯，使他成为一位著
名琴师，他的琴声可使忧伤的人们忘忧，使高兴的人们更加快乐，使劳
动的人们力量无穷，使奔腾的大河停流，使静止的山峦趋步，使凶顽的
猛兽驯服，使沉默的树木与石头开口，只要他一开始弹奏七弦琴，万物
都会静静地聆听并为他美妙的琴声所打动。天才诗人正是弹奏着竖琴，
引领世人追忆那段属于绝色美女海伦和特洛伊（或译"特洛亚"）战争的
悲欢岁月。

《伊利亚特》共有 15693 个诗行，主要讲述了持续了十年的特洛伊战争
最后五十一天发生的事情。这部史诗围绕"愤怒"的主题展开：（1）阿波
罗的愤怒。阿波罗的祭司克律塞斯因向希腊国王阿伽门农赎回女儿克律
塞伊丝未果，便请求阿波罗惩罚希腊人。阿波罗向希腊军队射出愤怒之

---

[1]〔古希腊〕荷马：《奥德赛》，陈中梅译注，译林出版社，2003，第215~216页。

箭。（2）阿喀琉斯的第一次愤怒。阿伽门农夺走了阿喀琉斯的战利品，阿喀琉斯愤怒地退出战争。（3）阿喀琉斯的第二次愤怒。帕特罗克洛斯战死沙场，阿喀琉斯第二次愤怒，再次披甲上阵。（4）阿喀琉斯平息愤怒。在阿喀琉斯手刃赫克托耳，并侮辱其尸身，赫克托耳的父亲普里阿摩斯前来向他赎回儿子的尸体时，阿喀琉斯慢慢平息了愤怒。

《奥德赛》共有 12110 个诗行，主要讲述了希腊人洗劫特洛伊城后，希腊将领奥德修斯返回家园的故事。它集中讲述了最后四十一天的故事：（1）奥德修斯回归前伊萨卡的状况。奥德修斯出征特洛伊十年之后，伊萨卡及附近岛国的贵族前来向奥德修斯的妻子裴奈罗佩求婚，这些求婚者耗费奥德修斯的家财，奥德修斯的儿子忒勒马科斯憎恨求婚者的所作所为，前往涅斯托尔和墨涅拉奥斯处打听父亲的消息。这些描述既为以后故事的发展做了铺垫，也为特洛伊战争之后各个英雄的生活做了些补充。（2）奥德修斯回乡的十年漂泊历程。史诗一开始描述了奥德修斯在女神卡吕普索的美轮美奂的岛屿思念妻子和家乡的场景，接着奥林匹斯众神趁波塞冬在埃塞俄比亚接受祭祀之际，商议奥德修斯的返程。奥德修斯离开卡吕普索的岛屿到达费埃克斯人的岛上，应费埃克斯王阿尔基诺奥斯的要求讲述他在特洛伊战争之后的遭遇，主要包括抢劫基科涅斯人的伊斯马罗斯城、登陆洛托法戈伊人的国土险些忘记回返故土、在库克洛普斯岛刺瞎波塞冬的儿子波吕斐摩斯出逃、被莱斯特律戈涅斯人攻击、到达女神基尔克处同伴被魔法攻击变为猪、听从基尔克建议去往冥界哈迪斯、顺利抵住塞壬的诱惑、艰难通过卡律布狄斯和斯库拉、登陆太阳神赫利奥斯的岛屿食其神牛被惩罚、奥德修斯只身抵达卡吕普索处等。（3）奥德修斯回归家园。奥德修斯得到费埃克斯人的帮助回到伊萨卡，在儿子忒勒马科斯和牧猪奴的帮助下，杀死了所有的求婚者。

实际上，《奥德赛》也可看作围绕"愤怒"的主题展开。奥德修斯的军队抢夺特洛伊城雅典娜神庙而使雅典娜愤怒，奥德修斯刺瞎波塞冬之子而惹怒波塞冬，登上太阳神赫利奥斯的岛屿后贪吃神牛而被神明惩罚，正是由于这些神明的愤怒，奥德修斯一行人才会几次三番地被拖延了归程。另外，奥德修斯回乡杀死全部的求婚者和不忠的奴隶也可谓愤怒所致。

总体来说，《伊利亚特》和《奥德赛》都是围绕一个"整一的行动"① 而展开，即《伊利亚特》是阿喀琉斯的愤怒，《奥德赛》则主要描述了奥德修斯回归伊萨卡的故事。

《伊利亚特》和《奥德赛》塑造了许多具有个性的人物形象，阿喀琉斯、赫克托尔、奥德修斯是最能打动读者的英雄，他们在世界文学史上都具有崇高的地位。阿喀琉斯是英雄中的英雄，是女神忒提斯与凡人佩琉斯的儿子。他具备其他凡人难以企及的力量与勇气。他的枪矛是其他任何阿开亚人都拿不起的，只有他能够熟练地舞动，运用自如。他刚毅、骄傲、正直且固执。他为荣誉而战，将荣誉视为生命。众所周知，阿喀琉斯的愤怒是《伊利亚特》的主题和原动力，全部的情节都是围绕它展开的。阿喀琉斯的愤怒是因为个人的荣誉受到损害。对于阿喀琉斯而言，个人荣誉是他生存的根本，是他珍如生命的东西，容不得半点侵犯。阿伽门农夺去他的战利品等于剥夺了他的尊严和荣誉。当阿伽门农归还战利品，并附加一些其他的礼品时，阿喀琉斯的尊严得到了补偿。当看到希腊人的将领受伤时，阿喀琉斯甚至向帕特罗克洛斯说："墨诺提奥斯的高贵儿子，我心中的喜悦，我看阿开奥斯人终于要来到我膝前，向我求情，情势迫使他们这样做。"② 面对希腊军队的节节败退，阿喀琉斯首先想到的是自己的尊严和荣誉，对其他希腊人的生死全然不顾。实际上，阿喀琉斯再次踏上战场的原因除了帕特罗克洛斯战死以外，还有阿喀琉斯对荣誉的渴望。当阿喀琉斯要重新投入战斗来杀死赫克托尔为朋友报

---

① 〔古希腊〕亚里士多德：《诗学》，陈中梅译，商务印书馆，1996，第78页。

② 〔古希腊〕荷马：《伊利亚特》，罗念生、王焕生译，人民文学出版社，2004，第258页。

仇时，忒提斯警告说："你注定的死期也便来临，待赫克托尔一死。"① 阿喀琉斯义无反顾地回答："我现在就去找杀死我朋友的赫克托尔，我随时愿意迎接死亡，只要宙斯和其他不死的神明决定让它实现。"② 在战场上英雄的勇敢体现在勇于面对无可避免的结果，为了荣誉明知不可为而为之。

赫克托尔是特洛伊国王普里阿摩斯最喜爱的儿子，爱国、忠诚和刚毅。希腊军队兵临城下，赫克托尔担负起了保家卫国的重任。赫克托尔内心清清楚楚地知道："有朝一日，这神圣的特洛亚和普里阿摩斯，还有普里阿摩斯的挥舞长矛的人民将要灭亡，特洛亚人日后将会遭受苦难，还有赫卡柏，普里阿摩斯王，我的弟兄，那许多英勇的战士将在敌人手下倒在尘埃里。"③ 但是他拒绝逃离战场，勇敢地担起了责任。当面对妻子安德罗马克的挽留时，他说："夫人，这一切我也很关心，但是我羞于见特洛亚人和那些穿拖地长袍的妇女，要是我像个胆怯的人逃避战争。我的心也不容我逃避，我一向习惯于勇敢杀敌，同特洛亚人并肩打头阵。"④ 赫克托尔具有宽广的胸怀。海伦称赞他是自己最喜欢的伯叔，并且从没有从他那里听到一句恶言或骂语："如果有人——你的弟兄姐妹、穿着漂亮的弟媳或是你的母亲在厅堂里开口斥责我……你就苦口婆心，对他们再三劝说，用温和态度、温和语言阻止他们。"⑤ 赫克托尔给予了海伦充分的尊重，从来没有将特洛伊面临的战争归因于她。

奥德修斯是智谋型英雄。在《伊利亚特》中，海伦在特洛伊城向普里阿摩斯夸赞奥德修斯："在他从胸中发出洪亮的声音时，他的言词像冬日的雪花纷纷飘下，没有凡人能同奥德修斯相比，尽管我们对他的外貌

---

① 〔古希腊〕荷马：《伊利亚特》，罗念生、王焕生译，人民文学出版社，2004，第424页。
② 〔古希腊〕荷马：《伊利亚特》，罗念生、王焕生译，人民文学出版社，2004，第425页。
③ 〔古希腊〕荷马：《伊利亚特》，罗念生、王焕生译，人民文学出版社，2004，第147页。
④ 〔古希腊〕荷马：《伊利亚特》，罗念生、王焕生译，人民文学出版社，2004，第146页。
⑤ 〔古希腊〕荷马：《伊利亚特》，罗念生、王焕生译，人民文学出版社，2004，第580~581页。

不觉惊奇。"① 在希腊军队的作战过程中，凡是需要交涉或遇到无法解决的问题时，奥德修斯都会出面，例如带领士兵送回祭司克律塞斯的女儿克律塞伊丝、将登上船准备回家的士兵重新赶回战场、规劝阿喀琉斯重回战场、深夜潜入敌营赶回许多战马等。在《奥德赛》中，奥德修斯凭借自己的智慧多次转危为安，如通过卡律布狄斯和斯库拉、将自己绑在木杆上克服了塞壬的诱惑、逃出了巨人围困他们的山洞等。其中最让人印象深刻的是用计谋逃出独眼巨人波吕斐摩斯的洞穴。波吕斐摩斯把奥德修斯和他的十二个同伴囚禁在洞穴里，以他们为食。奥德修斯削尖树干刺瞎了巨人，并且将自己和同伴缚在山羊肚下，顺利逃出了巨人围困他们的山洞。波吕斐摩斯欺骗奥德修斯回到他身边，假意说自己要赠给奥德修斯礼物，让他回到伊萨卡。但这是徒劳的，奥德修斯拒绝回去。而且奥德修斯欺骗波吕斐摩斯，告诉波吕斐摩斯他的名字叫"无人"，让波吕斐摩斯不能找到或抓住自己。

荷马史诗描述了许多或真实或虚构的事件，也塑造了各色各样的人物形象，巧妙地将这些纷繁复杂的事件和人物有序地安排在一个精湛巧妙的结构当中，让人不禁为荷马艺术造诣拍案叫绝。《伊利亚特》叙述了十年特洛伊战争的最后五十一天，围绕"愤怒"主题，通过各具特色的人物形象和精彩纷呈的战争描写，按照时间顺序一步步讲述，逻辑上环环相扣，从而使各卷之间或者各卷内部的隐性结构和情节安排合而为一。《奥德赛》则是围绕"回家"主题，通过插叙和倒叙的艺术手法叙述奥德修斯十年海上漂泊中最后四十一天的事情，其中有关奥德修斯在特洛伊战争结束后从海上漂泊到女神卡吕普索处的插叙使史诗结构稍显松散，不过与后边的历险重述形成了对称关系，从而使深层的内在平行结构得以维持。

---

① 〔古希腊〕荷马：《伊利亚特》，罗念生、王焕生译，人民文学出版社，2004，第67页。

　　荷马史诗中最引人注目的是使用了许多程式化的语言。程式是在相同的格律条件下为表达一种特定的基本观念而经常使用的一组词。① 它们是史诗歌手演唱史诗的"建筑部件",史诗歌手能够熟练地运用它们缓解现场即兴创编的压力。只要对程式进行稍微的调整,史诗歌手就可以连续不断地创编出符合演唱需要的诗行,而程式的长度为半个诗行、一个诗行或多个诗行。最短小的程式"all'ge"(复数"all'agete")在荷马史诗中出现了 140 多次,一般出现在诗行的句首,占据该诗行的一个考伦(colon)②。它具有填补韵律空当的作用,对史诗的创编具有结构上的功能。荷马史诗经常使用的程式"甜蜜的睡眠"(glukus Hupnos)由两个词组成,经常与一个动词一起占据六步格诗行的第二个步格的一半。它是一个便于合韵的片语,为歌手创编史诗提供了便利。"甜蜜的睡眠"这个片语具有丰富的传统内涵。当史诗中人物沉睡时,他们面临以下几种可能:(1)通过"甜蜜的睡眠",身体和精神得到了放松,精力得到了恢复。比如阿伽门农说:"他随即飞走了,甜蜜的睡眠把我释放。"③(2)"甜蜜的睡眠"预示着神谕的传达。阿伽门农就是在"甜蜜的睡眠"中获得了攻打特洛伊的神谕。(3)"甜蜜的睡眠"预示着他们将面临更大的危险,甚至死亡。在荷马语域里,对于生命而言,"甜蜜的睡眠"就像一条道路上的两个分岔口。任何人只能二选一,没有其他的选择。一经

---

① 朝戈金:《口传史诗诗学:冉皮勒〈江格尔〉程式句法研究》,广西人民出版社,2000,第 16~17 页。

② colon,复数形式为 cola,言词的节奏单元。具有两重含义:(1)希腊或拉丁诗从两个到最多不超过六个音步的一个系列,含有一个主要重音,并构成一行的一部分;(2)按意义或节奏对言词所做的划分,它的单位比句子小且不像句子那样独立,又比短语大而不像短语那样依附。引自朝戈金、〔美〕约翰·迈尔斯·弗里《口头诗学五题:四大传统的比较研究》,载王邦维主编《东方文学:从浪漫主义到神秘主义》,湖南文艺出版社,2003。

③ 〔古希腊〕荷马:《伊利亚特》,罗念生、王焕生译,人民文学出版社,2004,第 28 页。

选择，故事的图景就设定好了。这种设定不仅符合传统的意蕴，而且有利于歌手更好地铺开故事。例如，奥德修斯详细叙述了他和同伴们如何计划攻打沉睡的库克洛普斯，对于库克洛普斯而言，睡眠是在酒精的催发下进入的一种休息状态，它可能是一种精力的补充方式。但是睡眠轻易地让他的眼睛被毁掉，他也将永远地活在黑暗中。① "甜蜜的睡眠" 让特洛伊人得到释放和恢复，但是也带给了他们毁灭和死亡。荷马正是通过 "甜蜜的睡眠" 简省地描绘出一个行为的两个方面。

史诗是一个复杂的文类。绝大多数的史诗包含了其他文类，如神话、民间故事、咒语和挽歌等，它们与史诗共处在一个口头传统的生态里，是相对独立的口头文学样式。在漫长的形成与发展过程中，史诗以自身为导向将它们吸收到自身的演唱传统里，并对其做出相应的艺术处理。挽歌与荷马史诗共处于古希腊口头叙事传统，挽歌使用的短语和结构与史诗是共享的。也就是说，古希腊口头叙事传统中的挽歌在融入荷马史诗过程中，它的某些文类特征也被留存在荷马史诗里。荷马史诗的挽歌具有很强的传统性指涉，其传统性指涉是指它承载着在字面意义之外的深层意义，指向其蕴含的更深层的传统含义。赫克托尔要出城与阿喀琉斯交战，普里阿摩斯和赫卡贝都哀求赫克托尔不要出城应战，并以挽歌的形式苦劝赫克托尔。这两个典型场景都由致辞和英雄死去将给家人带来的不幸两个要素组成。② 它们预示着赫克托尔将会被阿喀琉斯杀死。再往前看，当赫克托尔从战场回到城中，顺道看望自己的妻子和孩子时，安德罗玛开恳求赫克托尔在战斗中要保护好自己，这也以挽歌的形式呈现。③

---

① 〔古希腊〕荷马：《奥德赛》，陈中梅译注，译林出版社，2003。
② 〔古希腊〕荷马：《伊利亚特》，罗念生、王焕生译，人民文学出版社，2004，第 501～503 页。
③ 〔古希腊〕荷马：《伊利亚特》，罗念生、王焕生译，人民文学出版社，2004，第 145～146 页。

这预示着赫克托尔此时虽然生龙活虎般地站在安德罗玛开的面前，但是他的阵亡已经注定了，安德罗玛开已经在为自己丈夫的死哀悼了。帕特罗克洛斯阵亡，忒提斯为他吟唱的挽歌便预先告知阿喀琉斯要死在特洛伊的战场上，注定不能活着回到自己的领地，即使忒提斯也无法改变阿喀琉斯命中注定的结局。

荷马史诗中的挽歌是传统的，但是它的呈现形式是变动的，一个歌手可以根据不同的语境运用不同的形式呈现挽歌场景。《伊利亚特》第十八卷里阿喀琉斯为战死的帕特罗克洛斯演唱的挽歌与第二十二卷里安德罗玛开为赫克托尔演唱的挽歌有相同之处，又有不同之处。它们由如下要素按照一定的逻辑顺序构成：生者对其亲人或同伴有一种不祥的预感，不大相信亲人或同伴会战死；通过信使确认亲人或同伴的死讯，或者自己亲眼看到亲人或同伴的尸体；毁损自己的形象；演唱挽歌。阿喀琉斯虽然退出战场，但是他注意到战争的局势已经发生了变化，阿开亚人已经处于下风，预感帕特罗克洛斯要死在特洛伊城下。随后，奈斯托尔之子作为信使将帕特罗克洛斯的死讯告知了阿喀琉斯。与阿喀琉斯不同，安德罗玛开是在缝织衫袍时无意听到特洛伊城墙边传来的哭叫哀号，预感赫克托尔遭遇不幸，但是这种预感不是通过信使得到确认的，而是安德罗玛开亲自确认的。确认同伴战死后，阿喀琉斯抓起污秽的尘土洒抹自己身躯，躺在泥尘里，抓绞和弄乱自己的头发。安德罗玛开确认丈夫阵亡后，甩掉头上戴着的头饰、束带和头巾。在毁损自己的形象之后，阿喀琉斯和安德罗玛开各自为自己最亲密的人演唱了挽歌。

预感亲人或同伴会战死与毁损自己形象是构成挽歌这一典型场景的传统叙事结构要素。这两个要素传达了生者确认自己最亲密的人战死时那种悲痛的心情，作为承载传统含义和具有换喻功能的要素，它们预示着将要发生的事情。当确认了帕特罗克洛斯被赫克托尔杀死的残酷事实之后，阿喀琉斯非常悲痛，为帕特罗克洛斯唱响了挽歌，并拒绝进餐，决定为帕特罗克洛斯报仇。安德罗玛开确认了丈夫的死讯之后，毁损自己的形象，但是她不可能像阿喀琉斯那样在战场上为赫克托尔报仇。这两个挽歌场景传达了既定人物的心理和精神状态，表达了他们悲痛的心情。但是，它们预示的将要发生的事情却不同。阿喀琉斯演唱挽歌的场景预示着阿喀琉斯要重新回到战场，杀死赫克托尔，而安德罗玛开演唱挽歌的场景则预示着特洛伊将要被阿开亚人攻破。

荷马史诗中较为常见的典型场景还有宴会场景，它在《奥德赛》里出现三十二次，在《伊利亚特》里出现三次，长短不一，短至几十行，长至几百行。在《奥德赛》里最早出现的这个典型场景是裴奈罗佩的求婚者们在奥德修斯家里举办的宴会：依次就座，淋洗双手，摆上醇酒和菜肴，进餐结束。之后还有奈斯托耳宴请忒勒马科斯的场景：沐浴，就座，上菜肴和饮酒，进餐结束。① 阿尔基努斯宴请奥德修斯的场景：就座，盥洗双手，上酒菜，食毕。② 再结合其他的宴会场景，我们可以发现，它每次出现都包含了三个可变通的部分：就座，上酒菜，进餐结束。洗双手和沐浴两个要素则时有时无。如果我们细读这个场景，其实还可以发现一个每次必然出现的要素，那就是每一次宴会最后都是难题的调解或解决有了眉目。裴奈罗佩的求婚者们在奥德修斯家里肆意挥霍奥德修斯的财产，忒勒马科斯无力阻止这种无耻的掠夺。宴会开始后的事情预示着这种情况将要有所改变。雅典娜装扮成奥德修斯的老朋友门忒斯出现在这个宴会上，在进餐结束后，雅典娜建议忒勒马科斯进行短途的离家旅行。这个旅行将让忒勒马科斯从一个无助的男孩变成一个自信的男人，他将竭力承担起家族的责任，最后参与对这些求婚者的报复。奈斯托耳宴请忒勒马科斯，吃饱喝足之后，他让忒勒马科斯踏上途程：预

---

① 〔古希腊〕荷马：《奥德赛》，陈中梅译注，译林出版社，2003。

② 〔古希腊〕荷马：《奥德赛》，陈中梅译注，译林出版社，2003。

示忒勒马科斯探访奥德修斯的消息将取得一定的进展。阿尔基努斯宴请奥德修斯，食毕之后谈及送客返回之事：预示奥德修斯将回归伊萨卡。

再看卡吕普索举办的两次宴会。第一次宴会，她宴请赫耳墨斯：摆桌就座，上仙食，赫耳墨斯吃饱喝足后，传达宙斯的神谕，即奥德修斯最后必须被释放。随后，卡吕普索举办第二次宴会，宴请奥德修斯：奥德修斯坐在赫耳墨斯之前坐的椅子上，女仙摆出各种食物，吃喝过后，卡吕普索警告道英雄回归要经历磨难，并指出摆在奥德修斯面前的磨难。通过宴会，问题得到缓解或找到解决的办法，宴会既是叙事的媒介和桥梁，许多问题都在这里获得了答案，又具有传统性指涉，预示故事发展的方向。卡吕普索举办的两次宴会正是这样的传统性符号，预示奥德修斯虽然要历经磨难，但最后还是朝着伊萨卡前进。简而言之，"宴饮场景"不仅仅是一种常见的创编技巧，还是一个可被认知的社会交往的符号，也是未来和平的一种预示。①

《奥德赛》的叙事规律和结构模式是离去—劫难—回归—报仇—婚礼。整体而言，《奥德赛》是一首回归歌，即"奥德修斯回归故乡伊萨卡"。奥德修斯被召唤去参加一次重大的军事远征——特洛伊战争，把妻子和儿子留在家中，战后他成为女神卡吕普索的俘虏，被囚禁多年。后来神的介入使女神卡吕普索释放了他，然后奥德修斯开始了回家的艰辛历程。在回家路上，他遭受到各种充满敌意的神、妖、巨人或自然力量的攻击和威胁，差点丢掉性命。最后，奥德修斯来到伊萨卡，他伪装起来谎报自己的死亡考验家庭、仆人、朋友和同事对他的忠诚，观察他们的反应。他杀死了那些向裴奈罗佩求婚的王公贵族，裴奈罗佩通过制造睡床这个谜语认出了奥德修斯，英雄由此重新恢复了他的地位和身份。

---

① 〔美〕约翰·迈尔斯·弗里：《口头诗学：帕里—洛德理论》，朝戈金译，社会科学文献出版社，2000，中译本前言，第7页。

但是《奥德赛》中的回归故事并非仅一个范式，我们可以发现与奥德修斯回归截然不同的范式，那就是阿伽门农的回归，也可以称为克鲁泰奈丝特拉的道路。与裴奈罗佩的喜剧结局相比，克鲁泰奈丝特拉则是悲剧结局。阿伽门农率领大军远征特洛伊，历经劫难，回到故乡，却被克鲁泰奈丝特拉谋杀。细读两个回归范式，我们可以发现它们是在伴侣双方确认时，开始分道扬镳的。在此之前，每件事都是悬而未决的，是沿着裴奈罗佩的路还是沿着克鲁泰奈丝特拉的路，直到伴侣身份得到确认才大白于天下。

回归故事首先呈现的是一种结构。《奥德赛》没有依照英雄离去—劫难—回归—报仇—婚礼的顺序叙述，而是按照传统的设定从中间（回归）开始讲述。英雄被囚禁和历经的劫难通过倒叙表述出来，即英雄向法伊阿基亚人讲述了他离开特洛伊后遭受的苦难。[1] 这种叙述模式不是脱离了逻辑顺序，对于歌手和回归歌而言，这是一种合理的策略和讲述回归歌的模式。另外，回归歌的支点是女主人公，而不是英雄。一旦英雄回归的旅程开始了，最后他一定会回到家中。不管这个旅程要耗费多少年，要历经多少磨难，英雄回归故里是必然的。而英雄回家将找谁并不确定。传统意义上，女主人公仍然是一个疑问，甚至弥漫着难以解释的神秘，即使在那些最接近她的人看来，她也是深不可测。因为她让那些向她求婚的王公贵族无可奈何，而且正是她的聪明机智让她与奥德修斯的相认屡屡推后，推延了必然发生的事。最后，即使奥德修斯表明自己身份，她也不相信，而是通过特有的标识确认她丈夫的身份。简而言之，是裴奈罗佩，而不是奥德修斯，决定故事的发展，控制着叙述的发展趋势。

回归故事不单是一种叙述范式，而是一种具有完整功能的故事形式，它将某些确定的期望进行必要的编码，诸如一位妻子对她的英雄的等待，

---

① 〔古希腊〕荷马：《奥德赛》，陈中梅译注，译林出版社，2003。

求婚者对她和她丈夫领地的威胁，英雄为捍卫家园所进行的战斗，以及一系列引领夫妻得以重聚的线索，等等。①《奥德赛》开篇预示奥德修斯将要回归，歌手通过编码告诉我们奥德修斯的回归路径。阅读《奥德赛》之后，我们可以发现，在讲述过程中时常预示奥德修斯回归的结局，如阿伽门农灵魂说裴奈罗佩为人贤和，心智敏慧温存，她断然不会害自己丈夫。阿伽门农灵魂警告奥德修斯女人信不得，告诉奥德修斯回到故乡，要悄悄地靠岸，不要大张旗鼓。这就预示了奥德修斯回到故乡，将以伪装的形式出现；同时表明了奥德修斯的回归歌不是阿伽门农—克鲁泰奈丝特拉—俄勒斯忒斯式的，而是奥德修斯—裴奈罗佩—忒勒马科斯式。

荷马史诗是欧洲文学的源头、古希腊人社会生活的百科全书，涵盖了古希腊的历史、经济、政治、文化、社会各方面的知识，包孕博大精深的思想内容。它结构严谨，构思巧妙，剪裁精妙。它塑造的人物形象生动鲜明，真实感人。它诗句优美，语言朴素，比喻生动。人们不仅可以从荷马史诗中欣赏到绚丽多彩的神话传说和气势磅礴的英雄故事，也可以从荷马史诗中了解到古希腊的天文、地理、历史、哲学等方面的知识，更可以把它当作文学创作的典范来学习。

---

① 〔美〕约翰·迈尔斯·弗里:《口头诗学:帕里—洛德理论》，朝戈金译，社会科学文献出版社，2000，中译本前言，第 7 页。

印度两大史诗

《摩诃婆罗多》和《罗摩衍那》并称"印度两大史诗"，它们是印度在列国纷争时代社会现实的艺术反映。两大史诗，不但是印度文学的伟大杰作，还有着"印度知识百科全书"之称，在印度的地位超过其他各种著作，堪称经典之作。

两大史诗对亚洲各国，特别是对东南亚地区有着较大影响。中国四大名著之一《西游记》中孙悟空形象的原型，有学者考证可能来源于《罗摩衍那》中的猴子哈奴曼。此外，还有许多文艺作品都源于《摩诃婆罗多》，例如著名的戏剧《沙恭达罗》就是依据《摩诃婆罗多》中的插话改编而来。

摩诃婆罗多

《摩诃婆罗多》书名的意思是"伟大的婆罗多族的故事"，全书共分18篇，以列国纷争时代的印度社会为背景，叙述了婆罗多两大后裔俱卢族和般度族争夺王位继承权的故事。

史诗的作者相传是毗耶娑，而毗耶娑是《摩诃婆罗多》中的一个重要人物，是渔家女贞信嫁给象城福身王之前的私生子，贞信与福身王的两个儿子花钏和奇武没有留下子嗣就相继死去，于是贞信找来了在森林中苦修的毗耶娑，让他与奇武的两个遗孀结婚，生下了持国、般度和维杜罗。毗耶娑在儿子持国和般度出生后重返山林，由持国和般度继位做象城的统治者，由于持国天生失明，般度做了国王。不久之后，般度去世，持国暂时治理朝政。持国生育了一百个儿子，大儿子名叫难敌，般度生育了五个儿子，大儿子名叫坚战。坚战成年后，持国打算将王位让给坚战，但是持国的儿子难敌不同意，企图霸占王位，一场持久的争斗由此开始。

难敌为般度族五兄弟设计了一座易燃的紫胶宫，打算放火烧死他们。五人死里逃生，逃亡到山林过着隐姓埋名的生活。后来般遮罗国王为女儿黑公主德罗波蒂举行比武招亲大会，般度族五兄弟乔装成婆罗门前往比试。五兄弟中的阿周那在比武中获胜，赢得了黑公主。但是般度族五兄弟也因此暴露了身份。

主持国政的持国将他们召回国，分给他们一半国土。般度族在自己的国土上励精图治，国家欣欣向荣。难敌目睹此番景象，心生妒忌，想出了掷骰子赌博的骗局。般度族五兄弟出于刹帝利的尊严，接受了难敌的挑战。持国虽然知道自己的儿子难敌使诈，还是纵容了他，这为后来般度族和俱卢族的战争埋下了隐患。在掷骰子的赌博中，般度族五兄弟不仅输掉了自己的国土，还把自己和黑公主都输掉了。难敌在赌博大厅对黑公主横加羞辱。般度族五兄弟中的怖军天生神力，脾气暴躁，面对难敌对般度族的羞辱，勃然大怒，发誓要引发一场战争，为般度族报仇。持国意识到了问题的严重性，出面制止了儿子难敌，并且答应了黑公主的要求，释放了般度五子，并且将他们的国土归还给他们。

难敌的野心没有得到满足，他发动了新一轮遏制般度族五兄弟的阴谋。他再次向般度族五兄弟挑战掷骰子，输的一方要在山林里流放十二年，第十三年时还要过一年隐姓埋名的生活，如果在这一年被别人识破了身份，就要再流放十二年。般度族五兄弟再次输掉了赌局，由大哥坚战带领，去往了山林。第十三年时，他们假装成仆人，在另一个王国平稳度过。十三年期满后，难敌依旧拒绝了般度族五兄弟回自己国土的要求。般度族五兄弟忍无可忍，决定集结盟友，发起战争。大部分人都不想看到兄弟之间互相残杀的情景，双方不断派出使节谈判，希望能避免这场一旦发动就会让福身王一族受到灭顶之灾的战争。般度族不断妥协，降低自己的要求，最后提出难敌归还他们五个村庄的要求。但是野心勃勃的难敌拒绝了般度族的所有要求，一心发起战争。最终双方谈判崩裂，在俱卢之野开战。

《摩诃婆罗多》的《毗湿摩篇》里详细讲述了这场持续了十八天的激烈战斗。双方都毫无保留，倾注了全部兵力，在俱卢之野排列了上百万名士兵，其中有象兵方阵、骑兵方阵、战车方阵、步兵方阵，还有勇武的各路大将。双方一次次发起冲锋，大量的士兵被屠杀，血流成河，尸横遍野。般度族的盟友中有一员叫黑天的大将，他是印度三大主神毗湿奴的化身，拥有无穷的力量。在他的庇护下，般度族几乎全歼了俱卢族的部队。就在战斗结束的前夕，俱卢族仅剩的三位大将在夜间发动了违背刹帝利行为准则的偷袭，趁般度族士兵酣睡之际，几乎杀死了般度族的所有士兵，但最终还是被般度族苏醒过来的将士歼灭了。俱卢族全军覆没，般度族也损失惨重。面对这样惨烈的结局，坚战精神沮丧，打算放弃王位，最终在众人的劝说下登基为王。三十六年后，坚战得知黑天逝世升天，决定退位去苦修。将王位传给了般度族的唯一后裔——阿周那的孙子后，坚战带领自己的四个兄弟和黑公主一起隐居山林，修炼得道，逝世升天。

史诗中的人物性格复杂，正义和非正义两方可以互相转换。例如难敌在《初篇》中交代，他是邪神伽利的化身，是争斗时代的反面典型，是头号恶人，在与般度族争夺王位继承权的过程中，史诗中确实刻画出他残忍恶毒的一面：他不同意将王位给坚战，企图霸占王位，于是为般度族五兄弟设计了一座易燃的紫胶宫，打算放火烧死他们。他将怖军视为自己夺取王位的最大障碍，处心积虑地谋害他。他用藤索将怖军捆绑起来扔入水流湍急的深水中，让毒蛇咬睡着的怖军，用黑峰草毒对怖军下毒，但这些阴谋都失败了，被怖军一一识破，怖军安然无恙地活着。从难敌与般度族五兄弟的两次赌博来看，难敌简直是罪大恶极，无法原谅，那么其归宿不应该是回归邪神吗，但是在史诗的《升天篇》中坚战看到难敌等人也端坐在神位上。

史诗中的黑天是大神毗湿奴的化身，他秉承正义之法来到人间，声称要保护人间的新秩序，史诗中却也刻画了他违反道义的一面。在难敌和般度族五兄弟结下深仇大恨之时，难敌是非正义的一方，但他没有置对方于死地，至少没有策划成功。而在大战的最后，五兄弟中的怖军把百兄弟基本杀光了。之后在黑天的示意下他打断难敌的腿，违反战士作战规则，这已经引起人们的愤慨，而他还去践踏难敌已灌过顶的头，连在场的坚战等人都看不下去了。

《摩诃婆罗多》最重要的特色就是描绘了大量插话，据统计，史诗共描绘了二百余个大大小小的插话。所谓插话，就是指在歌者唱史诗的过程中，在某一个故事情节停下来，讲述一个和原故事情节无关的其他故事，因为是插进来的，所以称为插话。比如在《红楼梦》第三十九回刘姥姥二进大观园时，信口开河讲了一个临时编的乡村姑娘的故事，这个故事和原故事情节没有关系。这种故事在《摩诃婆罗多》中就叫插话。插话的作用各式各样，有的起着鼓励人心的作用，有的起着安慰听众的作用，有的进行某种劝诫，有的纯粹是神话故事……①总之，插话对于史诗来说，有着别样的效果。

《莎维德丽传》就是史诗中描写的最生动感人的插话。故事讲述公主

---

① 刘安武：《印度两大史诗研究》，北京大学出版社，2001。

莎维德丽年轻美丽,看上了才德双全的萨谛梵,大仙人预言萨谛梵一年后将一命归天,但莎维德丽不改初衷,仍嫁给了萨谛梵。一年后的一天,突然有一个穿黄袍的人来用绳索拴走了萨谛梵的灵魂。莎维德丽紧追其后,与这位死神攀谈交友,慢慢感化死神,最后死神放开绳索,萨谛梵复活,并且二人得到四百多岁的寿命,子孙世世代代为国王,幸福地生活着。插话出现在黑公主被难敌侮辱,与丈夫在森林流浪,森林中的修仙道人安慰他们之际,其作用在于通过莎维德丽敢于与命运抗争最后换来不一样的命运的故事,鼓励黑公主,希望其将来成为莎维德丽一样忠于丈夫、有德有福的人。

史诗中描写了许多奇怪的生人现象,有神与人生、人与动植物生,还有单亲生等奇怪的生殖,这些描写不仅为史诗增添了神话色彩,也蕴含着深层的文化价值。史诗中最重要的人物是毗湿摩,他的出生便是因神人结合,他的父亲是福身王,母亲是恒河女神。这种结合就像我国的董永和七仙女这一类型。另外,男性神和女性人结合的例子也很多,例如坚战是正法之神和贡蒂所生,老二怖军是风神和贡蒂所生,老三阿周那是神王因陀罗和贡蒂所生。这些神人所生的子女,由于不平凡的出身,社会地位通常很高,也具备一些神力。

史诗中还描写了动物参与人的生殖过程,无瓶修道士遗下的元阳,被一头雌鹿吃进肚子里,于是生下鹿角仙人,他出生后额头上有一只小小的鹿角,便是鹿的特征。我国少数民族史诗中也有一些动物与人结合生殖的现象,例如我国东北地区流传有熊与人结合生殖的神话,南方史诗中有蛋生人的传说,这些都与人们的原始崇拜有关。

不仅动物,植物也参与了人的生殖。比如慈悯大师的父亲所遗的元阳落到了芦苇上,结果从芦苇上生出了一对儿女,男子即慈悯大师,女子即慈悯女。我国南方创世史诗中的葫芦生人也同样属于植物生人的母题,当然,这与早期人们的葫芦崇拜有一定的渊源。

史诗中德罗纳大师的出生就好比单亲生。他的父亲持力修道士仙人把泄出的元阳放进木罐里，就生出了德罗纳，这里的植物或者器皿充当了母亲的作用，这相当于单亲生。此外，史诗还描写了一些出生时的非凡迹象，马勇是德罗纳和慈悯女的儿子，有趣的是他出生时口里携带了一块宝石，就好像我国的《红楼梦》中贾宝玉出生时含玉一样，这些罕见的出生现象为史诗增添了不少色彩。

从深层来看，这些生殖现象也反映出一定的社会问题。比如有关生殖的思想是男权社会的反映：以男子为中心，女子的作用可以被替代，甚至可有可无，起主导作用的是男性。通过各种奇特的生殖现象，寄寓了作者的好恶，从侧面反映出一定的社会问题，这不得不说是史诗的高明之处。

无论在政治、社会、军事、战略、和平方面，还是在了解伦理道德、风俗习惯和宗教道义等方面，《摩诃婆罗多》的意义都不可抹杀。它在印度历史上影响深远，不少文学作品从其中取材，其价值是我们不可估量的。

罗摩衍那

《罗摩衍那》中也出现了与《摩诃婆罗多》相似的争夺王位继承权的故事情节：十车王受宠的小王后要挟国王立她生的婆罗多继承王位，并让大王后所生的罗摩去森林流放十四年。因小王后曾在一次战争中救过十车王，十车王非常感激她，赐给她任何时候都有权利向他提两个要求的恩典。俗语说天子无戏言，否则就会失去民心。十车王怀着万分悲痛的心情答应小王后的无理要求。罗摩本可召集自己的势力发起宫变，起兵割据，甚至囚禁不明智的父王，但他为了不使父王的诺言落空，甘愿自己做出牺牲，踏上流放的征程。他的妻子悉多为了夫妻情义，另一个弟弟罗什曼那为了兄弟情义，甘愿与他一起去流放。十车王因自己的无奈之举不久便抑郁而终，国内不能一日无主。大臣们将婆罗多从外祖父家接回来继承王位，婆罗多发现罗摩生母对他冷眼相看，宫廷中的人在窃窃私语议论他，才知道罗摩受到了不公平的对待，他谴责了生母，办了父亲的丧事，安慰了另外两位母亲，带领随从前去森林寻找罗摩，想将王位还给他，人们还以为他去除掉罗摩，以防十四年后罗摩回来执政呢！结果罗摩不肯回来，他只好将罗摩的一双鞋子带回来，作为罗摩的象征放在王座上，自己在一旁代为摄政，并过着苦行僧的日子，直到罗摩流放期满回来。

罗摩一行人在流放途中，为保护修仙道人不受罗刹的侵扰而降妖除魔，一路患难与共，度过了艰苦的十二三年。不料意外发生了，悉多被十首妖王罗波那掳去了。原因是罗波那的妹妹首哩薄那迦在森林中看到了罗摩，爱上了罗摩，并向他求爱，罗摩说自己有妻子，娶她做二房不妥，并开了一个玩笑说他的弟弟罗什曼那还没有娶亲，需要女人。首哩薄那迦又向罗什曼那求婚，罗什曼那一怒之下割了她的耳朵和鼻子。这就引发了一场大规模的冲突，首哩薄那迦回去告诉她的哥哥十首妖王，并告诉他罗摩身边有一位绝色美女相伴，从而引起十首妖王的色心，用调虎离山之计引开罗摩和罗什曼那，劫走了悉多。罗摩和罗什曼那发现中计后开始了漫长的寻找，为救悉多身负重伤的金翅鸟告诉他们是罗波那抢走了悉多。在寻找悉多的过程中，他们帮助无头怪打破了诅咒，让他恢复了仙人的原形，作为回报，他让罗摩去找猴王须羯哩婆。

经过重重磨难，罗摩和罗什曼那终于找到了猴王须羯哩婆，不过猴王被自己的哥哥波林篡夺了王位，流放在外。罗摩帮助猴王须羯哩婆射杀其兄波林，夺回了王位。猴王非常感激，召集全国的猴子帮助罗摩找到了悉多的踪迹。罗摩虽然知道了悉多被劫到了楞伽岛，但是隔着大海，无法渡过。阁波梵叙述了神猴哈奴曼出生的故事。

　　之后，神猴哈奴曼越过大海，来到楞伽国，然后变成一只猫钻进了楞伽国的后宫。目睹了罗波那对悉多的威逼利诱与悉多的宁死不从之后，他将罗摩的信物戒指交给了悉多，也将悉多的信物宝石带回来交给了罗摩，向罗摩和罗什曼那交代悉多的下落。

　　罗摩赞扬了神猴哈奴曼并向他打听有关楞伽国的情况。之后，罗摩得到了工巧大神的儿子那罗的帮助，与猴国军队一起架桥渡海，与罗波那进行了一场大战。神猴哈奴曼在北方仙山为身受重伤的罗摩和罗什曼那找到了仙草，帮他们治愈了重伤，助他们打败了罗波那，救出了悉多。但是罗摩对悉多的贞洁产生了怀疑，悉多伤心落泪，投火自明，火神从烈火中托出悉多，证明了悉多的贞洁。此时，十四年的流放期满，罗摩一行人乘坐飞车回到了阿逾陀国，婆罗多欣然将王位让给哥哥，罗摩顺利登基。

　　担任国王的罗摩听到了民间的传闻，说悉多曾经被劫掠到魔窟，贞洁不保，不配担任一个王国的王后。罗摩不能违背民意，无奈之下只好派弟弟罗什曼那将怀有身孕的悉多送往恒河边。悉多在那里受到了蚁垤仙人（传说中这部史诗的作者）的照顾，顺利生下了两个孩子。蚁垤仙人将罗摩的经历创作成史诗，教给悉多的两个孩子吟唱。罗摩举行祭祀时，蚁垤仙人让这两个孩子当众吟唱，罗摩知道了他们是自己的孩子。蚁垤仙人也出面为悉多的贞洁辩护，可是人民还是不相信悉多的贞洁。悉多最终呼唤大地母亲来为自己证明，大地裂开，悉多投入大地母亲的怀抱。罗摩和弟弟罗什曼那死后升入天国，罗摩的两个儿子继承了王位，继续统治阿逾陀国。

　　史诗同样刻画了一批性格鲜明的人物。例如悉多坚贞，她愿与罗摩同甘共苦，是贤妻的典型。罗什曼那对他的哥哥全心全意，他刚毅勇敢，虽容易冲动，但忠诚不渝。婆罗多同样是正义的化身，他的淳朴令人感动。罗波那傲慢无礼、淫荡下流，是恶的化身。刻画得最生动的是哈奴曼，它是忠实的朋友，调皮顽劣、聪明机智、骁勇善战、魅力十足。

罗摩是一个宽宏大量、尽职尽责的人。他大慈大悲，从来不计较任何事情。作为儿子，他对父王的不合理命令没有质疑，甘愿自己做出牺牲，也不要父王失信，是孝子的代表。作为丈夫，他对悉多的感情至纯至真，当悉多被掳走后，他痛苦难耐，历尽千辛万苦也要把悉多找回来，表现出对家庭的责任感。

史诗在刻画大自然方面表现出诗人成熟的美感，诗人运用叙述性的手法描绘出许多图景。例如诗人在描写恒河时写道："波涛激荡，恒河在纵情歌唱，水泡晶莹，恒河在微笑低吟。有时河水犹如玉带，有时旋涡焕发光彩。有的地方流水迂缓，有的地方深邃无边，有的地方急如奔马，有的地方白浪滔天。"[①] 诗人运用比喻、隐喻、拟人和对比等修辞手法，生动形象地将恒河水不同时段或波涛翻涌或平静暗流的美景勾勒出来，同时给读者以愉悦的心情。

全部史诗是围绕离愁别恨这一永恒主题构成的。它从一开始就显示出蚁垤仙人富有人生哲理的思考，他决心正视人类命运中的悲剧问题。十车王因履行自己的诺言而让自己无比看重的儿子罗摩无辜承受流放的牺牲后抑郁而终，当婆罗多忍受着众人的冷眼去森林找罗摩时，罗摩怀着深切的同情心理解到，婆罗多正在经受一种犯罪感的折磨，正是因为他，他的母亲才提出不合理的要求，进而加速了十车王的死亡。因而罗摩设法安慰婆罗多。这也给了他一个机会阐明自己的人生观：如果悲剧既成现实，那么勇气就必不可少。"人不能为所欲为。他并不完全是自己的主人。命运将他拖来拖去。一切到手的都要失去，凡是升起的都会降落，任何聚会都不免分散，所有活着的都得死亡。人体会由于年老而虚

---

① 季羡林、刘安武编选《印度两大史诗评论汇编》，中国社会科学出版社，1984，第 6 ~ 7 页。

弱，正如房屋会由于古旧而倾塌。黑夜象河水一样，去而不归。人过得快活，便忘记了死亡，而死亡却是人的影子，你坐下它也坐下，你走动它也走动，你加快脚步它也疾趋向前，你一旦躺倒它也伴你而眠。我们迎接的每一次日出和每一个新的季节，都要把我们的生命带走一部分。在生命的途程中，种种生灵时而相聚，时又分散，正象在海上漂荡的众多浮木。在这里谁也不能等谁，正如一个商队不能停下来等一个行人。我们的父亲一生正直，现在已经到达天堂。我们无须为他悲伤，因为他已经放倒了他衰老的身躯。聪明而坚定的人不该悲伤。"[①]

史诗中反复叙述了悉多与罗摩的离别，这些关于爱情的离愁别恨与人类永恒的情愫产生共鸣，为史诗增添了一种悲伤的情调，这是史诗流传至今的原因之一。

史诗中也体现了蚁垤仙人的哲学观。当罗摩最后一次拒绝婆罗多回城时，仙人阇波离曾在场倾听，他试图反对罗摩的决定，并提出一种享乐主义的哲学。既然生灵们或聚或散有如浮木，那么"倘有人说：'这是我的父亲'，'这是我的母亲'，而且抓住这种关系不放，他就是缺乏理智……对你来说，十车王什么也不是，你对他也是一样。因此，何必拘泥于你对十车王的诺言，或者十车王对吉迦伊的诺言呢？啊，罗摩，聪明点吧！可以肯定，除了这个世间，没有别的世间。你要享受眼前的快乐，抛开烦恼的事情。采取这种四海皆准，行之有效的原则，收下婆罗多给你送来的王国吧"。[②]

罗摩的回答说明，他相信一个具有高尚理想的人能够也应该创造出生活的意义来，即使生活本身缺乏意义。归根到底，生活不是对于外在

---

① 季羡林、刘安武编选《印度两大史诗评论汇编》，中国社会科学出版社，1984，第263页。

② 季羡林、刘安武编选《印度两大史诗评论汇编》，中国社会科学出版社，1984，第263～264页。

命令的屈从，而是一个自我证明的过程。"只有一个人的行为可以使他成为有道德的人，成为英雄或懦夫，可以使他涤除污点，保持纯洁。我们内心的自我，就是我们一切善念恶念和言语行为的见证人。我在这个世界上过活，五官获得满足。我不虚伪欺诳，相信道德价值，具有区别正确和谬误的能力。让大海泛滥成灾吧，我不会违背我对父亲许下的诺言！"① 罗摩企图通过自己的品性认识自我，实现自己真正的人生价值。他没有选择跟随婆罗多回去，继承王位，而是遵从自己内心的准则，忠于父王，忠于小王后，忠于真实的自我，这也是罗摩最打动人心的高贵之处。史诗中这一段具有哲理性的话语直到今天也令人深思，是人生道德规劝的警句。

相比之下，罗波那的自我证明就在于放纵自我，不断满足自己的欲求，使外界服从于他。当他意识到这非但没有使自我自由，反而奴役了自我，为时已晚。他最后受到了应有的惩罚，他倒在血泊中，他的王后曼度陀泪眼滂沱地看着他，仿佛看到了他性格中的悲剧性弱点。罗波那是以修炼苦行征服世界的。他向内修炼最严厉的苦行，彻底制服自己的冲动，后来凭着它在战场上屡胜强敌。"你克服你的肉体冲动，修持最严厉的苦行，征服了世界。但是这些被压抑的冲动却在等待时机，发动反攻。对悉多的爱欲冲昏了你的头脑，这时候它们就胜利了，而一切也就完了。"② 罗波那内在的悲剧性弱点是他的唯我主义。他把他的自我与他的冲动等同起来了。他的行为表明他具有最惊人的自制能力，但是他之所以这样做，不过是使自己从神祇那里得到恩宠，使世界满足他的欲求。他的例子向我们证明了一个具有极高能力的人如何屈服于低级的欲望而导致自己的毁灭。不过，在临死前不久，他的精神境界提升了。正是这

---

① 季羡林、刘安武编选《印度两大史诗评论汇编》，中国社会科学出版社，1984，第264页。

② 季羡林、刘安武编选《印度两大史诗评论汇编》，中国社会科学出版社，1984，第268页。

种悲剧本身震撼了他，他的兄弟鸠槃羯叨拿死了，接着他又不得不承受他英勇的儿子死亡的悲剧，他深深地陷入悔恨，后悔当初没有听他的兄弟维毗沙那的劝告，这种精神境界的提升正是史诗最有意义的地方。

罗摩也看到了罗波那性格中的高贵成分。这种洞察力使罗摩在我们的眼里显得更加高尚。由于罗波那该对那么多的暴行负责，维毗沙那反对给他举行合乎身份的葬礼。可是罗摩说："他虽然违背了正义，但在战场上，他始终是一个精力充沛，勇敢无畏的战士。据说过去连天神也不能战胜他。他豪爽而有力，是这世界的压迫者。死亡消除了一切敌意。我们的目的已经达到。给他举行葬礼吧！你该怎样对待他，我也该怎样对待他。"① 此处罗摩仁义的话语衬托出他那完美无瑕的道德情怀，彰显出有温度的人性关怀。

马克思曾说："希腊神话不只是希腊艺术的武库，而且是它的土壤。"② 这句话同样适用于印度的这两部史诗，印度的这两部史诗同样是印度艺术的武库和土壤，许多文学作品都从中取材。它们还被翻译成多种语言流传到外国，对欧美文学、东亚文学等都产生了广泛的影响。

---

① 季羡林、刘安武编选《印度两大史诗评论汇编》，中国社会科学出版社，1984，第271页。
② 《马克思恩格斯选集》（第2卷），人民出版社，2012，第711页。

罗兰之歌

  《罗兰之歌》是中世纪法国著名的史诗，也是中古欧洲英雄史诗中最具有代表性的作品之一。全诗 4002 行，用罗曼方言写成，描述了查理大帝（Charlemagne）、罗兰（Roland）、奥利维（Oliver）等英雄的业绩，大约于 1100 年定型。它最初是游吟诗人在演述中创作出来的，其作者已不可详考。

  《罗兰之歌》是游吟诗人以罗兰的英雄故事及其他传说与历史人物事件为基础，创编出来的英雄史诗。史诗中罗兰战死的历史原型可追溯到 778 年 8 月查理大帝后卫军的失利，这支军队在从南到北横穿比利牛斯山（Pyrenees）时受到了敌人的伏击。罗兰确实是历史上真实存在的人物，他是这支后卫军的指挥者，最后死于敌人的这次伏击。《罗兰之歌》中查理大帝的敌人是撒拉逊人（Saracen），使用阿拉伯语撰写的编年史记录了阿拉伯人和巴斯克人（Basque）参与了这次对查理大帝军队的伏击。《罗兰之歌》以这一历史事实为依据，将一场只有几天的战争写成历时 7 年的征伐异教徒的大战。在《罗兰之歌》中，甘尼仑（Ganelon）与罗兰的敌对态势、甘尼仑与撒拉逊人的密谋、罗兰与奥利维的友谊以及对甘尼仑的审判等事件的历史起源已经很难探究，它们与原初的历史事实有着非常大的差距。尽管能够辨识出《罗兰之歌》的叙事框架具有真实历史的特征，但是史诗中人物的名字经常出现时代错误。随着封建社会等级制度的确立，基督教与伊斯兰教在地中海一带的争夺加剧，《罗兰之歌》被注入了基督教要素，以及当时的政治社会内容和宗教神秘色彩。

《罗兰之歌》的主要情节由甘尼仑投敌叛国、罗兰遭遇伏击、惩罚甘尼仑构成。查理大帝在西班牙驻扎了整整七年，除了马西理国王统治的萨拉戈萨，其他地区都已经被征服。萨拉戈萨的大臣建议向查理大帝朝贡，并派人质去法兰西，使萨拉戈萨免于战争。查理大帝与众大臣商议，罗兰不同意马西理国王的提议。他认为马西理国王背信弃义，建议派甘尼仑与马西理国王谈判。甘尼仑因此对罗兰一直怀恨在心，他与马西理国王同谋，使罗兰率领的军队遭遇了马西理国王军队的袭击，全军覆没，罗兰、奥利维等大将英勇牺牲。最后，查理大帝为罗兰等人复仇，消灭了敌人，处死了叛徒甘尼仑。

罗兰是《罗兰之歌》中最主要的人物形象，他忠诚无畏，重视荣誉，是理想的封建骑士形象。他效忠于查理大帝和自己的国家，随查理大帝在西班牙征战了七年，征服了诺伯乐斯和科米伯勒斯，攻占了瓦尔泰纳和比内地区、巴拉格尔、图德拉和塞维利亚。当查理大帝要离开西班牙回撤法兰西时，罗兰勇敢地统率最容易受到敌人攻击的后卫军。查理大帝要把军队的一半交给罗兰，罗兰拒绝了，只要求挑选两万骑兵。他对查理大帝说："我只要勇敢的法兰西人两万。你完全可以放心离开边关。只要我活着，你就无忧无患。"[①] 当听到撒拉逊人军队的军号齐鸣声后，奥利维预感到他们将与撒拉逊人有一场大战，罗兰回答："望上天给我们机会打仗，我们应当在这里保卫我们国王；一个人应当为领主分担辛苦，不怕严寒也不怕酷暑，丢点皮毛不值得畏惧；每个人都应该显示英豪，不要让别人把我们讥笑。"[②]

---

① 《罗兰之歌》，杨宪益译，上海译文出版社，1981，第44页。
② 《罗兰之歌》，杨宪益译，上海译文出版社，1981，第55页。

罗兰重视荣誉，他追求的荣誉中有一股为国捐躯、死而无憾的壮烈，更多表现的是一种爱国之情。他说："一个人要为领主辛苦备尝，炎暑和严寒都要能抵抗，丢些血和肉也是理所应当。我用我的杜伦达，你用你的枪，送给我这把剑的就是大王，我即使战死，也要得到赞扬，这把剑是一位忠臣的兵仗。"① 可见，罗兰把忠君爱国视为英雄应该承担的责任和义务。

罗兰作战勇敢。在与马西理的军队作战时，他一马当先，鼓舞着军队的士气："我们将要殉国，很清楚我们没有多少时间好活，可是我们先要取得重大代价。诸位拿起磨光的剑，痛快地杀吧，作出一次殊死挣扎。不能让可爱的法兰西羞愧无光！"② 他指挥后卫军取得了许多胜利，杀死了成千上万的敌人。面对马西理军队的包围，他和法兰西士兵们齐声高呼："让逃跑的人遭殃，我们宁可战死也不会投降。"③ 这种毫不畏惧的英雄气概让敌人心生震撼，让读者读来热血沸腾。罗兰奄奄一息，昏倒在草地上，一名撒拉逊人触动他的身体和武器，想要把他的宝剑带到阿拉伯去。这时罗兰感到有人在拔他的剑，并觉得他不像是自己人，于是罗兰用自己顽强的战斗意志杀掉他的敌人："罗兰抓起号角，他不愿把它丢掉，向着敌人镶着金宝的头盔猛砍，把铁盔和他的头骨打烂，从敌人头上迸出他的双眼，敌人被打死，倒在脚边。"④ 他在战争面前从来没有退缩，即使在身受重伤、筋疲力尽的情况下，也坚持血战沙场，为战斗流尽最后一滴血："他拿着杜伦达宝剑勇敢打仗，他把普侬的法德仑一剑砍死，又杀了二十四个最好的战士，从来没有人比他更急于雪耻。"⑤

---

① 《罗兰之歌》，杨宪益译，上海译文出版社，1981，第61页。
② 《罗兰之歌》，杨宪益译，上海译文出版社，1981，第104页。
③ 《罗兰之歌》，杨宪益译，上海译文出版社，1981，第57页。
④ 《罗兰之歌》，杨宪益译，上海译文出版社，1981，第123页。
⑤ 《罗兰之歌》，杨宪益译，上海译文出版社，1981，第101页。

但这样英勇奋战的罗兰在性格上也有缺点。他的个人英雄主义非常强烈，在这场大战中，他太看重荣誉，而且倔强和过于自信。当查理大帝在决定接受敌方的投降和继续对敌方动用武力之间犹豫不决时，罗兰的建议是："把你的部队带到沙拉古索城头，用全部力量围攻不休，为那些被恶人杀死的战士报仇。"① 对于罗兰而言，他的生命就是无休止的战斗，正如甘尼仑所言："只要罗兰还在，战争就不可避免。"② 他的战争从一个城市到另一个城市。哪个城市阻挡他，就会成为罗兰实现个人价值的目标。奥利维看到异教徒大举进攻，多次建议罗兰吹响他的"坳里风"，请求查理大军的支援，但是罗兰却认为这样会有损他的荣誉。他说："我将被认为愚蠢，在可爱的法兰西我将丧失声名；我宁愿拿着杜伦达痛杀一阵，让剑上的血染满金柄；邪恶的异教徒到关上来交了恶运，他们注定要灭亡，我向你保证。"③ 同时，罗兰认为这样的做法会使法兰西蒙受污辱。在罗兰眼中，个人的荣誉要高于法兰西的荣誉，任何关于国家或其他更高的追求都不在他的考虑范围之内。他没有考虑到后卫军的覆没和自己的战死将给国家带来多大的损失，他考虑的只是作为一个贵族应该追求的荣誉和利益。也正是因为他的倔强和过于重视荣誉，他才没有及时向查理大帝求援，最后他率领的法兰西军队全军覆没。

同样勇敢作战的英雄还有奥利维，他是罗兰的好友、亲信，也是法兰西的一名大将。在《罗兰之歌》中，奥利维在战场上也是勇敢的，他与罗兰和其他骑士并肩作战，守护国家。在战斗中，"他用镀金马刺踢着坐骑，以侯爷的气派上前迎击。他穿透对方的盾，又刺过甲衣，连矛带旗刺进他的身体，用长矛把敌人从马鞍上挑起"。④ 奥利维是法兰西的猛

---

① 《罗兰之歌》，杨宪益译，上海译文出版社，1981，第12页。
② 《罗兰之歌》，杨宪益译，上海译文出版社，1981，第31页。
③ 《罗兰之歌》，杨宪益译，上海译文出版社，1981，第58页。
④ 《罗兰之歌》，杨宪益译，上海译文出版社，1981，第67页。

将，他行动快，动作狠，那恶棍很快就躺在地上，这时奥利维看着他，洋洋得意地对他说道："奴才，你的恐吓并没有给我损伤，杀吧，法兰西人，我们要打个大胜仗。"① 接着在一场混战中奥利维继续骑马作战，他拔出他的宝剑，用骑士的方式将一个个异教徒杀死。

奥利维除了是一个勇猛的战士外，还是一个谨慎、明智的人。在战争开始前，他就预料到会与撒拉逊人有一场恶战，因为自己人数较少，在这场战争中必定会处于劣势，奥利维多次提醒罗兰吹响号角，告知查理大帝这件事情，找来救兵，让骑士们免于一死。第一次，奥利维说道："异教徒人数太多了，我看我们法兰西人数太少了；吹起你的号角吧，伙伴罗兰，查理一听见它，就会调回兵员。"② 第二次，他说道："伙伴罗兰，把号角吹响，查理一听见，就会派回兵将，大王会带着将军们前来帮忙。"③ 但是罗兰却认为这样的行为是愚蠢的，会让可爱的法兰西蒙受恶名。最后奥利维说道："我不想多说了，你认为不需要吹起号角，查理王的帮助你将得不到。这不怪大王，他这件事全不知道。他手下的人也与此无关。你们只好尽力赶马向前，侯爷们，你们要坚持奋战。我以上帝的名义请你们齐心协力，要挡住敌人的进攻，进行反击，查理王的战争口号不要忘记。"④ 这是奥利维聪明睿智的表现。

当战争进入白热化阶段的时候，法兰西损失严重，很明显这场战役中的法兰西将士们都会牺牲。这时候罗兰提议吹起号角，奥利维却不同意，他说道："伙伴，这件事全怪你，明智的勇敢不同于鲁莽，掌握分寸比愚蠢要强。由于你的轻率，法兰西受到伤亡，我们将不能再侍奉查理王。"⑤

---

① 《罗兰之歌》，杨宪益译，上海译文出版社，1981，第 67 页。

② 《罗兰之歌》，杨宪益译，上海译文出版社，1981，第 58 页。

③ 《罗兰之歌》，杨宪益译，上海译文出版社，1981，第 58 页。

④ 《罗兰之歌》，杨宪益译，上海译文出版社，1981，第 64 页。

⑤ 《罗兰之歌》，杨宪益译，上海译文出版社，1981，第 94 页。

这样勇敢睿智的奥利维最后也受了重伤，罗兰看着他又青又白的脸色，感叹道："我的伙伴，你的勇敢使你命丧，再没有人象你那样高强。"① 受了重创的奥利维看不见也听不见，最后他合起双手，举向天，祷告上帝让他进入乐园。法兰西还是失去了忠于国家君主的虔诚的勇士奥利维。

英勇的战士还有屠宾，他是上帝在军中的化身。在面对汹涌来临的大食人队伍，他踏着马，登上丘陵，带着法兰西人为他们诵经。"侯爷们，查理王留我们在此，我们应该为我们的王战死。你们要协助保护真理，你们将要打仗，这事确定无疑，你们自己可以看见大食兵士，你们要忏悔罪恶，求上帝恩赐；我将挽救你们灵魂，为你们洗礼，你们死后将同圣洁的殉道者在一起，你们在天堂将有一席之地。"② 在与大批马西理军队作战时，主教骑上自己的骏马，冲向敌人，毫不逊色。罗兰和奥利维称赞道："你也要承认，我的同僚，主教是一位出色的英豪，在天下地上没有人打得更好；他很善于使用他的枪矛。"③ 这里对主教的作战给予了高度肯定。主教还承担着鼓舞士气的责任，他信奉上帝，宣扬只要战士们勇敢抗击敌人，即使丧命于此，天堂也会为他们敞开门，让他们与纯洁的天使们在一起。

《罗兰之歌》既刻画了英勇的罗兰、奥利维和屠宾，也刻画了反面贵族人物甘尼仑。它对甘尼仑的描写显得真实可信，并没有一味地丑化甘尼仑。甘尼仑仪表高贵："眼睛明亮，容貌威严；他的身体健硕，肩膀很宽，他的漂亮容颜引得同僚们观看。"④ 外表帅气的甘尼仑却因为被举荐去与马西理王谈判，而憎恨自己的同胞，最后收下了马西里王的贿赂，做了叛徒。

---

① 《罗兰之歌》，杨宪益译，上海译文出版社，1981，第107页。
② 《罗兰之歌》，杨宪益译，上海译文出版社，1981，第62页。
③ 《罗兰之歌》，杨宪益译，上海译文出版社，1981，第91页。
④ 《罗兰之歌》，杨宪益译，上海译文出版社，1981，第16页。

　　罗兰与法兰西人一致同意派甘尼仑向马西理传达命令。听到这话时，甘尼仑对罗兰说道："你难道发了疯癫？我是你的继父，人们都知道的，可是你提名要我去见马西理。如果上帝让我安全还乡，我一定要同你好好算帐，一定要使你遭到灭亡。"① 而罗兰对此却丝毫不在意，甚至哈哈大笑。甘尼仑这时候"是那样愤怒，简直就要爆炸，差不多就要发昏晕倒"，② 他说道："我只要活着一天我就要同他为难，还有奥利维，他的亲密的伙伴，那十二位将军也是他的亲信，我反对他们，陛下，你可以作证。"③ 甘尼仑接受了殿下赠予的节杖和手套，收拾好自己的行囊，骑上他的战马出发了。心中装着仇恨、嫉妒和不甘的甘尼仑与马西理王会面了，他巧妙地传达了查理大帝的旨意，在敌人面前有时也表现得较为勇敢，曾宣称："我必须容忍。即使你拿一切天赐黄金，拿这里的全部财富来诱引，只要我有机会，我还是要传达那强大君王查理所吩咐的话，他要我向他的死敌把话带到。"④ 这更好地衬托出甘尼仑华丽外衣里隐藏着丑恶的灵魂。

　　甘尼仑完成了查理大帝给自己的使命，但是仍对罗兰怀恨在心，甘尼仑决心要报复罗兰，制定一个致罗兰于死地的完美计划。甘尼仑和马西理说道："只要罗兰还在，战争就不可避免，从此地到东方没有藩臣更勇猛，他的伙伴奥利维也非常英勇，还有那十二将军，查理王的亲宠，两万骑士组成他们的后卫。查理很安全，他无所畏惧。"⑤ 甘尼仑表面夸耀将士英勇以此劝诫马西理听从查理大帝的旨意，实则是在不断地暗示马西理王，所有的战事都因罗兰而起，只要罗兰活着一天，天下就不会

①　《罗兰之歌》，杨宪益译，上海译文出版社，1981，第16页。

②　《罗兰之歌》，杨宪益译，上海译文出版社，1981，第17页。

③　《罗兰之歌》，杨宪益译，上海译文出版社，1981，第18页。

④　《罗兰之歌》，杨宪益译，上海译文出版社，1981，第25页。

⑤　《罗兰之歌》，杨宪益译，上海译文出版社，1981，第31页。

太平。在接下来简单的几句交谈中，甘尼仑更是把罗兰、奥利维的英勇奋战说成了盲目好战，挑起马西理王的愤怒；又在不经意间透露了查理大帝的作战计划，他希望可以借马西理王之手，除掉罗兰，以解自己心头之恨。这时候的他已经成了一个盲目报复的小人。

甘尼仑回到查理大帝身边，按着与马西理王制定的计划按部就班地行事。他先是提议让罗兰率兵做后卫军，承担最危险的工作。罗兰欣然接受，并且还提出只要二万骑兵，这场以少对多的战役即将打响。随后罗兰在危难之际，吹响号角求救，甘尼仑却又拦下了支援。甘尼仑说道："你明明知道罗兰是多么骄傲，真奇怪，上帝能让他这么胡闹；他不等你发令就把诺堡地方攻占；那时大食人都拥出城关，去同勇敢的侯爷罗兰会战；后来他把战场上的血用水冲洗，他这样作，为了不留下痕迹，他可以整天吹着号角去追一只兔子。现在他是和将军们在耍把戏。天下没有人敢在战场上找他麻烦，骑马前进吧，为什么停马不前？"[1] 甘尼仑阻止查理大帝支援罗兰，暴露了自己内心的打算，甘尼仑与马西理王共谋，发誓要使罗兰丧命，使中原以后再无战争的计划眼看就要成功了。

甘尼仑与马西理王合谋，他也接受了马西理王的贿赂，致使查理大帝的军队遭受重创。这一次罗兰、奥利维、十二大将纷纷丧命。甘尼仑因为自己的嫉妒心理，更因为他不坚定的立场、厌战情绪以及个人虚荣心，而犯下滔天大罪。罗兰在面对敌人时对奥利维说道："伙伴，你也完全明了，是甘尼仑把我们出卖掉，黄金财货他已经得到，皇帝要为我们把仇来报。"[2] 法兰西的将士、骑兵都已经知晓了甘尼仑向敌国投诚，使自己的国家落入危难之中，并且都认为这样的叛徒一定会受到惩罚。最

---

[1] 《罗兰之歌》，杨宪益译，上海译文出版社，1981，第 96 页。

[2] 《罗兰之歌》，杨宪益译，上海译文出版社，1981，第 63 页。

后查理大帝率领众人为罗兰等人复仇，甘尼仑也被处死。

除了英勇的将士和投敌的叛徒这些男性形象外，《罗兰之歌》中还有为数不多的鲜活的女性形象。史诗中奥利维的妹妹阿尔德第一次出现是从奥利维的口中。奥利维在战场上，对罗兰生气地说道："以我的胡须我起这誓言，如果我再同我的好妹妹阿尔德见面，你将不能睡在她两臂中间。"① 这里交代了阿尔德的身份，还有她与罗兰的情侣关系。阿尔德最后一次出现，是皇帝从西班牙胜利归来，她在大殿与皇帝对话。她问道："罗兰将军在哪里？他曾发誓要娶我作他伴侣。"② 这时查理大帝说道："亲爱的姑娘，你要的人已经死去，我可以给你最好的人来代替，就是罗维斯，我不知道有谁能和他相比；他是我儿子，他将管理我的封地。"③阿尔德说道："你的话太荒唐，上帝、众圣和天使都不会这样希望，在罗兰死后我还活着留在世上。"④ 她脸色苍白，在查理大帝面前倒下，就这样死去了。美貌的阿尔德只出现在这一情节中，她的语言也就短短几句，但是体现出她对上帝的信仰，对罗兰的忠诚。毫无疑问，她也是忠诚的基督教徒。

《罗兰之歌》是一篇讲述法兰西查理大帝出征西班牙的英雄史诗。全诗共分为三个部分，首先是甘尼仑作为使者前去议和，背叛查理大帝与敌国共同策划杀害罗兰。其次是罗兰率领二万骑兵落入敌人圈套，经过不懈努力战胜敌人但却命丧于此。最后一部分是查理大帝为罗兰等人复仇，并审判甘尼仑，最后叛徒受到了应有的惩罚。《罗兰之歌》的内容取材于法兰克历史。据史书记载，公元 778 年，应萨拉戈萨大主教的吁请，查理大帝远征西班牙，打击入侵的伊斯兰教徒。因国内发生叛乱，查理

---

① 《罗兰之歌》，杨宪益译，上海译文出版社，1981，第 93 页。
② 《罗兰之歌》，杨宪益译，上海译文出版社，1981，第 197 页。
③ 《罗兰之歌》，杨宪益译，上海译文出版社，1981，第 197 页。
④ 《罗兰之歌》，杨宪益译，上海译文出版社，1981，第 197 页。

大帝在返回国内途中遭到巴斯克人的袭击，蒙受严重损失。《罗兰之歌》就是在这一历史事实的基础上加以虚构形成的。

《罗兰之歌》所描述的查理大帝率兵与敌国马西理国王的战争是正义与邪恶的战争。史诗所表明的核心思想就是正义必将打败邪恶。其中"正义"一词，在史诗中共出现7次。第一次出现是在罗兰杀死了马西理国王的侄子时，罗兰对着他的尸体说道："你这个奴才，查理王并不胡闹，他也不喜欢有人反对正教，他把我们留在边关，作得很好。可爱的法兰西不会把威名丢掉。法兰西人进攻吧，第一回合我们赢了，我们是正义的，这些坏人信的是邪道。"[1] 这一段表明这场战争中涉及了对立的宗教信仰，其中基督教才是正教，伊斯兰教被视为异教，同时也表明了英勇的战士忠于国家，忠于信仰，他们不会放弃，正义终究会打败邪恶。还有在查理大帝率领法兰西大军为罗兰等人报仇时，查理大帝说道："上帝，他们已经远远藏躲，请把正义和荣耀还给我，他们夺走了亲爱的法兰西的花朵。"[2] 法兰西的人也在不停地呼喊着："杀呀，将军们，不要延迟，查理王是在正义这一边，上帝派遣我们把真理实现。"[3] 另外还有一些与"正义"相近的词语也在史诗中出现了，比如修饰查理大帝用的"公正""正直"，惩罚叛徒时所说的"公道"，这些都是"正义"的表现。当然在史诗中除了"正义"一词的运用体现了"正义"的主题，还有法兰西英勇奋战的大将和骑兵们以及对投敌叛国的甘尼仑的惩罚等人物形象和事件都代表着正义无处不在。

中世纪欧洲史诗的英雄都具有浓厚的宗教情感，宗教情感培育和催生了英雄对勇敢和荣誉的崇尚。此时欧洲诸多国家信仰的宗教已是基督

---

① 《罗兰之歌》，杨宪益译，上海译文出版社，1981，第66页。

② 《罗兰之歌》，杨宪益译，上海译文出版社，1981，第130页。

③ 《罗兰之歌》，杨宪益译，上海译文出版社，1981，第179页。

教，它有着正规的教义，呈现为一神论体系，神明已经抽象为无所不能的上帝。中世纪欧洲史诗的英雄们对上帝无比虔诚，相信上帝站在他们一方，战争进展得很顺利需要感谢上帝。英雄罗兰在战前带领骑士们接受了主教屠宾诵经："你们要忏悔罪恶，求上帝恩赐；我将挽救你们灵魂，为你们洗礼，你们死后将同圣洁的殉道者在一起，你们在天堂将有一席之地。"① 接着，骑士们领受了主教的赐福。这些让罗兰及骑士们得到精神上的宽慰，克服了战前内心产生的各种不安和恐惧。

在战斗中，罗兰及骑士们不断高呼"蒙鸠斯依"，以此召唤上帝的护佑，鼓舞士气，激发勇气。在临终之际，也会虔诚地向上帝祈祷，罗兰就说道："上帝，我祈求你，以你的善良，将我的大小罪过加以原谅，一切罪过从我出生的时光，直到我最后遭到死亡。"② 奥利维在临死之时，也高声忏悔了他的罪愆，他合起双手，举向天，祷告上帝让他进入乐园。所有的将士都对上帝有坚定不移的信仰，他们坚持打赢了一场以少胜多的战争，捍卫了民族的利益，他们死后进入天堂得以不朽，上帝信仰最后归于正义。而叛徒甘尼仑虽然得到了财富，报复了罗兰，但是却被世人审判，最后受到了分尸的严惩。随着他和三十位亲属都受到了应有的惩罚，正义也得到了伸张。查理大帝为罗兰等人的复仇之战也表现出了"正义将会打败邪恶"的主题。

《罗兰之歌》是英雄之歌，是中世纪欧洲一部伟大的英雄史诗，是法兰西民族精神的颂歌，也是洋溢着斗争精神的战歌。《罗兰之歌》通过对话、心理描写表现人物性格，塑造了罗兰的勇敢刚毅和忠诚爱国、甘尼仑的心怀仇恨和背信弃义、奥利维的谨慎温良和忠诚勇敢等。史诗的叙述过程中也使用了留白的手法，为情节埋下伏笔，扣人心弦，使得史诗

---

① 《罗兰之歌》，杨宪益译，上海译文出版社，1981，第 62 页。

② 《罗兰之歌》，杨宪益译，上海译文出版社，1981，第 127 页。

既有对战争场景的生动描写，又情节跌宕起伏、矛盾重重。这部《罗兰之歌》的内容受到基督教的深刻影响，正义主题尤为明显，同时也顺应了中世纪欧洲封建社会发展的政治趋势，符合中世纪欧洲人民保家卫国的愿望，唱出了法兰西民族中古时期的最强音。

贝奥武甫

　　《贝奥武甫》是英国叙事诗的典范，也是早期日耳曼文学的"圣经"。早在公元六七世纪，它就以口头歌唱的形式流传于日耳曼民族聚居的北欧沿海地区，盎格鲁－撒克逊人入侵不列颠以后，流播到英格兰，在这里开花结果，于公元8世纪由姓名不可考的基督教诗人写定下来。全诗共3182行，是中世纪英国文学中最长的一首叙事诗。

　　《贝奥武甫》主要由杀死格兰道尔及其母亲、屠龙两个故事情节构成。丹麦国王赫罗斯加建造了一座宴会大厅，规模雄伟，国王为这座宏伟的大殿取名为"鹿厅"。鹿厅自建造以来充满欢声笑语，直到恶魔格兰道尔的到来。格兰道尔憎恨那些享受生活的人，一天夜幕降临时他袭击鹿厅，杀死了30名勇士。从此，鹿厅变成了屠场，格兰道尔对鹿厅的夜袭和侵扰一直持续了12年，很多武士因此丢失性命。

　　贝奥武甫是艾克塞奥的儿子，也是高特王海格拉克的外甥和侍臣。他知道了丹麦人的灾难，主动向高特国王提出要跨过大海去帮助丹麦人铲除恶魔。国王同意后，贝奥武甫便带着14名勇士一起来到了丹麦，他们受到丹麦国王的热情招待。当晚，他们便住在了鹿厅。恶魔格兰道尔如期而至，迅速杀死并吞噬了一个沉睡的勇士。当他准备抓住并杀死贝奥武甫的时候，贝奥武甫眼疾手快，一使劲反而将格兰道尔的手臂紧紧抓住。贝奥武甫扔掉兵器，徒手与格兰道尔搏斗，并在搏斗中扯断了格兰道尔的一只胳膊。格兰道尔被打成重伤逃走了。

丹麦国王赫罗斯加为感谢贝奥武甫，在鹿厅举行盛宴，并将格兰道尔的胳膊挂在了鹿厅。不料，当天晚上，格兰道尔的母亲来为她的儿子报仇，袭击了鹿厅，抓走了首席大臣伊斯切尔（艾舍勒）。第二天，贝奥武甫和他的勇士们追踪格兰道尔的母亲到深潭。贝奥武甫只身潜入水中，到达深潭的底部。在那里，格兰道尔的母亲抓住了他并把他拖进一个没有水的洞穴里。在死去的格兰道尔的面前，贝奥武甫和格兰道尔的母亲展开了激烈的搏斗。贝奥武甫的宝剑伤不了她。他试图将她摔倒，但他自己却被她掐住，跌倒在地，身上的铠甲也几乎被格兰道尔的母亲刺穿。最后，贝奥武甫在山洞里看到了一把魔剑，并用魔剑杀死了格兰道尔的母亲。他拿着格兰道尔的头和他的剑柄，重新回到他的伙伴那里。

赫罗斯加赞扬并宴请了这位英雄，鹿厅再度为贝奥武甫庆功。赫罗斯加给了贝奥武甫及他的勇士们很多奖赏，他们带着礼物，离开丹麦回到了高特。随后，高特国王海格拉克和他的儿子先后死于非命，贝奥武甫成为高特的国王，精心治理国家 50 年。在贝奥武甫暮年时，一只火龙丢失了它保管的一个金杯而大发雷霆，向高特人报复，烧毁了国王的大厅，残害高特百姓。贝奥武甫决定亲自出征，保护自己的国家和人民。他挑选出了 11 名勇士，组成敢死队。当他毅然进入龙窟挑战毒龙时，只有勇士威格拉夫留了下来，其余 10 名勇士害怕了，躲进树林中。在打斗中，贝奥武甫的宝剑击中了毒龙的头，但是没能伤到毒龙，毒龙反而折断了贝奥武甫的宝剑。在第三个回合的打斗中，毒龙咬住了贝奥武甫的头颈，威格拉夫及时冲上，用宝剑刺穿了毒龙的喉咙，贝奥武甫顺势拔出短刀，将毒龙拦腰斩断。但是，贝奥武甫因受伤过重而失去了生命。按照贝奥武甫的遗愿，高特人为他举行了隆重的葬礼。

贝奥武甫是令人印象深刻的英雄，勇敢无畏，力大无穷。贝奥武甫与格兰道尔决斗时徒手交战，用他的神力一直牢牢抓着格兰道尔不放，直到格兰道尔的手臂与肩膀被扯断："凶残的恶魔已感疼痛难忍，他的肩膀豁开一个大口，筋肉已经绽开，锁骨已经拉断。"① 在与格兰道尔的母亲作战时，他同样英勇无比，置生死于度外，全身披挂，潜入水中，最终战胜格兰道尔的母亲。在成为高特国王之后，他不顾年岁已高，为了国家和人民的利益，承担了斩杀毒龙的责任。在临战之前，贝奥武甫已经预感自己将会在战斗中死亡，知道此次杀死毒龙是自己生命终结的时刻，但他没有推卸责任，而是直面自己的死亡。在战前，他对勇敢的武士说："我决不会在墓冢的守护者面前后退半步，我与他将遭遇在绝壁，一任命运的裁决。我对自己充满信心，用不着与人联手战胜顽敌。"② 他在毒龙面前没有丝毫的怯懦，孤身来到悬崖底下斗毒龙。

荣誉是中世纪欧洲史诗的英雄追求的永恒目标。贝奥武甫在与格兰道尔搏斗前对丹麦国王说："为了让我的主公——海格拉克为我感到欣慰，我不屑于使用刀枪和盾牌，要跟恶魔来一番徒手交战，与他针锋相对，拼个你死我活。"③ 贝奥武甫挑战毒龙前发出他的豪言壮语："我年轻时，就曾身经百战；如今年事已高，但作为人民的庇护者，只要作恶者胆敢从地洞里爬出，我就一定向他挑战，让我的英名千古流传。"④ 贝奥武甫认为："除了我自己，任何人都用不着为了人间的荣耀跟这恶魔斗力争胜。我有勇气去夺取金银财宝，否则就让可怕的血战使你们失去人间的国王。"⑤ 这明确地表示贝奥武甫宁愿以生命为赌注换取对方对自己的尊重。他是在为正义、为国家或民族的利益而战斗，并从中获得荣誉。贝奥武甫渡海来到丹麦王国，挺身救难，这不仅是为了建功立业，也是

---

① 《贝奥武甫》，陈才宇译，译林出版社，1999，第48页。

② 《贝奥武甫》，陈才宇译，译林出版社，1999，第115页。

③ 《贝奥武甫》，陈才宇译，译林出版社，1999，第33~34页。

④ 《贝奥武甫》，陈才宇译，译林出版社，1999，第115页。

⑤ 《贝奥武甫》，陈才宇译，译林出版社，1999，第116页。

为了人类的正义和阻止怪物杀戮。他最后满载着盔甲、马匹和金银财宝回到高特王国，但是贝奥武甫的目的不是到丹麦王国掠夺财富，而是基于一种人道主义。斩妖除暴的行为既维护了丹麦王国的稳定与和平，也给予了贝奥武甫巨大的荣耀，赫罗斯加热情地歌颂了他："贝奥武甫，我的朋友，你的英名将四海颂扬，妇孺皆知。你的智慧牢牢地掌握着你的神力。我会信守诺言，与你保持友谊。你将永远是人民的安慰，武士的后盾。"①

他关注战争正义与否，他对荣誉有着清楚理性的认识，追求荣誉是一种建立在追求国家和人民的利益基础之上的自觉行为，财富只是这种行为的衍生价值。贝奥武甫搏杀毒龙既是为国家，也是为自己子民，而且这种崇高的行为符合他的身份，关系到他的荣誉。不可否认，虽然这个争获荣誉的行为不是以财富为目的，但是贝奥武甫终归获取了财富，他临终前没有为自己要离开人世而感到悲伤，而是因能为自己统治下的臣民赢得财富而自豪，甚至要感谢上帝让他得到这一切："为了眼前这些玮宝明珠，我要感谢万能的主，光荣的王，永恒的上帝，是他庇护我在临终以前为自己的人民获得这么巨大的一笔财富。"②

贝奥武甫对待自己的国王是忠诚无私的。贝奥武甫回国后当上了国王，并不是因为他通过阴谋或暴力的手段而获得这至高无上的权威，而是因高特国王和王子先后死于非命。高特王海格拉克死后，王后希格德曾希望贝奥武甫继承王位，高特百姓也拥戴他为国王，但他拒绝了，坚持辅佐王子赫德莱德，直到赫德莱德死于瑞典人的刀剑之下。这一行为足可以说明贝奥武甫具有坦荡的胸襟和忠诚为民的高贵品质。无论是年轻时跨越山海助力丹麦王打败格兰道尔及其母亲，还是年迈之时为高特

---

① 《贝奥武甫》，陈才宇译，译林出版社，1999，第83页。
② 《贝奥武甫》，陈才宇译，译林出版社，1999，第125页。

人杀死毒龙，贝奥武甫都为国家和人民乃至世界的和平，义无反顾地奋战，承担死亡的风险。

如此无私无畏的英雄贝奥武甫也是善于辞令、谦恭有礼的。当格兰道尔的母亲来鹿厅给她的儿子报仇，吃掉了赫罗斯加的大臣后，赫罗斯加十分伤心，贝奥武甫安慰说："请不必悲伤，智慧的国王！与其哀悼朋友，不如为他报仇。人生在世，谁都不免一死，要死就让他死得轰轰烈烈，对于一个武士来说，那样的死才是他人生最美好的事。"① 赫罗斯加因贝奥武甫的一番话而振作起来。赫罗斯加称赞他："全能的主赋予你这般好口才，你年纪轻轻，说话却如此得体，这我以前从未听说。你不仅勇力过人，智慧超群，而且善于辞令。"②

贝奥武甫从没有因为自己的力量、勇气而妄自尊大，对于自己所获的战绩也没有那种狂妄的炫耀，反而是谦虚有礼。当安佛斯（艾格拉夫之子）挑衅地说道："你就是那位跟布雷克争胜，在茫茫大海上游泳的贝奥武甫？是你为了虚荣潜入大海探险，为了愚蠢的吹牛把自己的生命当成儿戏？当你决意下海，不管是谁，无论是仇是友都无法劝说你把计划放弃……因此，如果你胆敢在格兰道尔身边待上一个晚上，我可以预见你的结局一定很不幸——尽管你在别的争战中一次次保住了性命。"③ 这种蔑视确实伤害了贝奥武甫的自尊，他对此也展开了有分寸的反击，说道："哟，我的朋友安佛斯，你唠唠叨叨说了那么多有关布雷克的话，一定喝醉了，我可以告诉你事实，比起你提到的那个人，在海上我确实更强大，历险更多。"④ 贝奥武甫没有夸张愤怒的言辞，而是侃侃而谈，用事实说话，这显露出贝奥武甫的自信。他对荣誉的追求和为人的真诚使

---

① 《贝奥武甫》，陈才宇译，译林出版社，1999，第71页。
② 《贝奥武甫》，陈才宇译，译林出版社，1999，第88页。
③ 《贝奥武甫》，陈才宇译，译林出版社，1999，第36~37页。
④ 《贝奥武甫》，陈才宇译，译林出版社，1999，第37页。

他的炫耀和吹嘘都变得柔和起来，变得不那么明显，他谦恭有礼，让受众感觉他的自我欣赏是那么的高尚得体。贝奥武甫这种在自己人面前的温和、谦恭，与对待敌人时的勇猛，形成强烈的反差。这种对自己亲近，对敌人勇敢的精神受到骑士文学的赞扬。此后贝奥武甫就成了盎格鲁-撒克逊人民心中的理想英雄，也成为英国文学史上第一位道德完美的骑士。①

贝奥武甫是勇敢的骑士，也是爱民的国王，这么伟大的英雄形象的出现，不单单是因为作者自己对理想的追求，对和平的渴望，还与当时的社会背景紧密相关。贝奥武甫出生在一个战乱的年代，掠夺、征战是当时维持生计和积累财富的重要手段。在当时，战争不光存在于氏族之间，连贵族内部也时常会因为权利和财富的分配明争暗斗。史诗中的插曲描写了丹麦某部族酋长赫纳夫与弗里西亚国王发生的纷争。两个人既是亲属，也是竞争者。还有的以联姻的方式调解国家之间的矛盾，避免战争：丹麦国王将自己的女儿嫁给了希索巴国王弗洛达的儿子英格德，但是这场复仇还是没能避免，在新婚庆典当天，一名年轻人为父报仇杀了那位公主的侍从，从此双方再次成为敌人。史诗中还描写了一些家族矛盾引发的血杀，比如丹麦国王赫罗斯加与女婿的互相残杀，贝奥武甫的父亲艾克塞奥与希塞拉夫家族之间的血仇，丹麦武士杀害自己的亲兄弟，等等。史诗中运用插曲描绘出了当时战争频发、时代动荡的社会背景，也为贝奥武甫的出现奠定基础。半神半人的贝奥武甫的出现，正好迎合了人们对和平的渴望，对美好英雄形象的追求。

《贝奥武甫》还塑造了其他各种各样的人物形象，他们没有过多的行动来展现自己的个性，但他们在史诗中却是独特而鲜明的，如勇敢机智、忠诚侠义的威格拉夫，在面对凶残的毒龙时，其他作战的骑士都逃到森

---

① 《贝奥武甫》，陈才宇译，译林出版社，1999，第8页。

林里躲避，只有威格拉夫一人守着洞口，等待着正在洞里面浴血奋战的贝奥武甫。同样具有侠义精神的威格拉夫深化了贝奥武甫的形象，反之史诗中凶恶的怪物格兰道尔及他的母亲，还有凶残的毒龙这些反面形象的对比更加突出了贝奥武甫的英雄气概。

格兰道尔"是塞外的漫游者，占据着荒野与沼泽；这可恶的怪物统治着一片鬼魅出没的土地，那里是该隐子孙的庇护所"。① 他是该隐一族，他和母亲相依为命，安家在可怕的深渊中。自从该隐杀害了自己的兄弟惹怒上帝，上帝就将他的子孙后代驱逐到了荒无人烟的边鄙。格兰道尔身居黑暗的地方，看着丹麦王建筑了华丽的鹿厅，吟游诗人在那里放声歌唱，人们欢声笑语。格兰道尔嫉妒人们美好的生活，在深夜里出没，他凶残贪婪，杀害了鹿厅里 30 个战士，带着金银财宝洋洋得意地离开。这样的杀虐持续了 12 年，恶魔格兰道尔抢占鹿厅，与正义对抗。直到勇敢大义的贝奥武甫出现，与格兰道尔展开激烈的对战，将恶魔的手臂拽下，格兰道尔身负重伤，慌乱逃走。鹿厅举办盛宴答谢贝奥武甫和战士们，此时格兰道尔也回到深潭与母亲见最后一面，他的母亲不忍见自己的儿子重伤身亡，趁贝奥武甫不在，深夜潜入鹿厅，带走了首席大臣。格兰道尔的母亲在此之前从未离开过沼泽地，也从未有过杀戮。但这一次她作为母亲，不畏危险要为自己的儿子报仇，一个舐犊情深的母亲形象跃然纸上。但是她也没能逃过贝奥武甫的追杀，在深潭中，与贝奥武甫赤手搏斗，只可惜万能的主并没有袒护这位可怜的母亲，幸运的贝奥武甫结束了她的性命。史诗中格兰道尔及其母亲，一个嫉妒人们享乐，一个为儿复仇，他们的凶残都给人们带来了恐惧和伤害，勇敢大义的贝奥武甫不能忍受，万能的主也不能接受。

史诗中年迈的贝奥武甫遇到了第三个恶魔——毒龙。毒龙盘踞在陡

---

① 《贝奥武甫》，陈才宇译，译林出版社，1999，第 21 页。

峭的石冢中，在那里守护着一笔宝藏。一天，一个无家可归的奴隶闯进了龙穴，被主人抛弃的奴隶无奈之下偷走了毒龙保管的金杯，毒龙大怒，它渴望夜幕降临，它要报复高特人。"恶魔于是开始喷吐火焰，烧着了房屋；只见火光冲天，村民们惊恐万状。可怕的飞龙存心要毁灭一切活着的生灵。毒龙的暴行已经有目共睹，他把仇恨随处播布，战争的凶顽向高特的黎民百姓发泄怨毒，造成伤害。"① 凶残的毒龙只在深夜出没，听闻百姓受难，贝奥武甫再一次出战。他深入龙穴，与毒龙一战，但这一次上帝没能守护这位国王，毒龙和贝奥武甫双双死去。毒龙对人们的杀戮只因为自己视如珍宝的金杯被偷盗，不然也许他并不会离开宝库，也不会伤害人们。从这个角度来看，他是抗暴志坚的恶敌形象。但是因为自己的愤怒却杀害了与宝藏毫无关系的黎民百姓就是他最大的错误。史诗中三个恶敌的形象特征各异，他们展开杀戮的原因也各不相同，但是他们与贝奥武甫相比，都是黑暗的、凶残的，这样的恶敌形象更好地衬托出贝奥武甫无畏无惧的英雄形象。

《贝奥武甫》结构严谨，首尾呼应。开端叙述了希尔德的葬礼，结尾以贝奥武甫的葬礼呼应。希尔德是传说中的人物，充满神话色彩，是赫罗斯加的曾祖父。他幼小时乘坐小舟从海上漂流到丹麦，长大后平定四方，成为丹麦的国王。辞世后，丹麦民众为他举行了海葬，将他送回大海。贝奥武甫阵亡后，高特人为他举行了火葬，他的勇士们策马而行，绕着贝奥武甫的墓地唱起挽歌，一边哭诉，一边唱着颂扬贝奥武甫生平业绩的歌。在古老的关于希尔德的传说之后，口头诗人才突然引入史诗的主人公贝奥武甫。这个传说既叙述了赫罗斯加的家谱，也呈现了《贝奥武甫》在历史和神话上存在着的关联。在史诗的结构方面，母题的重复也提供了支撑。从叙事结构来看，史诗母题的重复无疑使史诗增加了

---

① 《贝奥武甫》，陈才宇译，译林出版社，1999，第107页。

特有的结构韵律。

《贝奥武甫》中包含了死亡母题、复仇母题、英雄母题、除妖母题等，母题种类繁多，并且在史诗中同一种母题的重复出现也是史诗的一大特色。比如葬礼母题，它与死亡母题有着直接联系，任何一场战争讨伐中都会有人付出生命，人们就会为那些英勇赴死的国王和将士举办不同规模的葬礼。史诗开篇简单地介绍早期丹麦国王的生平和战绩："斯基夫之子希尔德，常常从敌人手里，从诸多部落那里，夺得领土，想当初他孤苦零丁，如今却威镇四方酋长；他已如愿以偿，在天地间建功立业，声誉日增，直到鲸鱼之路四邻的部落一个个不得不向他臣服，向他纳贡；哦，好一个强大的国王！"[①] 转笔直接描述了为战死的国王举办的隆重的葬礼："他的身边堆着来自四方的无数财宝；我从未听说世上有哪只航船曾装载过那么多的武器和甲胄，那么多的战刀和锁子甲；他的胸前还摆满金子银子，它们将随着他一道远远地漂流，进入大海的怀抱。"[②] 从内容篇幅来看，隆重的海葬才是重点，生前伟大的国王也如同常人，因为时限到了结束生命，直接点明史诗的宿命论思想。随即史诗的第二场葬礼是由吟游诗人演唱的，那是关于芬恩部落纷争的插曲，它与希尔德的海葬不同，这场葬礼更多的是人民的悲痛和不舍。两场葬礼揭示了当时社会动荡、战争频发的社会背景，也为伟大国王的出现奠定了基础。经过插曲中葬礼的过渡，史诗中贝奥武甫的葬礼将葬礼母题推向高潮。贝奥武甫一生为国家、为人民甘心付出，深受人民爱戴，他的葬礼是希尔德海葬的隆重与赫纳夫葬礼的难过的结合：百姓们堆起了柴堆，在山岗上点燃了火，他们修建了一座高大的陵墓，并且将无数珍宝放进墓室里，十二位勇士骑着马唱着挽歌赞美他，白发的老妇也唱着凄凉的歌以表哀

---

① 《贝奥武甫》，陈才宇译，译林出版社，1999，第17页。

② 《贝奥武甫》，陈才宇译，译林出版社，1999，第18页。

思。贝奥武甫的葬礼既庄严隆重又充满悲伤。

从希尔德隆重的葬礼，到赫纳夫悲伤的葬礼，再到贝奥武甫隆重且悲伤的葬礼，重复的葬礼母题在史诗中一次次升华，深刻地体现出史诗的宿命论思想，也进一步深化了史诗死亡主旨的表达。葬礼母题的出现，奠定了史诗悲伤的感情基调，史诗开篇的葬礼就预示着英雄的落幕。除了葬礼母题反复出现外，除妖母题也贯穿史诗始终。

《贝奥武甫》在结构、人物形象等方面还具有对称的特征。史诗的主要结构是对称的：战胜格兰道尔及其母亲是叙述贝奥武甫青年时期的事迹，杀毒龙则是叙述贝奥武甫老年时期的功绩，还有开篇和结尾的两场葬礼，光明华丽的鹿厅和阴暗恐怖的深潭和龙穴等。同为勇士的贝奥武甫和安佛斯，一个谦恭有礼，一个狂妄自大；作为国王的贝奥武甫爱民如子，海勒摩德暴虐无道；温柔善良的王后希格德，残忍骄傲的公主莫德莱丝等又构成了人物形象方面的对称。这些对称描写，形成鲜明的对比，使《贝奥武甫》善与恶的主题思想得以深化。

《贝奥武甫》具有口头文学的艺术特征。首先，在讲述《贝奥武甫》的过程中，口头诗人经常会站出来，以第三者的视角补充故事，使情节更加完整。在贝奥武甫与格兰道尔搏斗时，诗人说："我听说——许多镶嵌黄金的凳子都被他们压坏，地上一片狼藉。"[1] 以一种身临其境的感觉为读者讲述故事，给读者带来一种现场感，更加引人入胜。鹿厅祝捷，诗人描述道："我听人们这样说，第二天早上宴乐厅的四周围满了无数武士。部落的首领从四面八方赶来，想看看这桩奇迹，以及恶魔留下的足印。"[2] 有时，口头诗人会对某个人物或场景发表议论，如贝奥武甫与其他勇士等待格兰道尔到来，格兰道尔看到鹿厅的勇士，以为可以美餐一

---

① 《贝奥武甫》，陈才宇译，译林出版社，1999，第47页。

② 《贝奥武甫》，陈才宇译，译林出版社，1999，第49页。

顿，诗人对此以讽刺的语气评论道："只可惜他的命运不济，这一夜以后，他将再吃不到人肉。"① 其次，在《贝奥武甫》故事情节发展的过程中，诗人加入了许多插话，这是口头文学在叙事结构上的特征。"插话，是世界各民族史诗中一种常见的艺术手法，在史诗故事情节展开的发展过程中，暂时离开和超越主要的情节和话题，插进另外的一些内容，以补充说明或解释作者的议论或抒情，进一步表现创作意图。"② 《贝奥武甫》中的插话描绘出贝奥武甫生活年代的整个背景，有氏族之间、国家之间、贵族内部的血仇与矛盾。这些插话有的是借史诗中的吟游诗人之口讲述出来的，形成大故事中的小故事，有的是通过史诗中人物的回忆来讲述的。最后，回忆性的讲述帮助初听者连贯故事内容。在年老的贝奥武甫与毒龙作战之前，诗人以回忆的方式讲述了贝奥武甫年轻时战胜格兰道尔及其母亲的故事，并叙述了贝奥武甫当上国王的经历。这部分回忆性的讲述基本上串联起了整个故事，使初听者也可以明白故事的大概内容，可以继续听下去，不会对故事产生疑虑。

综上，《贝奥武甫》是古英语文学中最古老和最伟大的作品，是一首关于英格兰民族英雄贝奥武甫的赞歌，至今仍然散发着巨大的艺术魅力。

---

① 《贝奥武甫》，陈才宇译，译林出版社，1999，第45页。
② 张朝柯：《论东方古代六大史诗》，人民出版社，2015，第270页。

尼伯龙根之歌

　　《尼伯龙根之歌》（又名《尼伯龙人之歌》）是中世纪高地德语叙事诗，是口头诗人在古代尼德兰传说和勃艮第传说的基础上创作而成的宏大史诗，于1202～1204年写定。全诗共有39首歌，2397个诗节9516行，大约每4行为1个诗节。

　　《尼伯龙根之歌》以争夺尼伯龙宝物为中心，描述了西格夫里特的死亡和克里姆希尔德的复仇，其主要的故事情节如下。

　　居住在莱茵河下游的尼德兰有一位高贵的王子叫西格夫里特，他身材魁伟，拥有非凡的臂力。成年时，他的父王为他举行了盛大的授剑仪式。住在沃尔姆斯的勃艮第国公主克里姆希尔德是一位风姿绰约、容貌俊美的少女，许多勇士向她求婚。西格夫里特也想向这位公主求婚。他带领几名勇士来到了沃尔姆斯，作为贵宾留在勃艮第宫廷。西格夫里特帮助勃艮第公主的哥哥恭特国王阻止了撒克逊和丹麦的侵略，克里姆希尔德听说了西格夫里特英勇善战的事迹，暗生情愫。

　　后来，西格夫里特以将克里姆希尔德许配给他做妻子为条件，帮助恭特国王娶到了布伦希尔德女王。西格夫里特与克里姆希尔德结婚后，登基加冕，成为一位强大的国王，并占有尼伯龙宝物。十年后，应勃艮第国王恭特和王后布伦希尔德的邀请，西格夫里特带着妻子回到沃尔姆斯省亲。两位王后因为谁的夫君地位更高而产生争执，而克里姆希尔德说出了当年西格夫里特是第一个接触她身体的男人，并以当年布伦希尔德的戒指和腰带为证。布伦希尔德王后感觉自己受了极大的侮辱，对西格夫里特和克里姆希尔德怀恨在心。恭特国王的忠臣哈根得知此事后决定为他的王后报仇，想要杀死西格夫里特并占有他的宝物。哈根以保护西格夫里特的名义向克里姆希尔德打探到西格夫里特的致命之处，借机刺死西格夫里特，夺走了他的尼伯龙宝物。

失去丈夫的克里姆希尔德寡居沃尔姆斯 13 年，一心想要为西格夫里特报仇。随后她嫁给了匈奴国的国王艾柴尔，给他生育了一个儿子，名叫欧尔特利浦。在匈奴国，她慷慨布施，赢得了英雄们的爱戴。看见时机已到，她说服艾柴尔邀请恭特和哈根来匈奴国做客，意在实施她的复仇计划。仿佛命运驱使般地恭特和哈根接受了艾柴尔的邀请，带着他们的军队来到了艾柴尔的王国。恭特和哈根到达后，克里姆希尔德一直寻找事由挑起矛盾，她先向哈根提起旧事并索要尼伯龙宝物，后来又下令焚烧大厅，从而引起匈奴人与勃艮第人之间的大杀戮。最后，恭特和哈根被俘虏，克里姆希尔德要求哈根交出尼伯龙宝物，哈根拒绝告诉她藏匿尼伯龙宝物的地点。他回答说，只要他的主人中有一个还活着，他就不能说出宝物存放在何处。于是克里姆希尔德命人杀死了恭特，并将恭特的首级交给了哈根。哈根悲愤地告诉克里姆希尔德，现在只有他一人知道宝物在哪了，而她永远别想知道。于是，克里姆希尔德从哈根身上拔出西格夫里特的宝剑，并将他杀死。老帅希尔德勃兰特认为哈根是一位英雄，见到他惨死在克里姆希尔德手中，心生愤怒，当即杀死了克里姆希尔德。最后，只有狄特里希和艾柴尔王幸存，他们为亲人和勇士们痛心哭悼。

在《尼伯龙根之歌》中，西格夫里特、克里姆希尔德、哈根推动着悲剧的发展，是史诗的主要人物，有着鲜明的性格特征。

西格夫里特是尼德兰国的王子，勇武盖世，骁勇善战。他曾亲手杀死一头巨龙，他的皮肤沐浴过巨龙的血后变得刀枪不入。成年后，他向克里姆希尔德求婚，但他不靠出生门第，而是诉诸武力。居住在沃尔姆斯期间，他帮助勃艮第王恭特阻止了撒克逊和丹麦的侵略，并且帮助恭特制服了强大的女王布伦希尔德，使得恭特求婚成功。

西格夫里特重情义，忠于朋友。当恭特因为撒克逊和丹麦的侵略感到烦恼时，他主动提出："愿为你排忧解难，尽忠效力，倘若你有事想征集盟友，我便是其中一人，我坚信至死不会辜负你对我的信任。"① 恭特将布伦希尔德迎娶回来后，却无法制服她，西格夫里特答应恭特他会将布伦希尔德制服，但不会碰她的身体。而且他也说到做到了。恭特与哈根设下圈套，想要杀害他，派一群伪装的使者送来撒克逊的宣战书，西格夫里特出于对朋友的忠心，毅然决定出兵迎敌。同时，他对恭特和哈根十分信任。当哈根看到克里姆希尔德已经在西格夫里特的致命之处做了标记时，便决定取消假意出征作战的计划，并邀请西格夫里特一同出游狩猎，西格夫里特对此没有丝毫怀疑和警觉。

西格夫里特对待爱情坚定专一。当他决定向克里姆希尔德求婚时，由于路途遥远和恭特的勇士众多，他遭到了众人的反对，他便说道："我只娶克里姆希尔德为妻。"② 他对他的父王说："假如你不准我向我倾心爱慕的女子求婚，我就永远不娶任何其他高贵的妇人。无论你们如何反对我，反正我已经下定决心。"西格夫里特在生命垂危之际依旧担心克里姆希尔德，他带着愤怒请恭特照顾克里姆希尔德："我请求你，对我亲爱的妻子给予照顾。我以全体君主的高洁之心向你恳求：她是你的妹妹，让她受到你的保护！"③ 这位英雄在生命的最后一刻因为自己的爱妻向杀

① 《尼伯龙人之歌》，安书祉译，译林出版社，2000，第34页。
② 《尼伯龙人之歌》，安书祉译，译林出版社，2000，第13页。
③ 《尼伯龙人之歌》，安书祉译，译林出版社，2000，第208页。

害他的人发出了最卑微的请求。

克里姆希尔德是故事的女主人公，故事因她而始，由她而终。在西格夫里特之死的故事中，她是个天使，单纯天真。哈根找到她向她打听西格夫里特的致命之处，她不假思索地告知他西格夫里特的致命之处是肩胛骨，而且在她丈夫的战袍上做了一个暗记，这直接导致西格夫里特惨死于哈根手下。克里姆希尔德看重尊严和地位。克里姆希尔德与布伦希尔德发生争吵的缘由在于她认为西格夫里特不是恭特的家臣，他们都是国王，地位平等，因此她完全有资格与布伦希尔德平起平坐。为此她说出了西格夫里特是第一个接触布伦希尔德身体的人，并拿出腰带和戒指为证。这使布伦希尔德感觉受到了羞辱，后来哈根杀掉西格夫里特，由此引发一系列悲剧。

后来，克里姆希尔德因为她的丈夫西格夫里特的惨死而变为一个疯狂的复仇者。在西格夫里特死后，她便决心为他报仇。艾柴尔派方伯吕狄格来求婚，她最初是拒绝的，她想要至死为西格夫里特守节。但当方伯吕狄格向她秘密承诺，他将替她弥补她遭受的一切时，克里姆希尔德开始动心了："我或许还能为被害的丈夫报仇雪恨。"① 来到匈奴国后，她广泛布施，给勇士们分发黄金珠宝，很快赢得了人心。她怂恿艾柴尔邀请恭特和哈根来匈奴国赴宴，并特别强调哈根必须要来。哈根来到匈奴国后，克里姆希尔德见到他的第一句话便是质问他对西格夫里特犯下的罪行。为了复仇，她不惜牺牲她儿子的性命来点燃整场战斗的导火线。为了复仇，她牺牲了成千上万勇士的生命，甚至命人将自己的哥哥恭特杀死，最后亲自杀了哈根。

哈根是一个忠诚的勇士，一生都为恭特效力，忠贞不渝，为勃艮第国的未来筹划。西格夫里特来到沃尔姆斯时，没有人认识他，只有哈根

---

① 《尼伯龙人之歌》，安书祉译，译林出版社，2000，第 261 页。

从他的长相与举止认出了西格夫里特，建议恭特好好招待西格夫里特。他随同恭特出征撒克逊和丹麦。他杀死西格夫里特既是为了挽回王后的尊严，占有尼伯龙宝物，也是为了保证没有人能够威胁到恭特和他的国家。他勇敢无畏，视死如归。哈根劝恭特不要去匈奴国赴宴，认为这是一个阴谋，但恭特不听从哈根的建议。当恭特决定前往时，哈根说道："既然你们不肯作罢，非去匈奴旅行不可，我愿意奉陪，证明我的勇气和胆量。"① 在去匈奴的路上，面对死亡的厄运，哈根毁掉船只，以免有人因胆怯乘船逃回沃尔姆斯。然而哈根不念往日西格夫里特帮助勃艮第打败撒克逊和丹麦的战功，不念西格夫里特帮助恭特迎娶布伦希尔德女王的恩情，辜负克里姆希尔德对他的信任，用阴谋刺杀西格夫里特等有失一个英雄的风范。

《尼伯龙根之歌》的创作特点之一是真实性，它描述的主要人物和事件大多能找到历史原型。勃艮第人是一个日耳曼民族部落，5世纪早期便居住在莱茵河中部地区，是否如《尼伯龙根之歌》描述的那样居住在沃尔姆斯却不能得到确证。435～436年，勃艮第人开始移入罗马人居住的贝尔吉卡，罗马人将他们视为潜在的威胁，联合匈奴人攻击这群勃艮第人，勃艮第人的国王和大部分勇士都在这场战斗中被杀死了。《尼伯龙根之歌》描述了勃艮第人所遭遇的灾难性事件，但与史实不完全一样。哈根、西格夫里特等与日耳曼民族历史上知名的人物没有任何联系。《尼伯龙根之歌》是建立在某些历史人物与历史事件基础上，但是他（它）们属于不同时代与不同语境，他（它）们在《尼伯龙根之歌》漫长的形成过程中被糅合在一起，被重新解释，历史人物被英雄化了，被放进一个戏剧化故事里，而人们也难以辨认出这个戏剧化故事的历史源头。简而言之，《尼伯龙根之歌》将历史和神话交织在一起，在神话中描述历史，

---

① 《尼伯龙人之歌》，安书祉译，译林出版社，2000，第305页。

将历史事件转换成一种永恒的叙事。

《尼伯龙根之歌》的创作特点还在于对宴会场景与打斗场景的宏大叙述。史诗中有多处关于宴会的描述，如西格夫里特的成年宴会、西格夫里特来到沃尔姆斯的宴会、战胜撒克逊和丹麦后的宴会、西格夫里特和恭特的婚礼宴会、西格夫里特和克里姆希尔德的省亲宴会、匈奴国举行的迎接克里姆希尔德的宴会、恭特等人到匈奴国的宴会等。在这些盛大的宴会上，口头诗人会对参加宴会的人物的服饰、武器进行描写，还涉及比武、宗教仪式等活动。他以网状结构的方式展开对整个宴会场面的描写，以时间顺序穿插人物对话与其他情节。打斗场景主要有勃艮第与撒克逊和丹麦之战、勃艮第与匈奴国之战，它们场面宏大，战斗激烈，而勃艮第与匈奴国之战还引导着读者探寻命运的真谛。

在叙述过程中，口头诗人会预先告知人物的悲剧结局。史诗在开篇便预言克里姆希尔德会使许多英雄丧命，而且通过释梦的形式预先告知了故事的脉络："正如母后释梦时所做的预言那样，这位骑士就是她梦中驯养的那只野鹰。后来，她的近亲把这位骑士杀害，她为一人复仇，夺去无数勇士的性命。"① 这样，口头诗人便十分清晰地点出了他要歌咏的主题，而后他娓娓道来的每一章节都与死亡和悲剧的主题关联，表达出强大的价值信念和强烈的悲剧意义，时时刻刻让读者想起史诗人物的悲剧结局。在去匈奴的路上，恭特和哈根等人被泛滥的洪水挡住了去路，哈根只身一人去勘察地形，遇上两位水上女仙。女仙们预言，他们将有去无返，只有一位神父能安然返回沃尔姆斯。

《尼伯龙根之歌》具有口头文学的艺术特征，表现在语言的程式化、场景的反复使用。如形容克里姆希尔德或其他女性的美貌时常会用"风姿绰约""美丽""高贵"等语词，对英雄的修饰会用"勇敢的"。再如

---

① 《尼伯龙人之歌》，安书祉译，译林出版社，2000，第5页。

西格夫里特受恭特之邀离开尼德兰到沃尔姆斯赴宴，最后命丧沃尔姆斯，而恭特和哈根受匈奴国王艾柴尔之邀离开沃尔姆斯到匈奴赴宴，最后命丧匈奴，这两个场景都是受邀请者离开自己的国家到另一国家赴宴，由喜到悲。

《尼伯龙根之歌》是中世纪德国文学中杰出的民间文学作品，在欧洲文学史上占有重要地位，极具美学价值和史料价值，是我们了解欧洲封建社会、骑士精神的重要文本。

卡勒瓦拉

芬兰的著名民族史诗《卡勒瓦拉》，也称《英雄国》，是最宝贵的世界文化遗产之一。不仅在芬兰语言文学上，也在芬兰民族文化上起到了重要的作用。

《卡勒瓦拉》的编撰者隆洛德（Elias Lönnrot）1802 年 4 月 9 日生于一个贫困的家庭。他从小就喜欢诗歌，1822 年进入阿波大学学习，参加了学校里的一个青年团体，致力于芬兰民间诗歌的搜集。离开大学后，他当了乡下的医生，开始了民间诗歌搜集的第一次旅行。1829 年到 1831 年，他出版了以《甘德勒：一首芬兰古今歌曲》为题的芬兰民歌集。正是由于民间歌集的印行，他学校的团体"礼拜六俱乐部"发展为芬兰文学协会，这个协会的工作包括搜集芬兰古代诗歌、出版推进大众教育和启蒙教育的作品、发行学术期刊。

从 1832 年开始，他在卡尼亚当医生，与当地居民一起劳动，同时开展了不少次旅行，采集民间诗歌。到 1835 年，他完成了第一版《卡勒瓦拉》，全书分 32 篇，稿本寄给芬兰文学协会出版。之后，他走上更遥远的旅程，搜集更多的民间诗歌。到 1849 年他出版了更完备的《卡勒瓦拉》，全书共 50 篇，他还印行了《甘德勒达尔》。

《卡勒瓦拉》这部史诗主要讲了歌手万奈摩宁、青年勒明盖宁、铁匠伊尔玛利宁和少年古勒沃四个英雄的故事。史诗开篇讲述了大地、天空、太阳、月亮、云等的神话般的诞生：大气之女降在大海上，风和浪使她怀孕，她成为大水之母。之后一只小凫在她膝上做窝、下蛋。蛋从窝里落下，打碎了，碎片变成了大地、天空、太阳、月亮和云。大水之母创造了海角、海湾等，歌手万奈摩宁从大水之母中诞生。之后，万奈摩宁播种、编写歌曲，尤卡海宁来与他斗智斗勇，怎奈斗不过万奈摩宁，最后提议将自己的妹妹嫁给万奈摩宁，万奈摩宁高兴地同意了，并将尤卡海宁释放。尤卡海宁狼狈地回家告诉母亲将妹妹许配给万奈摩宁，母亲很高兴，妹妹爱诺却哭啼不肯，投湖而死。万奈摩宁为此伤心不已，他想从湖里垂钓尤卡海宁的妹妹，他将变成了鱼的爱诺拉到船上，然而鱼又重新回到湖里，并告诉他她是谁，表示不愿做万奈摩宁的妻子。万奈摩宁向他死去的母亲哭诉，他的母亲提议他向波赫亚的姑娘求婚。万奈摩宁于是出发去波赫亚，尤卡海宁借机想用弩弓为死去的妹妹报仇，万奈摩宁在海上漂流了几天，曾受到他恩惠的老鹰背着他飞到波赫亚，波赫亚的女王热情招待了他，又将女儿许给他，条件是他在波赫亚为她打造三宝。万奈摩宁答应回到家后就送铁匠伊尔玛利宁来打造三宝。波赫亚女王就给他马和雪车，送他回去。万奈摩宁在途中遇到了波赫亚姑娘，姑娘答应了他到车子里靠着他坐下，条件是他给她打造一艘船，万奈摩宁就动手工作，斧子却砍伤了他的腿，他找到一位神秘的老者，老者答应给他止血。万奈摩宁回到家中，用计将伊尔玛利宁送到波赫亚打造三宝，伊尔玛利宁造好三宝后，波赫亚女王将三宝藏到石山里。伊尔玛利宁要波赫亚姑娘嫁他，姑娘却以不愿离家为借口拒绝了他。伊尔玛利宁造了一艘船，回到故乡，通知万奈摩宁。

之后史诗讲述勒明盖宁的故事。勒明盖宁到萨利的高贵姑娘那里去求婚。最后成功娶回吉里基，后来吉里基忘了誓言，勒明盖宁大怒，决意离弃她，向波赫亚的姑娘求婚。他动身来到波赫亚，要求波赫亚的老太太将女儿嫁给他，她给了他三件工作考验他：猎麋、给希息的喷火的马上笼头、射击天鹅。勒明盖宁成功完成了前两件，在他射击天鹅的时候，被敌人杀害。勒明盖宁的母亲知道他死去后，找到了他的尸体，用咒语和神秘的药膏使他复活。勒明盖宁讲述了他被杀的经过，然后和他的母亲一起回家。

万奈摩宁想造一艘船却记不起三句有用的咒语，只好到多讷拉去，希望在那里可以找到咒语。他在那里经受磨难，终于逃出了多讷拉，回来后警告人们不要去那里。他又到维布宁那里去找咒语，维布宁将他吞到肚子里，他就在维布宁肚子里折磨他，维布宁只好将咒语以及他所有的智慧告诉万奈摩宁，万奈摩宁离开了他，终于将船造成。

万奈摩宁驾了新船向波赫亚的姑娘去求婚，伊尔玛利宁知道后也骑马向波赫亚出发。波赫亚的女王看到两个求婚者来了，劝她的女儿选择万奈摩宁。但她的女儿却喜欢伊尔玛利宁。伊尔玛利宁经受了三次考验后，波赫亚的女王答应将女儿嫁给他。万奈摩宁垂头丧气地回到家，又告诉人们不要和年轻人一起去求婚。

婚礼在波赫亚隆重举行，他们邀请了众多英雄，却没有请勒明盖宁。婚宴之后，伊尔玛利宁第三天晚上带新娘回到了老家，受到大家的热烈欢迎。

勒明盖宁对没有请自己参加婚宴非常生气，就决意到波赫亚去。由于他有法术，他安然通过了一切危险的地方。到了波赫亚，勒明盖宁态度非常傲慢，与波赫亚的主人发起决斗，勒明盖宁砍掉了波赫亚主人的头，为了报仇，波赫亚女王统率了一支军队向他进攻。勒明盖宁逃出波赫亚回到家里，向他的母亲问藏身之处，他的母亲提议他到远远的岛上避难。勒明盖宁来到岛上与姑娘和妇人玩乐，最后男子们从战场上回来，就设计害他。他从岛上逃出，造了一艘船安抵故国，却看到老房子被烧掉，母亲不见。勒明盖宁在森林里找到了母亲，母亲告诉他波赫亚军队来过，烧掉了房子。勒明盖宁决意报仇，之后造更好的房子。勒明盖宁邀请自己的战友迭拉一起去攻打波赫亚。波赫亚女王差严寒去抵抗他们，她将他们的船冻在海里，勒明盖宁用咒语和祷告解冻，终于取道回家。

接着又讲到古勒沃的故事。温达摩与卡勒沃本是两个兄弟，因生活琐事，鲁莽的温达摩向他的哥哥卡勒沃开战，覆灭了卡勒沃及其军队，只留下了一个孕妇，她被掳到了温达摩人中，生下了儿子古勒沃。古勒沃从小就决意对温达摩复仇，温达摩也好几次想把他弄死，却不成功。古勒沃长大后，他搞坏了一切工作，温达摩因此将他卖给伊尔玛利宁做奴隶。伊尔玛利宁的妻子想让古勒沃做她的牧人，还在给他的面包里搁了一块石头，恶意害他。古勒沃发现后，为了向他的主妇报仇，他将家禽赶到森林里让野兽吃掉，又将一群野狼和熊在黄昏时赶回家来。伊尔玛利宁的妻子当场被野兽咬死。古勒沃逃出伊尔玛利宁的住所，在森林里流浪。他遇见了林中的老妇，老妇告诉他，他的父母、兄弟、姐妹还活着。依了她的指示，他找到他们。他的母亲告诉他，她的大女儿在采莓果的时候失踪。古勒沃替他的父母干活，但结果是将一切搞坏。他的父亲就差他去缴地租。他回家的时候遇见了他的妹妹，对其一见钟情，就将她拉到雪车里。他的妹妹知道他是谁之后，就投身急流中死去。古勒沃回家后告诉他母亲妹妹的命运，打算自杀。他的母亲劝他不要自杀，让他到一个地方藏起来平复心情。然而古勒沃又决意先向温达摩复仇。他来到温达摩拉，烧掉了整个地区。等他回到家里一看，发现自己的家也毁了，除了一条黑狗外，没有一个生物。他最后来到妹妹死亡的地方拔刀自杀了。

万奈摩宁劝伊尔玛利宁同到波赫亚去将三宝取回来。伊尔玛利宁同意了，就乘船出发。勒明盖宁看见他们的船只就同他们打招呼，知道他们到哪里去后，提议三人一同前去。于是他们远征波赫亚。他们来到瀑布下面，船突然贴在一条大梭子鱼背上。他们杀了梭子鱼，煮而食之。万奈摩宁又用梭子鱼的腭骨制成一架甘德勒。万奈摩宁弹奏着甘德勒，倾听这音乐的听众都大受感动。

英雄们来到波赫亚，声称要取回三宝。波赫亚的女王不愿交出，她召集人们反抗。万奈摩宁拿起甘德勒弹奏着，催眠了波赫亚的全体人民。他就同他的伙伴去搜寻三宝，在石山中找到三宝后，运到船上归航。波赫亚的女王第三天醒来后发现三宝不见了，就制作出大雾、狂风等来阻挠万奈摩宁一行人。万奈摩宁的甘德勒在狂风中掉到水里去了。

波赫亚的女王装备了一艘战船，追赶上抢走三宝的人。双方大战，万奈摩宁方的卡勒瓦拉军队获胜。在争夺三宝的过程中，三宝跌得粉碎。万奈摩宁拾捡起岸上的三宝碎屑，种在地里，希望有好运发生。万奈摩宁去寻找丢失的甘德勒，却没有找到，于是他用白桦木制作了新的甘德勒，弹奏着，给附近的一切生物带来欢乐。

波赫亚女王又将瘟疫送到卡勒瓦拉，万奈摩宁用有效的咒语和药膏治疗他的人民。之后，波赫亚女王还不甘心，又叫熊去伤害卡勒瓦拉的家禽，万奈摩宁将熊杀死，大摆庆功宴。他弹奏着甘德勒，月亮和太阳都来倾听。波赫亚女王于是将太阳和月亮掳去，藏在山中，又从卡勒瓦拉的住所偷走了火。至高无上的大神乌戈很诧异天的黑暗，就燃起火来，要造新月亮和太阳。火落在湖里，被鱼吞吃了。万奈摩宁和伊尔玛利宁设法用麻线织的网去捕鱼，终于将那条吞火的鱼捕获。他们在鱼的肚子里找到了火，但它突然燃烧起来，灼伤了伊尔玛利宁的手和双颊。火又冲进森林，烧了不少村落，最后他们将火逮住，送到卡勒瓦拉黑暗的房屋里。伊尔玛利宁的伤也好了。

伊尔玛利宁打造了新的月亮和太阳，却无法使它们发光。万奈摩宁从占卜者那里知道月亮和太阳被藏在波赫亚的大山里，于是就到波赫亚去，征服了全国。他看到山里的月亮和太阳，却进不去。于是他又回家，去拿开山的工具。正当伊尔玛利宁打造工具的时候，波赫亚女王害怕对她不利，就放了月亮和太阳。

处女玛丽雅达吞吃了一颗蔓越橘，就生了一个孩子。送去洗礼时，老者声称要在考察后才能为这无父的孩子施洗。万奈摩宁知道后，劝说应该将这不祥的孩子处死，孩子却为了这不公平的判决而责骂他。老者就为这个孩子施洗，尊之为卡勒里亚之王；万奈摩宁感到受了侮辱，就离开了这国土，但他声明，还要打造新的三宝和甘德勒，将光明带给人们。他乘了一艘船离开，留下他的甘德勒和伟大的歌，作为他对人民的离别之礼。全诗以万奈摩宁的离别作结。

万奈摩宁是一个典型的文化英雄，他播种、制作甘德勒创音乐、造船，帮助人们从鱼肚子中取回火种，与英雄们共同带回三宝，用咒语将瘟疫驱除，将三宝碎片洒在土里希望带来好运，还胁迫娄希（波赫亚女王）放出月亮和太阳……他将人们所需的文化成果带给人民，离开时还留下他的甘德勒和伟大的歌，他的功绩非常伟大。

史诗中体现了许多英雄史诗共有的母题，例如英雄求婚母题、英雄复活母题、英雄的神奇诞生母题等。这些情节叙述与其他史诗既有相同之处，也有自己民族的独特之处，体现出芬兰独特的民族文化。

同《格萨尔》《江格尔》《熙德之歌》等史诗中的英雄求婚母题相似，《卡勒瓦拉》中万奈摩宁和伊尔玛利宁同样要走很长的路程到远方去求娶女子，而且女方经常会为了考验英雄设置三项看似不可能完成的任务，然而英雄总是能凭借自己超凡的能力以及在外力的帮助下完成任务，成功娶回女子。具有喜剧效果的是，《卡勒瓦拉》中万奈摩宁和他的情敌伊尔玛利宁一起去波赫亚求婚，只有伊尔玛利宁通过了三项考验娶到新娘，同为英雄的万奈摩宁被拒绝，最终没有求娶成功，他只好垂头丧气地回家，建议人们不要和年轻人一起去求婚。具有民族特色的是，《卡勒瓦拉》中万奈摩宁驾船去波赫亚，这与芬兰地区靠海的地理位置有关，而在中国的北方英雄史诗《格萨尔》和《江格尔》中，因北方民族骁勇善战，英雄们大都骑马去求婚，三项考验也与本民族的特色有关。

《卡勒瓦拉》虽然讲述的不是热血沸腾的英雄征战史诗，史诗中并没有出现大规模的战争，但讲到勒明盖宁到波赫亚求婚，在完成第三项考验射击天鹅的时候，被敌人杀害，他家里的木梳突然流血，勒明盖宁的母亲知道儿子遇难，找到了他的尸体，用咒语和神秘的药膏使他复活。这里的复活母题同《江格尔》《格萨尔》史诗中的相似，大都是与英雄具有血缘关系的女性用咒语和神奇的药使英雄复活。

神奇的是，勒明盖宁曾告诉母亲，自己如果在外深陷困境的话家里的木梳就会流血，果然，当勒明盖宁被杀害后，家里的木梳流血不止，母亲便知道自己的儿子被害。这样奇异魔幻的情节在马尔克斯的《百年孤独》中也存在：当第二代阿尔卡蒂奥被杀后，他的血流回家，所以乌拉苏知道冲动妄为的儿子已经死了。这部风靡全球的魔幻现实主义代表作融入神话传说、民间故事、宗教典故等，成为 20 世纪重要的经典文学巨著之一，它是否受《卡勒瓦拉》的影响，还有待我们进一步研究。

关于英雄的神奇诞生母题，《卡勒瓦拉》中有所提及。首先便是万奈摩宁的诞生，他是大水之母生出。史诗开篇写到神话般的混沌母题，大气之女受风和浪感孕，生出天地万物，万奈摩宁也从大水之母中生出。这种宇宙之初混沌一片、大气感孕生万物的说法在中国南方创世史诗中普遍存在。苗瑶语族的太初宇宙是无天地万火、风物的，只有云、雾、风等混沌之物，在这一混沌中产生了天与地、明与暗。瑶族史诗《密洛陀》中密洛陀受风、气孕育出天地、十二男与十二女。景颇族史诗《勒包斋娃》中世界最初混沌一片，雾露下沉凝成下界，云团上升浮成苍天。哈尼族史诗《十二奴局》中天地最初混沌不分，各天神造天造地，万物形成。

还有典型的卵生母题，在宇宙的混沌之中，常常孕育出某个卵（蛋、球），可以直接演化成天地，轻则为天，重则为地。这个卵（蛋、球）也会生出某个神、人或动物，于是他们又承担了创世的任务。《卡勒瓦拉》

中，大气之女降在大海上，风和浪使她怀孕，成为大水之母。之后一只小凫在她膝上做窝、下蛋。蛋从窝里落下，打碎了，碎片变成了大地、天空、太阳、月亮和云。卵生母题在中国南方创世史诗中普遍存在。纳西族史诗《崇般图》中，天上掉下一个蛋，孵出恨失恨忍来，恨失恨忍成为纳西族祖先，由此一代代传下来。壮族史诗《布洛陀》中最初世界上什么都没有，黑白黄三种气体凝结成一个蛋，这个蛋有三个蛋黄，分别孵出雷王、龙王和布洛陀。

此外，还有感生生人母题。史诗中处女玛丽雅达吞吃了一颗蔓越橘，就生了一个孩子。这类母题情节结构基本相似，如女子都是处女身份，有感于动物、植物、无生命物、神以及人类等生人。这类母题在中国南方创世史诗中也很普遍。彝族史诗《勒俄特依》中蒲莫列衣未出嫁，因龙鹰滴在她身上三滴血而怀孕，生出支格阿龙。佤族史诗《司岗里》人类先祖妈侬诞生后，达能告诉妈侬只有吃了自己的唾沫才能怀孕，她为了使后代繁衍下去，便吃掉自己的唾沫，之后果真生了一个娃娃。中国古代神话中姜嫄履迹而孕，讲她在荒野不小心踩到一个巨人的脚印，身动而有孕，遂生后稷，这也属于感生母题。

在原始人类的认知里，他们还无法认识到男女生育的因果关联。在他们看来，女子怀孕是很神奇的事，背后必定有神秘的力量，因此产生一系列幻想，这种观念便体现在原始史诗中。这些生人母题也反映了上古母系社会只知其母，不知其父的社会文化，并由此产生对先祖的崇拜以及对民族文化的认知。

《卡勒瓦拉》是创世史诗和英雄史诗的结合，史诗从天地万物的形成到文化英雄及征战英雄的功绩，将芬兰人民的民族精神完美展现出来，表现出芬兰人民对美好生活的追求。史诗中有关宇宙的创造、铁的发明、播种、造船等的描述都反映了人民对自然的朴素认识以及征服自然的愿望，三宝本身也代表了人民对繁荣富裕的追求。不论是到远方求亲，还是打造三宝，甚至是争夺三宝，都是追求美好生活的一种表现，展现出芬兰人民积极进取、不断创造的民族精神，不仅对芬兰民族文化的发展，更对芬兰民族性格的塑造起到了深远的影响。

总之，《卡勒瓦拉》这部史诗神话色彩浓郁，极富民族色彩，同时又以现实主义的手法记录下芬兰人民的生活习俗、婚俗礼仪等，是芬兰伟大的民族史诗，值得读者深入阅读。

松迪亚塔

非洲具有伟大而悠久的史诗传统，《松迪亚塔》是非洲重要的长篇英雄史诗，是非洲珍贵的古代文化遗产，代表了非洲古典文学的最高成就，具有较高的文献价值和文学价值。

松迪亚塔的故事从 13 世纪开始便流传于西非马里、几内亚等地，由格里奥口耳相传，历经数百年保存下来。格里奥是非洲宝贵文化遗产的重要传承人，他们以讲述松迪亚塔的故事为业，家族世袭。他们根据自己的历史，重视突出英雄的勇敢、荣誉、名声和超越常人的能力，关注社会公众，完成了对伟大史诗《松迪亚塔》的创作。

松迪亚塔原是加纳帝国马里省的统治者，在 13 世纪初期，统一了附近的小王国，建立了盛极一时的马里帝国。自此，松迪亚塔就成为非洲历史上的一位英雄，他为人民和国家安全与索索国国王大战，胜利后又建立了统一的曼迪国。松迪亚塔与索索国国王的战争是人民牢记于心的正义战争，也是非洲几内亚、马里等地民间艺人格里奥喜爱的创作题材。

《松迪亚塔》是由吉·塔·尼亚奈记录整理的一部歌颂英雄松迪亚塔的长篇史诗。相传，曼迪国国王马汗·孔·法塔娶了一位容貌不佳的肉瘤女人为妻，并且没过多久肉瘤女人就生下了瘫痪的松迪亚塔。巫师预言松迪亚塔将会成为世界上第七位征服者，他未来能够战胜所有敌人，建立一个强大且和平统一的国家，人民在那里可以过上自由、幸福的理想生活。但是王后一直嫉妒肉瘤女人和松迪亚塔，经常和其他女仆嘲讽松迪亚塔的瘫痪和无能，千方百计地陷害肉瘤女人和松迪亚塔。一日，松迪亚塔在王后的嘲讽之下，借助两根树枝，突然从地上站了起来。战胜瘫痪的松迪亚塔在所有人眼里都增加了几分神奇色彩，越来越多的人开始拥护他。不久国王去世，王后借机立其子为王，处处针对松迪亚塔母子二人，让国王丹卡朗·图曼将他们母子二人赶走，他们逃亡到了瓦加杜、麦加、麦马等国。没过多久，肆意妄为的索索国国王入侵曼迪国，王后的儿子慌乱逃跑，人民逃进森林里坚持抵抗，他们派人前去寻找松迪亚塔的下落。松迪亚塔不忍心国家和人民陷于危难之中，放弃了麦马国副王的生活，在安葬了自己的母亲之后，率领一众王国、部落的将士骑兵，讨伐索索国国王。松迪亚塔通过出其不意的招数，将索索国国王打败。松迪亚塔用正义之心战胜了邪恶的化身——苏毛洛，重建自己的国家，恢复了以往的秩序，人民也安居乐业。史诗讲述了松迪亚塔的一生，史诗运用的每一个字符都铿锵有力，嵌入了英雄的魂魄。

松迪亚塔是古代曼迪国凯塔王朝的继承人，非王后所生。作为英雄的松迪亚塔，身世较为特殊，不仅出身显贵，而且天命不凡。松迪亚塔的父亲马汗·孔·法塔是美男子，娶了长满肉瘤的女人，她生下了松迪亚塔。先知有言，即将出生的松迪亚塔将在以后成为曼迪国的王："有个孩子要在曼迪国出生，所有的曼迪国的人都是他的。他将统治铁匠。他将统治格里奥特。他将统治诵经的人。他将统治制革的人。他将统治曼迪人的所有高贵氏族。"[①] 受到诅咒的松迪亚塔出生之后是一个瘫痪的孩子，七岁还在地上爬行。马汗·孔·法塔将儿子贝拉法赛盖封为松迪亚塔的格里奥，希望他能够成为一个伟大的王。不久，国王去世，王后莎苏玛·贝雷特违背国王的遗愿，立自己的亲生儿子丹卡朗·图曼为王，

---

① 《松迪亚塔》，李永彩译，译林出版社，2003，第46页。

还百般羞辱松迪亚塔和他的母亲，很多人也嘲讽松迪亚塔道："看看这个瘸子，躺在地上。"① 松迪亚塔一直躺在地上，直到他九岁那年的最后一个星期五的时候，他的吉因神来了。吉因神对他说道："啊，松迪亚塔，去告诉你的母亲，从曼迪人那里借些巴欧巴树叶，从曼迪人那里借些芳尼欧，再把手放在这种祭品上。她必须制作这种祭品。在即将到来的星期五献祭，不是下一个星期五，而是这个星期五之后的星期五，你必须在曼迪国内站起来。你必须行走。"② 但是母亲走遍了整个曼迪国，也没能借到这些物品，松迪亚塔不会放弃让自己行走的机会，这时候松迪亚塔想到了铁杆、番荔树的树枝，他需要借助工具帮助自己站起来。松迪亚塔是一个坚强、面对挫折不会轻言放弃的人。他站起来了，只用两个树枝就让九年没能站起来的自己站起来了。并且他还拥有了神奇的力量，他能轻易地让巴欧巴树摇晃，甚至把坐在树顶上的几个年轻人都摇下来，树根啪地断裂，松迪亚塔轻松地将它扛起来放在母亲的门前。

松迪亚塔还是一个善良的人，他渴望和平的家庭关系，希望过上安稳的生活。当他站起来能够行走，并且有超乎常人的力量时，他没有报复曾经伤害自己和母亲的人。他宽恕人民，还对国王丹卡朗·图曼说道："不要让我的母亲同我们牵连，我将不让你的母亲同我们牵连。啊，国王丹卡朗·图曼，你永远不必再在曼迪国的田地里劳动，只要我留在这里。因为你是我的兄长。啊，国王丹卡朗·图曼，缺肉的情况永远不再让你紧张，只要我留在曼迪国这里。没有人会对你缺少尊敬，只要我留在曼迪国这里。不要让我的母亲同我们牵连。我将不让你的母亲同我们牵连。"③ 松迪亚塔渴望和平的生活，他说到做到，努力地下田干活，为他

① 《松迪亚塔》，李永彩译，译林出版社，2003，第53页。

② 《松迪亚塔》，李永彩译，译林出版社，2003，第57页。

③ 《松迪亚塔》，李永彩译，译林出版社，2003，第68页。

的母亲苏古龙·孔德、幸运者卡汝盖、法拉·马甘、苏古龙·库龙坎、曼迪·布卡里还有自己分别建造了一座茅舍，并且每次打猎回来总是把猎物放在哥哥身边。这么善良的人还是没能得到幸运者卡汝盖的善待，卡汝盖要求国王丹卡朗·图曼将松迪亚塔母子赶走。

经受苦难的松迪亚塔展现出了过人的勇武，逐渐受到众人的敬重。在躲避王后迫害的同时，松迪亚塔在苦难中磨炼成文武双全的勇士，被麦马国王封为副王。麦马人聚集在城门前，来迎接这位英勇的战士的到来。麦马没有合适的继承人，松迪亚塔应时而来，被麦马人认为是拯救国家的天选之人。松迪亚塔在无数艰难险阻面前忍辱负重，并且坚强而惊人地取得了逆转。他每战必亲临阵前，令敌人闻风丧胆，吓退了前来骚扰的敌人，战事越来越少，松迪亚塔名声大振。

正当松迪亚塔在麦马初露锋芒的时候，势力强大起来的索索国国王苏毛洛·康坦征服了曼迪国。曼迪国国王丹卡朗·图曼懦弱逃亡，曼迪百姓处于水深火热之中。曼迪的老少妇孺去问教先知，得知能够拯救曼迪国的必然是王位的合法继承人，而且是"双名双姓的人"，而这个人正是松迪亚塔。

尼亚尼人用两个月时间在麦马找到了真主松迪亚塔，松迪亚塔率领军队与索索国苏毛洛交战，大败索索国，并且将索索国夷为平地。史诗用这场战争突出松迪亚塔的英雄形象，对整个战争过程只做粗线条勾勒，重点突出松迪亚塔的出奇制胜、勇武过人以及布阵有方。胜利后，松迪亚塔被各国推选为公认的国王。至此，松迪亚塔回到曼迪国，重建尼亚尼。他治国有方，开创了盛极一时的马里帝国。松迪亚塔宣布了各部族关系中的禁忌，让尼亚尼人人有土地，人人有权利，人人有幸福的生活。松迪亚塔把和平和幸福带回了尼亚尼，重修了老国王马汗·孔·法塔的宫殿，曼迪国永远不朽。

《松迪亚塔》将松迪亚塔塑造为一个坚韧、富有正义感的英雄形象。

从他的诞生到成长，松迪亚塔充满神奇的色彩。天生瘫痪的松迪亚塔神奇般成为顶天立地的巨人，力大无穷，具有一般凡人难以具备的特异能力，这反映了英雄超自然的神性特征。松迪亚塔的这般神秘力量来自水牛女人，也就是后来他的母亲。

杜·卡米萨后来变成水牛女人，据说是一个了不起的女巫，松迪亚塔从她的身上继承了神秘的力量。当她面对毫不感激的人民时，杜·卡米萨一气之下变成了一头水牛。"九年里，没有一个人离开曼迪到麦马，没有一个人离开麦马来到曼迪人的国家。"① 这头水牛"吃掉曼迪人的稻田，吃掉曼迪人的花生地，吃掉曼迪人的谷子地"。② "她把檀巴树的果子撞掉，在曼迪人的国家他们再也找不到檀巴树。她还把曼迪国的所有灌木吃光，因为真主的意愿和这头水牛，曼迪国的人民穷困不堪。"③ 为此人民的首领下令，宣称只要有人能够射杀这头水牛，就会赠予谁一部分土地。但是猎人们却纷纷丢命，只剩下几个例外。"杜·卡米萨，无论什么时候有人向她射击。子弹总是从她身边落下。杜·卡米萨，要是有人捉刀戳她，大刀总要打弯。杜·卡米萨，要是有人拿起手斧去劈卡米萨，手斧总是剌不着她的皮。"④ 所有的金属武器都伤害不到水牛，只有一种神秘的木制工具——纺锤轴才可以。勇敢的特拉沃雷人听到传信，听取吉因神的建议，寻觅水牛，最后结束了水牛女人的生命。水牛女人带着她的神奇力量后来变成了丑陋的肉瘤女人苏古龙·孔德。

长满肉瘤的苏古龙，无论从哪里路过，都会招人讨厌，孩子们甚至还会拣起石块从背后向她投掷。史诗中更是将她的丑陋说成了真主的意志，强调肉瘤女人苏古龙·孔德的丑陋让人讨厌，甚至让人作呕，凸显

---

① 《松迪亚塔》，李永彩译，译林出版社，2003，第13页。
② 《松迪亚塔》，李永彩译，译林出版社，2003，第14页。
③ 《松迪亚塔》，李永彩译，译林出版社，2003，第14页。
④ 《松迪亚塔》，李永彩译，译林出版社，2003，第15页。

出苏古龙在曼迪国地位低下。但是受人排挤的苏古龙，却被杀死水牛的特拉沃雷人选走。夜已深，特拉沃雷人留在这里过夜，晚上苏古龙"把眼睛变得火一般红，简直像鲜血一样"。① 丹·曼萨·乌兰巴非常害怕，他说："这姑娘对我毫无用处，是她让我担忧。"② 说来凑巧，这时候美男子法拉·马甘正赶去曼迪国的达盖·加兰，一个吉因神告诉他："你不在这里的时候有几个外乡人到来，回家吧，他们身边带着一个姑娘。你必须想出一个计划，把那个女人从他们手中夺过来。就是她，那个姑娘你必须娶她，在她子宫里有一个孩子，所有曼迪国将是他的。"③ 法拉·马甘听了吉因神的话，用自己的第一个妻子与特拉沃雷人做了交换，肉瘤女人苏古龙与法拉·马甘在一起。可是法拉·马甘却先娶了贝雷塔人的族长的女儿——幸运者卡汝盖。从此以后苏古龙与卡汝盖开始了争斗。万能的真主让苏古龙怀了男孩，她与幸运者卡汝盖一同怀孕，可是马甘·松迪亚塔却一直在苏古龙的肚子里不出来。好不容易出生的松迪亚塔却因为幸运者卡汝盖的符咒迷惑，身患麻痹症，不能行走。这时候曼迪国人都在嘲笑这个不能行走的松迪亚塔，也嘲讽苏古龙没有巴欧巴树叶，苏古龙一个人出去，她央求别人给她一些巴欧巴树叶，而人们却说道："走你的路，离开我们的门口吧！你为什么不去央求你的瘸儿，去采摘巴欧巴树叶，把巴欧巴树叶交给你呢？你有儿子，我们也有儿子。"④ 面对所有人的冷嘲热讽，苏古龙那么坚强的人，还是落泪了。她不是为自己没有巴欧巴树叶而难过，而是在痛心自己儿子是一个瘸子。

苏古龙的母爱是伟大的。当松迪亚塔收到吉因神的旨意后，就恳求母亲为自己寻找些巴欧巴树叶和芳尼欧。为了能让自己的儿子站起来，

---

① 《松迪亚塔》，李永彩译，译林出版社，2003，第41页。

② 《松迪亚塔》，李永彩译，译林出版社，2003，第41页。

③ 《松迪亚塔》，李永彩译，译林出版社，2003，第42页。

④ 《松迪亚塔》，李永彩译，译林出版社，2003，第53页。

苏古龙强忍自卑的心理，哪怕在深知不会有人愿意借给自己巴欧巴树叶和芳尼欧的情况下，还是鼓足勇气孤身一人前去寻找。苏古龙从曼迪国的这边走到那边，一无所获，她跪在儿子的面前内疚地说道："啊，松迪亚塔，我不能弄到巴欧巴树叶，我不能弄到巴欧巴树叶，我不能弄到芳尼欧。"① 说完苏古龙·孔德再一次潸然泪下。松迪亚塔没有放弃，他叫母亲为自己寻找两根铁杆，并把它们煅在一起，可是松迪亚塔把两根铁杆弯成弓，也没能站起来。苏古龙痛心地哭诉道："纳瑞·马甘·孔纳塔永远不会行走。"② 这是苏古龙·孔德在儿子还躺在地上，不能行走时的第三次落泪。她是一位坚强的母亲，为了让儿子可以站起来行走，她不顾颜面央求人们借祭品，去找铁匠煅铁杆，去找皇家的番荔枝树。"砍下两个树枝，修剪平整，又把这一对树枝放下，脱掉她肩上的宽大的披巾，围腰的裙子，再把它们放到地上，她双眼盯着东方。"③ 她向真主讲述秘密，表明自己对法拉·马甘的忠诚，坚信自己儿子是未来的统治者。她将这两根树枝交给松迪亚塔，松迪亚塔把他的右手放在他的左手上，奇迹般地站起来了。这次苏古龙终于高兴地唱了起来。

自从松迪亚塔出生后，苏古龙与他相依为命，面对众人的排挤嘲讽，母子二人坚强生活，松迪亚塔能站起来行走后，惨被国王丹卡朗·图曼和幸运者卡汝盖赶走流放，母子二人也没有分开。直到后来苏古龙·孔德身体不好，不能直立，不能行走，松迪亚塔向国王为母亲买了一块土地，把最爱的母亲苏古龙·孔德埋葬在这里。坚强、善良的母亲苏古龙·孔德的生命画上了句号。

史诗中松迪亚塔的不凡出身，是非洲史诗常见的母题——神奇的诞

---

① 《松迪亚塔》，李永彩译，译林出版社，2003，第58页。
② 《松迪亚塔》，李永彩译，译林出版社，2003，第59页。
③ 《松迪亚塔》，李永彩译，译林出版社，2003，第60页。

生。刚果共和国伊昂加人史诗《姆温都史诗》中的英雄姆温都是在他母亲的子宫里往上爬，最后从她的腰部出生的。他的出生，震惊了所有的助产婆，他的右手握着用水牛尾巴制作的象征王权的康加节杖，他的左手握着一把斧子，左边的背上挂着一个装有卡侯博精灵和长魔绳的小袋子。而且他一落地便能说能笑，已经是个男子汉了。英雄出生不凡，带着神奇的色彩，但都遭受到不公平的待遇。松迪亚塔在童年时期和他的母亲受到别人的侮辱，被国王流放。同样，害怕儿子将来会篡夺自己的王位，席姆温都不希望自己的妻子生男孩。当姆温都出生时，席姆温都甚至拿起长矛要杀死姆温都和他的母亲。他拿起长矛冲进茅舍，姆温都却说："每次投掷长矛，只能击中屋柱的底部，那里住着屋子的精灵。但愿它不落在老助产婆就坐的地方，但愿它达不到母亲所在的地方。"① 姆温都确实都说中了，席姆温都向屋子里投掷六次长矛，每次都击中柱子。席姆温都还将姆温都扔进墓穴，但是姆温都却从墓穴里出来，走到他母亲的屋子里哭诉。席姆温都又将姆温都装进鼓里，扔到河里，而姆温都仍活了下来。

斯瓦希里人史诗《李昂戈·富莫的传说》中的英雄李昂戈·富莫是尚盖·谢赫家族的长子，他的体魄、力气、胆量、箭艺、诗才等要远强于同父异母的弟弟姆瑞格瓦里，但是因为他的生母是父亲的妾，故他未能继承父亲的职位，而且一再受到自己弟弟的迫害。乌闪巴拉人史诗《姆比盖的传说》中的姆比盖的上牙齿首先被砍掉了，人们认为他是一个不吉利的孩子，应该将他处死。但是在父亲的百般关照下，姆比盖长得结实英俊。除了同父异母的兄弟外，人们都喜爱他。当他的父亲死后，同父异母的兄弟仇恨他，打击他，剥夺了他的继承权。

非洲史诗中的英雄毫无例外地都建立了各自的丰功伟绩。松迪亚塔

---

① 《松迪亚塔》，李永彩译，译林出版社，2003，第211页。

消灭了入侵曼迪国的侵略者，创建了威名远扬的马里帝国。在与索索国的对战中，松迪亚塔像雄狮闯进羊圈一般，将长矛戳进敌人的肚皮，胜利带给松迪亚塔耀眼的光辉，进而让万民拥戴他。尼亚尼人高唱起的《富庶之歌》，便是对英雄松迪亚塔的赞歌。松迪亚塔以自己坚忍的意志和正义的品格，表达自己对国家命运的关注和对人民过上幸福生活的期盼。同样在《姆温都史诗》中，姆温都逃过了父亲席姆温都的多次谋杀，最后他与席姆温都在天上、陆地和地下交战，并将席姆温都从冥界找了回来，让被自己杀死的人又重新复活，重建了和平与秩序。席姆温都受到了教育，主动将王位移交给姆温都，姆温都声名远播，制定了一系列法律，他说："愿你们生产许多食物和庄稼。愿你们住在好房子里，而且住在美的村庄。相互不要吵架。不要追别人的配偶。不要嘲弄从村里经过的残疾人。引诱别人妻子的要被杀掉！接受酋长吧。怕他，愿他也怕你们。愿你们协调一致，在这个国家，没有不和，没有仇恨。"① 这表现了非洲人民和谐共处、平等互爱的民族精神。

《松迪亚塔》广泛地反映了13世纪西非各国的社会面貌与民族关系，展现了当时的社会政治、经济、文化、军事等各方面的情况。如史诗提到的"小米""芳尼欧""尼亚里马"等古马里的食物，"巴拉琴""津贝鼓"等古马里的乐器。史诗中的"塔福"是用线把稻草紧紧地缠绕成球状再打成结的古马里护符。史诗中说道："摘下你们的红头巾，用它们做成三个塔福护符。"② 这是具有宗教意味的生活细节。史诗描述了古马里的游戏"乌里"。"乌里"是非洲人所熟悉的一种游戏，玩者从十二个或十二个以上的洞挪动标志。这些都是古马里的生活掠影。当然，除了通过英雄人物的事迹再现历史之外，格里奥还直观地表达了古马里人民的

① 《松迪亚塔》，李永彩译，译林出版社，2003，第276页。

② 《松迪亚塔》，李永彩译，译林出版社，2003，第83页。

思想感情和理想愿望："啊，松迪亚塔，我愿意为你念咒施魔法。你必须逃到更远的地方，你要历经艰辛逃到远处，艰辛从来不致人死命，反而帮助你忍受痛苦。"①这体现了古马里人的温情及对英雄的态度。史诗中生活化的场景比较常见，如史诗开篇对古马里的祭祀场景的描绘："他说要弄到一只公山羊。他们宰杀这只公山羊之后，他们要挖出一个坑，把一些柴火棒插到那里，他们在那里熏烤这只公山羊，在坑旁边吃掉公山羊，这件事他们不可对外讲。也不能同他人分享，除非他们也是同族人。"②

　　史诗中史实与神话相交织，具有鲜明而神奇的浪漫主义色彩，表现了非洲民间艺人丰富的想象力和杰出的艺术才华。苏古龙受孕和松迪亚塔出生的神话，渲染了松迪亚塔不同于凡人的出生，预示了他显赫的未来："马甘·松迪亚塔，一直呆在他母亲的肚子里，他还是不出生。每当小孩子出来玩耍，在傍晚回家的时候，松迪亚塔才出现。他在离开妈妈肚子的时候说，他说：'我出来，噼里啪啦！'然后他出去玩耍。他说：'自己玩儿，大人物不自己玩儿吗？'松迪亚塔在曼迪国总是自己玩耍。'如果人民希望的话，松迪亚塔将在曼迪国施行统治！啊，巫术是美妙的！'"③ 这表明松迪亚塔的继位、创立英雄业绩是顺应天意的。卡汝盖用符咒迷惑松迪亚塔，让他不能行走，在地上爬了九年。后来，松迪亚塔得到吉因神的指点，用两根番荔枝树树枝支撑着自己站起来行走。这些都充满了神奇的色彩。《松迪亚塔》中水牛女人的故事与苏毛洛巫术的故事等也都具有典型的非洲神话色彩。《姆比盖的传说》《姆温都史诗》等也具有强烈的神奇色彩。姆比盖掌握着狩猎的魔法，能够使用符咒使人类免受狮子和豹子的伤害，而且能够放出浓雾使得攻击己方的势力看不

---

① 《松迪亚塔》，李永彩译，译林出版社，2003，第74页。

② 《松迪亚塔》，李永彩译，译林出版社，2003，第7~8页。

③ 《松迪亚塔》，李永彩译，译林出版社，2003，第47页。

到自己。姆温都能够使用魔法将他父亲拥有的财产移到他这里来，能够使用节杖让人死而复生。

松迪亚塔的英雄事迹鼓舞着古马里人民勇敢地面对生活的种种辛酸与挑战，即使是在受到迫害的情况下，也要卧薪尝胆，勇往直前，正义终将压倒邪恶。这是一种英雄的信仰，也是民族的信仰，彰显了古马里不畏强暴、敢于斗争的民族精神。戈登·伊内斯曾记录了冈比亚人巴卡里·西迪贝对《松迪亚塔》的评述："虽然松迪亚塔毫无疑问地比我们更强大、更勇敢，但是他也像我们一样是一个人。他的品质也是我们所具有，虽然它简化成一种形式。松迪亚塔告诉我们一个男人能做什么，展示了一个男人的潜力。即使我们不渴求做出与松迪亚塔一样的大事，但是我们感到，我们的精神因了解像松迪亚塔那样的人展示的精神而得到升华。在战争前夕，一个歌手（griot）将对国王和他的追随者们演唱《松迪亚塔》。这个故事能鼓励参与战争的受众超越自我，当然不是鼓励他们去超越松迪亚塔，而是让他们感到有能力获得他们以前只敢想象的伟大事情。通过让他们记起松迪亚塔的事迹提高他们对自己能力的预估。"[1]《松迪亚塔》不仅能给其民族人民以强烈的自豪感，而且可以让他们审视自己的生活，规范他们的行为，告诉他们应当承担的责任和义务，应当争取的荣誉。尼日利亚南部伊卓族人每隔几年便将其所有民众召集起来举办演唱部族史诗《奥兹迪》的活动，模拟史诗中祖先和英雄的生活，学习他们的优秀品德，接受民族精神的洗礼和再教育。[2] 刚果共和国东部伊昂加人生活的社区经常演唱《姆温都史诗》，一方面满足民众的娱乐需求，另一方面教育民众宽容与互依互助，增强社区的凝聚力。[3]

---

① 参见 Lauri Honko, *Textualising the Siri Epic*, Helsinki, Academia Scientiarum Fennica, 1998. p. 21。

② 详细论述可参见《松迪亚塔》序言，李永彩译，译林出版社，2003。

③ 《松迪亚塔》序言，李永彩译，译林出版社，2003。

　　《松迪亚塔》是在非洲文化艺术土壤之中产生的伟大作品，是非洲口头文学的瑰宝。它的人物形象鲜明，结构较为完整，情节生动细腻，文笔活泼，语言隽永，具有浓厚的乡土气息，事迹感人，脍炙人口。我们在阅读《松迪亚塔》的时候可以感受到历史的沉重与悲喜，也可领略到古马里英雄的风采。

中国多民族史诗

格萨尔

　　《格萨尔》是目前世界上最长的一部英雄史诗，是关于英雄格萨尔一生业绩的神圣而宏大的叙事，描述了格萨尔投身下界、赛马称王、降伏妖魔、抑强扶弱、安置三界及完成人间使命返回天国的英雄故事。《格萨尔》结构宏伟，内容丰富，以极高的学术价值和美学价值在我国乃至在世界上享有崇高的声誉，被誉为"东方的《伊利亚特》"。《格萨尔》由不同时代、不同地区、不同文化层次结构的无数说唱艺人共同完成了传承。在漫长的流布和演化过程中，《格萨尔》借鉴了藏族古老的神话、传说、故事、歌谣、谚语等诸多其他口头文学样式，形成了规模宏大的史诗样式，约于11世纪基本定型。11世纪以后，《格萨尔》以口传、抄本及刻本的形式传承，其中以说唱艺人的口头传播为主。《格萨尔》传播的地域非常广阔，除了在藏族和蒙古族聚居地区广为传唱之外，还在土族、裕固族、纳西族、普米族、白族等的聚居地区流传。此外，《格萨尔》还以口头或书面的形式流传于不丹、尼泊尔、印度、巴基斯坦、蒙古国、俄罗斯等国家。

　　《格萨尔》叙述了格萨尔大王一生的丰功伟绩，塑造了一位极其高大、神奇的英雄形象。他为民请命，从天而降，成为"黑头人的君长"；他为民征战，保家卫国，成为藏族人民理想中勇敢、力量和智慧的化身。可以说，每个藏族人口头都有一部格萨尔故事。这部宏伟史诗的各类形象塑造，充分体现了民间文学浪漫主义和现实主义相结合的创作方法之威力和魅力。特别是在格萨尔身上，超人的幻想成分和生动鲜活、可触可感的现实成分异常和谐地统一于一个整体。读来令人心旌摇荡，生出难以抑制的向往之情，感叹那个神奇的时空，感慨那一段深情的岁月，呼唤那位伟大而又亲切的英雄。

格萨尔是真正的天之骄子，是天国白梵天王最疼惜也最骄傲的小儿子，只因人间妖魔鬼怪横行，不得已代天行道，下界去救护生灵，做"黑头人的君长"。因天上人间是两个世界或两个时空，他的身体必须在天国死去，灵魂才能投胎到人间来。因此，在他奔赴人间之前，就在天上经受了一次痛苦的死亡，经历了一场酸楚的死别。他天国的妈妈曾这样不舍地试探："心一般的孩子顿珠尕尔保啊！如果真的需要你到人间去，你得先去看看下界平安不平安。要是平安哪，你可真的下界投生，要是不平安哪，我想，可另找个替你去。"① 顿珠尕尔保化作鸟儿试探的结果无所谓平不平安，但人间尚存的善良与仁爱打动了小天子，他决心为天国父亲分忧，为人间黎庶解难。临行时，他向天国的父母讨要了人间英雄最忠诚、最深情的伴侣（兄弟、妻子）和神勇无敌的英雄所需的装备（坐骑、马童、战袍、头盔、刀剑、弓箭），还有一个传递天意、勾连天人的母亲神跟随。之后，他立刻死去，投生人间。

"据说格萨尔大王在天上死去的时候，天上给他修了一座宝塔，把他的尸骨安放在里边。这个宝塔，如今还在天上保存着呢！"② 这样的身世因缘注定了格萨尔的天性里有担当、敢作为且无私奉献的成分，同时，也一定有仁爱、深情和温暖的一面。当然，主要职责是降妖除魔，履职时，他也如天兵天将一般冷酷无情。总之，从天帝之子到人间君王，格

---

① 《格萨尔王传》，王沂暖、华甲译，中国国际广播出版社，2016，第 2 页。正文中称作《格萨尔》。

② 《格萨尔王传》，王沂暖、华甲译，中国国际广播出版社，2016，第 8 页。

萨尔完成了从神性到人性的完美蜕变和神性与人性的神奇整合。

一 投胎下界，挑战人伦之魔

天王天母隆重送天神来到人间投胎，地点为上岭尕，母亲是君主的妻子，五十岁的尕擦拉毛。人间是变幻无常的，从胎息孕育，磨难就开始了，正所谓天将降大任而必先苦其心志。

他父亲的小老婆、他的庶母那提闷因嫉恨，给孕中的尕擦拉毛下了疯癫药，使得她精神失常，身体僵硬，耳朵聋了。那提闷又把野狼心血灌入她嘴里，使她吐字不清，说话困难，眼睛也看不清东西了。那提闷又伙同他的叔父超同达挑拨离间，使他的父亲将怀孕中的尕擦拉毛赶出家门，让她在荒山野沟里艰难度日。

叔父超同达一再陷害、摧残，以致母亲在深林里打柴时感到活不下去而伤心得痛哭不已。其时，还在腹中的圣婴就唱歌宽慰起母亲来。

> 妈妈别怯懦！
> 妈妈要坚强！
> 妈妈要站起来，
> 心里别悲伤！①

等到出生后，恶毒的叔父"挖了一个九层的深坑，里面放上刺鬼，把孩子放在刺鬼上，四肢都钉上一个大木橛子，心口上用刺鬼点成灯，用大石头把脑袋压上，最后，用土把深坑填平"。② 妄图用最残酷、最阴险毒辣的方式消灭圣婴。孰料天神有天护，没走多远，孩子就从土坑里

---

① 《格萨尔王传》，王沂暖、华甲译，中国国际广播出版社，2016，第18页。
② 《格萨尔王传》，王沂暖、华甲译，中国国际广播出版社，2016，第21页。

出来大吼，惊着了超同达所乘的马驹，他从马身上栽下来，摔断了七根肋骨，圣婴一下子长了八岁。从此，叔侄之间的较量开始了，并一直伴随天神顿珠尕尔保转世的台贝达朗走完人世。

与昧良知的叔叔们争家产时，还是穷孩子的台贝达朗用神通、智慧和倔强赢回了该有的那一份，让受尽苦难的母亲过上了好日子。

与势利的小头人夹罗顿巴和夫人阿吉争长短，还是穷孩子的台贝达朗同样用神通、执着、智慧与爱心赢得了自己的爱情，娶到了敢于反抗父母之命、勇敢承诺自我选择的美丽女子珠毛为妻。

征战霍尔王，夺回岭国家园，将叛国投敌、篡权上位的叔父超同达生擒，用宝刀抵住其胸口予以痛斥。

> 我是你侄儿，
> 你是我叔叔，
> 本是同族人，
> 论理应饶恕。
> 想起你做的事，
> 实在太可恶。
> 为国除奸贼，
> 为民报冤仇，
> 哪管同族和同祖，
> 一定要杀你的头。①

诡计多端的超同达再三求饶，格萨尔王坚持"血债要用血来偿"，虽然饶他不死，还是把他背上的皮割下来一条。"把超同达扔在水里，按下

---

① 《格萨尔王传》，王沂暖、华甲译，中国国际广播出版社，2016，第265~266页。

去，提上来，提上来，按下去。"大王说道："看叔叔你是无恶不作，我要按下去；又看我们是同祖同宗的关系，我再提上来。"[①] 终于念同族之情，将浸个半死的超同达派到达喀部落去放马。将昏庸无能害他母子遭受困苦的父亲从超同达的地牢里搭救出来，好吃好喝地赡养，没有什么恩义，但也没有了恨。

总之，人伦线索穿插着格萨尔王在人世间的诸多坎坷和无奈，让这位天神转世的"黑头人的君长"深切认识到：若贪婪、嫉妒之火吞噬了亲情，那是极可怕的妖魔，也是极难缠的、极令人痛苦的心魔。当祸起萧墙时，真正的灾难就要降临了。人间纷扰与伤害也常与此有关。

二 成长壮大，挑战人性之魔

人性是极复杂的，爱恨交织，善恶交融。格萨尔王是从天而降的人间的君王，他从神性到人性的蜕变也是一个魔幻的历程。认知人性，了解人性之恶，成全人性之善同样是一个挑战人性之魔的非凡过程。

吉辰到了，穷孩子台贝达朗大显神通，登基坐殿，正式成了"黑头人的君王"。这一刻，四面八方都来归顺，朝贡称臣，其尊号为"世界雄狮格萨尔王"。除了娶珠毛为皇后外，格萨尔还从世界各地先后纳了十二个王妃，组成了著名的十三王妃。虽说有联姻和亲以稳定统治的目的和效果，但从人性的根本上来看，未必不体现着男性对女性的强烈占有欲和拥有后的满足感、成就感。在搭救珠毛大王妃的过程中，格萨尔与即将纳迎的仙女怯尊对唱了别有意味的一段。

> 我的珠毛妃，
> 好处无法说。

---

① 《格萨尔王传》，王沂暖、华甲译，中国国际广播出版社，2016，第268～269页。

> 像白天的星星，
> 像冬天的花朵。
> 不但藏地是少有，
> 就是全世界也不多。①

接下来依次标榜了每个妃子的过人之处。最有智慧的是梅萨，最勇敢的是阿达拉毛，最俊美的是卡尔拉毛，最贤惠的是路朗赛尔错，最苗条的是玉诺阿尕，身材最美的是阿姐达吉，最温柔的是尕塔尺姜，最机灵的是路姜丹孜，最刚强的是帕明吉瓦，最聪明的是尕瓦钟巴，最能持家的是杂米拉姜，最有神通的是怯尊阿姐。虽然重申哪一位都比不上珠毛大王妃，但哪一位都在格萨尔大王的心里有特点，有位置，有分量，是完全属于他的女人。另外，除珠毛和格萨尔大王同住一个大帐房外，她们都有自己的帐房和火灶，并"像群星一般，围绕在格萨尔大王绿玉蟾大帐房周围"。虽然看上去和谐，实则明争暗斗，给格萨尔大王带来许多烦恼，甚至祸患。

人性之魔，惊心动魄。北征魔王篇的导火索，首先表现为珠毛与梅萨争宠。珠毛阻拦了格萨尔大王带着梅萨去闭关，结果梅萨被北方魔王掳走。后来，在天神的再三提醒和催促下，格萨尔大王才摆脱了珠毛的爱恨纠缠，远征北方，历尽险阻，降妖除魔，将梅萨搭救出来。关键情节描述非常生动。天母巩闷姐毛指示格萨尔王一定要带着梅萨去闭关，珠毛听说后，这样回答：

> 哎呀呀！大王，你说些什么话！你要去闭关，我跟去好服侍你。梅萨要是离开家，没有人管理下边人，挤奶子呵，办杂事呵，下边

---

① 《格萨尔王传》，王沂暖、华甲译，中国国际广播出版社，2016，第331页。

人要偷懒了，还是咱俩去吧。①

多么温柔体贴，又多么通情达理，夸梅萨很能干、很重要，实则又多么违心、虚伪。在梅萨做噩梦后，想见格萨尔王未果，只能将做的吃食带去。格萨尔王吃出是梅萨做的，并问及事由时，珠毛这样回答："大王！你这是说的什么话！梅萨做的东西，放上金子了么？放上宝玉了么？梅萨做的东西，谁不会做！这是今天妈妈给我带来的。"② 醋意十足的珠毛差不多要撒泼大骂了。

当格萨尔王依天母指示，头一次决意要北征夺魔财、救梅萨时，"珠毛左一杯右一杯向大王不停地劝酒，暗暗在酒里放上了迷心忘事的药"。③终使格萨尔王好些日子都不再提远征救梅萨的事了。爱的自私和嫉妒几乎让珠毛失了理智，连有毒的迷药都用上了，还是下给自己最爱的人。仿佛风水轮流转。当梅萨获救后，又反过来一再阻止格萨尔大王回岭国，最终引发了珠毛被霍尔王抢走的恶性事件，格萨尔大王不得不再次踏上西讨霍尔王、拯救珠毛的更加艰难而惊心动魄的征程。

爱情或情爱是人性中的一类基本情感或情绪，在属性上是排他的，在表现上必然是自私的。当安全感受到威胁或损害时，爱的神性就开始变质为魔性，相应的行为就具备了攻击性和危害性。格萨尔王不得不接受这样的挑战，并注定得为此付出巨大的代价，但因着爱的动因，即便历尽苦楚艰险，也在所不辞。这也正构成了所有英雄史诗的基本主题——婚恋征战主题。

另外，在《格萨尔》中有一个细节也很引人深思，同样可归类于成

① 《格萨尔王传》，王沂暖、华甲译，中国国际广播出版社，2016，第48页。
② 《格萨尔王传》，王沂暖、华甲译，中国国际广播出版社，2016，第49页。
③ 《格萨尔王传》，王沂暖、华甲译，中国国际广播出版社，2016，第52页。

长壮大中人性之魔的挑战，那就是格萨尔王救出珠毛王妃并要将她带回岭国时，执意杀死了珠毛与霍尔王的孩子。尽管他只有三岁，非常无辜，尽管珠毛再三泣血以求，但宽恕了所有霍尔国百姓的格萨尔大王却无论如何也容不下这个可怜的孩子，决绝而冷酷地砍杀了他，理由是斩草除根。从他走出去又设法骗过珠毛返回，手起刀落的情节里似又看出另外深层里的原因，情仇如刀，不能久立于心上，几乎是无法克服的心魔，不报不快。

三 抑强扶弱，征战人间妖魔

英雄史诗的复合型主题总使爱情、婚姻为远征讨伐、降妖除魔的英雄壮举做着铺垫，同时，自然地融合进国破家亡、国恨家仇而复仇的战争主题。《格萨尔》最为典型地表现出了这一特点。以强凌弱，从弱女子下手，冒犯了英雄的尊严。爱妃梅萨被劫，掀开了格萨尔大王北征的序幕，一路魔怪挡道，一路斩妖除魔。头一站来到一座阴森森的四方铁城，只见四面都用妖魔杀死的人骨做成旗幡。经过一番交战后，格萨尔王招降了魔主的亲妹子并纳为妃。在她的帮助下，趟毒海，退魔狗，斩了三头怪，并祈祷一众天神帮助后，降服了给妖魔放羊的秦恩老汉。在秦恩的引领下，终于来到了妖魔的居所，见到了梅萨。久别相见的情景很是令人动容，在距离不远时，格萨尔大王看到，梅萨活像一个母犏牛，头戴犏牛皮的皮帽，身穿犏牛皮的皮衣，坐在门外。见到来人，梅萨并不敢贸然相认，直到对歌确认后，才抱住了格萨尔大王痛哭起来，并做了好饭食给格萨尔大王吃。夫妇恩义，血性男儿理应复仇，但更意味深长的是大段唱词里的家国牵念，作为一国君王，必当义不容辞地拼死守护这一份情感，这是王的使命，也与王的尊严和民的福祉息息相关。

梅萨唱道：

阿拉拉毛阿拉拉，

你若真是岭尕格萨尔王，

请把岭尕三神三庙说出来，

请把岭尕三刀三妃说出来，

请把岭尕三甲三马说出来，

请把岭尕三狗三鸟说出来，

请把岭尕十三马主说出来，

请把岭尕十三马童说出来，

请把岭尕八大英雄说出来，

请把岭尕七个勇士说出来，

请把岭尕十三个姑娘说出来，

请把岭尕四个大城说出来，

请把岭尕三大帐房说出来，

请把岭尕十三个王妃说出来。[①]

难怪梅萨被誉为最有智慧的妃子。并不见得是认不出格萨尔大王来，而是怕认不清他的心意。桩桩件件要他说出来，是想看格萨尔王是不是全心全意热爱岭尕，是不是心无旁骛忠诚于岭尕，是不是倾尽心力经营岭尕，是不是无怨无悔奉献岭尕，当然也包括是不是真心诚意来搭救她。倘若随口就来，说明神奇美丽的岭尕端居在格萨尔王的心上，说明聪慧忠贞的梅萨仍然在格萨尔王的心间，秋毫不能犯。同时，这些也正是他征战的力量源泉，浇铸着他的斗志，也考验着他的心性。征战强大的妖魔时，这个环节类似于战前动员，不可或缺。

当格萨尔王丝毫不差地回答完了所有提问，梅萨放心了，他的大王

---

① 《格萨尔王传》，王沂暖、华甲译，中国国际广播出版社，2016，第98页。

没变，是真心实意来搭救她，也是立志来降妖除魔。而她也才坚定了心意，里应外合与格萨尔王杀死了老魔，结果了老魔的姐姐卓玛妖女，把大小妖魔悉数杀光。其间的斗智斗勇斗法，精彩纷呈，惊心动魄，既惊悚怪异，又合情合理。格萨尔王在梅萨的有力帮助下，从容不迫与老魔周旋，勇敢无畏地一关关破解了歹毒的魔法，消耗掉老魔的元气，最后伺机一箭射中了其前额命穴，不待其翻身抵抗就用宝刀砍掉其脑袋，要了其性命。

恶魔铲除，"格萨尔大王叫牧羊老汉秦恩为大臣，辅佐自己管理魔地。把一切害人吃人的风俗，全部废除，老百姓过上了快乐的日月"。①

终于让魔地照进了阳光，格萨尔大王应该押着魔财、偕着梅萨返回岭尕了，但"梅萨绷吉怕大王回岭尕宠爱大妃珠毛，给大王喝了迷魂药酒，大王忘了岭尕，再不想回国了"。②叙述坦率直露，这不顾一切的人间情爱淹没了世间嘈杂，从而为征战霍尔国埋下了伏笔。

话分两头，格萨尔王北征一去不还，岭国人心开始涣散，霍尔王蠢蠢欲动，以抢娶美妃珠毛的由头进攻岭国，率领大队人马，浩浩荡荡逼近岭国。有黑老鸹的唱词为证。

> 人间美女虽无数，
> 只有她才能配大王。
> 她是格萨尔大王好妃子，
> 如今正在守空房。
> 格萨尔大王北方降魔去，

---

① 《格萨尔王传》，王沂暖、华甲译，中国国际广播出版社，2016，第112页。
② 《格萨尔王传》，王沂暖、华甲译，中国国际广播出版社，2016，第113页。

赶快乘机把她抢。①

为红颜而战最能体现英雄的情怀和格调；若能征服最出色的女子则更能展示英雄的力量和魅力；英雄若能占有威名远扬的大英雄的超凡女人则几乎成就了野心和梦想。这些可谓是英雄妄图壮大和证明实力的最好资本，所以每每为此痴狂，不计成本，霍尔王是典型的例证。

王妃珠毛果然不同凡响。格萨尔王不在，她勇敢地担当起凝聚人心、保家卫国的重任。先动员至亲战将出战，又再三嘱咐，指示了守望侦察的方法，然后亲自敬酒壮行。她有些悲壮地唱道：

你们老少三个人，
是岭国三位大英雄。
你们像一双眼在我额头上，
你们像一颗心在我腔子中。
你们是花岭国大忠臣，
你们个个有本领。
今天为国出征去，
祝你们马到能成功。②

孤苦无助的珠毛在困境危难之中冷静沉着，排兵布阵，调兵遣将，一度稳住了战局，霍尔王兵马损失惨重。其重臣辛巴梅乳孜涉险赶回营帐后，这样劝说霍尔王退兵：

---

① 《格萨尔王传》，王沂暖、华甲译，中国国际广播出版社，2016，第128页。
② 《格萨尔王传》，王沂暖、华甲译，中国国际广播出版社，2016，第141～142页。

大王，我看算了吧！不要再惹是非了。天神有三个姑娘，山神有三个姑娘，龙王也有三个姑娘，都很美丽。向这些姑娘去打主意吧。她们中间，可能找到大王的贤妃。……如果他们的英雄勇士，一拥而上，我看，我们将死无葬身之地……依小臣之见，还是回去好些。①

但丧心病狂的超同达叛变投敌，再次亲自做向导，引狼入室。他恬不知耻地唱道：

> 咬人应当咬个伤，
> 吃饭应当吃个饱。
> 如今甲擦被射死，
> 英雄勇士全光了。
> 岭国内部已空虚，
> 只有残兵和老小。
> 明天快去围珠康，
> 珠毛一定能得到。②

离心脏最近的敌人是致命的。超同达将岭国的所有机密和隐忧全部出卖给了霍尔王，图谋将格萨尔王的势力剪除，自己做岭国之王。当霍尔王顺利抢走珠毛，班师回国后，超同达如愿以偿，让自己的妻子阿隆吉做了王妃，将自己的亲哥哥、格萨尔王的父亲僧唐惹杰降为奴隶，见其不服，又叫人将他狠狠地浸水后下到地牢。当听说格萨尔王已被害，再无

---

① 《格萨尔王传》，王沂暖、华甲译，中国国际广播出版社，2016，第174页。
② 《格萨尔王传》，王沂暖、华甲译，中国国际广播出版社，2016，第205~206页。

后顾之忧时，这个卖国求荣的岭国败类心花怒放，春风满面，乐不可支。

> 人临老得到幸福，才真的快乐。现在一顺百顺，大功告成，吉
> 祥的太阳，高高地挂在天空，是我高枕无忧的时候了。①

眼看岭国已然变天，千呼万唤中，格萨尔王终于清醒，冲出了梅萨爱妃的温柔网，赶回了岭国。因离开太久，对于岭国的情况已经不了解了，智慧稳健的格萨尔从外围一点点打探到了确切消息后，不动声色地乔装打扮，终于深入王宫里。亲证了叔叔超同达离亲叛国的罪恶行径，毫不犹豫地以宝刀抵其胸口严厉声讨，愤然问罪，令其再也不敢狡辩，心服口服被治罪。听听格萨尔王为岭国除恶贼时的声音。

> 气得我心头烧起无名火，
> 现在要把你这奸贼乱刀剁。
> 记得我远征北地时，
> 曾把国事来嘱托。
> 嘱托你好好在家保家园，
> 我在外边一心一意降妖魔。
> 哪知霍尔兵马到，
> 你却投降叛了国。
> 勾引敌人入国境，
> 到处烧杀又抢夺。
> 人民遭了无穷祸，
> 霍尔兵马踏坏好山河。

① 《格萨尔王传》，王沂暖、华甲译，中国国际广播出版社，2016，第263页。

　　　　勇士英雄都战死，

　　　　珠毛逼往霍尔国。①

　　超同达可谓双料妖魔。于家族，他没了人性，丧了良知，辜负了信任与尊重，害起家人来，眼都不眨一下，实在是个食人心肺肝肠的恶毒妖魔。于岭国，他丢了血性，辱了祖先，折断了脊梁与尊严。祸作于国难时，不顾廉耻，出卖灵魂，更是个十恶不赦、凶残如狼的老妖魔。比起霍尔王的烧杀掳掠，超同达的危害性和危险性更大，也更加令人痛恨。格萨尔王清楚地认识到了这一点，因此，他没有直奔霍尔国，而是潜回岭国先铲除了这个祸国殃民的心腹大患。

　　　　为国除奸贼，

　　　　为民报冤仇，

　　　　哪管同族和同祖，

　　　　一定要杀你的头。②

　　因着再三求饶，虽没要了超同达的命，但恶有恶报，叛徒还是得到了大快人心的惩罚，被割取背皮，贬为奴隶，放马去了。

　　正义得到了伸张，岭国人民知道格萨尔大王回来了，重新归附拥戴。安顿好国中事务后，格萨尔踏上了报仇雪耻的征讨霍尔国之路。这一路可谓险象环生，每前进一步都必须付出巨大的智慧与勇气，天之骄子的神性和人间英雄的作为交织，打斗得令人眼花缭乱。这从出发后天母巩闷姐毛的叮咛可见一斑。

---

① 《格萨尔王传》，王沂暖、华甲译，中国国际广播出版社，2016，第 264 ~ 265 页。
② 《格萨尔王传》，王沂暖、华甲译，中国国际广播出版社，2016，第 265 ~ 266 页。

途中快马加鞭好男儿，

你是妈妈的好孩子。

孩子顿珠尕尔保呀，

再往前行要仔细！

从此南去霍尔国，

半路上敌人有九个，

都是霍尔王设埋伏，

一个还比一个恶。

孩子你心要像铁绳拧得紧，

不要害怕别退缩。①

  好温暖、好感人的唱词，告诉格萨尔王他不是一个人在战斗，来自天国的关怀和护佑随时在侧。虽明明知道是虚幻的，可是天人感应本身就是一种力量和信念。格萨尔王在前世今生的合体中，随心变化，无比神勇。他一连破了九道关：

  第一关，将赤兔千里马变成黑老鸹，吞掉了拦路的凶恶黑青蛙；

  第二关，将宝弓变成了大磨盘石，砸死了瞎眼鹰爪的妖精老太婆；

  第三关，将神箭变成大肥肉，诱杀了挡路的喷火大妖狮；

  第四关，将套绳变成九十托长的黑蛇，吃掉了一只脚的怪物妖马；

  第五关，将箭筒变成一个黑野狼，吃掉了舌闪紫电的大红狗；

  第六关，将头盔变成一把大铁伞，遮住了头，闯过了头上落下石头雨的怪物；

---

① 《格萨尔王传》，王沂暖、华甲译，中国国际广播出版社，2016，第274页。

第七关，白头阿绕神驰援，从天上降下大雨浇灭了烤人欲焦的沙塘乱火；

第八关，巧设计以美食诱惑大铁锤老妖，让看门犬咬倒吃掉他；

第九关，智下蒙汗药迷醉守关大力士，然后杀了他们，进入了霍尔国领地。

真正斗心斗计、斗智斗勇的较量开始了。首先，关关相见难，番番探心意。格萨尔大王闯过九道关，又翻过三座山，变作过叫花子，又变成过耍猴卖艺的，一路忍饥挨饿，一步步走入霍尔王的城堡里来了。被抢去三年，珠毛已做了霍尔王宠爱信任的大王妃了，并为霍尔王生下了一个男孩。物非人非，珠毛的心意有没有变？珠毛的心里还有没有格萨尔王？还想不想岭尕的家？格萨尔王必须得深入试探。

听说耍猴的是"从太阳北方来"，珠毛打听起格萨尔王的消息来。为探心意，格萨尔谎称其早已被妖魔杀死了，自己正是那妖魔的侍者，亲眼见证了格萨尔王的惨死，他唱道：

> 他的上脑壳丢在荒山学鬼叫，
> 下脑壳装满沙子和石头。
> 头发有的进山洞，
> 有的高挂树梢头。①

这一段如临其境、如在目前的惊悚描摹让珠毛锥心刺骨，痛到几欲心死。但因着天神所赐的好梦和对格萨尔王的信心，她又不愿意相信，于是，又一再问起故乡的神山有没有异样等。如此三番两次问答应对中，格萨尔王终于探明了珠毛坚贞的心意和对自己永不消退的爱情，这才将格萨尔王未死，已回归并收复岭国，以及很快要来搭救的真实消息透露

---

① 《格萨尔王传》，王沂暖、华甲译，中国国际广播出版社，2016，第262页。

给了珠毛。一是可鼓励珠毛好好活下来以待营救，二是暗示了珠毛在心理上做好配合营救的准备，三是解了十二年别离相思之苦。之后，就离开王城，苦心孤诣为剿灭霍尔王、救出珠毛妃去寻觅办法和机会了，其间格萨尔王吃了很多的苦，异常艰辛。

其次，苦力打铁绳，取命神野牛。格萨尔王为了打造爬城进入霍尔王宫的粗铁绳，听从天母的指引，屈尊变作小叫花子到临凡仙女、黄霍尔王的侄女怯尊父女家里做苦工。白天到山林烧炭，晚上伺机打铁绳，打完埋在地下。他人勤手巧，干活出色，赢得了怯尊及其父亲的信任与好感。在祷告天神获得允准后，格萨尔降服了怯尊并以结亲纳娶的承诺请怯尊忠于自己，合力实施营救计划。

怯尊心悦诚服地答应了，她毫无隐瞒地说出了霍尔王的致命所在，即在白雪山背后，有霍尔王的命根子野牛，如果把这些野牛弄死，霍尔王就都被降服了。头一回，须砍掉黄白黑三个野牛角。野牛力大性野，且又是霍尔王命根所系，如何近得身？又如何发力砍掉犄角？正发愁间，天神巩闷姐毛指点道：

降伏霍尔王，
我来把你帮。
你要变作大鹏金翅鸟，
落在野牛犄角上。①

格萨尔王依计划行事，砍掉了三个犄角后，三个霍尔王果然都病倒了。

第二回他还是变身大鹏金翅鸟，落到三个霍尔王的野牛头上各钉了

---

① 《格萨尔王传》，王沂暖、华甲译，中国国际广播出版社，2016，第304~305页。

两个钉子。三个霍尔王都喊头疼，病得更厉害了。第三回他到乱坟里拣了些死人的衣服和绳子，用绳子把三条野牛拴在一起，把死人的衣服披在野牛身上，霍尔王的性命便到了绝境。在这期间，格萨尔王几乎日夜劳作，打好了爬城的铁橛子和足够长的铁绳。为了接近王宫核心，还精心为霍尔王的力臣辛巴梅乳孜打造良箭，假意结成互相信任的好朋友，并成功引起霍尔王的重视，允许他参加王宫舞会，从而使他及时将营救的时间和事宜传递给了珠毛。格萨尔王深情且坚决地唱道：

> 珠毛，珠毛别悲哀，
> 我和妃子分不开。
> 为了搭救妃子你，
> 我头上戴着太阳来，
> 我身上披着星星来，
> 大地方我是跑着来，
> 小地方我是跳着来，
> 千山万水我来得快。
> 知道你在霍尔地，
> 日子难过苦难挨。
> 若是把你丢这里，
> 我格萨尔何必远道来。
> ……
> 请你赶快做准备，
> 十五夜里我等你。①

---

① 《格萨尔王传》，王沂暖、华甲译，中国国际广播出版社，2016，第328~329页。

　　的确，在失去消息的十二年里，格萨尔是很有些辜负珠毛的深情与真爱的。特别是在霍尔王侵入岭国后，为了拖延被迫嫁给霍尔王的时间，珠毛想方设法通知格萨尔王，发出过多少痛苦的呼唤，熬过怎样艰难、惊恐而悲伤的三年，那种绝望、无助和痛苦，着实令人感叹。但格萨尔王究竟心里是眷恋着她、牵念着她的，并甘愿为搭救她披星戴月、跋山涉水，付出巨大的心血和努力。总之，患难见真情，最后的营救之战即将打响。

　　最后，攀越铁城墙，剿灭霍尔王。格萨尔王以自己的神功和威力将带着铁绳索的巨大铁橛子甩上城墙，它穿过白魔鬼神像的头，钉进了城墙，然后他抓住铁绳，一步一步地往上爬。"爬到半中腰，口渴肚饿，感到疲乏，很难往上再爬了。"① 这时，天母巩闷姐毛赶来唱道：

　　　　怯阿拉拉毛阿拉拉，

　　　　这个孩子多么蠢，

　　　　腔子大呀没有心。

　　　　你这傻孩子快提神，

　　　　不要松了劲，

　　　　心思要像铁绳紧。②

　　因为是偷袭，格萨尔王要抓着铁绳徒手攀爬几十丈高的城墙，这是个严重挑战着他的体力和耐力的活儿，神勇力大的格萨尔王也快要支撑不住了。胜利的背后有着怎样艰辛的付出呵，连天母也担忧心疼不已。她亲切地呼唤着，叫他坚持再坚持，并向他的脸上吹了一口冷气才将格

---

①　《格萨尔王传》，王沂暖、华甲译，中国国际广播出版社，2016，第338页。

②　《格萨尔王传》，王沂暖、华甲译，中国国际广播出版社，2016，第339页。

萨尔激醒，从而使他再次振奋精神，全力向上爬，终于登上了城墙，坐到神龛上休息，积蓄力量。

因着人神共愤，在霍尔王城的上空，"岭国的战神和霍尔的魔鬼神，像云雾一样聚在一起，双方互相厮杀着，把珠毛的孩子，吓得大哭起来"。① 这烘托出了大战前的紧张氛围，也是形容敌我意志和斗志的较量，同时，凸显出格萨尔王此刻紧张、亢奋的心理。

机智聪颖的珠毛暗中设法提供给格萨尔王吃喝，保证他有斗志有力量，他先杀了东边白霍尔王，后斩了西边黑霍尔王。然后珠毛又及时引导他进黄霍尔王的寝宫，并在黄霍尔王必经之地撒了黑豆。当黄霍尔王觉察事变，急跑时滑倒，给了格萨尔王绝好的制伏时机。他一个箭步跑了上去，用膝盖顶住黄霍尔王胸口，抽出白把水晶宝刀，唱出了威镇世间的英雄之歌。

> 怯阿拉拉毛阿拉拉，
>
> 我怒火烧起三千丈，
>
> 要结果你这害人的妖魔王。
>
> 你若是不认识我，
>
> 我就是世界雄狮格萨尔王。②

复仇就在这一刻！为英雄哥哥甲擦，为岭国八大英雄，为叔叔尕雷公琼，为英雄桂巴达尔杰、布桂塔尔雷、当德楚卡尔、米琼根代、米琼达达尔，为勇士叉滚，为总管协真，为三百六十名勇将，为吐顿巴四人，为马主十三人，为马童十三人……更是为夺妻之恨。"我要给岭国人报血

---

① 《格萨尔王传》，王沂暖、华甲译，中国国际广播出版社，2016，第 339 页。

② 《格萨尔王传》，王沂暖、华甲译，中国国际广播出版社，2016，第 343 页。

仇，我要把害人的妖魔都杀完。"①

格萨尔王举起白把水晶刀，在天母的催促中，砍下了黄霍尔王的头，剥下了他的皮，挖了他的五脏，用他的心祭岭神，用他的血祭外鬼。然后对珠毛说："现在一起回岭国，快做准备启程吧！"剿灭了强大的霍尔王，格萨尔大王胜利了，但人间的妖魔还有很多。此后，格萨尔王又为了"保卫盐海"，打杀了江国入侵者萨当王，打败了前来侵犯的闷国、大食财国、雪山水晶国及朱孤等国，最后他闯进了阴曹地府，反抗阎王，救出十八层地狱中的十八亿亡魂。在完成了拯救世间生灵的大业之后，格萨尔安排了后事，重新回到天国。

四　格萨尔王的女人们

从身世到身份，格萨尔都拥有无可比拟的王者尊严与荣耀。与生俱来的王者霸气让他不怒自威，与身同在的王者威仪让他无往不胜。他的力量、气量、胆量超凡绝伦；他的身形、容貌、气质遗世独立；他的本领、智慧、心性天下无双；他的情怀、格调、风度倾倒众生。他是人也是神，从两性的角度讲，没有他征服不了的女子。只要格萨尔愿意，只要他说出口，世间怎样的女子都心甘情愿地奔赴，并为他两肋插刀、奋身不顾，为他坚贞不屈、守志不渝。他是神也是人，人间烟火、七情六欲，使得格萨尔不乏多情、温情、深情，他热烈而真挚地热爱和眷恋世间美丽的女子们。他为她们的幸福与安宁奔波，为她们的痛苦与悲伤战斗，更为她们的快乐和满足欢喜，但前提是她们能配得上他的爱意与付出。

格萨尔是至尊的天神，无上的君王，完美的男人。格萨尔的女人们是世间最美丽、最智慧、最能干、最妖娆的女子。江山、美人、英雄的

---

① 《格萨尔王传》，王沂暖、华甲译，中国国际广播出版社，2016，第347页。

故事永远动人。

在天国时，还是顿珠尕尔保的格萨尔就向天帝天母求了下界后的配偶："我更要美丽的白天女，一同临凡结夫妻。"[1] 投生下界后，称王纳妃，头一个娶了不看重富贵钱财，只追随承诺与缘分的美丽女子珠毛，珠毛正是美丽的白天女转世，所以珠毛是神女。之后的不凡表现也证明了珠毛是神女。

如果客观地看待北征妖魔救梅萨一幕，除了夫妻恩义不舍远别，更见珠毛有先见之明，料事如神。同时，也侧面可证这一对爱侣从天上到人间都是心心相印、息息相关的。当格萨尔王番番历劫、征战世间的各式妖魔时，珠毛也不能幸免，他们是同感同步的。临行北地时，珠毛难舍难离地唱道：

> 白雪山不留要远走，
> 丢下白狮子放哪里？
> 大河水不留要远走，
> 丢下金眼鱼放哪里？
> 高草山不留要远走，
> 留下花母鹿放哪里？
> 岭大王不留要远走，
> 留下我珠毛姑娘放哪里？[2]

格萨尔王这一走，珠毛隐约地感觉到一定会发生什么可怕的事。王走了，国无仰仗，民无安护，生灵无处安顿；王走了，家室无靠，骨肉

---

① 《格萨尔王传》，王沂暖、华甲译，中国国际广播出版社，2016，第 7 页。
② 《格萨尔王传》，王沂暖、华甲译，中国国际广播出版社，2016，第 64 页。

离散，珠毛孤苦无依。是深情，也是直觉和预感。她越唱越心焦，越想越害怕，竟生出生离死别之感来，因而，决意全力挽留。实在不行，就跟着走。她决绝地表白格萨尔，自己可以献出所有珍奇宝贵的物什，她唱道：

> 你若不走献给你，
> 你若走了我要毁坏它。
> 或用刀子砍，
> 或用石头砸，
> 再不然一火烧掉它。①

别离的痛苦令珠毛撕心裂肺甚或心灰意冷。她绝望，她发狠，她甚至撒泼自虐。她不顾体面地警告格萨尔，他若执意离去，自己也不会好好活着；他丢弃了自己的国家和臣民，家园将任人践踏，再好的东西也无法保全，自己宁可玉碎，不为瓦全。这些异常的举动也曾一度引起格萨尔的警觉和垂怜。

> 哎呀呀！珠毛为啥这样怕我走，
> 珠毛为啥这样愁。
> 我现在决定离开岭尕，
> 我像石落大海不回头。
> 要降伏刺鬼般的恶敌人，
> 怎能领你珠毛走！②

---

① 《格萨尔王传》，王沂暖、华甲译，中国国际广播出版社，2016，第67页。
② 《格萨尔王传》，王沂暖、华甲译，中国国际广播出版社，2016，第73页。

降妖除魔的天地使命还是压制了对爱侣的怜念，并在天母的晓谕和安排下终于忍痛割爱，甩脱珠毛奔赴北地。珠毛在万分痛苦和无奈中冷静下来，给对岸的格萨尔留言道：

> 我如回到岭尕去，
> 恐怕难以躲三灾。
> 一灾是霍尔兵马到，
> 一灾是羌地兵马来，
> 一灾是坏心肠的超同达，
> 为非作歹来虐待。
> ……
> 一生永远不相离，
> 我曾说过这样话。
> 也曾这样刻过石，
> 也曾这样把誓发。
> 今生不见发愿来生见，
> 这话请你告诉他。①

这一节歌诗体现了珠毛神性的洞悉！她心明眼亮、高瞻远瞩，她知道，只要格萨尔一走，这些妖魔就都会跳出来。她更明白自己无法阻挡这一切的发生，唯一能做的是请格萨尔大王相信自己将生死不相负。时间和事件印证了珠毛的预言，也见证了她忠贞不渝的深情。

再看霍尔王侵占岭国时珠毛的神女风采。先是珠毛做噩梦时的惊醒与清醒，她及时地为岭国人民发出了预警。接着她临危受命，坐镇组织

---

① 《格萨尔王传》，王沂暖、华甲译，中国国际广播出版社，2016，第 78 ~ 79 页。

和指挥作战。在最危急艰难的情况下，她不顾危险搬救兵，她申明大义请英雄，当然也敏锐地识破了超同达的险恶用心。但仿佛天命注定了一般，该发生的还是惨烈地发生了，超同达叛国投敌、助纣为虐，终于引狼入室；岭国的英雄与勇士们悉数战死，珠毛无人庇护，还如羊入虎口般落到了敌人的手里。结局已定，但珠毛王妃的英烈之气与抗争神威必将鼓舞岭国人民从血腥与苦难中抬起头来。大英雄、格萨尔的哥哥甲擦协尕临死前握住珠毛的手唱的一段词可以为证。

> 聪明的王后站起来，
> 夹罗家的姑娘别悲伤！
> 你看插箭敖包的右角上，
> 无数英雄血流淌。
> 你再看插箭敖包的左角上，
> 无数勇士血流淌。
> 再看堆满羽毛箭的地方，
> 死的老百姓像海洋。
> 血肉身体虽然死，
> 千秋万代美名扬。[①]

英雄流血牺牲是悲壮的，生灵涂炭是悲惨的，但指引方向的敖包在，保家卫国的精神在、勇气在，信念就在，神圣的功绩将永存世上，聪明的王后珠毛，你做到了！

当被掳强娶的命运无法改变时，珠毛用全部的智慧拖延了三年，其间想方设法向北地的格萨尔传信，均无果。但在天神的梦喻鼓励下，在

---

① 《格萨尔王传》，王沂暖、华甲译，中国国际广播出版社，2016，第 202～203 页。

岭国神山的指点下，她能做的就唯有艰难地等待。等待爱人的归来，等待今生的聚首，等待心迹的表白。这等待同样见证着神女的胸怀与情怀。珠毛在无尽的眼泪中不放弃期盼，在岁月的流逝中不丧失信心，在锦衣玉食中不忘记仇恨，在生儿育女中不迷失家园。在如此清醒的苦难中执守不是凡间女子能做到的，珠毛是格萨尔最钟爱的女人，从天国到世间，她始终是他的神女。

梅萨是格萨尔王的次妃，一度被誉为最有智慧的妃子。她美丽泼辣，心灵手巧，行事果决而刁钻狠毒，是一个敢作敢为但又极有心机的魔性女子。格萨尔对梅萨颇为偏爱，用情也很深，虽不能与珠毛相比，但对她又爱又恨放不下也显而易见。梅萨被北地老魔掠到魔城后，成功地获取了老魔的信任和宠爱，他既把魔城钥匙交给了她掌管，又把自己的命根子所系向梅萨和盘托出。她是怎么做到的呢？在格萨尔到来后，当天晚上，梅萨对老魔说道："我方才睡着了，做了一个梦，梦见一个姑娘把我右边的头发剪了下来。老魔呀，我想你会有什么事故发生。你如果真的有个三长两短，我的亲人只有天和地了。""你身体永远平安，那我是谢天谢地了。……你的命根子海、命根子树、命根子野牛，要多加小心才是。"① "情真意切"的言辞，连妖魔也招架不住，老魔满是担忧和怜爱地将所有机密统统告诉了爱妃梅萨，可见梅萨的手段堪称魔性。

为了躲过老魔精准的卦象，梅萨瞒天过海，亲手布局迷魂阵，让老魔的卦象失灵。可以看出，梅萨颇懂得些巫术，久在魔窟，必定沾染了魔性。当珠毛托白仙鹤报来岭国受难的书信，格萨尔从迷心忘事的酒盅中惊醒，执意回国时，梅萨跑过来，抓住马缰绳道："往哪里去，快下来！"并故伎重演，好言相诱，温情款款，再一次哄格萨尔喝下了健忘迷魂的药酒，让他瞬间又忘了岭国，更忘了珠毛。动因说来也单纯，"梅萨

① 《格萨尔王传》，王沂暖、华甲译，中国国际广播出版社，2016，第107页。

贪图魔地的享受，又怕回去，珠毛夺去大王对她的宠爱"。① 强烈的占有欲让梅萨不分轻重，狠毒无情，魔性大发。

当格萨尔的神骏赤兔马识破了梅萨的伎俩，并不顾一切碰翻了酒碗，帮格萨尔挡过了又一次被下蛊时，梅萨大怒，用手把马连打三下，骂道："你这个坏东西，哎呀呀，你这个讨口子马，这是干什么？"② 刚才还柔声媚语地唱：

> 大王你累啦，
>
> 赶快下战马。
>
> 喝杯美酒解解乏，
>
> 最爱大王的是梅萨。③

当阴谋诡计被揭穿时，则立刻变脸，出手又打又骂格萨尔战友、兄弟般的神战马，甚至都不顾格萨尔的脸面与感受，称其"讨口子马"。梅萨不管不顾的刁钻、歹毒样，表现出十足的女魔头做派。格萨尔明明离开魔地返回岭尕，都奔到上江玛塘了，梅萨仍不甘心，再次写假信冒充珠毛，说敌人已撤兵，要格萨尔放心。信中竟还道有思念之情，简直天衣无缝。结果再次骗过了格萨尔王，以柔情和美色留住了格萨尔。心机之深，手段之高，无情之甚，可以称得上凶残了。

面对梅萨种种可谓歹毒的行为，格萨尔始终没有责罚梅萨，正是梅萨对格萨尔的爱纯粹且疯狂，使格萨尔非常迷恋，真正是爱恨无计可消除。爱令人着魔，梅萨是变幻莫测的魔女。

---

① 《格萨尔王传》，王沂暖、华甲译，中国国际广播出版社，2016，第214页。
② 《格萨尔王传》，王沂暖、华甲译，中国国际广播出版社，2016，第220页。
③ 《格萨尔王传》，王沂暖、华甲译，中国国际广播出版社，2016，第220页。

　　阿拉达毛是格萨尔北征魔地途中，不打不相识而纳为妃子的女子。说她是妖女是因为她的身世，她是长臂妖魔的妹妹，而长臂妖魔正是掳走梅萨的老魔。她的父母也都是狠毒凶险的大魔头，她初次见格萨尔就很狂妄，但也有几分调皮可爱。她这样唱道：

> 人找死才来到夜叉门前，
> 虫找死才爬到蚂蚁洞边。
> 这座山是妖魔的地方，
> 这座城是妖魔的宫殿。
> 我的爸爸叫无敌毒龙，
> 朱格通是我妈妈的大名。
> 我镇守这座关口，
> 来往的人不能随便通行。
> 你从哪里来，
> 要向何处去？
> 敢比射箭吗？
> 若敢我可以留下你。①

　　毋庸置疑，这是个以吃人为生的夜叉，是个真正的天然妖女。但她似乎有些寂寞无聊，见人就说要比射箭，看上去没什么城府，也不会玩花招，她的妖性更多的是出自本性。

　　当得知眼前的英雄就是大名鼎鼎的格萨尔王并被戏弄小瞧时，"脸上立刻变了颜色，攥起拳头，把脚往地上一跺，身上穿的雕金镂玉的珍珠宝甲，叮叮当当地响了起来。于是，两个人便你一拳来，我一拳往，打

---

① 《格萨尔王传》，王沂暖、华甲译，中国国际广播出版社，2016，第84～85页。

了交手仗。这个姑娘渐渐敌不住格萨尔大王，格萨尔大王乘机抓住她的胸脯，把她按倒在地，把水晶白把宝刀，亮了出来"。[①] 这场打斗更像是挑逗式的打闹，很有狎昵的意味。妖女阿拉达毛更像是个天真可爱的小姑娘，握着小拳头气呼呼地捶打大英雄，似任性，似撒娇，而格萨尔大王也是一脸宠溺，很耐心很狡黠地陪她玩闹。连降服她的招数也净是挑逗和嬉戏，哪有大英雄抓人家小姑娘胸脯的？但心意就在这所谓的打斗和降服的过程中，传递了也明了了。所以，当格萨尔王拿刀抵住阿拉达毛，威吓着要杀她时，阿拉达毛心领神会，装着被逼无奈，直接将自己许给了格萨尔大王。格萨尔也喜欢阿拉达毛的娇美，纳她为妃。在点评每个妃子的长处时，格萨尔大王给了她一个"最勇敢的是阿达拉毛"的评语。这是嘉奖她勇敢地从妖女蜕变成反戈一击者的弃暗投明行为，也是赞美她大义灭亲，肯定她帮格萨尔扫清了通往长臂妖魔处的险恶障碍的风范，或者也是欣赏她勇敢许身的胆识气魄吧。总之，阿拉达毛是格萨尔大王乖巧开心的妖女。

怯尊是临凡的仙女，生活在人世间，父亲是个铁匠。怯尊身份尊贵，是霍尔王的侄女。因通灵聪慧，能卜测祸福吉祥，又神通广大，可施展法术消灾免难，成为霍尔王不可或缺的法师和日常顾问。格萨尔王要想潜入霍尔国搭救珠毛妃，须首先过了怯尊这一关。因破解难度大且怯尊又掌握着霍尔王的要害机密，天母指示格萨尔以结亲的方式来彻底降服她，从而得到她的帮助来尽快顺利地剿灭霍尔王，救出珠毛。所以，仙女怯尊最初是格萨尔大王的利用对象，谈不上喜欢，只是需要而已。

因为要打爬城偷袭的铁绳、铁橛子，格萨尔变身苦工依附到怯尊父女门下。因心灵手巧、勤劳能干赢得了怯尊父女的赏识，怯尊父将他收为义子，从而很好地掩护了格萨尔，并为他一点点接近霍尔王宫和珠毛

---

① 《格萨尔王传》，王沂暖、华甲译，中国国际广播出版社，2016，第86页。

创造了条件。为此，格萨尔由衷感激怯尊姑娘，愿意纳她为妃。

因着砍柴、烧炭、买铁矿等劳作，形影相伴下的了解、赏识，怯尊渐渐喜欢上了这个苦力工，为他的聪明才智和神奇本领打动，为他的踏实、礼貌和独特个性心动。因此，当格萨尔亮明身份，用宝刀抵住怯尊时，她唱道：

> 格萨尔大王我信你，
> 你是黑头人的好君长。
> 我要尽量帮助你，
> 降伏妖怪和魔王。①

"你是黑头人的好君长"说明怯尊显然也知晓天意，她顺理成章地归附了格萨尔，并在格萨尔的一番大义表白后，很自然地接受了纳她为妃子的提议。这一段很有意味，很能说明只要格萨尔愿意，没有征服不了的女人，因为格局、胸怀，因为品德、威名，因为担当和可靠。

格萨尔大王说道："那么能这样，我就不伤害你，你要帮助我降伏霍尔王。但是，你要起一个誓。我只降伏侵略别国土地、抢劫别国人的黑心霍尔王，报仇雪恨，决不伤害霍尔人。事情如成功，我对你的父亲感恩不尽，我要收姑娘你为妃子，一同回岭国。你想一想，可以不可以？"怯尊说："这用不着想。我要做大王的妃子，今生来世都有福。大王的威名谁不知道？即使今生不能伴随大王，也要修个来生。"② 于是她起誓、交心，把自己托付给了格萨尔大王。

可以看出，格萨尔接纳怯尊是出于降伏霍尔王的目的，但从内心深

---

① 《格萨尔王传》，王沂暖、华甲译，中国国际广播出版社，2016，第 302 页。
② 《格萨尔王传》，王沂暖、华甲译，中国国际广播出版社，2016，第 302~303 页。

处还是非常尊重她的,因而心意也是真诚的。接下来的合作中,怯尊两面斡旋,巧妙地利用了自己的特殊身份和职能全心全意地帮助格萨尔王,兑现了自己的诺言。而格萨尔王也几乎每一步行动都依赖着怯尊的指点和周旋。在心理上形成依赖的同时,在精神上也获得了极大的安抚,情意越来越浓,可以敞开心扉谈私话,并同所有的妃子一样,也给怯尊一个爱的评语:"最有神通的是怯尊阿姐你。"①

爱令人忘我而奉献。怯尊因着对格萨尔纯真的爱,无条件地帮助他、成全他,甚至克服自己对珠毛的嫉妒而鼓励她、安慰她。最终格萨尔大王兑现了诺言,在剿灭霍尔王之后,将怯尊带回了岭国。怯尊是格萨尔大王信赖和依靠的战友般的仙女,他们俩实现了真正的神仙组合的美好愿景。

《格萨尔》代代相传,经久不衰,至今仍然在艺人们口头传唱着。许多艺人可以唱上几十部甚至几百部。扎巴、玉珠和桑珠等"神授"艺人一般可以流利地说一二十部。他们都声称各自的说唱技艺源自梦中神授。雪域国宝扎巴老人说,有一天,他梦见菩萨把他的肚子剖开,将五脏六腑全部掏干净,装进了《格萨尔》一书,告诉他今后要不辞辛苦,到处传唱《格萨尔》,让雪域西藏的僧俗百姓及六道众生都能听见佛祖的声音,知道雄狮大王格萨尔的英雄业绩。浪迹草原的说唱艺人玉珠说,他经常做梦,梦见格萨尔打仗的种种故事。不久他得了一场重病,肩背部疼痛难忍。他的父亲请来达隆寺(现当雄附近)的喇嘛玛居仁波切,为玉珠祈祷念经,开启说唱《格萨尔》的智门。这位喇嘛还赠送玉珠一顶说唱《格萨尔》时戴的帽子(仲夏)。说唱艺人桑珠说,他梦见格萨尔后,得了一场大病,父亲把他送到终互日寺院。痊愈后,在回家途中,他在一棵大树下休息,不知不觉进入梦乡,梦中他不知道自己到了什么

---

① 《格萨尔王传》,王沂暖、华甲译,中国国际广播出版社,2016,第333页。

地方，也不知道坐在什么东西上，大声地读着《格萨尔》。

说唱艺人们这些神灵附体的非实证之说很难科学地解释他们如何能传唱几十万诗行的奥秘，反而给他们的说唱增添了传奇的色彩和神秘的面纱。说唱艺人召请鬼神附身而进入幻境时，所有这些幻觉都是他曾经经历的、学习的以及领会的东西，应该将史诗演唱与艺人的记忆和经历结合起来考虑"神授"的观点。无论扎巴、玉珠，还是桑珠，在"神授"之前，他们都有深厚的说唱《格萨尔》的基本功。扎巴老人从小就爱听说唱艺人说唱《格萨尔》，一听就像着了魔似的，把吃饭、干活等什么事都忘得一干二净。到十一二岁时，他就能说唱一些有关格萨尔的故事。玉珠从小听他父亲班觉普日说唱《格萨尔》，并模仿仲肯说唱。桑珠是在祖父罗桑格来怀抱中聆听着《格萨尔》长大的，而且他对《格萨尔》非常痴迷，一有人说唱《格萨尔》，便不管手里有多少活，总要去听。在"神授"之后，说唱艺人也并不是故步自封，而是积极吸纳其他艺人的说唱技艺和内容。扎巴经常到巴边寺参与说唱《格萨尔》，并聆听一些优秀艺人的说唱，这对他说唱水平的提高具有很大的启发和影响。桑珠也是如此，其中在绒布日丹寺遇见的那位艺人（著名的女艺人玉梅的父亲，在1984年拉萨艺人会上，桑珠才得知他的身份）对他影响最大。如此优美的语言，如此之多的诗行，一个人对《格萨尔》说唱没有积淀而在一夜之间通过"神授"就可以无碍地说唱，这种解释难以让人信服。说唱艺人们的说唱经历至少告诉我们他们在"神授"之前多少都具有一点关于《格萨尔》说唱的基本知识，都有过聆听的阶段。没有一个从来没有听过《格萨尔》三言两语的人，可以经过一个梦而能说唱数部《格萨尔》。其次，"神授"之后，说唱艺人要不断训练，提高自己的技艺，形成自己的说唱风格。如此，他才能成为一个受到民众喜爱的说唱艺人。

许多艺人自称在童年或少年时期做过梦，梦见《格萨尔》中的若干情节，或者是史诗中的某位神、某位英雄指示他们终生说唱《格萨尔》，那么他们为何要说"神授"呢？在西藏，说唱艺人一般分为三个等级：一为"曲仲"，意为佛传授的；二为"包仲"，意为神传授的；三为"退仲"，意为学来的。"退仲"艺人演唱的部数较少，而且说唱形式和方法比较平淡，他们不大受人尊重。"曲仲"和"包仲"说唱部数多，语言丰富，而且还有自己特殊的说唱方法，得到听众极大的认同。听众认为他们如此精湛的说唱技艺非神灵授予是不可能达到的，也认为在"神授"中学会《格萨尔》的人是唯一会精彩说唱的人。另外，说唱艺人的"神授说"一方面使他们与格萨尔大王、与史诗《格萨尔》的渊源神圣化，使史诗的传承具有了神圣性，也更加神秘化；[①] 另一方面，也抬高了自己说唱的地位，增强了自己说唱的话语权，这也是为什么许多说唱艺人否认自己是向前辈学说唱《格萨尔》的原因之一。

是否师承家传可以解答说唱艺人创作几十万行史诗之谜呢？确实，一些著名的说唱艺人有着良好的家学渊源，如桑珠的祖父罗桑格来是一位富有传奇色彩的《格萨尔》说唱艺人，玉珠的父亲是一位经常为牧民演唱《格萨尔》的说唱艺人，玉梅的父亲是一位经常为活佛说唱《格萨尔》的著名艺人。但是也有一些著名艺人没有家传关系，扎巴老人就是如此。这样看来，依靠它也不能找到谜底。特异功能之说更是虚幻。口头诗学或许能为我们揭开《格萨尔》说唱艺人如何能说唱几十万行史诗之谜提供一把钥匙。

由于地域不同、传承方式各异，说唱艺人的说唱形式也呈现出多样性。通过对活跃在中国境内的 140 多位《格萨尔》说唱艺人的考察，角巴东主将他们分为神授说艺人、撰写艺人、圆光说艺人、吟诵艺人、闻

---

① 周爱明：《〈格萨尔〉神授艺人说唱传统中的认同表达——兼谈〈格萨尔〉精选本的社会认同》，载《格萨尔研究集刊》第六辑，民族出版社，2003。

知说艺人、传承说艺人、掘藏说艺人、艺人帽说和唐卡说艺人。① 帽子
（仲夏）是《格萨尔》说唱艺人特有的一种道具。它是一个说唱艺人获得
人们认同的标志之一。这个帽子经常是活佛赐予的。扎巴和才让旺堆手
中都有一顶活佛赐予的艺人帽。在说唱仪式上，帽子是必不可少的。说
唱艺人在演述之前，先沐浴净身，同时要焚烧香料，尤其是刺柏枝。这
一切都被默默地完成了。随后，戴上招请格萨尔所不可或缺的帽子，呈
上对格萨尔的一种净化供品。桑珠在演唱《格萨尔》时，曾经为了招引
人们的注意，有一段时间用过一顶"仲夏"，但是他对"仲夏"不像别的
艺人那么爱惜。在演唱时，除了他那串宝贝念珠之外，不需要任何道具。
提到桑珠，他还有一个与别的神授艺人的不同之处：别的神授艺人讲授
时会兴奋得狂舞，或者出现一种痉挛的表情，全身颤抖，而桑珠在说唱
时手和身子的动作很小，他微闭双眼，重在意念上。

艺人说唱《格萨尔》具有一定的时间限制。秋季和冬季不能说唱，
否则会引起风暴和雪暴。又有一说是，在内蒙古说唱一段《格萨尔》的
做法只能于夜间、冬季或昴星团明显可见时举行。② 另外，《格萨尔》经
常在狩猎和战争时说唱，以保证获得丰厚的报酬和战争的胜利。传说，
如果说唱艺人能准确无误地说唱《格萨尔》，那么天神会送一匹白马给艺
人，或通过烟囱把两只野山羊抛到说唱房间。

随着现代化的发展，书写和大众传媒的普及，说唱艺人的传承受到
了严峻的挑战。近年来，一批著名的老艺人相继去世，年轻的艺人后继
无力，说唱艺人的传承已经出现了青黄不接的局面。究其原因，在于四
点：一是生活环境的改变、外来文化的冲击、生活节奏的加快等对史诗

① 角巴东主：《〈格萨尔〉说唱艺人研究》，《青海社会科学》2006年第1期，第74~78页。
② 〔法〕石泰安：《西藏史诗与说唱艺人的研究》，耿昇译，西藏人民出版社，2005，第352~353页。

说唱传统的延续产生影响；二是游牧生活方式转为定居或半定居状态，使史诗说唱环境发生了改变；三是标准化教育在年轻人中逐步普及，他们对于传统文化的兴趣逐渐淡漠；四是旅游业的兴起对传统文化造成冲击。[①] 近年来，旅游产业也在藏区悄然兴起，越来越多的外来人进入西藏，使过去相对封闭的社会敞开大门。其他地区的中国人及外国人的到来促进了当地经济发展，同时也带来了外来文化，这对于年轻人而言有极大的吸引力。慢节奏的闲散式的古老韵律——史诗的说唱——正在失去年轻的受众。因此，我们不仅要保护现有的说唱艺人，还要挖掘和培养年轻的说唱艺人，保证薪火相传。另外，我们要保护独特的口头传统以及说唱艺人，必须要保证一个良性的口头传统生态环境。

---

① 杨恩洪：《史诗〈格萨尔〉说唱艺人的抢救与保护》，《西北民族研究》2005 年第 2 期，第 189～190 页。

江格尔

　　《江格尔》是蒙古族民众集体口头创作的英雄史诗，既是蒙古族宝贵的文化遗产，也是我国具有重要历史意义的文学遗产。数个世纪以来，无数蒙古族民间歌手以口耳相传的方式在辽阔的草原上传唱着这部史诗。它描述了以江格尔为首的6012位勇士与凶残的敌人进行英勇而不屈不挠斗争的故事，塑造了江格尔、洪古尔、阿拉坦策基、古恩拜、萨布尔、萨纳拉、明彦等组成的英雄群像。《江格尔》的各个诗章都有一批共同的英雄人物形象，但情节相对独立，互不连贯，它们是整个《江格尔》史诗传统的有机部分，共同构成了《江格尔》史诗集群。国内学界已经习惯于将这种结构的史诗称作"并列复合型英雄史诗"。[①] 在这种叙事结构中，江格尔并非每个诗章的核心人物，许多诗章的核心人物是江格尔手下的某位英雄，如洪古尔、阿拉坦策基、古恩拜、萨布尔、萨纳拉、明彦等。虽然在许多诗章中江格尔不是核心人物，但是作为宝木巴汗国的灵魂人物，他会出现在每个诗章中，将各个诗章平行地链接贯穿在一起。

　　《江格尔》之所以能在千百年的传承中光辉不变，熠熠如昨，始终流传在蒙古族民众心中，是因为它所传递的为保护宝木巴而殊死斗争的精神。"宝木巴"（霍尔查译为"蚌巴"）有圣地、乐园的含义，是史诗中

---

　　① 仁钦道尔吉：《〈江格尔〉论》，内蒙古大学出版社，1999。

无数英雄为之捍卫终生的国土，更是蒙古族人民向往美好生活的体现。那里"是幸福的人间天堂，那里的人们永葆青春，永远象二十五岁的青年，不会衰老，不会死亡"①，那里"四季如春，没有炙人的酷暑，没有刺骨的严寒，清风飒飒吟唱，宝雨纷纷下降，百花烂熳，百草芬芳"②。

《江格尔》描述了江格尔和众位英雄好汉在特别的时代背景下，关涉联盟、婚姻、征战等的轰轰烈烈的充满生机活力的创业、兴业和传业的传奇故事。《江格尔》张扬了英雄们拼搏奋斗、保家卫国、开拓家园的英雄业绩和英雄气概，充溢着英雄主义和浪漫主义的格调和色彩，既是英雄们叱咤风云的现实写照，也是英雄们勇敢担当、挥洒青春汗水与热血的理想描绘。读来令人荡气回肠，在慷慨悲壮中交响着痛快淋漓的乐观信念，在孤独坚守中交融着信义与忠诚的昂扬呐喊，在伤楚磨难中交织着热爱与憎恨的强烈情感，在快乐狂欢中交流着生命的意义与观照。"《江格尔》是在古老的中亚细亚艺术土壤上开出的一枝奇葩，是世世代代居住在大草原和山林中的蒙古族牧民、狩猎民，按照自己传统的审美意识创作的艺术珍品，它从内容到形式都表现出了粗犷、遒劲的草原风格。"③

《江格尔》史诗在神幻浪漫的思维推进中也格外关切了生命中最亲最美的忠贞守望与陪伴。女子是《江格尔》史诗中极具神圣神奇色彩的元素，女子是英雄奋斗的支点，阴柔永远是阳刚的致命吸引力。对美丽女子的钟情与征服是男子拥有血性和魅力的重要标志，因而是其成长和成功的力量源泉。对妻子儿女的守护调动起男人的责任心和担当的勇气，关乎男人一家之长的荣誉与自尊，因此，也同样是其成熟和拼搏的深层

---

① 《江格尔》，色道尔吉译，人民文学出版社，1983，第4页。

② 《江格尔》，色道尔吉译，人民文学出版社，1983，第4页。

③ 荣苏赫、赵永铣、贺希格陶克涛主编《蒙古族文学史》（一），辽宁民族出版社，1994，第30页。

动力。反过来，女子以其天然的性别魅力激励着英雄，爱抚着英雄的伤痛，呵护着英雄的骄傲，守护着、经营着英雄的胜利果实。当然，女子异乎寻常的智慧也随时随地化解着英雄的困惑，女子一样参与到了英雄大业中去。

蒙古族三大英雄史诗中都有马的身影与功劳，但《江格尔》中真正将马人格化，英雄视马为战友、伙伴及生死相依的兄弟。马不仅有个性、灵性，可与主人心犀相通，理解其意志，更令人感叹的是马有类人的灵魂和情感，与主人意气相投，理解其爱憎，成全其意志。同时，《江格尔》中的马有着深切的生命观照，被赋予了高昂的英雄气概，经历了血与火的洗礼，并与英雄合体，驰骋于生命大场，奔腾进历史文明，成为英雄造像中不可或缺而又浓墨重彩的一部分。

没有磨难就不能造就英雄，这恐怕是英雄的魔咒。《江格尔》中的灵魂与核心人物江格尔是一个受尽人间磨难而矢志不渝的孤儿，他顽强地从困境中一点点崛起，完成了收复河山、重建家园的英雄大业。他注定是天降大任的承担者，也必定是劳其筋骨、饿其体肤、空乏其身的接受者，因而也有资格、有能力、有勇气成为宝木巴汗国的开创者。

> 在那遥远的古代，
> 宗教兴起的年份，
> 塔赫卓腊可汗的后裔，
> 唐苏克·蚌巴可汗的嫡孙，
> 乌琼·阿拉德尔可汗的儿子——
> 当代闻名的江格尔在世上诞生。[①]

---

① 《江格尔》，霍尔查译，新疆人民出版社，1988，第 1 页。

江格尔

　　带着金色光环出生的江格尔有着与生俱来的尊贵与号召力，这也同时为他的身心留下了烙印，为他的命运埋下了伏笔，因为传奇的后面一定是沧桑。

　　　　当他两岁的时候，

　　　　故乡被恶魔洗劫，

　　　　只剩他孤身一人。[1]

　　草原上的攻伐掳掠正如逐水草而倒场一般，从来没有停止过。两岁的江格尔在恶魔的洗劫中失去了父母和家园，成为草原上孤独无依的流浪儿，游来逛去，受尽了逞勇斗狠者的欺负和嘲弄。他曾回忆说：

　　　　我自身还是个孩童的时候，

　　　　将世界周游了——

　　　　八千八百次，

　　　　……

　　　　当勇士巴达玛·乌兰，

　　　　将孤独的我——

　　　　如此奚落欺负，

　　　　我跟他展开了，

　　　　——殊死的搏斗。

　　　　我们对打了三七——二十一天，

　　　　我身上负了十五处

　　　　——致命的伤口。

---

① 《江格尔》，霍尔查译，新疆人民出版社，1988，第 1 页。

其它大大小小的刀伤，
更是无法计数。①

苦难是最有效的磨刀石，它磨出了江格尔心性中最坚韧而锐利的刀，让他心明眼亮而又机智过人。孤儿的遭际练就了他的胆量和气量，也增加了他的阅历和见识，让他在了解世界的同时，放眼世界。

当他三岁的时候，
他跨上飞快的三岁赤骥，
攻破了三大营垒，
降伏了庞大的魔鬼。

当他四岁的时候，
攻占了四大营塞，
镇压了巨大的魔怪。

当他五岁的时候，
战胜了五个精灵的头目，
使它们发誓降伏。

当他六岁的时候，
攻破了六座营塞，
折断了百根银枪，
招降了巴彦贡格·阿拉坦策基，

---

① 《江格尔》，霍尔查译，新疆人民出版社，1988，第 740~742 页。

江格尔

——封他为左翼之长。

当他七岁的时候，

打败了所属的七个地方，

江格尔的名声倍加传扬。[1]

这一过程以神幻而夸张的描摹，赞美了江格尔在磨难中的迅速成长与勇敢作为。他从大胆挑战到越战越勇，以不可阻挡的气势攻克顽敌，一路高歌猛进。如涅槃的凤凰带着烈焰俯冲，如决堤的洪水带着浪涛冲杀，蜕变为英雄的江格尔身心蕴积的能量爆发了，势如破竹，所向披靡。在历史的地平线上，江格尔跨着神驹阿冉扎意气风发地奔驰而来，令人向往的英雄江格尔的时代开启了。

江格尔崛起正可谓王者归来，而爱江山者也必定爱美人。英雄气概下一样有着英雄柔肠，何况一颗受伤的心灵更加渴求爱的抚慰和家的温暖。

风华正茂不可辜负，江格尔万里挑一，终于迎娶了世间最美丽、最贤能、最出色的女子诺门特古斯可汗的姑娘、十六岁的阿白·莎卜托腊·葛日洛。他成为世间最荣耀、最美满、最令人羡慕的男人。

要提她的长相怎样？

她眼往前方眺望，

能把大海彼岸照亮；

她眼朝这边观看，

大海的此岸放光。[2]

---

① 《江格尔》，霍尔查译，新疆人民出版社，1988，第1~2页。

② 《江格尔》，霍尔查译，新疆人民出版社，1988，第7~8页。

　　成家了，立业成为当务之急。江格尔全力以赴，远交近攻，扩大战果来稳定局面。史诗中虽没有详尽地展开这一阶段，但从总序的概括性诗行中完全可以看出江格尔的策略部署和果决行动。

> 他征集了神驹般最快的骏马，
>
> 他聚结了雄狮般最壮的好汉，
>
> 把周围四方——
>
> 四十二个可汗的领土攻占。①

　　江格尔集结了优势力量，逐个击溃周围的对手，将势力扩大，将实力进一步壮大。

> 他把所辖的四个国家，
>
> 牢牢地握在自己掌间，
>
> 治理天下的圣主的名望，
>
> 传扬到老远老远！②

　　江格尔在威服四方的同时也赢得四方君臣的爱戴和拥护。他提出并努力践行着他的治国蓝图和政治理想。下面一段话在史诗的章节里反复出现，可以说是《江格尔》史诗流响不绝的根本原因。

> 他的国土上人们长生不老，

---

① 《江格尔》，霍尔查译，新疆人民出版社，1988，第2～3页。
② 《江格尔》，霍尔查译，新疆人民出版社，1988，第4页。

永远保持二十五岁的容颜，

这里没有冬天，阳春常驻，

这里没有酷暑，金秋绵延，

这里没有袭人的严寒，

这里没有炙人的烈炎，

微风习习，

细雨绵绵，

蚌巴国赛如天堂一般！①

这一段歌诗用象征性的语言描绘了一个平等、自由、安宁、幸福的生命家园。在那里没有剥削和压迫，没有伤害和痛苦，更没有灾难和祸患。在那里，每个人脸上都洋溢着笑容，每个人都精神抖擞地活着。在那里，每个人的心都是敞亮的，心情都是舒畅的。在那里，每个人都勤劳奉献，每个人都热爱生活，每个人都富足快乐。

这样的图景的确充满了理想色彩，实现它未必能一蹴而就，但其神圣甜美的呼唤正是世间的终极观照，是对生命个体的尊重和礼敬，更是对后代儿孙的完美交代。当一路的追求与践行在现实生活中有了越来越多的赞美和呼应后，就会渐渐形成理念，甚至成为凝聚人心、聚焦力量的信仰。江格尔以他卓越的才能和非凡的力量将众英雄汇拢来，联盟建国，于是闻名天下的宝木巴诞生了。

"四大洲四十二个汗，带来六千零一十二个工匠，选定一个吉祥的月份，选定一个最好的日子"，给圣主江格尔"建造一座普天下所没有的，富丽雄伟的宫殿"。②

---

① 《江格尔》，霍尔查译，新疆人民出版社，1988，第 3 页。

② 《江格尔》，霍尔查译，新疆人民出版社，1988，第 4~5 页。

在这金碧辉煌的宫殿里，

那为首的十二员虎将，

还有那八千名宝通①，

聚在江格尔的周围，

分成七大圆圈，

举行丰盛的酒宴。②

如众星拱月般，江格尔登上大殿，坐上金椅，开始发号施令，同时拉开了江格尔和他的英雄们同心同德、甘苦与共的波澜壮阔的兴业序幕。军阵前，黄旗下，涌动着浩浩荡荡的铁甲神骑；战场上，呼喊间，进行着你死我活的征战搏斗。勇士们为红颜远征打拼，英雄们为剿灭魔王披肝沥胆。有凯旋的狂欢、君臣战友生死不弃的情义、父老乡亲的守望与等待，更有故乡山川草木的牵扯系念等，伟大的宝木巴在英雄们的呐喊中将开启新的征程，写就更惊艳的美丽传奇。

《江格尔》中最突出的代表人物除江格尔外，还有洪古尔、阿拉坦策基和明彦等英雄。故事内容关乎降妖除魔、保家卫国，也穿插以恩怨情仇、攻伐掳掠，同时表现英雄竞技的争强好胜心理、英雄孤胆征战的勇毅顽强品格，以及英雄落难受挫的悲壮悲情感慨。诚、信、勇、力彰显着兴业英雄们的豪迈格调；胜利的骄傲与欢呼体现着兴业英雄们的功绩与荣耀；庆功的狂欢与陶醉则是对兴业英雄们的致敬、崇拜与热爱。

在《江格尔》中，洪古尔是江格尔战旗下最出彩、最重要的英雄，出场的频率和所建的奇功几乎将《江格尔》演绎成了《洪古尔》。由霍尔查译，新疆人民出版社出版的《江格尔》共收录了15篇传奇故事，以洪

---

① 宝通即勇士。

② 《江格尔》，霍尔查译，新疆人民出版社，1988，第13页。

古尔为主角的就占了 10 篇，剩下的有 2 篇是关于洪古尔的儿子乌兰·浩顺的故事，赞赏父子英雄。只有 3 篇是讲其他英雄的。因此，洪古尔以他的赤诚和勇猛无敌被江格尔誉为阿日宝木巴的擎天柱和雄狮。随着他南征北讨，名震天下，又被视为阿日宝木巴国的国宝，当强大而野心勃勃的对手向江格尔发起挑战时，就明确地宣告，只有占有和臣服了葛日洛皇后、阿冉扎赤骥、洪古尔勇士，才算真正战胜了江格尔，覆灭了宝木巴，也才算得上天下无敌，建立了盖世功业。

　　以《赤诚的洪古尔与铁臂勇士萨波尔之战》中江格尔的夫人阿白·葛日洛皇后唤醒醉酒沉睡的洪古尔，让他前去搭救正与萨波尔交战的江格尔时说的一段话来看洪古尔的风采：

　　　　我的洪古尔兄弟啊！

　　　　你不是只屑一刹那间，

　　　　能够摇身十三变？

　　　　你不是为守护——

　　　　圣主江格尔的生命而诞生人间？

　　　　你难道不是为他，

　　　　野兔般躬身奔走？

　　　　你难道不是为他，

　　　　巨鹏般凌空飞旋？

　　　　你难道不是千万将领的先锋？

　　　　你难道不是百万将领的屏障？

　　　　你难道不是疆场上的勇士？

　　　　你难道不是动乱时的柱石？①

---

① 《江格尔》，霍尔查译，新疆人民出版社，1988，第 52 页。

说洪古尔赤诚，是因为他仿佛是为江格尔和江格尔治下的宝木巴而生，上天入地，哪里需要，他英雄的身姿和雄狮般的怒吼就出现在哪里，令敌人闻风丧胆。因而，他可谓是江格尔和宝木巴的保护神。

说洪古尔是中流砥柱，是因为他跃马扬鞭，如箭如矢，是因为他刀剑出鞘，所向披靡。危急关头，他挺身而出；生死瞬间，他力挽狂澜。万马千军中，他一马当先；长途奔袭时，他袍甲不解。无论怎样的险象环生，怎样的出生入死，都从未动摇过他的信念，他也从未推卸过使命。他是宝木巴当之无愧的战神！

《赤诚的洪古尔与铁臂勇士萨波尔之战》中，洪古尔猛然从酒醉中醒来，如一头被激怒的雄狮扑入战阵为江格尔解了围，生擒了受伤的萨波尔。他誓言道：

> 我把青春和生命，
> 奉献给那征战的枪尖；
> 我把志向和理想，
> 仅献给你江格尔可汗！
>
> 面对熊熊卷来的野火，
> 我不恐惧！
> 面对怒浪拍天的毒海，
> 我不后退！①

苍天可证勇士的血性与肝胆，时光与故事可兑现英雄的豪情与诺言。洪古尔以赤胆忠心和铮铮铁骨说到做到了。

---

① 《江格尔》，霍尔查译，新疆人民出版社，1988，第 61～62 页。

《雄狮洪古尔镇压弟兄三魔王》里，洪古尔只身去国，奉江格尔之命远征残暴的魔王三兄弟。这三个魔王非比寻常，严重威胁着宝木巴的安全，看其相貌就令人胆寒：

> 老大名叫阿塔嘎尔黑魔，
> 长着十五颗脑袋；
> 老二名叫浩特古尔黑魔，
> 长着二十五颗脑袋；
> 老三名叫高宁黑魔，
> 长着三十五颗脑袋。①

一个比一个厉害，一个比一个凶残，每多一颗脑袋就意味着多一份邪恶，多一重危险。洪古尔与每一个魔王交手都是一场恶战，以至于他的坐骑菊花青都急出了人话，给他提醒，叫他注意防备，要他瞄准战机。每消灭一个魔王，洪古尔都付出了巨大的心力和代价，特别是与三十五颗脑袋的高宁黑魔对打，竟耗时几年，惨烈程度可见一斑。

> 双方激烈地厮打，
> 高山夷为平地；
> 平地变成洼地，
> 洼地上又浮土隆起。②

当彻底消灭了魔王三兄弟，镇压了魔国的敌对势力后，雪山般挺拔

---

① 《江格尔》，霍尔查译，新疆人民出版社，1988，第 71~72 页。
② 《江格尔》，霍尔查译，新疆人民出版社，1988，第 125 页。

丰润的洪古尔变成了这般模样：

> 洪古尔那战甲，
> 变成了一缕缕布条
> ——在肩上飞旋，
> 好似春天脱毛的驼羔，
> 脱下的绒毛一片一片。①

洪古尔已然衣衫褴褛、精疲力竭了，但当他望见久别的美丽的故乡时，却激动得心花怒放。

> 他自言自语地喊道：
> "我美丽的故乡啊！
> 若不是为了你，
> 我怎会去赴汤蹈火，
> ——不惜牺牲！"②

如此炽热的爱，如此博大温暖的胸怀，如此不顾一切的拼搏，如此无私忘我的奉献，令人感慨而泪下。英雄是照亮灾难世界的一团火呵！连圣主江格尔都忍不住热烈地来吻洪古尔，呼喊道："你是我夜里的美梦！"

洪古尔虽被盛传是真正的无敌英雄，但也多次险遭暗算而差点丢了性命，故事读来令人惊心动魄。

在《江格尔营救洪古尔镇压哈日·托博图可汗》一篇中，洪古尔使

---

① 《江格尔》，霍尔查译，新疆人民出版社，1988，第147页。
② 《江格尔》，霍尔查译，新疆人民出版社，1988，第145页。

出了浑身解数，他如孙悟空一般变幻成敌将、猎狗，潜入哈日·托博图可汗的寝宫，用毒奶酪和咒语将沿途敌人弄昏，成功将睡梦中的哈日·托博图可汗及其王后斩杀。正当他率众人胜利返回时，却意外遭遇哈日·托博图可汗的亲信那钦·双虎尔将军的飞箭射杀，被射穿后背，钉在了鞍鞒上面。幸有坐骑菊花青相救，拼死将他驮到江格尔处，救治及时，他才活了下来。为彻底剿灭顽固势力，洪古尔醒来后继续投入战斗。

> 洪古尔一人冲杀之际，
> 那飞溅的人血和马血，
> 弄得洪古尔和他的战马，
> ——全身鲜血凝聚。
> ……
> 突然，他中了一箭，
> 敌人从各方蜂拥而至
> ——将他逮起，
> 囚禁在铁笼里，
> 钉上四个铁钉，
> 将其四肢捆牢，
> 按照可汗的法规
> ——施以酷刑。①

血水的洗礼，苦水的折磨，英雄金光闪闪的光影后面是怎样可怕的交锋，怎样非人的摧残，怎样九死一生的遭遇？由此看，英雄真不可以妄称，那是肉体与灵魂经过生死之焰熔铸锻造过的封号，洪古尔作为宝

---

① 《江格尔》，霍尔查译，新疆人民出版社，1988，第 506~507 页。

木巴的擎天巨柱便是这样炼成的。

作为诚、信、勇、力的代表人物，英雄洪古尔自然也少不了爱情婚姻的美妙传奇，而且一定更惊世骇俗。

《洪古尔结亲》以超常的篇幅讲述了洪古尔前后两次成婚的曲折离奇的故事，最见洪古尔的品质、意志、智慧与心性。围绕成亲展开的君臣情义、君臣矛盾和君臣关系的考验等，也最见《江格尔》之联盟、婚姻、征战等复合型主题的经典魅力。洪古尔的智勇双全、爱憎分明、忠诚忠贞、善良仁义甚至幽默风趣全方位得以呈现。他的征服欲、占有欲在羡慕、克制、隐忍的追求中显得神圣纯洁。他的全力竞技、全心奔赴、全情付出让人感受到了爱情的伟大和美好。可以说，战场上洪古尔是无与争锋的英雄，情场上洪古尔是难寻对手的勇士！因着赤诚的爱，洪古尔赢得了世间崇高的礼赞、甜美的馈赠和吉祥的祝福。故事梗概如下。

洪古尔十七岁时，江格尔和众将领都提议该给威镇十方魔鬼的雄狮洪古尔娶亲了。

圣主江格尔出面，要亲自做主为洪古尔娶通宝巴嘎尔可汗的闺女莎日娜钦公主，但遭到了智慧的阿拉坦策基的坚决反对。他告诉江格尔自己曾亲眼见过女方，印象并不好，说她"外表虽象个仙女，可内里却象个妖精一般。她长了一副挑事的模样"。[①] 一向互相信赖的君臣忽然翻了脸，江格尔劈头盖脸地骂阿拉坦策基是"老糊涂虫"，而阿拉坦策基也异常气愤地回嘴："让你拖着虎头花枪，狼狈不堪地奔逃！"[②] 君臣为洪古尔亲事反目，除了说明宝木巴君臣关系一如战友、兄弟、合作伙伴，彼此间并非等级森严，很是平等自在，更说明了宝木巴的核心人物们对洪古尔无比重视，由此也旁证其真正是国之重器。

---

① 《江格尔》，霍尔查译，新疆人民出版社，1988，第300页。

② 《江格尔》，霍尔查译，新疆人民出版社，1988，第301页。

江格尔

江格尔力排众议，轰轰烈烈地、几乎举国欢腾地为洪古尔顺利娶回
了莎日娜钦公主。但不幸的是，她真如阿拉坦策基所言，放荡、挑事，
玷污了洪古尔的名誉。比如，当她看见骑花斑马的绝代美男子明彦从窗
前路过时：

> 立刻，她那衣领的四个扣子，
> 自动地不解而开；
> 下摆的两个扣子，
> 一 一脱落下来。①

洪古尔为此深感耻辱和痛苦。当他从梦中得到启示，真正与他相配
的美眷是赞巴拉可汗的闺女卓莉赞丹时，他愤而逃婚，临行时腰斩了莎
日娜钦公主。

> 小伙子洪古尔，
> 跨上了菊花青的征鞍。
> 为了追求梦中的境遇，
> 偷偷离开了江格尔的宫苑。②

跑尽茫茫的原野，越过重重的雪山，甩脱了层层的阻碍和诱惑，洪
古尔花费了一年的时间终于到了赞巴拉可汗的地盘。为了摸清情况，他
变身小秃子给放牛的老翁做儿子，进深山打猎孝养孤寂可怜的老两口。
有了身份掩护后，他顺利进入王宫，挑战即将与卓莉赞丹定亲的魔王的

---

① 《江格尔》，霍尔查译，新疆人民出版社，1988，第314页。
② 《江格尔》，霍尔查译，新疆人民出版社，1988，第318页。

儿子布贺查干。

先是为了引起赞巴拉可汗的注意，洪古尔变身的小秃子声称懂得史书，从而赢得进一步的机会。

> 于是，他便讲起——
> 阿日蚌巴地方如何秀丽，
> 圣主江格尔及其将领的英雄业绩，
> 自身如何英勇无敌……
> 一直说了三天三宿。[①]

洪古尔好口才，讲得宫宴上的众人对他赞不绝口，并一致认为卓莉赞丹公主与英雄洪古尔才是天造地设的一对。

接着与魔王的儿子布贺查干比法术，结果是"布贺查干羞得无地自容"，"直搔后颈唉声兴叹"。

卓莉赞丹也终于注意到小秃子了，并猜测他很可能就是洪古尔本人，因为江格尔君臣在满世界地寻找他。于是，她特召小秃子来自己的宫中讲书。两位互相倾慕的有情人通过讲书、解梦等方式全面而深入地沟通了解后，彼此已暗许心意，只待江格尔人马来做最后的成全。

江格尔的确对洪古尔情深义重。为了寻找洪古尔，江格尔率众将领离开宝木巴，跋山涉水，风餐露宿，一路走得非常辛苦，堪称别样远征。

> 那阿冉扎宝驹瘦得——
> 胸膛里没有了脂肪，
> 骨头里没有了骨髓。

---

① 《江格尔》，霍尔查译，新疆人民出版社，1988，第350页。

> 圣主江格尔那——
>
> 后面的衣襟，
>
> 已被风儿吹烂；
>
> 前面的衣襟，
>
> 已被日头晒糟。①

江格尔一路上都在痛楚地呼唤着洪古尔，甚至不惜以让出王位的代价来奖赏前来报信的人。善于辞令的绝代美男子明彦代表一众将领则如此深情地表白：

> 我们若寻不到——
>
> 堪称阿日蚌巴国金柱的洪古尔，
>
> 与其这样空手返回，
>
> 我们十二员虎将，
>
> 三十五名宝通，
>
> 宁可死掉也不后悔！②

史诗以深情的笔调和撼人心扉的语言赞美了英雄洪古尔在众英雄心中的地位和影响。找不回洪古尔，众英雄好像都没脸回到故乡，也没心思再做什么英雄，因为连宝木巴的擎天金柱都弄丢了，还能留住什么？他的去留似乎左右着宝木巴君臣的团结协作，验证着各路英豪是否真正同心同德、甘苦与共，从而决定着宝木巴的命运，关系着宝木巴人民的

---

① 《江格尔》，霍尔查译，新疆人民出版社，1988，第 371 ~ 372 页。
② 《江格尔》，霍尔查译，新疆人民出版社，1988，第 374 ~ 375 页。

福祉。洪古尔多么像宝木巴峰顶如玉的阿尔泰山啊！

好在谁也没有放弃，在君臣的竭诚努力下，洪古尔重新归队。

幸有深情厚谊支持，在君臣不计成本的赞助下，洪古尔赢得了男子三项决赛，娶到了卓莉赞丹公主。

在宝木巴君、臣、民的热烈欢呼声中，洪古尔偕着美丽聪慧的卓莉赞丹公主走进了专为他们建造的高大的白色宫殿，接受四面八方的美好祝福，开启了成家立业的新征程，继续为阿日宝木巴兴建伟业冲锋陷阵、鞠躬尽瘁。

阿拉坦策基是江格尔创业初期降服的著名的传奇人物，是位居右首的头名勇士。他是阿日宝木巴的军师和首席谋士，是能够"熟知过去九十九年祸福，预知未来九十九年吉凶"的智多星。他足智多谋、明察秋毫，是阿日宝木巴的又一重器。国中重大决议的实施策略大多源出于他，他是一位既可运筹帷幄，又能决胜千里的智士型大英雄。阿拉坦策基深受江格尔的信任和倚重，也深受众将士（包括洪古尔等）的爱戴和尊重，被全体将士亲切地敬呼为"阿拉坦策基大伯"。

在《江格尔》高度概括的总序里阿拉坦策基的一段话中便可见他的智慧与远见。来自四大洲的6012个勇士聚集在一起商议：

> 咱们应给圣主江格尔，
> 建造一座普天下所没有的
> 富丽雄伟的宫殿。[1]

但阿拉坦策基用洪亮的声音说道：

---

① 《江格尔》，霍尔查译，新疆人民出版社，1988，第4页。

江格尔

> 若把宫殿盖得齐天未免有些过高，
>
> 对圣主江格尔也并不好，
>
> 还是盖到离天三指为妙。①

　　江格尔功勋卓著，确实有资格享有豪华宫殿。衷心爱戴领袖无可厚非，但物极必反，若达到了疯狂失控的程度必然会招致灾难。盲目的崇拜不是最好的表白，狂热的追捧是一种弊病，很容易让主角迷失自我而变得独断专行，这对联盟后的宝木巴的未来是致命的。阿拉坦策基冷静而意味深长地劝告众人在激情澎湃中保持冷静，给人与事以进退的余地。在敬畏天地的同时，也尽量不要太过要强招摇，以防招致他人的嫉恨和觊觎。事实证明了阿拉坦策基的高瞻远瞩。接下来每每有人挑战宝木巴和江格尔，那高耸入云的宫殿正是掠夺者的首要目标。

　　阿拉坦策基每临大事气定神闲，总能第一时间压制慌乱，从而防止乱中出错。这样的底气既来自他渊博厚重的知识、天才的智慧及洞见能力，还源自他也是一位能征善战的英雄，一样有胆有识。在霍尔查译的《江格尔》里，开篇便是《阿拉坦策基与哈日·萨纳拉之战》。讲述的是离天只有三指的金碧辉煌的宫殿建成后，举行特别盛大的酒宴庆贺之际，江格尔端坐在金椅上开言：

> 阿拉坦策基大伯呀！
>
> 在东南方，
>
> 阿卜亥巴伦海的岸边，
>
> 在希贺尔塔卜钦山的西麓，
>
> 居住着一个骑线脸红沙马，

---

① 《江格尔》，霍尔查译，新疆人民出版社，1988，第5页。

名叫哈日·萨纳拉的可汗。

……

你骑上枣红马到那里去，

如果能谈判成功，

就听取他的许愿；

如果达不成协议，

就把他的阿卜亥巴伦海，

——下毒污染，

将他的属民尽数赶来，

不要留下一个孤儿，一只母犬。①

这可谓是开国第一场对外宣战，只能赢，不能输，必须打出气势，展示宝木巴国的雄风和实力，也是测试君臣间的信任度和凝聚力的关键一战。出于对阿拉坦策基的绝对信任，江格尔汗钦点了这位肱股重臣和英雄之长，以张扬其文能安邦、武能定国之才干和威武。想要服众必须亮出实力。

这时候，

那预知未来九十九年事情，

并能牢记过去九十九年往事，

对或明或暗的事物都能分辨，

——在八千个部族中才智超众的

阿拉坦策基，

从右席的首位上，

---

① 《江格尔》，霍尔查译，新疆人民出版社，1988，第13~14页。

江格尔

> 摊开丰满的手掌，进谏：
> "趁着快速的枣红马，
> 还身强力壮；
> 趁着下官的身体
> 还年富力强；
> 趁着宫门般宽大的雕弓，
> 还箭利弓坚，
> 我正期待着明主江格尔您，
> 起用我去干这样的大事!"①

对于江格尔的刻意安排，阿拉坦策基心领神会。在表明忠心的同时，也向在场众英雄树立了一个榜样，趁能有为，赶紧作为，阿日宝木巴需要干大事的英雄来打开局面，成就梦想。

从人到马，从头到脚，阿拉坦策基精心装备后，人们看到了他截然不同的另一面。在豪饮完七十碗八十杯壮行烈酒后：

> 他跳上快速的枣红马，
> 好像一颗闪射的火星。②

英雄这一去要翻山越岭穿大漠，要蹚河渡海忍饥渴。尤其是渡过大海的一节描摹得惊心动魄，人与马都超越了极限，感觉有战胜自然也战胜自我的悲壮。

经过一场场激战闯进宫殿后，阿拉坦策基面对面向萨纳拉可汗传达

---

① 《江格尔》，霍尔查译，新疆人民出版社，1988，第14页。
② 《江格尔》，霍尔查译，新疆人民出版社，1988，第19页。

了江格尔的口谕，要战要降赶快选择。为了显示自己的能力和神威，阿拉坦策基并没有逞勇单挑萨纳拉。

> 他说完便走出宫廷，
> 只身与几个兵营的敌军交锋。
>
> 几天几夜不停地砍杀，
> 人血凝住战马的全身。
> ……
> 随后，他卷起十三遭金色套锁，
> 从希贺尔塔卜钦山的峰顶，
> 准确无误地甩向
> 金碧辉煌的宫廷。
>
> 然后，他将绳头盘在腿上，
> 猛力向后拽拉，
> 那金宫的七千个画柱，
> 倾刻间被套索拉得倒下。
> ……
> 当它向前疾驰的时候，
> 那金碧辉煌的宫殿，
> 猛然间被连根拽倒。①

　　这是位老将了，战斗力依然了得，比试打打杀杀不见得比谁差，其

---

① 《江格尔》，霍尔查译，新疆人民出版社，1988，第29～30页。

凶狠与勇猛也足够震慑人魂魄。更厉害的是他的神功与神力,岂止起营拔寨,而是直接将对手的老巢给灭了顶,因而彻底浇灭了萨纳拉可汗的心气,真可谓不战而屈人之兵。这只有稳健而从容的阿拉坦策基能够做得到。"准确无误"地甩出套锁最见阿拉坦策基的智慧,强冲蛮斗不是上策,一招制敌才是能耐。另外,能拽倒画柱也足见其气力之大,内功之深厚。

经过这些环节,萨纳拉可汗已然失了斗志,做出了投诚的最终选择。虽然江格尔极怕阿拉坦策基会有闪失,而以前往迎接的借口去助战阿拉坦策基,但从交手时的状态和心理活动可以看出,强大的萨纳拉已经走向了归顺阿日宝木巴的路。这一战臣服了人心,消弭了猜忌,年长的阿拉坦策基真正担当起了相国相君的重任,他差不多出现在每一篇故事中,定计献策,为国为君排忧解难。

在《洪古尔结亲》中,他为阻止洪古尔迎娶莎日娜钦公主而与江格尔反目。阿拉坦策基是正直磊落的,他表现出的忠诚是大义凛然的,决不为"忠"而无原则地"顺",事实证明阿拉坦策基是正确的。

同样在《洪古尔结亲》中,阿拉坦策基立场鲜明地支持了洪古尔与卓莉赞丹的婚事。为了挽回洪古尔的心,他不计前嫌,仍与江格尔君臣一心,合力联手,出谋划策,帮助洪古尔战胜了对手,顺利迎娶了卓莉赞丹公主,让洪古尔在称心如意中全心全意地回到了宝木巴,回到江格尔麾下,继续他的英雄使命。

"三顾频烦天下计,两朝开济老臣心",杜甫《蜀相》中这两句咏叹诸葛亮奔走天下,救国救民救世而鞠躬尽瘁、死而后已的情怀,用在阿拉坦策基身上一点也不为过。在臣服于江格尔后,他忠心耿耿,辅佐江格尔,与众英雄一起兴建伟业。家国之事,但有危难必找阿拉坦策基问计,可以说他出色地完成了为天堂一般的宝木巴保驾护航的神圣使命。但继往开来,创业难,兴业难,传业于千秋万代难乎其难,阿拉坦策基同样竭尽所能地帮助江格尔和宝木巴完成重大历史性交接，一点点培养能够担当大业的英雄二代。

《浩顺·乌兰、哈日·吉里干、阿里雅·双虎尔三人捉拿勇士巴达玛·乌兰》一篇道尽了英雄老去的无奈与悲情，但同时也见证了英雄衷肠。如何培养接班人日渐紧迫，阿拉坦策基以他一生的经验和智慧再次出马。

起因是江格尔年轻时候的劲敌巴达玛·乌兰勇士曾与江格尔约过战，待江格尔完成三个宏愿后，再来争个高低。即"将那十层九色的金殿建起，将那八千名骁将召集，让赤诚的洪古尔辅佐你的帝位"，现在宏愿已实现，巴达玛·乌兰已然养精蓄锐、满怀信心地挑战来了。江格尔却忧虑啜泣，因为他老了，他的英雄们也不复当年的神勇，而且天堂般的宝木巴安逸日久，他担心不能取胜。对手当年曾奚落过江格尔，若再来一次羞辱，江格尔一世英名也将不复存在。

正在江格尔焦虑烦恼之计，洪古尔的儿子浩顺·乌兰，江格尔的儿子哈日·吉里干斗志昂扬地前来应召参战。父辈英雄们征战沙场无数次，深知其险恶艰难，因此都表现出疼惜不忍的护犊之情，唯有阿拉坦策基很早就将自己的儿子阿里雅·双虎尔带到了战场上。为了一举战胜巴达玛·乌兰，洪古尔在夫人卓莉赞丹的劝说下同意让儿子前往，但建议三位小勇士一起去。江格尔虽舍不得独子，但也无奈，只好降旨让阿拉坦策基去部署。

这个任务实在太难了。阿拉坦策基要最大限度保证三位小勇士的安全，哪一个都不能有闪失，同时，也得确保他们取胜，不然无法顺利完成新老使命的交接。

首先是武器和坐骑。阿拉坦策基大伯说道：

圣主您善于用枪，

那就让您的儿子——

江格尔

> 哈日·吉里干持枪，
>
> 乘骑良畜的种子——
>
> 阿冉扎赤骥！①

　　又布置洪古尔的儿子浩顺·乌兰用剑，骑明彦的银合马，自己的儿子阿里雅·双虎尔使弓箭，骑阿拉坦策基自己的枣红马。

　　这一番子承父业的苦心，这一番老马识途的用心，看得出阿拉坦策基是百般不放心。小勇士们跑出四十九天的路程后，阿拉坦策基随后追来，特地叮嘱了三件事，并支出应对之招：遇见乔装美女的诱惑女子，让阿冉扎赤骥走在前面，让银合马走在后面；遇到十座泥山，让自己的枣红马走到前面领路；当接近目标，遇到钢矛组成的城垣时，让银合马走在前面带着冲关。父辈英雄不能跟着去保护他们的儿子，只好将关怀和重托寄托给英雄们的坐骑，本质上是为小勇士们引路。虽然史诗中没有提及但还是能看得出阿拉坦策基在小勇士们出发前已将情况摸清，将路程勘探过了。阿拉坦策基的确为宝木巴奉献了一生的智慧、力量和心血。

　　美男子明彦与江格尔形影不离，是另类智勇双全的英雄，在众将领中地位很高，享有盛誉。《江格尔》总序中这样描述他：

> 九十一根弦的胡琴，
>
> 拉起来格外地动听，
>
> 宛如芦苇丛中，
>
> 天鹅引颈啼鸣；
>
> 又如湖中野鸭，

---

　　① 《江格尔》，霍尔查译，新疆人民出版社，1988，第755页。

发出动人的声音。

它那十二种音响，

悠扬而优美传神。

要问是谁紧跟圣主江格尔，

寸步不离他的身边，

是那额日合陶克的儿子，

优秀的侍从宫——美男子明彦。①

　　看得出明彦之所以被称为宝木巴的三宝之一（另外还有葛日洛皇后和江格尔的坐骑阿冉扎赤骥），首先是因为他精通音乐，是一位能歌善舞、从外形到气质都能给人带来美的震撼和美的享受的人物。他温和娴雅，多才多艺，有高超的语言表达能力，每每主持礼仪，唱颂祝赞，陪同江格尔出席重大的修盟订约活动。他风度翩翩，潇洒的谈吐和风雅的举止在粗犷的草原汉子中是神仙一般的清流，魅力不可阻挡。他擅长与人沟通却又从不抢功劳，那种从容沉静、恬淡如水的美妙风神使得明彦成为众英雄倾情呵护的艺术偶像，美得不可方物。所以，每逢重大庆典，明彦必定出场，成为宝木巴的明珠和骄傲，于江格尔而言，万金不换。

　　明彦同样是壮士，是英雄，有刚毅顽强甚至凶狠冷酷的一面。在《洪古尔结亲》一篇里，为了赢得男子三项决赛中赛马环节的胜利，江格尔将自己心爱的阿冉扎赤骥交给明彦，让他骑着去参赛。

　　随后，江格尔可汗说道：

　　"谁若驾驭不了

---

① 《江格尔》，霍尔查译，新疆人民出版社，1988，第8~9页。

我那阿冉扎赤骥，

就让绝代的美男子明彦

——你来乘骑，

别人若骑它，

力气不足勒不住钢辔。"

于是，他让明彦骑上赤骥，

派他去参加赛马竞技。①

《江格尔》中，除了洪古尔曾多次骑乘阿冉扎出征外再没有人骑过这匹神骥，这一回竟然明确说交给明彦来驾驭，可见明彦非常骁勇有力。绝代美男子拉得响胡琴也斩得了敌人，能侃侃而谈，也能扬鞭跃马，既温文尔雅，又可怒吼如雄狮。事实上，紧张的赛马过程中，明彦的表现正是如此。

这时，绝代的美男子明彦，

向阿冉扎赤骥启齿说道：

"圣主江格尔之上，

不是不能有人超越吗？

阿冉扎赤骥面前，

不是不能有骏马超过吗？

洪古尔打赌比赛的时候，

阿冉扎赤骥你慢步不前，

——这是为了什么？"②

---

① 《江格尔》，霍尔查译，新疆人民出版社，1988，第387页。

② 《江格尔》，霍尔查译，新疆人民出版社，1988，第387~388页。

　　短短一节言辞见证了明彦的辞令功夫，倘若阿冉扎能够听懂可真够扎心的。意思就是你给圣主丢脸了，更对不起名声在外的神驹国宝之誉，为洪古尔打比赛输了，等于失去洪古尔，你的价值何在？后日如何自处？话说在明处，即便是圣主的心爱之物，即便是立下汗马功劳的马王，该打时照样无情地扬鞭抽打。

> 明彦扬鞭，
> 将阿冉扎赤骥，
> 抽得后胯皮开肉绽，
> 抽得腿筋露出皮面。

> 怒吼的声音，
> 威震耳际；
> 猛力的鞭挞，
> 痛入骨髓。①

　　最后，这位玉面英雄赢得了比赛，为江格尔争了气，为宝木巴争了光，也为绝代美男子明彦自己添了一抹别样的英武之气和俊朗风采。

　　打江山容易守江山难，之所以言"打"易是因为眼前并没有什么顾虑，不怕失去，江山在打拼的路上。因而可以一心一意，甚至孤注一掷，不计代价，不较成本，甚至都不在乎得失输赢，充满了冒险成分和豪赌意味，成功了理所当然，失败了也可归咎于天意。但"守"要兼顾的方面就多了起来。要不要有作为、求拓展取决于继承者的志向与眼界，但

---

　　① 《江格尔》，霍尔查译，新疆人民出版社，1988，第388页。

能不能保住现有的成果却是继承者最大的考验和担忧。中间的"传"至关重要，既要考量传什么，更要考量传给谁。《江格尔》中严肃地提出了相关问题并努力圆满地回答问题，那就是英雄大业要传给英雄，而英雄得有志向，有力量，有智慧，敢担当。所幸虎父无犬子，老子英雄儿必须好汉，英雄的后代们出生了，成长了，冒尖了。史诗中主要以洪古尔的儿子浩顺·乌兰，江格尔的儿子哈日·吉里干和阿拉坦策基的儿子阿里雅·双虎尔为核心描述对象，交代了令人欣慰而安心的传业过程。

洪古尔的儿子浩顺·乌兰几乎就是洪古尔的翻版，第二代宝木巴的福星。《洪古尔之子浩顺·乌兰降伏玛腊哈巴哈》中记述了浩顺·乌兰奇幻的出生，真可谓受命于危难之际，他同样是为宝木巴而生的。这一篇讲道，同平常一样江格尔与众勇士将领们又在举行六十天的酒宴，欢乐之际，占据下方赡布洲的玛腊哈巴哈派人前来挑战，江格尔派四位自告奋勇的勇士前往征讨，分别是雄狮洪古尔、铁臂勇士萨波尔、勇猛的哈日·萨纳拉、长脖子勇士高日古勒岱，出征阵容在整部《江格尔》史诗中都极为罕见。在洪古尔的带领下，三位勇士呼喊着"洪古尔活着我们也活着，洪古尔牺牲我们也牺牲"紧随其后。但来犯之敌也是前所未有的强大、狡猾，经过一场场恶战后，四位勇士都被生擒钉在铁轿车上，特别是洪古尔遭遇了"下界罕见的酷刑"。

　　一日三次，
　　用三岁公驼般粗细的钢针，
　　钻烫其肩部和胸脯，
　　——严刑审问：
　　"你的顶头上司是哪个诺彦？
　　你的掌旗官是哪个年轻人？"
　　当把铁水倒在他身上审问时，

天空飞来一片顶针般大的黑云，

——骤雨和冰雹降落其身。①

阿拉坦策基卜测出拯救者唯有洪古尔的还在母腹中尚需一个月后才能出生的儿子。生死攸关，洪古尔的夫人忍受了巨大的痛苦，用七十只公狍颈皮制成的缰绳捆扎孕肚，将婴儿生生勒了下来。才过了七天，他就从摇篮里蹦出来叫嚷：

"请给我的头，

用剃头刀理个发；

请给幼小的我，

起个生动的名字吧！

请赐给我，

一套合身的盔甲；

请赏给我，

一匹称心的骏马！

请给予我，

一副得心应手的武器！"

说着，那婴儿跳到江格尔的膝盖上，

打打闹闹纠缠不已。②

---

① 《江格尔》，霍尔查译，新疆人民出版社，1988，第 614~615 页。

② 《江格尔》，霍尔查译，新疆人民出版社，1988，第 621~622 页。

差不多迎风见长。江格尔亲手为其剃发，亲赐英名浩顺·乌兰，将盔甲、骏马、武器都装备停当后，江格尔隆重而又悲壮地送浩顺·乌兰出征。只见在战阵前：

> 浩顺又挥舞金刚宝剑，
> 剑身发出一度长火焰，
> 那花斑马的四只劲蹄，
> 迸发出火光两团。[①]

他过关斩将，仿佛一股烈火烧进了玛腊哈巴哈囚禁三位将军的黑城，解救了洪古尔等三位勇士，找回了长脖子的高日古勒岱，放出了所有受苦受难的人。父子相见相认的一幕令人酸楚。

> 听了这话，
> 洪古尔起身走上前去，
> 搂住自己的儿子，
> 放声大哭昏厥倒地。

> 他苏醒过来，喊道：
> "孩子啊，你是我黎明前的启明星！
> 孩子啊，你是我胸膛里的连心肉！
> 孩子啊，你是我心房的动脉！
> 孩子啊，你是我大鹏的利爪！"[②]

[①] 《江格尔》，霍尔查译，新疆人民出版社，1988，第641页。
[②] 《江格尔》，霍尔查译，新疆人民出版社，1988，第649页。

征战沙场一生，铁骨铮铮的洪古尔在痛苦万分的磨难与酷刑中没掉过一滴泪，却在自己的儿子面前哭晕过去，这可能是因为大悲大苦而又大惊大喜吧。悲的是一世英雄也有力竭的时候；苦的是世间对手和敌人没有尽时；惊的是自己的儿子青出于蓝胜于蓝，超越了他洪古尔；喜的是家门大幸，后继有人，一代更比一代强，他洪古尔放心了！激楚之下，身心憔悴的洪古尔竟然一声号泣晕了过去。待他醒来，他无比快慰地喊出了他的骄傲和幸福，在如是场景下，洪古尔完成了使命的交接，再无后顾之忧。父子二人扬鞭跨马向敌人杀去，剿杀了顽敌，回归故乡，宝木巴天堂般的神话必将在世间讲唱不休。

江格尔与儿子哈日·吉里干的故事情节与上述大同小异，《勇士哈日·吉里干与沙日·格尔勒可汗交战》一篇中以豪迈而又热情洋溢的笔触描绘了新一代英主的诞生。他能征善战，也能呼风唤雨，破妖术，醒毒蛊，勇夺男子三项比赛之冠，荣耀地迎娶了沙日·格尔勒可汗最美丽的小女儿，带走了沙日·格尔勒可汗的百姓和财产。

如果说江格尔、洪古尔、阿拉坦策基是扛起阿日宝木巴的铁三角组合，他们的儿子则在新的时代背景和使命召唤下，组合成强大坚韧的新的铁三角。《浩顺·乌兰、哈日·吉里干、阿里雅·双虎尔三人捉拿勇士巴达玛·乌兰》篇就意味深长地证明了这一点。而《浩顺·乌兰娶亲》仿佛重现了当年《洪古尔结亲》的一幕幕，英雄的后代必定不辱使命，必定会将英雄之气挥洒下去。也一定会团结奋斗，同心同德，捍卫祖国荣耀，守护故乡寸土，让天堂般的宝木巴富裕兴旺、千秋万代。

《江格尔》以神幻浪漫的思维方式再现了远古卫拉特蒙古族的社会历史、风土人情和自然风光。从自然到社会，从现实到理想，都表现出了蒙古高原独特的阳刚之美，都洋溢着游牧文化独特的精神旨趣。

一是高、大、上的造型和气概。《江格尔》有着鲜明的粗犷豪放的草原风格，主要表现在与草原生活、游牧文化、英雄主义和谐一致的夸张、比喻、铺陈等的修辞手法运用上。比如，所有的英雄都有着魁梧的体态、超人的臂力、雄狮般的怒吼。英雄们的战马如龙如虎般矫健，可翻过高山，可渡过大海。英雄们的夫人光彩照人，聪慧绝顶。英雄们搏杀战斗的场面惊心动魄，昏天黑地，惊天地、泣鬼神。英雄们欢宴通宵达旦，声传天外。连吃饭喝酒都是狼吞虎咽、倾倒江海一般。总之，史诗淋漓尽致地体现出贵壮尚力的审美追求。力量是英雄的根本要素，崇尚英雄实际上就是崇尚力量。

二是诚、信、勇的描摹和气节。《江格尔》中以热情细腻的笔触刻画了英雄将领们肝脑涂地的忠诚、千金一诺的信义和视死如归的勇毅。一段伟大的历史由一群充满信念、充满勇气、充满激情的英雄轰轰烈烈地开创出来、演绎出来。他们忠诚于使命，奋斗于担当，牺牲奉献于共同的理想和事业，为英雄气节甘洒热血，甘付青春与生命。《赤诚的洪古尔与铁臂勇士萨波尔之战》中，当"洪古尔的生命危急三分"时：

> 洪古尔将战马脖子紧抱，
> 一连发出三声吼叫：
> "我那峰顶如玉的阿尔泰高山啊！
> 我那英名盖世的江格尔啊！
> 我那为数众多的英雄伙伴啊！"
> 洪古尔怒吼的这巨大声响，
> 把卧在山谷的熊胆震裂，
> 这吼声掀起的冲天声浪，
> 凝住了伤口涌流的热血。①

---

① 《江格尔》，霍尔查译，新疆人民出版社，1988，第59~60页。

英雄是"英勇"的别称。英雄必须有力量，更得有释放力量的勇气。英雄是天不怕地不怕、知难而进、所向无敌、视死如归者，因而勇气是英雄的人性力量。

英雄也必定是信义的恪守和实践者。《江格尔》中多少感人至深的吟唱，不仅是为英雄们的勇敢和力量所折服，更主要是对英雄们一诺千金的诚信和胸怀坦荡、仗义执言、见义勇为的精神的敬仰。

三是真、善、美的张扬和气韵。《江格尔》还为认知远古蒙古族人朴素的神幻浪漫的审美观念提供了丰富的内容。如纯洁美丽的妇女形象的塑造。江格尔的夫人葛日洛不仅有着惊人的美貌，还拥有知古通今的能力、贤惠的品德和出众的智慧。常在关键时刻提醒、劝谏江格尔，帮助协调君臣关系，扶困济危，为江格尔治国理政做出了卓越的贡献，因此，被天下人誉为阿日宝木巴的国宝之一。洪古尔的夫人卓莉赞丹也才貌超绝，不同凡响。总之，她们识大体、顾大局，她们忠贞不渝、临危不乱，她们温婉亲和、刚柔相济，可谓是真、善、美的化身。

还有通人言晓人意的勇士的战友、人格化的战马形象的塑造。江格尔的阿冉扎赤骥、洪古尔的菊花青、阿拉坦策基的枣红马、赛力罕塔卜克的白龙马、明彦的银合马等，无论在展示马的体态、耐力、速度等光辉的品貌特征方面，还是在以拟人化的手法描写马出人声道人言、识判恶妖、预知未来、为主人提供克敌制胜的妙计良策方面，都表现得异彩纷呈、变化万千，既体现了形式美与内在精神美融为一体的"蒙古马"审美理念，更张扬了真的可贵、善的厚报和美的魅力，气韵灵动，神奇浪漫，令人向往和痴狂。另外，还有秃头小儿、平民百姓，他们心地善良，为人诚信，勤劳勇敢。他们或为英雄通风报信，或帮助英雄战胜敌人，也都尽情地张扬着真、善、美，吟诵着草原人民的智慧和情怀。

《江格尔》经常使用夸张和比喻的手法渲染宝木巴圣地的美丽、英雄们的英勇无敌、战马的骁勇俊美等。语言生动形象又富有想象力，往往寥寥几笔就能勾勒出英雄形象，显现出了英雄们的气概。同时，史诗的语言具有优美与壮美的特征。在描述交战打斗的场景时，史诗语言激昂壮烈，凸显战争的残酷性。在描述富丽的宝木巴、娇妍的美女、盛大的宴会时，史诗语言又如清辉流淌般和谐流畅，如美妙乐章般优美婉约。《江格尔》在结构上采用既独立又统一的篇章。史诗采用自然时间顺序叙述英雄的诞生、成长、征战与成功，以英雄征战为单元，每一次战役形成一个独立的诗章。每一个诗章以酒宴开始，以战斗为过程，以胜利的酒宴结束。而这些相对独立的诗章又通过江格尔、洪古尔等主要英雄人物连在一起，形成不可分离的整体。

江格尔奇是《江格尔》的创造者和传承者，其中多为学界知晓和提及的江格尔奇是坡·冉皮勒（P. Arimpil, 1923~1994）。他是20世纪90年代确切知道的能唱最多《江格尔》诗章的文盲歌手，是当代最伟大的史诗歌手之一。

冉皮勒七八岁时受胡里巴尔·巴雅尔影响，对他的技艺非常敬重，常在窗外聆听他的演唱，并开始复诵一些史诗片段。随后，胡里巴尔·巴雅尔知道了冉皮勒想成为江格尔奇的愿望，了解了他记忆力很强的特点，正式收他为徒，传授《江格尔》。在学艺过程中，冉皮勒不断地学习，从呼和衮真那里学会了《阿里亚·芒霍来之部》《铁臂萨波尔》《残暴的哈日·萨纳拉之部》等短篇史诗，又从伊吉尔·阿里亚那学会《洪古尔娶亲之部》。从18岁开始，冉皮勒就在孩子们聚集的地方和邻居家演唱《江格尔》。① 冉皮勒学艺过程或许可从鲍·雅·符拉基米尔佐夫对青年江格尔奇学艺过程的描述中找到答案。② 一般而言，江格尔

---

① 朝戈金：《千年绝唱英雄歌——卫拉特蒙古史诗传统田野散记》，广西人民出版社，2004，第47~48页。

② 参见朝戈金《口传史诗诗学：冉皮勒〈江格尔〉程式句法研究》，广西人民出版社，2000，第38~39页。

奇的学习有两种途径。一是家传。如著名的老江格尔奇加甫·朱乃继承了其祖父——有名的江格尔奇额尔赫太的《江格尔》演唱传统；再如，博尔塔拉蒙古自治州（简称"博州"）的江格尔奇巴岱从小跟父亲——著名的江格尔奇普尔布加甫学习《江格尔》，模仿父亲演唱。二是从家庭以外的成员那里学习演唱。如冉皮勒，他不但师从胡里巴尔·巴雅尔，而且通过聆听其他的江格尔奇演唱学习《江格尔》；再如，江格尔奇钟高洛甫是从洪古尔那里学会演唱《江格尔》的。当然其中不排除有一些是从背诵印刷文本开始其演唱实践的。与玛纳斯奇和《格萨尔》说唱艺人不同，在江格尔奇中，"神灵梦授"的说法不是很多，甚至没有。江格尔奇钟高洛甫便说江格尔奇不具有治病、占卜的神力，也没有神灵在梦中传诵史诗的经历，学艺过程没有充满那种神秘的色彩。①

过去，这种弹奏着陶布舒尔高声吟唱的江格尔奇时常可以见到，但是现在在新疆卫拉特地区已经很难遇到了。② 根据对新疆的《江格尔》的田野调查，江格尔奇基本上是不使用任何乐器的，如冉皮勒、朝勒坦、钟高洛甫都是唱着讲的。③ 一般而言，江格尔奇中有些用乐器陶布舒尔，有些用弦琴、四胡，也有些用马头琴。但是也有不用任何乐器的，例如鄂利扬·奥夫拉演唱《江格尔》也不用任何乐器伴奏。④ 在塞尔维亚地区穆斯林史诗传统中歌手使用古斯莱伴奏。"很多人离开了古斯莱的伴奏就不能背诵歌词，即使是来自维索科的托多尔·弗拉科维奇，他在没有古

---

① 朝戈金：《口传史诗诗学：冉皮勒〈江格尔〉程式句法研究》，广西人民出版社，2000，第309页。
② 斯钦巴图：《〈江格尔〉与蒙古族宗教文化》，内蒙古大学出版社，1999，第35页。
③ 朝戈金：《千年绝唱英雄歌——卫拉特蒙古史诗传统田野散记》，广西人民出版社，2004，第48~82页。
④ 中国社会科学院少数民族文学研究所编《民族文学译丛》第二集（史诗专辑二），1984，第157页。

斯莱时也说不上两行诗；离开乐器他就会迷失。"① 但是也有不使用古斯莱的特例，弗朗尼耶·武克维奇（Franje Vuković）在大火烧了自己的古斯莱之后，就再也没有用古斯莱伴奏演唱。② 还有柯尔克孜族的玛纳斯奇也从来不用任何乐器演唱。

史诗传统是否发展得比较成熟，应通过两个显著的标志来判断，一个是看作品的篇幅是否比较宏大，一个是看是否有一批出色的、极富创造力的歌手。③ 以新疆卫拉特地区为例，在整个 20 世纪的前半叶，江格尔奇较多，演唱的诗章数量也多，而且经常有演唱《江格尔》的活动。但通过 1979 年开始到 20 世纪 90 年代的艺人跟踪调查，我们发现情况很不乐观。《江格尔》传承人数量锐减，累计发现并记录在案的江格尔奇——会演唱一个或一个以上完整《江格尔》诗章的艺人——总共有106 位。《江格尔》的传承出现了断层现象，一部分江格尔奇已经谢世，绝大部分江格尔奇都已经步入老年，年轻的江格尔奇寥寥无几，《江格尔》史诗传统濒临消亡。各地区《江格尔》的流传情况有所不同，江格尔奇分布很不均匀，土尔扈特的江格尔奇占了总数的一半多。真正的《江格尔》演唱好手，只占会演唱《江格尔》的人中很小的一部分，绝大多数的《江格尔》演唱者，还停留在业余爱好者的水平上。④

对《江格尔》而言，江格尔奇的状况决定了它的命运。《江格尔》史诗传统正在走向衰落，或许从歌手自身的立场出发能找出一些答案。

其一，听《江格尔》演唱的人多，但希望学演唱的人极少。个别人

① 〔美〕阿尔伯特·贝茨洛德：《故事的歌手》，尹虎彬译，中华书局，2004，第 183 页。
② 〔美〕阿尔伯特·贝茨洛德：《故事的歌手》，尹虎彬译，中华书局，2004，第 31~32 页。
③ 朝戈金：《口传史诗诗学：冉皮勒〈江格尔〉程式句法研究》，广西人民出版社，2000，第 46 页。
④ 朝戈金：《口传史诗诗学：冉皮勒〈江格尔〉程式句法研究》，广西人民出版社，2000，第 47~48 页。

即使学会了也没有经常演唱的机会。这是史诗传统式微的原因之一。而且许多江格尔奇经常在家里唱给家人和孩子听，很少外出演唱和参加大型演唱会。这在一定程度上不利于史诗传统的传承，使得传承具有了一定的封闭性。[①]

其二，随着书写和大众传媒的普及，《江格尔》的演唱越来越受到冲击。演唱活动与从前相比大大减少，甚至没有。[②] 听众是史诗传统的生命，没有了听众，传统就失去了生命。随着电视、电影等的出现，人们的娱乐活动变得更加丰富多彩，可以不必单一地依靠聆听《江格尔》度过漫漫长夜，更不必辛苦地站着聆听演唱，人们可以舒适地通过影视媒介享受各种文艺娱乐节目。因此，让《江格尔》的演唱与人们的日常生活联系起来，让它的演唱成为社会生活中的重要节日和活动中必不可少的节目，进而保证《江格尔》的演唱具有一定的听众，这是保护《江格尔》史诗传统面临的一大课题。

其三，《江格尔》史诗传统要世代永传，必然要保证薪火相传。但是在传承人的环节上，有些江格尔奇囿于家传的偏见，不授他人。[③] 另外，有些江格尔奇还没有想过收徒传艺，如老江格尔奇钟高洛甫。同时，我们不应该把传承的责任完全放在江格尔奇身上。还有两个因素需要考虑：一是可能《江格尔》演唱具有一定的难度，特别是用陶布舒尔伴奏，导致一些年轻人不愿学；二是具有很强记忆力而又有学习《江格尔》演唱的强烈愿望的年轻人比较难觅。当下，保护非物质文化遗产的呼声日益高涨，各地政府也纷纷出台各种保护当地非物质文化遗产的政策和措施，

---

① 朝戈金：《千年绝唱英雄歌——卫拉特蒙古史诗传统田野散记》，广西人民出版社，2004，第 60 页。

② 朝戈金：《千年绝唱英雄歌——卫拉特蒙古史诗传统田野散记》，广西人民出版社，2004，第 72 页。

③ 朝戈金：《千年绝唱英雄歌——卫拉特蒙古史诗传统田野散记》，广西人民出版社，2004，第 97 页。

新疆卫拉特史诗传统的保护也在其中。新疆博州举办关于史诗演唱的各种培训班，并安排各种演出活动；和布克赛尔蒙古自治县把《江格尔》作为当地的一项标志性文化项目，并成立"中国社会科学院民族文学研究所和布克赛尔《江格尔》田野研究基地"。这些举措在一定程度上为当下《江格尔》史诗传统的传承提供了一个良好的生态环境。

江格尔奇演唱《江格尔》也有一些禁忌，而且同样的禁忌在民间可能出现不同的解释，出于不同的理由。例如一般而言，演唱《江格尔》通常在晚上。博州江格尔奇相信《江格尔》具有某种法力，而且神灵们也喜欢听演唱。因此他们的解释是，神灵们白天都要各司其职，没空听演唱，他们听不到歌手的演唱会不高兴，会给演唱者带来麻烦。所以，不能在白天演唱。但是老江格尔奇钟高洛甫却说白天演唱《江格尔》，人会变穷。① 也就是说，禁忌的建立关键是那个禁忌本身，至于遵守它的理由，有时候反倒可以多种多样。② 但是也有共同的遵守禁忌的理由，例如每一次演唱《江格尔》都必须唱完一个完整的部分，不能半途而废，否则演唱人会折寿。

除此之外，在一些时候是不能演唱《江格尔》的。在祭祀敖包、祭火或举行其他祭祀的时候，不能演唱《江格尔》。演唱《江格尔》不能太多，否则对子女不好，这类说法在和布克赛尔地区较为流行。另外，演唱《江格尔》也有不须忌讳的地方，如女性也可以演唱《江格尔》。虽然《江格尔》的传承没有性别方面的禁忌，但还是以男性传承为主。③ 对演唱的季节和天气没有什么禁忌，也不因有人去世或出生而忌讳。

---

① 朝戈金：《口传史诗诗学：冉皮勒〈江格尔〉程式句法研究》，广西人民出版社，2000，第306页。
② 朝戈金：《千年绝唱英雄歌——卫拉特蒙古史诗传统田野散记》，广西人民出版社，2004，第91页。
③ 朝戈金：《口传史诗诗学：冉皮勒〈江格尔〉程式句法研究》，广西人民出版社，2000，第49页。

玛纳斯

　　《玛纳斯》是享誉世界的柯尔克孜族史诗，是柯尔克孜族精神的象征。它描述了英雄玛纳斯及其子孙们抗击外来侵略者的英雄业绩，展示了柯尔克孜族人民尚武善战、抵御外侮、保家卫民、不畏强暴的英雄主义精神，涉及古代柯尔克孜族的政治、经济、文化、军事、宗教、历史、哲学以及社会生活的各个方面。它是柯尔克孜族民众的集体创作，自产生至今，在数个世纪的传播中，经过一代又一代的演唱者口耳相传，并不断增添加工情节，才形成了今天的恢宏巨制。《玛纳斯》的主人公并非玛纳斯一人，而是玛纳斯及其七代子孙，由《玛纳斯》《赛买台》《赛依铁克》《凯耐尼木》《赛依特》《阿斯勒巴恰与别克巴恰》《索木碧莱克》《奇格台》八部构成，主要流传于我国新疆柯尔克孜族地区，以及吉尔吉斯斯坦、阿富汗、哈萨克斯坦等国家的柯尔克孜人聚居地区。

　　玛纳斯是柯尔克孜族英雄史诗中著名的英雄和领袖，他是力量、勇气和智慧的化身，也是温暖、希望、和平及安宁的寄托，同时是民族荣耀和民族骄傲的象征。他出生神奇，成长坎坷，拼搏奋斗，连死亡也充满了悲壮，但他带来了民族的振兴、草原的祥和和人民的富足，赢得了各民族人民的拥戴，从而威震草原，成为真正的王者——雄狮玛纳斯。

一　英雄诞生

柯尔克孜族是一个英雄的民族，也曾有过玛玛依汗和别兑耐行汗治下时的辉煌和幸福快乐的时光。但在 15 代人的流转岁月里逐渐衰落，终于在奥若孜掌权时代被卡里玛克人入侵蹂躏，柯尔克孜人从此失去家园，到处流浪，受尽奴役和屈辱，直到一个预言从占卜师的嘴里传出并响遍草原，柯尔克孜人心里才重新现出曙光。

> 柯尔克孜要出一名英雄，
> 他的威名将传遍人寰。
> 别说你卡里玛克人的地方，
> 连克塔依人也将属他掌管。①
> 英雄是个健壮的男婴，
> 他出生时紧握着双拳。
> 一只手里握着鲜红的血，
> 一只手里紧攥着肥肥的油。
> 在他的右手掌心有个印记，
> 上面有玛纳斯的显赫名字。②

救世主的出现必定秉承上苍的意志和非凡的使命。既要拯救水火煎熬中的柯尔克孜族同胞，更要给人寰带来不一样的气象；既要重建家园，更要铲除邪恶暴戾，匡扶正气人心，让纷争不休的草原重归安详，让人

---

① 居素普·玛玛依演唱《玛纳斯》（第一部上卷），刘发俊、朱玛拉依、尚锡静翻译整理，新疆人民出版社，1992，第 26 ~ 28 页。
② 玛纳斯在梵语里即心、智、灵之意。

民休养生息，富足幸福。手握鲜血出生注定了他是个斗士、卫士，血雨腥风与生俱来，他必定是强大的、强有力的存在，也必将面对艰难险阻和生死搏杀，如草原上年轻健壮而又充满杀戮的雄狮。同时，手握肥油（后文皆称"乳汁"）出生，却兆示着他的仁慈博爱必将福泽世间，给生灵带来幸福安康。二者合一，唱响了王者归来的序曲："天行健，君子以自强不息；地势坤，君子以厚德载物。"

预言像草原上的风一样传播开来，引起了敌对者的恐惧与嫉恨，他们要不顾一切地扼杀玛纳斯，甚至想要将他处斩于母腹之中。他们搜捕所有柯尔克孜人孕妇，对每个诞生的婴儿都要查看双手，甚至让人剖开孕妇的肚子，一天之内杀死 5000 人。

英雄还未出世，磨难就开始了。避开了风声，富人加克普巴依向上苍求子成功，孕育的过程却充满神秘与艰辛。夫人绮依尔迪在怀孕三个月后，出现了这样的妊娠反应：

> 她每天口吐黄水，
> 绮依尔迪十分烦燥。
> 面容憔悴，身子虚弱。[①]

当丈夫焦灼地问她到底是怎么回事，想要吃什么时，夫人异想天开般地说道：

> 加克普巴依，你听说过吗？
> 天上有种叫祖姆若克的神鸟，

[①] 居素普·玛玛依演唱《玛纳斯》（第一部上卷），刘发俊、朱玛拉依、尚锡静翻译整理，新疆人民出版社，1992，第 40 页。

如果将它的眼珠摘来让我吃下，

我烦躁的心才会平安。

加克普巴依，你听我说，

世上有多少种凶猛野兽，

如果将老虎的心让我吃下，

这是我长期以来的心愿。

加克普巴依，你仔细听吧！

猛兽中狮子最为凶猛，

如若将狮子的舌头让我吃下，

我心中就不会有任何遗憾！①

吃什么补什么，神鸟的眼珠补腹中珍贵的胎儿之融透骨髓与精气的高远心志，孕育他一双穿透过去与未来的眼，是他胸怀的写照。老虎的心脏补其猛烈意气、傲然正气，孕生他一颗敢作敢当、勇往直前的强大心脏，是其肝胆与魄力的写照。狮子的舌头补他呼啸天下的声威，孕育他为民代言、除暴安良的心声，是其正义与凛然无畏的写照。

这匪夷所思的要求在加克普巴依和巴里塔的百般努力下终于满足了。怀胎顺利，分娩的痛苦难以想象，说惊心动魄也不为过。为了给绮依尔迪催生，至少有 60 个心灵手巧和力大过人的男子轮流抚摸她的腹部。整整过了 15 个日日夜夜，才降生了一个青色的皮囊。巴里塔用金耳环划破，取出一个白胖的婴儿。但见：

婴儿紧握着两只小手，

---

① 居素普·玛玛依演唱《玛纳斯》（第一部上卷），刘发俊、朱玛拉依、尚锡静翻译整理，新疆人民出版社，1992，第 41 ~ 42 页。

　　　　一只手紧握着鲜血，

　　　　一只手紧攥着乳汁。

　　　　打开孩子的右手掌时，

　　　　手心上呈现"玛纳斯"的字迹。①

　　终于玛纳斯平安而又隆重地来到了人世间，预言应验了，身份千真万确。巧妙地用一只皮囊里的小狗蒙混过了敌人的耳目后，人们开始了祝福：

　　　　当酥油抹进孩子嘴里时，

　　　　婴儿张开口哇哇哭叫。

　　　　宏亮的哭声震得地动山摇，

　　　　湖水荡漾掀起滚滚波涛。

　　　　野兽吓得逃出了草原，

　　　　各种飞禽也仓惶飞掉。

　　　　天空落下阵阵冰雹，

　　　　如若你抬脚走路的话，

　　　　也会被滑得仰身跌倒。

　　　　还有几个男人和女人，

　　　　被哭声吓得昏厥跌倒。②

　　哭声如星爆冲击波一般，晓告天地人三界：雄狮玛纳斯诞生了！天落冰雹为之惊，湖水荡漾为之喜，世人种种为之震撼。

---

① 居素普·玛玛依演唱《玛纳斯》（第一部上卷），刘发俊、朱玛拉依、尚锡静翻译整理，新疆人民出版社，1992，第52页。

② 居素普·玛玛依演唱《玛纳斯》（第一部上卷），刘发俊、朱玛拉依、尚锡静翻译整理，新疆人民出版社，1992，第53~54页。

二　胜者为王

玛纳斯是一位旷世英雄和英主，爱戴他的臣民及为他骄傲的后世子孙将他神化、圣化，使他流传为永久的传奇，启迪、抚慰着沧桑岁月里的人心，如日月般照亮和温暖着来时和未来的路途。因之，玛纳斯为汗王，做君王，既胜在天意，更胜在人心。玛纳斯降世注定是应运而生，顺势而为，功在千秋。

（一）胜在天意

天意可测。以占卜师口谕为凭，可见人心所向，人心所唤。出生不凡，成长迅速，玛纳斯赢得了期待，也赢得了时间。这段时间里的情形描述最能见证天生我材的说法。

> 当他长到四岁的时候，
> 他胸部宽阔体魄健壮，
> 两个臂膀足有一尺长。
> ……
> 长到五岁时，他到处跑，
> 六岁时，长成男子汉模样。
> 他到牧场上放牧马群，
> 矫健的马儿膘肥体壮。①

六七岁即能放牧，他乐善好施，并逆反对抗吝啬的父亲，敢率然离

---

① 居素普·玛玛依演唱《玛纳斯》（第一部上卷），刘发俊、朱玛拉依、尚锡静翻译整理，新疆人民出版社，1992，第54页。

家出走，交朋结友，已然是少年英雄的样子。

天意指引。加克普巴依为家族领地求助于秦额什（成吉思汗），却意外为儿子玛纳斯求得了神马一般的阿克库拉骏马。这匹神骏在未遇玛纳斯之前仿佛停止了生长，四岁了连胎毛还未脱完，竭力掩藏着身心以等待相认。一牵到家，玛纳斯母亲绮依尔迪的乳房突然胀疼，喷出了奶汁，奶汁和着红红的小麦喂给了阿克库拉骏马。从此，玛纳斯与骏马成为同乳兄弟。当人与马终于相见时：

> 马驹看见玛纳斯走来，
> 昂首扬蹄，一声长嘶；
> 浑身的胎毛顿时脱落，
> 当即变成一匹神奇的良驹。
> 你看它肌肉健壮，浑身滚圆，
> 高坚的耳朵象点燃的蜡烛；
> 你看它双目炯炯，好似羚羊，
> 四蹄大得象木盆一样。[①]

显然，阿克库拉骏马为玛纳斯而生！玛纳斯给神驹备上鞍鞴，向着未来飞驰而去，从此，人马合一，战神诞生了。

天命所归。玛纳斯会见了舅舅巴里塔后，确知了自己的身份和职责，并得到启示，各处的人民一直在等待他，等着装备他、援助他，期盼着与他一道去完成民族拯救，去创建英雄大业。

[①] 居素普·玛玛依演唱《玛纳斯》（第一部上卷），刘发俊、朱玛拉依、尚锡静翻译整理，新疆人民出版社，1992，第71页。

去吧，到阿拉套山去！

……

那儿还有位巴卡依老人，

他将辅佐你完成大业。

他将送你一支阿克坎里坦枪，

那是你杀敌的锐利武器。

阿依托班地方的阿依考加，

为你保存着金刚宝剑，

那是阿克穆斯塔帕①送你的礼物。

还有位名叫玻略克巴依的铁匠，

他将为你锻造长矛和战斧。

还有四十位猛虎般的勇士，

他们是你得力的左右手臂。

孩子啊，我的话你要牢记！

如果没有人民的援助，

就难以完成英雄的业绩。②

　　巴里塔舅舅不是神人，能如此细细道来，有地点，有名姓，有各自紧守的秘密使命，正是传递着人民的心声：推翻暴君，还民尊严，重建幸福安宁的家园。利器在人民的手中，力量在人民的心中，雄狮玛纳斯必须要做人民的王，才能承接天命，才能顺应人心，才能实现宏愿，才能走近理想。

---

① 阿克穆斯塔帕，即伊斯兰教的创始人穆罕默德。传说其精灵曾帮助过玛纳斯。

② 居素普·玛玛依演唱《玛纳斯》（第一部上卷），刘发俊、朱玛拉依、尚锡静翻译整理，新疆人民出版社，1992，第75页。

接过巴里塔馈赠的世间罕见的鞍具，于各处一件一件找到各式武器，穿上楚瓦克英雄之父精心保存着的奥里帕克战袍，玛纳斯向充满纷争苦难的草原发出了雄狮般的怒吼，开始了一手握鲜血，一手握乳汁的壮伟征程。

（二）胜在人心

孟子曰："乐民之乐者，民亦乐其乐；忧民之忧者，民亦忧其忧。乐以天下，忧以天下，然而不王者，未之有也。"[①] 是说虽真正的王者身份尊贵，权力一统，但黎民百姓的苦乐爱恨，为王者感同身受；维护天下的安稳，被王者视为己任。对于如此操心费力、殚精竭虑而以天下为公者，天下有道义者自然全心依傍，有能耐者自然全力维护，有困苦者必定甘心归附，有感动者必定歌功颂德、口耳相传。得人心者得天下，玛纳斯以其盛德力量赢得了人们坚定追随的信心，以深情厚谊赢得了伴侣、战友、友人的信任，以超人的智慧与谋略赢得了人们共举大业、共赴征程的信念。

在第一部第十五章"阿里曼别特的故事"中有一段描述很能一证玛纳斯胜在人心的结论。玛纳斯将哈萨克部族交给好友阔克确管理，让他做了汗王，克塔依族闻名于世的英雄阿里曼别特归附了阔克确汗，二人结为兄弟。在阿里曼别特奉献了无数智慧与忠诚后因比官们挑拨离间，兄弟反目，阔克确的妻子再三劝阻无效后，真诚鼓励、劝勉阿里曼别特去投奔雄狮玛纳斯，她流着热泪献言道：

　　我的阿亚什[②]，阿里曼别特，

---

① 杨伯峻编著《孟子译注》，中华书局，1960，第33页。

② 阿尔克孜语，妻子对丈夫朋友的敬称。

> 我听有学问的人曾经这样讲，
>
> 在天堂里活上一千天，
>
> 也比不上人世间的一天欢畅。
>
> 阿亚什，我告诉你个去处吧，
>
> 那里是一个坚如磐石的地方。
>
> 那里有一位著名的英雄，
>
> 他英雄的气概举世无双。[①]

1. 以力胜

阔克确的妻子阿克艾尔开绮叮咛世间珍贵的英雄阿里曼别特要珍爱生命，不要放弃寻找施展才能的去处。而最好的去处便是投奔玛纳斯，因为他气概举世无双。他有怎样气概呢？她听天下人这样交口称赞：

> 英雄的名字叫雄狮玛纳斯，
>
> 加克普巴依是他的父王。
>
> 他九岁时，体魄十分健壮，
>
> 炯炯的双目凝视远方。
>
> 他十岁时，武艺超群，
>
> 挽弓搭箭把对手射伤。
>
> 他长到十一岁的辰光，
>
> 真主赐予他智慧和力量，
>
> 首次征战英雄空托依，
>
> 直杀得敌人纷纷逃亡。

---

① 居素普·玛玛依演唱《玛纳斯》（第一部上卷），刘发俊、朱玛拉依、尚锡静翻译整理，新疆人民出版社，1992，第 409 页。

十二岁满了一个年轮,

他出落得象团灼热的火光。

他长到二十岁的时候,

恰似一座挪不动的黑石山冈。

敢于来犯者被他打败,

敢于较量者被他杀光。①

她以膜拜而又向往、自豪的口气描述玛纳斯是神灵一般的存在,他成长迅速,力量超群,武艺绝伦,英气逼人,是神奇又神圣的。他是光,他是火,他是上苍的骄子,是人间不二的真命君王和无须质疑的盖世英雄,没有谁能战胜得了他。而自古英雄惜英雄,阿里曼别特奔向他吧,玛纳斯是坚如磐石般的靠山,他以力量赢得人心。

2. 以德胜

当他到了三十岁的时候

他成了人民的一位汗王。

柯尔克孜人都爱戴他,

没有敌人敢向他逞强。

他的威名传遍世间各地,

他与疯狂的卡里玛克人勇敢地较量。

为了阻挡克塔依的进攻,

他让阔克确担任护路的汗王。

他支持你攀登上高峰,

---

① 居素普·玛玛依演唱《玛纳斯》(第一部上卷),刘发俊、朱玛拉依、尚锡静翻译整理,新疆人民出版社,1992,第 409~410 页。

从不在人前把自己夸奖；

他对自己部下的杀人事件，

从不隐瞒敢把责任担当；

他扶助人涉过大河，

从不把自己的功劳宣扬；

即使你做了有损他的事情，

他也能宽宏大量容忍谦让。

他的性格善良和蔼，

他的胸怀象大海大江。①

应该是上苍有好生之德，派玛纳斯来解柯尔克孜人于倒悬，他三十岁便做了人民的汗王。也一定是草原上不断进行着的攻杀、掳掠造成的惨剧及流血呻吟的苦难教谕了这位年轻的王，他如此难能可贵地将人民放在心上。因而，无论面对多么强大、多么疯狂的敌人，他都敢于较量。因着信任和依靠人民，得道多助，他拥有必胜的信念和大无畏的浩然气概。真正的王者不怕失败，更不怕责难，他为人民全心谋划，人民也会与他一道来承担后果，从而更加团结有为。真正的王者甘心成人之美，其高度、深度赋予他足够的底气和坦荡正气，能者争先恐后归于他的麾下。真正的王者无须炫耀自我、标榜功绩，更不必虚张威严、装模作样，所以志同道合者可以倾心以谈、倾力以助。"他的胸怀象大海大江"，海纳百川，自然而雄浑。世间无双的大英雄阿里曼别特啊，向玛纳斯奔去吧！

玛纳斯被推选为汗王后，首先征战宿敌卡里玛克的空托依汗。胜利

---

① 居素普·玛玛依演唱《玛纳斯》（第一部上卷），刘发俊、朱玛拉依、尚锡静翻译整理，新疆人民出版社，1992，第410页。

后，柯尔克孜的勇士们到处烧杀抢掠以疯狂复仇，草原上哀号一片，被血腥的恐怖覆盖。玛纳斯神色凝重地劝阻道：

> 掳掠人民的财产，
>
> 那是暴君们干的事情；
>
> 凌侮可怜的百姓，
>
> 那是空托依汗王的本领。
>
> ……
>
> 快去劝阻我们的兵丁，
>
> 不要阻拦他们的百姓自由来往，
>
> 不要虐待黎民，让他们安居乐业！①

　　多少时代里，草原上的复仇理念和习俗曾给无辜的百姓带来创伤。终于到玛纳斯这里开始破除顽固心魔，并以诚意和谅解为宿敌与仇恨松绑，化敌为友，真正为草原全体民众谋福祉。"不要虐待黎民，让他们安居乐业！"只有人民的王才会设身处地为人民着想，痛人民之所痛，苦人民之所苦。当将牲畜、羊群归还给当地民众时，卡里玛克人奔走相告，齐声把英雄玛纳斯赞扬，称他是真正有胸怀和胆量的英雄，是贤明的君王，是世间少有的汗王。他以德赢得人心、民心。

3. 以智胜

　　因能容世间难容之事，玛纳斯就成了放心归依的寄托，也是施展抱负、建功立业的希望所在。所以阔克确的妻子阿克艾尔开绮继续开导和鼓励无敌英雄阿里曼别特，说服他去信赖玛纳斯，并毫不犹疑地投奔他。

---

① 居素普·玛玛依演唱《玛纳斯》（第一部上卷），刘发俊、朱玛拉依、尚锡静翻译整理，新疆人民出版社，1992，第 127～128 页。

赏识你的才干的汗王就是他，

所有的王子都跟随在他身旁。

知道你的本领的别克就是他，

四十个勇士都围在他身旁。

如果你干出大山般的事业，

他也不会妒嫉把你中伤。

如果你做出大江般的功绩，

他就把你到处宣扬。

如果你偶然间做了错事，

心胸开阔的他会把你原谅。

他对朋友和蔼可亲，

他对敌人剑拔弩张。

你若看他的英雄气概，

他真有到过麦加的阿吉风采。

他不象心胸狭隘的阔克确，

把区区小事都记在心上。①

作为一代传奇英主，玛纳斯的智慧也无与伦比。他求贤若渴，识才爱才，敬重英雄，赏识勇士。他给每一位做出贡献和取得功绩的人以慷慨赞美和褒奖，毫不吝啬金钱财物和荣誉美辞。他爱惜英雄，理解他们。最难的是他不嫉妒他人的高超智慧和胆识，不提防功高盖主的图谋，不怀疑身边会不会有人加害，他无条件地信任战友、朋友、伴侣。这样开

---

① 居素普·玛玛依演唱《玛纳斯》（第一部上卷），刘发俊、朱玛拉依、尚锡静翻译整理，新疆人民出版社，1992，第410~411页。

阔的胸襟与气度折服了远近的汗王和他身边的众将士，忠诚与大义必然换来肝脑涂地的报效。玛纳斯身边的四十勇士既是他的守护天使，也是他的开路先锋。他们各怀绝技，更怀烈士之心，与玛纳斯出生入死，威震天下，成败输赢都不离不弃。可以说玛纳斯君王以盛德和力量召唤他们归到麾下，以智慧和真情将他们紧密地团结在了身边，他们无怨无悔，与玛纳斯同心同德，写下了旷世传奇。

接下来的阿里曼别特与玛纳斯的相逢、相知、相托付更能体现玛纳斯以智服人、以智降人、以智得人的厉害之处。他了解英雄的弱点，因而精心地保护其自尊与名誉；他谙知英雄的渴求，为此给予其最大的信任和自由度；他最清楚英雄与明主肝胆相许的结果和效应，甘愿与之同吮母亲的乳汁，结为异姓同乳的生死兄弟；他最能体会英雄的图报义气，为他安家，为他娶妻，慷慨地赠予他一切珍贵的物什，包括战马与战袍……最终，玛纳斯拥有了一个空前超越常人的、智勇双全的世间大英雄——阿里曼别特，他像极了分身到克塔依部族而建功于天下的另一个玛纳斯。

> 看到悲伤万分的阿里曼别特，
> 雄狮玛纳斯用良言相劝：
> "哎，我尊敬的壮士啊，
> 请你听听我的忠言。
> 在高高的阿拉套山上，
> 谁不去把白母鹿追赶？
> 在广阔无垠的原野上，
> 无尽头的道路也难不住好汉。
> 倒霉是个扁形的东西，
> 沾在身上时刻把你纠缠；

> 　　幸运是个圆溜溜的球，
>
> 　　要捉住它，实在困难。
>
> 　　目光短浅的笨伯，
>
> 　　怎么能理解汗王的心愿！
>
> 　　谁能使汗王苦恼，
>
> 　　谁能把英雄低眼相看；
>
> 　　只有真主惩罚的狗种，
>
> 　　才让汗王尴尬难堪！"①

　　英雄相惜，玛纳斯一口一个汗王来称呼阿里曼别特，勉慰对方即便是流浪，王还是王。他谴责侮慢者有眼无珠，不识世间奇宝，让英雄受委屈了，让重器蒙尘受难了。

　　接着召唤自己的四十勇士，告诉他们面前的英雄是真正的王者，要众人像敬重玛纳斯一样敬重他。

> 　　让他骑上阿克库拉骏马，
>
> 　　珍贵的丝战袍任他挑选；
>
> 　　给他敬献阿克坎里坦枪，
>
> 　　还有穆斯塔帕赠送的宝剑；
>
> 　　把锐利的长矛和月牙斧，
>
> 　　也一起快快佩挂在他的身边。②

---

① 居素普·玛玛依演唱《玛纳斯》（第一部上卷），刘发俊、朱玛拉依、尚锡静翻译整理，新疆人民出版社，1992，第492～493页。

② 居素普·玛玛依演唱《玛纳斯》（第一部上卷），刘发俊、朱玛拉依、尚锡静翻译整理，新疆人民出版社，1992，第493页。

把所有佐证自己"雄狮玛纳斯"身份和使命的专有利器全敬献给英雄阿里曼别特，只要他留下来，只要他愿意，他可以替代自己履职。从接下来的行为里可以看出玛纳斯不是为了笼络人心而装样子，而是诚恳以献，表明自己是真心仰慕阿里曼别特，认为这位举世无双的英雄配得上如是期待，担得起如是使命。待诚心诚意结盟后，双英并驾，双杰齐驱，当患难与共、风雨相携时，已然彼此拥有，不分你我了。

服人在于服心，而服人的上上之计在于感动人心、温暖人心、走进人心，从而以情理自然牵制人心。玛纳斯以最真诚的心意获得了如此高的智慧，见证了广阔草原上一位伟大君王的天纵英才和罕见的心胸与远见卓识，让草原上的英雄豪杰们看到了奋不顾身的价值交付和生死尽忠的生命意义，以及成仁成义的身心归依之神圣。玛纳斯以智慧赢得了人心。

4. 以情胜

玛纳斯出生时，其中一只手是握着乳汁的，而乳汁是滋养生命的源泉，象征着无私、博大、深沉的爱，以及爱带来的温暖甘甜和幸福美好。事实正是如此，玛纳斯深情地热爱着草原家园、父老乡亲、妻室子女、兄弟战友，并倾尽一生心力来守护这浓郁的爱，去缔结世间珍贵的各种情缘。同时，玛纳斯也赤诚地分享和传递着内心关于爱的认知和关于情的感悟。因之，他始终生活在人民中间，关爱着众生，最终毫无保留地走进了人民的心里，成为草原人民心头的红日，永远不落。《玛纳斯》中来自敌对方的求和使者阿依达尔来时的景象是：

> 虽说玛纳斯是尊贵的汗王，
> 简陋的住宅和百姓的一样。
> 大门外没有守卫的武士，
> 阿依达尔长驱直入，无人阻挡。

　　高贵的卡妮凯夫人迎上前来，

　　从阿依达尔手中接过马缰。①

　　阿依达尔是有敌对情绪的部族派出的送达求援信的使者，却可以畅通无阻地进入玛纳斯的住所，并由玛纳斯的夫人来拴马接待，可见这位君王是如何对待他的战友和百姓的，又是如何自处的。没有高低贵贱，没有戒备森严，日常里他和人民亲密无间，打成一片，草原和草原上的乡亲就是他的家和家人。人民怎能不拥戴？没有凌驾，没有欺辱，玛纳斯的亲切和爱正如春风化雨，泽润着生民，和顺着万物。

　　"塔什干之战"开篇这样唱道：

　　雄狮玛纳斯率领着千军万马，

　　迅猛地向塔什干挺进。

　　一路上风餐露宿，

　　深怕打扰宁静安居的人民。②

　　百姓至亲，行军打仗唯恐扰民。在靠近敌人前哨的山野扎营后，玛纳斯一边布防，一边号召将士们自寻补给，撒鹰狩猎。当狡猾的敌人眼看支撑不住，以大雪封山，严冬降临，双方兵戎较量势必给人民造成灾难和不幸为由头，请求停战半年以拖延时间时，玛纳斯坚定又果断地接受，慷慨坦荡地言道：

---

① 居素普·玛玛依演唱《玛纳斯》（第一部上卷），刘发俊、朱玛拉依、尚锡静翻译整理，新疆人民出版社，1992，第 328~329 页。

② 居素普·玛玛依演唱《玛纳斯》（第一部上卷），刘发俊、朱玛拉依、尚锡静翻译整理，新疆人民出版社，1992，第 256 页。

> 英雄打仗是为了人民的意愿，
>
> 我们不需要卡尔洛夫的恩典；
>
> 但愿卡尔洛夫坚守自己的誓言，
>
> 我们同意给他六个月时间。①

人民至上，哪怕是个借口，玛纳斯也是敬重的，也愿意相信。他同意休战半年，其间军队物用不劳百姓，他竟然破天荒地号召全军将士在撒鹰狩猎以补给的同时，动手屯垦，翻地耕田播种，这无疑是开创性的。若不是深切地关爱着百姓，关心着民生疾苦，如何能在行军打仗的艰苦途中，如此作为？"汗水使大地换上新装，茁壮的麦苗随风荡漾"②，这是对军垦成果的赞美，更是对人民爱戴与追随的写照。不等庄稼成熟，半年期限已到，玛纳斯率领兵马按约定进军塔什干，将万顷良田留给了当地百姓。后来人们每当举办喜事，围聚在一起时总这样传诵：

> 英雄玛纳斯是真正的雄狮，
>
> 广阔的胸怀宏大无比。
>
> 冬天，他的兵丁撒鹰狩猎，
>
> 春天，他的队伍播种粮食。
>
> 没给人民摊派徭役，
>
> 甚至没有征收入一头牲畜。
>
> 近在咫尺的浩罕城堡，
>
> 也没有一个兵丁去骚扰滋事。

① 居素普·玛玛依演唱《玛纳斯》（第一部上卷），刘发俊、朱玛拉依、尚锡静翻译整理，新疆人民出版社，1992，第268页。

② 居素普·玛玛依演唱《玛纳斯》（第一部上卷），刘发俊、朱玛拉依、尚锡静翻译整理，新疆人民出版社，1992，第269页。

那里的牲畜在草场上安闲地吃草，

人们自由自在地来来去去。

雄狮玛纳斯的队伍是仁义之师，

他是人民的英雄代表了人民的意志。①

在那个遥远荒蛮的时空里，这样的事情与表现绝对是一个奇迹，那么纯粹地践行了君民结同心、军民如鱼水的美好愿景。玛纳斯以草原儿子的深情厚谊赢得了草原人民的崇敬与热爱，所以，人民骄傲地称赞他是"人民的英雄"，自豪地肯定他"代表了人民的意志"。

于爱情于伴侣，玛纳斯以英雄的气概和盛名赢得了才貌双绝的奇女子卡妮凯的芳心；以宽广的胸怀和坚韧的斗志拥有了卡妮凯的敬重和全情交付；以毫不遮掩的眷恋获得了卡妮凯无私的母亲般的厚爱和河水般的柔情；以毫不吝啬的慷慨赞美和发自肺腑的叹服赢得了卡妮凯高山大海般的捍卫与守护。以玛纳斯濒死时的话语为例来看：

看着卡妮凯日夜操劳，

雄狮玛纳斯十分感激：

"哎，我尊敬的卡妮凯夫人，

只怪我自己麻痹大意，

空吾尔巴依对我暗下毒手。"②

他头一回放下男子汉的骄傲和王者之尊，低声下气地向妻子道歉和

---

① 居素普·玛玛依演唱《玛纳斯》（第一部上卷），刘发俊、朱玛拉依、尚锡静翻译整理，新疆人民出版社，1992，第270页。

② 居素普·玛玛依演唱《玛纳斯》（第一部下卷），刘发俊、朱玛拉依、尚锡静翻译整理，新疆人民出版社，1992，第1002页。

解释，是自己不小心，不负责任地撇下了她，毒斧嵌入头顶，毒液渗进肉里，死亡与离别已经注定。一声叹息，多少无奈和不舍蕴含其中。

> 我亲爱的卡妮凯夫人，
> 我的死期即将临近。
> 若是我一旦闭目气绝，
> 你要设法到你父亲家中躲避。
> 不要舍不得我们的财产，
> 你要把赛麦台依好好抚育。①

英雄末路，最放心不下娇妻弱子，玛纳斯忧心忡忡地再三叮咛，叫卡妮凯提防同父异母的两兄弟下毒手，设法破财免灾，保全自己和孩子。无尽的牵挂与关爱溢于言表。

> 我亲爱的卡妮凯夫人啊，
> 若是我一旦离开人世，
> 你要亲自拿起坎土曼，
> 为我挖掘安葬的墓地。
> 你要和大伯巴卡依商量，
> 请来托云多别的托什托克勇士，
> 还有阿特巴什的考少依，
> 和我的知心朋友阔克别律。
> 他们心胸坦荡，做事正直，

---

① 居素普·玛玛依演唱《玛纳斯》（第一部下卷），刘发俊、朱玛拉依、尚锡静翻译整理，新疆人民出版社，1992，第1003页。

> 他们和我有浓厚的友谊。
>
> 他们是柯尔克孜人的柱石，
>
> 他们能把涣散的人团结在一起，
>
> 我的后事就由他们办理。①

担忧自己死后爱侣悲伤不能自持，玛纳斯深情地鼓励卡妮凯要亲自执铲挖掘安葬自己的坟墓，让人们看到她是一个坚强刚毅的玛纳斯夫人，以定民心军心。同时暗授机宜，告诉她如何调动人马，稳住大局，团结柯尔克孜人民。相濡以沫的伴侣情，命运相连的夫妻情，多少温情多少悲情都表现为难舍难诉的生死未了情啊！作为报答，卡妮凯倾尽心力为玛纳斯在峭壁上修造了一座世间罕见的陵墓。

> 即使过上六个世纪，
>
> 砖块也不会被风雨侵蚀；
>
> 即使过上九个世纪，
>
> 谁也休想把陵墓迁移。
>
> 骄傲的陵墓永不倒塌，
>
> 时光在它面前也只好回避。②

卡妮凯是如此热爱她的英雄玛纳斯，一砖一石间融入了她的心血与思念，渗透了她的泪水与悲伤，她要让玛纳斯永远活在时光里，任何人休想动他一分一毫。只要抬头仰望，她的英雄就如大山般矗立在蓝天下，

---

① 居素普·玛玛依演唱《玛纳斯》（第一部下卷），刘发俊、朱玛拉依、尚锡静翻译整理，新疆人民出版社，1992，第 1003~1004 页。

② 居素普·玛玛依演唱《玛纳斯》（第一部下卷），刘发俊、朱玛拉依、尚锡静翻译整理，新疆人民出版社，1992，第 1008~1009 页。

俯瞰着草原，凝望着她和他们的后代儿孙！

> 考少依看了雄狮的墓穴，
>
> 把卡妮凯夫人连声夸赞：
>
> "谁说你是个女人啊，
>
> 你是一位了不起的女中英贤！"①

　　玛纳斯以炽热的爱与深厚的情赢得了世间奇女子的绝恋，写下了一段美丽的传奇。

　　玛纳斯在短暂的一生中结交了无数生死不渝的战友、兄弟，并以至诚情义赢得了他们的舍命守护，以大度慷慨之关爱之成全赢得了勇士们奋身不顾的英勇奔赴。无论在闲暇游冶时，还是在疆场危难时，战友们像守卫自己的灵魂一般捍卫着玛纳斯及其荣誉。发起冲击时，必定斗志昂扬地大喝一声"雄狮玛纳斯"，仿佛是战鼓擂响，仿佛是战旗飘扬。当玛纳斯雄跨神驹阿克库拉骏马伫立阵前，正如战神天降，战友们、将士们群情激愤，充满了一往无前的勇气和必胜的信念。每每在最危急的时刻，面对最危险的敌人时，玛纳斯会如雄狮般出场，惊天动地的厮杀更是赢得战友们、将士们的由衷敬佩之情，从而构筑了战友们和将士们最后的精神心理之安全屏障。总之，于战友，玛纳斯以赤诚之情赢得了归附和拥戴。且不说四十勇士的生死相随，大英雄阿里曼别特由归顺到成为其同乳兄弟而肝脑涂地就能证明。

　　先是玛纳斯在一个春天里做了一个渴慕天下英才的梦。

---

　　① 居素普·玛玛依演唱《玛纳斯》（第一部下卷），刘发俊、朱玛拉依、尚锡静翻译整理，新疆人民出版社，1992，第 1023 页。

玛纳斯看见路上有一把宝剑，

……

灿烂的光芒非常耀眼。

……

他将宝剑劈向卧牛般的石岩，

坚硬的岩石象石膏般裂成两半。

……

在宝剑钻进土里的地方，

突然间，一只猛虎出现。

宝剑变成了斑斓猛虎，

跟随在玛纳斯的身边。

……

猛然咆哮一声，震得大地发颤。

……

大小野兽簇拥着猛虎，

崇敬地向他致礼问安。

当野兽们纷纷散去时，

在猛虎站立过的地方，

一只白鹰展翅翱翔。

……

凤凰率领各种飞禽，

遮天蔽日地来到白鹰身旁。

……

白鹰显得十分高兴。

它振翅落在雄狮的背上，

把雄狮玛纳斯从梦中惊醒。①

　　这显然是上苍的指点与恩赐，玛纳斯将幸遇一位名震天下的英雄，他有宝剑般的锋芒、猛虎般的神威和神鹰般的王者风范。当得知流亡的阿里曼别特正是不二的人选时，玛纳斯不惜率师以游猎为由，远路相迎。当巧用智谋将阿里曼别特安顿下来后，玛纳斯以英雄相惜之知遇彻底感化了阿里曼别特，更以同乳相亲的感天动地之情抚慰了阿里曼别特骄傲受伤的心，从而义结金兰，缔结生死同盟。在挂帅远征的险恶征战中，阿里曼别特用生命回馈了雄狮玛纳斯的真情与厚谊，他毫无保留地施展出平生所能，如利剑般杀伐，如猛虎般搏击，如神鹰般号令，一路攻城略地，所向披靡。

　　　　阿里曼别特好象一支利箭，
　　　　黄花骏马驮着他闯进敌人营盘。②

　　而当目睹勇士们一个个壮烈牺牲时，大英雄阿里曼别特也冷泪长流。不顾个人安危，力劝受了重伤的玛纳斯返回塔拉斯驻地，请求自己留下断后，死战到底。

　　　　"噢，我尊敬的玛纳斯雄狮，
　　　　请你听听我再一次的规劝。
　　　　你要立即动身去塔拉斯，

---

① 居素普·玛玛依演唱《玛纳斯》（第一部上卷），刘发俊、朱玛拉依、尚锡静翻译整理，新疆人民出版社，1992，第 420~422 页。
② 居素普·玛玛依演唱《玛纳斯》（第一部下卷），刘发俊、朱玛拉依、尚锡静翻译整理，新疆人民出版社，1992，第 965 页。

一刻也不能停留在这凶险之地。

你若是随意行动，军心怎能统一。

……

噢，我的玛纳斯雄狮，

你若是回到故乡塔拉斯，

请你慰问我的阿茹凯爱妻，

若是她生下了可爱的孩儿，

请你为我把他精心抚育。"

刚强无比的阿里曼别特

这会儿也泪流满面，悲悲凄凄。[1]

生离死别般的交接是君臣大义相托，是兄弟衷肠交付，是危难见真情。雄狮玛纳斯秉天地大德、人伦大义和真心大爱赢得了大英雄阿里曼别特的至诚至忠的恩义回报。在最后一战中，他高呼"玛纳斯"，挥舞宝剑左冲右突，越战越勇，杀进敌阵，将战友楚瓦克的遗体抢出，放在马背上。

就在这一刹那的时辰，

一只毒箭射在他的太阳穴上。

阿里曼别特顾不得伤疼，

赶着青盘羊骏马走下山冈。

他的脑浆已经溢出，

额上的鲜血哗哗流淌。

---

[1] 居素普·玛玛依演唱《玛纳斯》（第一部下卷），刘发俊、朱玛拉依、尚锡静翻译整理，新疆人民出版社，1992，第971页。

他来到老人巴卡依面前，

声音颤栗地这样讲：

"我尊敬的大伯巴卡依，

快快牵住我的马缰，

把英雄楚瓦克扶下马吧，

敌人的毒箭使他死亡。

我要见见玛纳斯雄狮，

看来我也不能留在世上。"

君王玛纳斯闻讯赶来，

阿里曼别特的眼睛已经闭上。①

这惊天地、泣鬼神的悲情一幕将永远回响在《玛纳斯》的传唱中！神一般的英雄、玛纳斯的支柱就这样惨烈而悲壮地倒下了。至死，他不舍弃战友；至死，他牵念着雄狮玛纳斯！在通常认知中，肝脑涂地是忠诚和奉献的比拟性用语，玛纳斯的战友阿里曼别特却是真真切切地践行了。

以情动人是有情世间最无敌的利器和魔法，它让人甘愿流尽眼泪、熬干心血，它让人无悔于一生一世的选择和追求，它让人无怨于一心一意的坚守与等待，它让人骄傲于受尽磨难仍初心不改，它让人快乐于尝尽苦楚仍觉甘之若饴。握着鲜血和乳汁出生的雄狮玛纳斯做到了！史诗《玛纳斯》最打动人心处，以及传唱不绝的秘诀恐怕也正在于此。

三　玛纳斯之死

伟大的君王常常会有无尽的野心，在玛纳斯所处的时代，建功立业

---

① 居素普·玛玛依演唱《玛纳斯》（第一部下卷），刘发俊、朱玛拉依、尚锡静翻译整理，新疆人民出版社，1992，第976页。

似又与开疆拓土分不开。在远交近攻、亦战亦和、抚民爱民的一系列策略下，雄狮玛纳斯平定了四邻的纷争掠夺，威震八方草原，给动荡不安的草原带来了难得的平静和安宁，更将落难流离的柯尔克孜部族重新整合团结起来，复兴了曾经的辉煌与荣耀，回归了故乡，扩展了部族交往，促进了各部族之间的交流、沟通与友好相处。草原上到处传颂着玛纳斯的英雄业绩，草原人民热切拥戴着玛纳斯君王，雄狮玛纳斯真正强大起来了。同时，渴望走得更远更高的心也骚动起来。玛纳斯不顾所有人的劝阻，执意远征，与宿敌空吾尔决战。这一战惊心动魄，既是部族间的血腥对抗，也是天下英雄汇聚的生死大会战，双方都损失巨大，伤亡惨重，重创了元气。玛纳斯须臾不离的四十勇士接二连三地战死，名震草原的超级英雄阿里曼别特陨落，玛纳斯也身负重伤，头颅嵌进毒斧，在回到驻地塔拉斯后不久，毒发身亡。

面对死亡，年轻的玛纳斯是痛苦而不甘的，他还有太多的事想做，太多的人想见，太多的话想说，他还有一个关于天下苍生的大梦想渴望完成。但死神不再给他机会，雄狮玛纳斯的死充满了悲壮、悲慨和悲情。远征好战或许铸成大错，但留给世间的爱却是炽热的，留给世间的作为是空前伟大的。

他殷切而又焦灼地向自己眷恋不舍的夫人卡妮凯嘱咐着身后之事，从家人到部族，从战友到敌人，桩桩件件都是牵念，都是担忧，都是遗憾，甚至是悲伤。

来听听雄狮玛纳斯留给世间最后的声音，想象他诀别时的情形吧！

> 君王玛纳斯气竭力衰，
> 抬不起他那沉重的脑袋。
> 他气喘吁吁咳嗽不止，
> 每次都吐出拳头般大的血块。

他对夫人卡妮凯说道：

"快给我整理衣服吧，

我已经到了最后时刻。

奥里波克战袍来自浩罕，

你快把它给我取来。

阿克坎里坦是杀敌的锐利武器，

你把它放在我的床的一侧；

敌人碰上它就会死亡，

有了它我的心才安然自在。

你把长柄的利矛，

放在我的床的一侧，

它锐利的矛尖让敌人胆寒，

有了它我的心儿才会快乐自在。

现在，你去把巴卡依请来，

你们要把我的后事快些安排。"①

雄狮玛纳斯被病魔折磨到了最后极限，他累了，他放弃了搏斗，他想要快些动身到另一个世界里了。临行，他要自己的夫人亲手为自己再用心披挂一回，就如无数次意气风发地要出征一样，穿上独属于他的战袍，挎上神圣的阿克坎里坦火枪，挺起让敌人胆寒的锐利长矛，威风凛凛地离去。他要让世人铭记他的王者风范，敬畏他的英雄气概，景仰他的奋斗业绩，从而化悲痛为力量，团结一心，去应对风雨变故，去继续他未完成的事业。同时，他相信，无论生前死后，雄狮玛纳斯都是英雄，

---

① 居素普·玛玛依演唱《玛纳斯》（第一部下卷），刘发俊、朱玛拉依、尚锡静翻译整理，新疆人民出版社，1992，第1004～1005页。

都将勇往直前地战斗不休。也许另一个世界也会有无数的敌人等待着他，有许多强大的对手将挑战他，但他会整装以发，雄狮一般地迎上去。英雄可以死，但英雄的精神永存；英雄可以亡，但英雄的浩气不灭！

> 智慧的老人巴卡依应召前来，
>
> 看见虚弱的君王低垂着脑袋。
>
> "巴卡依啊，我的智星，
>
> 我死后，敌人定会兴风作浪，
>
> 你要注意飞来的横祸，
>
> 把分散的人们凝聚起来。
>
> 我有九千匹栗色的骏马，
>
> 全部放牧在高山草地。
>
> 一旦我气绝闭目死去，
>
> 你就把它给乡亲们布施。
>
> 我有大群的骆驼，
>
> 牧放在深深的峡谷里。
>
> 当我死去，埋进墓穴，
>
> 你就把它给亲友们布施。"①

为凝聚人心，团结众部，防备敌人兴风作浪，玛纳斯捐出了自己全部财物去抚恤众乡亲与亲友，同时也防止家族为争夺财产而挑起事端。无论出于私心还是公心，玛纳斯毫无保留地都献了出去，归还给了这个纷争不断而又令他无比挂念的人世间。他短暂而又光辉传奇的一生又如

---

① 居素普·玛玛依演唱《玛纳斯》（第一部下卷），刘发俊、朱玛拉依、尚锡静翻译整理，新疆人民出版社，1992，第 1005~1006 页。

何作结呢？

> 我即将走完一生的里程，
>
> 我的一生应该如何估计？
>
> 我聚集了四十名年轻孩子，
>
> 把他们由雏鹰变成了勇士，
>
> 他们歼灭敌人，坚强无比。
>
> 我让受尽苦难的柯尔克孜，
>
> 由奴隶变成统一强大的民族。
>
> 一切的一切都象烟云消散，
>
> 我和你们诀别，离开人世！①

没有过多的标榜，更不要求赞颂，雄狮玛纳斯只自信、自豪于平生两宗建树。一是他培育了一个所向披靡的勇士团，四十位年轻的勇士忠诚、忠烈，始终陪伴在自己身边，守护着、捍卫着自己。他们一起书写了热血男儿们天纵奇才、肝胆相照的青春梦想；一起放歌了横刀跃马、血火洗礼的英雄壮曲，从而无悔于生命赐予，无憾于岁月年华。二是复兴了柯尔克孜族的荣耀，将其推向了强大。作为使命的担当者，他尽职尽责、尽心尽力，他不辱上苍的重托，不负民族的期望，他完成了玛纳斯时代的非凡传奇！至于身后的是非曲直、曾经的爱恨情仇、为君为王的荣辱兴亡都将烟消云散。在生命空幻的悲慨与洒脱中，雄狮玛纳斯仿佛纵入云端，挥挥巨手，作别了人世间，消逝在了无际的苍穹。

总之，浩瀚的长篇史诗《玛纳斯》是英雄的柯尔克孜人民为世间文

---

① 居素普·玛玛依演唱《玛纳斯》（第一部下卷），刘发俊、朱玛拉依、尚锡静翻译整理，新疆人民出版社，1992，第1006页。

明做出的卓越贡献。其超前的历史观照、深邃的人文观照放在今天也令人叹为观止。其行文的壮美、音韵的优美、言辞的雅俗浑融美读来令人动容，扣人心弦，感人至深。从艺术特色和审美特征来品味，大体有如下几个方面的特别表现。

一是意象描摹丰富多彩，意境浪漫神奇。《玛纳斯》是民间口头传唱的歌诗，赋、比、兴的使用较多。山川地理、习俗掌故、待人接物之道等融汇于生活日常，可借天地万物表情达意，可以譬喻、象征来抒情说理。比如"雄狮玛纳斯"之谓，"玛纳斯的梦""禽兽哨岗""阿克库拉神骏""魔法师作法"等。正如"序诗"中所唱：

> 英雄玛纳斯的故事，
> 幻术多，壮士多，
> ……
> 断枝起誓的规矩多，
> 赛过飓风的骏马多；
> ……
> 智者多，楷模多，
> 占卜师和识相者多；
> ……
> 人间难容的财富多，
> 变化无穷的事儿多。①

二是心理描写细腻生动、真切感人。《玛纳斯》不仅注重背景的铺陈

---

① 居素普·玛玛依演唱《玛纳斯》（第一部上卷），刘发俊、朱玛拉依、尚锡静翻译整理，新疆人民出版社，1992，序诗第 4~5 页。

及事件与人物的动态描写，更难能可贵地关注了人物的心理活动，并准确传神地将其表现出来。比如《阿里曼别特的忧伤》全篇展开了对英雄阿里曼别特被诬陷、被伤害后彷徨、愤怒直至出走、流亡的无奈、忧伤的心路历程的描述，将英雄落难的血泪伤痕和悲苦凄凉的心境感受淋漓尽致地表达出来。一点点跟进的细腻描写，一层层剥开的深刻剖析，一声声传出的内心对白，如此引人共鸣共情。"我的眼泪像洪水奔流，被揉碎的心啊，难以愈痊。"① 大英雄的内心世界是如此丰富，不乏温情哀婉与辛酸血泪，读后令人五味杂陈、讶然慨叹。

三是语言表达流畅自然、精彩灵动。《玛纳斯》有特定的篇章结构，易于创作和记诵。同时语言表达上详略得当、雅俗浑融，易于引发共鸣。歌诗充满了音乐感，有节奏有韵律，既娓娓道来，又收放自如、张弛有度，毫无涩滞感、违和感，精彩传神，灵动活泼。正如"序诗"所言：

> 它是我们祖先留下的语言，
>
> 它是战胜一切的英雄语言；
>
> 它是难以比拟的宏伟语言，
>
> 它是繁花似锦的隽永语言；
>
> 它是我们先辈传下来的语言，
>
> 它是后人荟萃起的精美语言；
>
> ……
>
> 它是绵延不断、滔滔不绝的语言。②

---

① 居素普·玛玛依演唱《玛纳斯》（第一部上卷），刘发俊、朱玛拉依、尚锡静翻译整理，新疆人民出版社，1992，第460页。

② 居素普·玛玛依演唱《玛纳斯》（第一部上卷），刘发俊、朱玛拉依、尚锡静翻译整理，新疆人民出版社，1992，序诗第2~3页。

此外，作为特色文化和民族文化的丰硕成果，《玛纳斯》体现出浓郁的地域特色和鲜明的民族特色，风物宜人、风情万种而流响不绝。

> 父亲是阿达木，
> 母亲是阿巴，①
> 一辈又一辈过去多少代，
> 从古到今经过了多少岁月年华。
> 骑大象的英雄消失了，
> 力大的壮士逝去了，
> 英雄玛纳斯的故事，
> 依然在人们心中流传。②

《玛纳斯》主要依靠玛纳斯奇群体的口头创作代代相传。当今世界上最为优秀的玛纳斯奇居素普·玛玛依生活在中国新疆阿合奇县，他是世界上唯一一位能够完整演唱《玛纳斯》《赛麦台依》《赛依铁克》《凯耐尼木》《赛依特》《阿斯勒巴恰与别克巴恰》《索木碧莱克》《奇格台》八部史诗的玛纳斯奇，被誉为"当代的荷马"。

要真正解读居素普·玛玛依的演唱奥秘，我们首先要知道柯尔克孜族的玛纳斯奇们的学艺过程。"玛纳斯奇"是指能够演唱八部《玛纳斯》史诗中的一部或某一诗章的歌手群体的总称。他们学艺都有一个循序渐进的过程，大抵可以分为两个阶段。第一个阶段是聆听阶段，终于首次面对听众演唱自己记忆和背诵的史诗。这个学艺过程的时限因人而异，

---

① 传说柯尔克孜族人的始祖是阿达木和阿巴。
② 居素普·玛玛依演唱《玛纳斯》（第一部上卷），刘发俊、朱玛拉依、尚锡静翻译整理，新疆人民出版社，1992，第3页。

一般而言需要三到四年。通常情况下，学歌的人会拜一位有名气的玛纳斯奇为师，因为跟谁学艺、学些什么，对初学者的未来发展至关重要。很多时候我们会发现初学者的师父是他的父亲、叔叔、哥哥或家族的其他成员。在他们的指导下，初学者开始熟悉故事情节，掌握史诗的一些演唱技巧和规律。最后，初学者以演唱自己比较喜爱以及熟练掌握的诗章结束。这个过程被称为"学习过程中的玛纳斯奇"的阶段。第二阶段始于首次在听众面前演唱史诗，终于学歌者能完整地掌握史诗的内容，并形成自己的表演风格。这个阶段是学歌者创作自己的"歌"的过程，它决定了学歌者是否能成为真正的玛纳斯奇。一些学歌者虽然掌握了许多传统诗章并能运用演唱技艺，但是对演唱史诗不能收放自如，不能脱离师傅授予的蓝本，只能循规蹈矩地依靠记忆，进行背诵式的演唱。这类学歌者被称为"不完整的玛纳斯奇"。一些人具有一定的音乐天分和悟性，他们在继承传统的基础上，在不断的演唱中融合百家之长形成自己的演唱风格，成为"真正的玛纳斯奇"。如果一个玛纳斯奇能够熟练地驾驭各种程式、主题和故事范型，加上自己的艺术才气，那么他就可能成为"大玛纳斯奇"。居素普·玛玛依就是"大玛纳斯奇"代表之一，他不仅创造出独具艺术魅力的史诗唱本，还以其罕见的艺术才能和传奇经历征服听众，成为一个划时代的神圣艺术符号，永驻人们心中。他的唱本成为史诗的经典范例，对民众意识产生深远的影响，甚至引发人民对先辈历史的反思和思考。[1] 但是随着书写文化的普及，在学艺过程中，一些初学者不但聆听和观摩玛纳斯奇的现场演唱，而且通过书写文本记忆和背诵史诗内容。特别是20世纪中叶以后出现的玛纳斯奇，他们绝大部分都是根据手抄本学唱史诗。[2] 但是他们并不是停滞于文本，而是用熟练的

---

[1]　阿地里·居玛吐尔地：《〈玛纳斯〉史诗歌手研究》，民族出版社，2006，第34页。

[2]　阿地里·居玛吐尔地：《〈玛纳斯〉史诗歌手研究》，民族出版社，2006，第113页。

技艺演唱文本，把史诗文本的内容复原到活形态的史诗传统中，阿合奇县的居素普·玛玛依和曼别特阿勒·阿拉曼就是如此。

另外，"神灵梦授"的观念与玛纳斯奇的学艺过程密切地联系在一起，很多著名的玛纳斯奇都把自己的演唱及才能归于神灵的启示。大玛纳斯奇居素普·玛玛依在 10 岁时就梦到《玛纳斯》中的人物额尔奇吾勒领着他学唱《玛纳斯》。[①] 大玛纳斯奇特尼别克也有类似经历，18 岁那年，他梦见《玛纳斯》中的一个勇士，告诉他要演唱《玛纳斯》，否则就会变成残废。后来，当他要给主人演唱《托亚那》时，总觉得背后有一个看不见的身影似乎挥着大刀逼迫他演唱《玛纳斯》。在这种情况下，他只得演唱自己从来没有唱过的也不会唱的《玛纳斯》。没想到，一唱起来，他口中自然地发出诗歌旋律。唱了数小时后，他就昏厥过去。从那以后，特尼别克就成了远近闻名的玛纳斯奇了。[②]

"神灵梦授"是玛纳斯奇的一种传统观念，但是玛纳斯奇获得神启的方式各异，综合起来大致有两种。第一，传授史诗的神灵一般是《玛纳斯》中的英雄人物或柯尔克孜族神话中经常出现的白胡子老人。居素普·玛玛依和特尼别克都梦见额尔奇吾勒，朱素普阿昆·阿帕伊、萨特瓦勒德和吉尔吉斯斯坦著名玛纳斯奇乔尤凯都梦见一位神秘的白胡子老人。其中一些获得神灵青睐的人，由从来没有当众演唱《玛纳斯》的少年一夜之间成为玛纳斯奇，比如特尼别克；一些则经过长期的演唱，不断揣摩和练习而成为玛纳斯奇，比如居素普·玛玛依。第二，吃了神灵赐予的小米、糜子，或喝神灵赐予的马奶、蜂蜜，如加尼拜·阔介考夫。但是，不论是神灵的点化还是吃过神灵赐予的食物，获得"神启"之后的玛纳斯奇绝大多数都会得一场大病，最后是通过演唱《玛纳斯》慢慢

① 郎樱：《〈玛纳斯〉论》，内蒙古大学出版社，1999，第 153～154 页。
② 阿地里·居玛吐尔地：《〈玛纳斯〉史诗歌手研究》，民族出版社，2006，第 45 页。

痊愈。

"神灵梦授"的观念在很大程度上与柯尔克孜族的原始萨满文化相关。这种"神灵梦授"方式与萨满的"神启"有着相同的背景和相似之处，许多玛纳斯奇既是歌手又是萨满。传说居素普·玛玛依收藏有求雨用的"贾达"石，又传说他演唱《玛纳斯》医治好了一个失魂落魄的病人。阿合奇县的另外一位著名的玛纳斯奇曼别特阿勒·阿拉曼使用他专门用来占卜的 41 块石头预测天气状况。① 由此看来，"神灵梦授"也如同萨满的"神启"一样，赋予玛纳斯奇演唱史诗的话语权和一种被全社会普遍承认的现实权利，增加演唱的神圣性。对史诗演唱而言，"神灵梦授"可以唤起未来玛纳斯奇学习《玛纳斯》的激情，促使他们更好地掌握史诗的演唱技艺。同时，"神灵梦授"也无疑告诉玛纳斯奇要遵守传统，要保持史诗的原始风格，不得无限度地去改编史诗，这样有利于史诗故事主干和传统章节的保存和传承。

现在我们可以解读"当代的荷马"居素普·玛玛依成为大玛纳斯奇的必备条件。第一，对史诗有浓厚的兴趣。据传居素普·玛玛依在放牧时，因为专心阅读和记忆《玛纳斯》，连羊羔被河水冲走都没有注意到，甚至导致母马踩死新生小马驹的意外事件发生。第二，具有超常的记忆力。他从 8 岁开始记忆和背诵《玛纳斯》，到了 18 岁时就能背诵并演唱 20 多万行《玛纳斯》。第三，具有很高的演唱才能和很强的即兴创编能力。第四，得益于家传。居素普·玛玛依父亲和母亲都是史诗的爱好者和热心听众；他的哥哥巴勒瓦依则是当时著名的玛纳斯奇。巴勒瓦依不仅教他在演唱时如何调用字词句，以及使用音节、音律、母题、程式、章节、主题的技巧，而且告诉他手的动作、表情的变化及演唱的语调要

---

① 朝戈金主编《中国西部的文化多样性与族群认同：沿丝绸之路的少数民族口头传统现状报告》，社会科学文献出版社，2008，第 83 页。

根据不同的情况做出相应的调整。第五，他将自己的学艺过程同某种超自然的干预联系在一起。事实上，这些特征在绝大多数玛纳斯奇身上都可以发现。值得一提的是，在无文字时代以及印刷和电子传媒没有普及之前，玛纳斯奇在民众中占有显赫的位置，他们被视为神的代言人或人神之间的中介，在柯尔克孜族社会具有神圣不可侵犯的地位以及不可动摇的话语权。但是，随着大众传媒的到来，他们的神圣性越来越受到冲击，不断被边缘化和世俗化，许多职业化的玛纳斯奇也慢慢走向半职业化的道路。可是，这并没有影响年轻人学唱《玛纳斯》的热情。在柯尔克孜族，学《玛纳斯》已经成为一种时尚，后起之秀层出不穷。[①]

　　玛纳斯奇最主要的演唱空间是毡房，听众围成一个圆形，玛纳斯奇坐在圆心，以腾出足够的空间让歌手自由演唱。在户外演唱时，玛纳斯奇常坐在一个凸起的地方或者是坡地上进行演唱，以便让观众看得更清楚。如果在露天平原上，听众也席地而坐，构建圆形的场域聆听玛纳斯奇声情并茂的演唱。《玛纳斯》可以在任何时候演唱，没有什么禁忌。但是演唱的内容和规模受到歌手、听众、时间、地点等因素的限制。比如歌手的体力和能力决定了他不可能一次把史诗从头至尾全部唱完。在小型的家庭聚会以及冬天的漫漫长夜里，玛纳斯奇演唱的时间一般在一个晚上或大半夜。在夏季比较闲暇的时候，如果史诗的演唱在白天进行，那么通常情况下是从晌午延续到傍晚。如果在一些专门安排的大型史诗演唱竞赛上，参加竞赛的玛纳斯奇们轮流演唱，演唱活动要延续数天时间。另外，在一些比较大型的正式场合，玛纳斯奇演唱的篇目要由听众指定。在一般的非正式的小型场合，如果听众没有特殊要求，那么玛纳

---

① 朝戈金主编《中国西部的文化多样性与族群认同：沿丝绸之路的少数民族口头传统现状报告》，社会科学文献出版社，2008，第81~91页。

斯奇演唱什么内容可以由自己来决定。[1]

在世界许多民族的口头史诗演唱传统中，史诗歌手在演唱时往往有一些乐器，但是玛纳斯奇在演唱史诗时从来不用任何乐器伴奏。只有19世纪末20世纪初生活在吉尔吉斯斯坦境内的玛纳斯奇坎杰·卡拉是一个特例，他在演唱《玛纳斯》时用柯尔克孜族传统乐器"克雅克"琴伴奏。玛纳斯奇不仅不用乐器伴奏，而且对于演唱时的服装也不是很讲究，只要穿上平时的稍微干净整洁的衣服，或者穿上柯尔克孜族妇女用手工编制的骆绒大衣，头戴平时的白色高顶毡帽，腰部配上腰带就可以了。过去是这样，在生活水平改善的今天依然是这样。[2] 但是玛纳斯奇的非语言因素非常丰富，他们从来不是简单地用韵律演述史诗，他们在演唱时会使用大量的肢体动作、面部表情及传神的声调传达史诗的传统信息。此外，玛纳斯奇演唱的内容也有一定的限制和禁忌。男女情爱的内容在异性或隔代听众在场时，玛纳斯奇不能演唱；少年玛纳斯奇不能演唱玛纳斯之死、一些比较惨烈的战斗和生离死别的场景；一般而言，柯尔克孜族反对女性学《玛纳斯》，即使有女性学也极少，而且她们不能演唱描写激烈战斗场面的情节，只能演唱一些比较平和的情节。

---

[1]　阿地里·居玛吐尔地:《〈玛纳斯〉史诗歌手研究》，民族出版社，2006，第70~74页。

[2]　阿地里·居玛吐尔地:《〈玛纳斯〉史诗歌手研究》，民族出版社，2006，第98页。

苗族史诗

  《苗族史诗》是一部清奇、瑰丽的创世史诗。它是苗族祖先们生动鲜活的发家史，是一部人与自然和其光、同其尘的朴素而神奇的创造史。它是苗族祖先在呼应自然的、能动的成长壮大中创作出的浪漫神话和美丽童话。

  它纯真无邪地告诉后世儿孙：自然万物有亲故，前因后果有联系，善与美必会得到回馈和帮助；自然万物都有妈妈，有情有义有灵性，应当亲与和，应当受尊敬；天地先祖是我神，困苦中总会给予庇佑，艰难中总会出手帮扶，煎熬中总会来温暖抚慰，因此莫忘感恩，要诚心祭天祀祖，以永保兴旺安宁；天地万物是我师，教人认教人知，更教人学教人做，物与物天性有共通，事与事情理有共识；天地自然是我家，衣食住行在其间，生老病死在其间，悲欢苦乐在其间，经营家、守护家才对得起天地祖先这房屋的"爹娘"。

  它意味深长地告诉后世儿孙：万物如我，而我也是万物的一员，请以虔诚之心观察世界、倾听世界、触摸世界、感悟世界；人道如天道，而大道至简，请以纯粹之心顺应自然、改造自然、利用自然、回报自然。

  《苗族史诗》以现实主义的笔调记录了在几千年漫长的岁月里，勤劳勇敢、聪明智慧的苗族人民，为了赢得自身的生存和发展，高歌着"向西向西"的大歌，不仅创造了丰厚的物质财富，而且创造了灿烂的民族文化，自豪地彰显了苗族人民的聪明才智和精神风范。同时，《苗族史诗》又以浪漫主义的情调抒发了苗族人民热爱生命、敬畏天地祖先而又执着追求的情怀，描绘了自然万物之形形色色的神奇美妙，以及人与万物互动的奇幻经历与结论。其拟人化的奇特想象、儿童般的稚气问答，充满了浓厚的地方色彩和乡土气息，给人以无穷的联想和美的感受。总之，《苗族史诗》内容丰富，气魄宏伟，堪称古代苗族的百科全书，是一幅表现古代苗族人民生活的瑰丽画卷。

一　金银歌

（一）造天地

《序歌》里唱道："唱歌要唱古歌哩，古老的歌有十二首……《运金运银》最富有。"[①] 可见《金银歌》唱出了苗族人民对物质世界的必然追求之理念，因而对物质世界的创造和经营也必定是生命勃发的由头和动机。作为创世史诗，制天造地是必须面对的课题。苗族祖先对如此玄奥的终极主题却意外豁达，举重若轻。天地粘连，混沌不分怎么办？好办，将天地混沌物放进大坩埚里冶炼，按成分重铸就分开了，只是多亏了远古制天的公公，太初造地的婆婆，是他俩造了个能盛下天地混沌物的大坩埚。

> 用它来冶天，
> 拿它来炼地。
> 一次铸成了两块，
> 白的向上浮，

[①] 《苗族史诗》，马学良、今旦译注，中国民间文艺出版社，1983，第3页。

黑的往下走。

这就得了一块宽宽的天，

这就得了一块大大的地。①

　　天地是固态金属性质，比起气态、液态更结实牢靠，这样的宇宙观非常罕见，但它纯粹、实用，提供了安全感。因为天地的主要用途是开辟一个空间，好给自然万物一个家。《苗族史诗》对浩瀚的天宇没生过太多的幻想，人们的梦境在天地之间。因此，人们很少呼天抢地，在精神上是轻松的、单纯的，思维是务实的。苗族祖先没有制造多少天神，因而也不必凡事看天的脸色，心里就自然少了许多宿命的阴影。只要天、地足够耐用，能天长地久，生命的大场就会无后顾之忧地展开。所以，制天造地应运而生了一劳永逸的想法：天地是坚固的金属，支天撑地的柱子也必须相配位，可以用金银来打造。《金银歌》唱响了。

谁家很富有，

丢了五棓木柱子

用金柱子来支天？

养友家很富有，

丢了五棓木柱子，

拿金柱子来支天。②

　　虽然前面试过各种支天撑地的办法，比如木柱子摇摇晃晃，大力士的人柱子九昌昂公公体力不支被砸死了，但总算用了十二年的工夫将金

---

① 《苗族史诗》，马学良、今旦译注，中国民间文艺出版社，1983，第 9 页。

② 《苗族史诗》，马学良、今旦译注，中国民间文艺出版社，1983，第 15 页。

柱子造出来了，一共造了十二根，安放在山上水边、村村寨寨，一个金灿灿、光闪闪的世界诞生了。

> 剑河一带全亮了，
> 稻穗长得粗又大，
> 好象马尾巴一样。
> ……
> 有上千的住家户，
> 有上百的年轻人，
> 聚集在寨子的西头，
> 在大树脚游方，①
> 在树荫下歌唱，
> 心情真舒畅！②

这一节歌诗是对制天造地的礼赞。生命家园的空间有了，混沌死寂的世界开始出现生机和活力，创世史诗开场了。

（二）造日月

开天辟地后，造日月是最紧要的任务，不然无法观照空间和时间。日月既是光明温暖之源，也是方向、信心之托付。有了日月，世界的形与色才能呈现，生命的躁动与安顿也才能成为主旋律。如何设计和完成这造日月的大事呢？

首先，思路是一贯的，日月挂在天上须与天地同寿才完美，而最经

---

① 游方即男女谈情说爱。
② 《苗族史诗》，马学良、今旦译注，中国民间文艺出版社，1983，第15～16页。

久耐用的还数金银，何况支天撑地的柱子都是金子制造的。另外，日月金光灿灿、银光闪闪普照着世间，这世间便永远是令人向往的、让人振作的，是传之后世取之不尽用之不竭的最丰厚的财富，且人人有份。

> 造日月挂在天上，
>
> 我们大家都沾光。①

其次，造日月的方法也是一贯的，冶炼金银，再铸造成圆圆的形状，然后将其安放在天上。可大量的金银原材料从哪来呢？精彩而又意味深长的《运金运银》歌唱响。精彩是因为受众听到了苗族先人们热烈的争辩声，窥探到了他们探索自然、认知自然和利用自然的足迹。意味深长是因为造日月是全体生命的共同使命，他们都在力所能及地做着自己的贡献，可谓全员联动，使得造日月运动变成了一曲雄浑的劳动交响乐。比如，金银出在哪里？听那七嘴八舌：

"金银出在神仙崖"；

"金银出在旋涡里"；

"金银出在方陇河"；

"金银出在尕南梁"；

……②

很显然这些判断都是从金银的光泽色相出发做出的，当然找不到金银。但随着认识的深入，苗族的祖先们明白了，现成的成堆的金银是不存在的，它们或埋在坡地，或藏在山间，须细心地勘探并从矿石中冶炼出来。

---

① 《苗族史诗》，马学良、今旦译注，中国民间文艺出版社，1983，第72页。

② 《苗族史诗》，马学良、今旦译注，中国民间文艺出版社，1983，第22~24页。

> 顾禄聪明又勤快，
>
> 养一头白嘴的黄牛，
>
> 用它来犁坡，
>
> 犁好山坡播银种。
>
> ……
>
> 顾禄勤快又聪明，
>
> 养一头白额的黄牯，
>
> 拉来犁山岭，
>
> 犁好山坡撒金种。①

的确，金银是播撒下的，而富集的金矿银矿也确实有其地质变迁的成长之路，聪明的苗族祖先领悟到了。"顾禄"即大地。在播撒完种子后，会修金银走的路，"把路修平好让金银走"。"哪个山上出金子，怎么知道呢？"

> 包继黎②勇敢又聪明，
>
> 他钻进海里，
>
> 拔下了一只龙角，
>
> 呼呼爬上高山顶，
>
> 吹起龙角咧哩咧哩响，
>
> 山谷里发出呜哎呜哎的回声。
>
> 金子听见了，

---

① 《苗族史诗》，马学良、今旦译注，中国民间文艺出版社，1983，第25页。

② 包继黎：人名。

金子来回答；

银子听见了，

银子来回答，

才知道这山有金子。①

　　用极形象的一幕记述了苗族祖先们以回声定位法来勘测矿藏之惊人智慧行为。不同的材质，因密度不同，声音打上去反弹回的声音是不同的，以此来辨识矿藏的种类和储量，这是多么高超的能力！仅从这一点就可以得出苗族祖先们生产力水平之先进，因为探矿、冶炼技术是一个硬指标。他们有资格、有底气运金运银去铸日造月，也必定有能力去改造自然，创造财富。

　　金山银山找到了，如何取？众生集炭烧山崖，从中冶金炼银。

　　金银炼出来了，如何磨洗黑黝黝的脸？

萝婆婆她老人家，

挑了友药②从东方来，

拿来撒在金子的脸上，

拿来撒在银子的脸上，

又用硼砂水来洗，

银子的脸变白了，

好象刚生下的鸭蛋；

金子的脸干净了，

---

① 《苗族史诗》，马学良、今旦译注，中国民间文艺出版社，1983，第26页。

② 友药：可能是某种能使金银变得更加光泽美观的物质。

好象山坳间的花。①

多么纯熟的工艺流程！去氧化物，去表皮杂质，抛光，和现代的工艺原理有什么区别？实在太不可思议了。这或许可从苗族传统服饰佐证，银饰从头到脚，恐怕与上述内容有关吧。得到了光灿灿的亮闪闪的金银后，苗族祖先们亲切地谈论着它们的可爱与珍贵，赋予它们人格待遇。比如幼时给它们吃最多最好的奶，所以它们最漂亮；还须在家族中给它们凳子坐以示有地位；长大了，要剃头，仪式要隆重；长成年了，要好好出嫁，银子的丈夫是硼砂，金子的丈夫是荸荠菜；要养儿育女，金生金，银生银；要祭祖。最后跟着流水向东方寻找故乡去了。东方在《苗族史诗》里有族源意义上的指向。在《追寻牦牛》篇里反复提到：

牦牛要到东方去，
要去水和太阳的故乡，
那是古老繁华的水乡。②

又，《溯河西迁》篇里反复咏叹：

爹妈原来住东方，
大地连水两茫茫。③

因着根的牵引和故土的召唤，金子银子自然随流水东去，但苗族祖

---

① 《苗族史诗》，马学良、今旦译注，中国民间文艺出版社，1983，第31页。
② 《苗族史诗》，马学良、今旦译注，中国民间文艺出版社，1983，第213页。
③ 《苗族史诗》，马学良、今旦译注，中国民间文艺出版社，1983，第258页。

先是要到西方去开辟新的天地，用金银在西方再铸新日月。接下来很大篇幅的描述正揭示了"去"与"留"的艰难抉择过程。还是那位贡献过支天撑地之金柱子的养友最先提醒大伙：

> 金子到东方去了，
>
> 银子到东方去了，
>
> 快去把金银拦住，
>
> 别让金子去东方，
>
> 别让银子去东方，
>
> 金子走了我们要受穷，
>
> 银子走了我们要受苦，
>
> 快来啊，
>
> 我们快去截住！①

这节诗分明喊出的是留住希望，截住信心。于是生灵们各显神通。占卜师卜路线，姜鸠射箭，水獭、野雀、土地菩萨报信，黎郎放狗追，最后终于将金银逼到了深渊里。再请螃蟹刨、老鼠挖、水龙拦，让水继续顺江流去，但把金银围上沙坝来。

得到了金子和银子，就要造太阳和月亮了，可首先得造船，用船运输金银到西方铸造场。于是天家砍来梧桐树，仙女吹气来风干，仿照燕子的身子造船底，仿照蚱蜢头造船头，仿照撮火瓢造船舱，仿照鸭翎造船浆，给大船穿上都勒水②做的衣裳，高高兴兴上西方。

---

① 《苗族史诗》，马学良、今旦译注，中国民间文艺出版社，1983，第44页。

② 都勒，天上神果名。传说榜香因吃了这种果子而返老还童；公鸡吃了榜香丢下的果核而满面红光，羽毛美丽。都勒水即此果之汁。

> 养友爷爷在头里划，
>
> 养友奶奶在后头划，
>
> 一浆就划了七个深渊。①

一路上，山峡堵，休纽老人家劈开；九节滩拦，送公公打铜桩打发了雷公和水龙；老鹰劫，被射杀。历经千辛万苦终于开船将金银运到了西方。

铸日造月的伟大工程开始了。量场地、量尺寸，聪明的养友再出场。然后造风箱，寻炼炭，找火种，熔金银，浇入铸造日月的模子，再淬火取出，细细打磨，日月终于造好了。选精彩一节来看看。

> 用山谷做风箱，
>
> 风从天空吹来；
>
> 用山脊当做杆子，
>
> 高山当做把手；
>
> 拿石头当做铁锤，
>
> 霉蒙泥②当做炭。③

可以想象燃烧于天地之间的熊熊大火在山谷的风中呼喊着，金子银子熔化成通红的金银水如河流般注入模槽中，冒起的烟、蒸起的汽腾腾而起，好一派热火朝天的景象。为了造出圆圆的日月，聪明的养友再一次拜自然为师。

---

① 《苗族史诗》，马学良、今旦译注，中国民间文艺出版社，1983，第63页。

② 霉蒙泥即泥炭。

③ 《苗族史诗》，马学良、今旦译注，中国民间文艺出版社，1983，第70页。

> 他拾起石子,
>
> 一下子丢进水里,
>
> 激起圈圈的波纹,
>
> 圆得好象筛子,
>
> 他拿圆圆的波纹做样子,
>
> 才造成了圆圆的月亮,
>
> 才造成了圆圆的太阳。[①]

造好了日月,最后一步是安装到天上去,而登天更难,挑日月上天是个巨大挑战。人间大力士朋庸失败了,聪明的土地菩萨失败了,最后还是神女妞香和雷公合力将日月拉上天,由岳大娘到天上拿锤子安好了日月,顺手用绣花针将星星也嵌在了天上,用扫帚扫净了天空,赶着白嘴的黄牛犁平了苍穹,从而让日月自由地走。

《金银歌》在日月星辰照耀着大地、世间在光明中前行的宏阔画面中落下帷幕,但余音不绝,流响千秋,传诵着世间珍贵的、得来不容易的先祖训喻。

二　古枫歌

《古枫歌》是苗族祖先咏唱的创建家园之歌,是对自然生态的观照。寻得金山银山,在西方开辟了一方天地后,立志要将他乡做故乡,并将东方故土的种子带到西方,种植在新的家园里,要使它同样是青山葱郁、绿水环绕,从而经营出新的幸福生活。在最美的记忆中,古老的枫树是故乡的标志。开篇唱道:

---

① 《苗族史诗》,马学良、今旦译注,中国民间文艺出版社,1983,第 79 页。

　　那古老的枫树啊，

　　枝丫长又长，

　　树梢伸到天边边，

　　枝叶铺展展，

　　千山可遮荫，

　　万谷能乘凉。①

　　苗族人民离不开青山绿水，所以，以古枫树为代表的种子的寻找、迁徙、种植的序幕拉开了。

（一）育树木

　　福方培育了千样种子，想要它们都住在东方大地顾禄的房屋里。但种子非常多，为了能安置好这些古老珍贵的种子，大地母亲福方煞费苦心地为它们造屋。

　　铁锤大过木枋子，

　　一锤砸下山石飞，

　　拿石块来造。

　　……

　　墨斗山洼凿，

　　墨线蜘蛛纺。

　　……

　　高高的山峰做中柱，

　　大大的江河当大墨。

---

　　① 《苗族史诗》，马学良、今旦译注，中国民间文艺出版社，1983，第 103 页。

……

用雄龙的犄角做成，

才得长尺来造屋。

……

休纽作师傅，

他帮福方造房屋。

……

旺巫①拿锤子来敲，

顾禄扛穿枋去逗。

……

拿黄泥来搓，

搓得一对绳索粗又硬，

拿来拴房梁，

拉脊檩去上。

……

用芭茅草来盖，

遍坡绿葱茏。

……

雄天的老婆婆，

背着娃娃来了，

踩鼓在楼脚，

屋基踩成紧埵埵。②

---

① 旺巫：据说指山石。

② 《苗族史诗》，马学良、今旦译注，中国民间文艺出版社，1983，第107～114页。

给种子盖屋是为了保护好、贮存好这些种子，大地母亲爱每一粒种子，因此，在盖屋的过程中，同样让山川河流、泥土茅草都参与进来。全体用心了出力了，就会一起珍惜呵护，同时也得到神祇妞香、水龙、旺巫、休纽、顾禄和雄天的帮助和祝福。只要种子还在，希望就在。尤其是古枫树种，它既是故土的根系牵念，也是祖先的印记和意志，是心灵的支撑和开拓力的源泉。

（二）建家园

种子珍贵，可注定在辗转流徙中遭劫，《苗族史诗》中清晰地提到了物种灭绝的痕迹：火烧，水淹，人为破坏，环境改变，等等。留下来的更是需要格外珍惜。当跋山涉水终于将树种运到西方时，山欢水笑，泥土喜悦，太阳暖照，云天细雨给做新衣裳，热情地欢迎它们。

> 来了来了真来了，
> 是哪一个啊，
> 谁来对种子们讲？
> 有对会飞的孩儿，
> 翩翩飞到高山上。
> 有对孩儿会飞翔，
> 翩翩飞从山巅来，
> 对树种们讲：
> "黄土在东头，
> 黄土深厚迄马颈；
> 黑泥在西边，
> 土层深高过马头，
> 厚过水牯的肚腹。"

种子听了真欢喜

"我们到西方去享福!"①

会飞的孩子是信念和希望,翩翩地飞是跃动和张扬。请相信,新开创的家园很肥沃很踏实,种子放心扎根吧,会茁壮地生长,会尽情地繁衍,会幸福快乐地生活。

要播撒种子,首先得犁耙大地。于是买牛置犁,姜央人祖还没有出世,还得由神人联手来完成,香两是主角。

神女革妮金贡献了金银果,有了买牛钱;雄天公公当中人,香两得到了耕牛;五培木作竿子,将牛鼻子戳通;弯枝做牛轭,套到耕牛休组的肩颈上。

来看犁山的犁吧,

犁弓是弯曲的山岭,

把手是高笋的山峰,

铧口是宽大的石板。②

这一番深耕广耙,轰轰烈烈。在神人的吆喝声、神牛拉犁的呼呼声、黑色的泥土从深处翻出的声息气息中,那杂草丛生的冈岭变成了平展展、松软软的沃野,起伏延伸……种子们来吧,到广袤的西方的沧海桑田来吧,这里必将开创出一个美好的、崭新的生命家园。接着开播种子:

枫是祭祖的树木,

---

① 《苗族史诗》,马学良、今旦译注,中国民间文艺出版社,1983,第129~130页。

② 《苗族史诗》,马学良、今旦译注,中国民间文艺出版社,1983,第141页。

栽它在路旁；

杉木挺拔梢尖美，

栽在山湾里

枝杈平伸树干冲天长；

松树干长松针美，

栽在斜坡上，

……

香樟栽在山路旁，

来往行人好乘凉。

还有弄基树，

栽在山坳上，

木叶声声诉衷曲①，

叫年轻人心花怒放。

……

树木栽完了，

枫树天天往上长，

树梢直入云天里，

扫拨云层现阳光。

千山万岭可遮荫，

千沟万谷能乘凉。②

---

① 苗族人认为，弄基树叶子大小、厚薄、软硬适度，用来吹奏，声音最美。

② 《苗族史诗》，马学良、今旦译注，中国民间文艺出版社，1983，第155～157页。

漫山遍野，树木葱茏，花开了，鸟叫了，种子西迁成功了。高高的古枫竖立在了新家园，正好似东方的故乡搬到了西方的异乡，心踏实了。真正实现了既来之则安之，能踏实安顿好身心，开始新的生命旅程了：人类先祖要诞生了。

三　蝴蝶歌

为了孕育人类的祖先，《苗族史诗》里让种树的功臣香两找了个借口砍伐了古枫，目的是要用古枫的树心孕育蝶母，让古枫的树梢变成继尾鸟来孵化蝴蝶的蛋，从而诞生出包括人类在内的各种生灵。

（一）造生灵

为了孕育蝶母，古枫付出了巨大的代价和心血。躯干被砍倒了，所有的营养全给了树心中的蝴蝶，即蝶母。

> 树根是伯母，
> 树梢是婶娘，
> 拿奶来喂她，
> 蝴蝶长得壮。[①]

待生下，待长大，神人给她取了名叫榜香。要吃鱼给打鱼，要穿衣给做衣裳，史诗以人格化描述来比拟天地神灵千方百计地照顾她养育她。终于等到她情窦初开，蝴蝶榜香在水塘找到了伴侣，她跟水塘中漂浮的泡沫好上了，并成了家。

[①] 《苗族史诗》，马学良、今旦译注，中国民间文艺出版社，1983，第166页。

> 榜略①和泡沫游方②，
>
> 他们后来配成双。
>
> 榜略嫁去多少年？
>
> 嫁去十二年，
>
> 生十二个蛋。③

看得出，苗族史诗中的生命起源观是卵生。世间有了这无比珍贵的蛋，人类及动物的种子就有了。

抱蛋孵化好急切。先是神人央腊给建了个巢。

> 古人类的巢是啥样？
>
> 窝底是大地，
>
> 窝口是天空。④

天地做抱窝，继尾鸟展开宽大的翅膀，用丰满的羽毛温暖着蝴蝶蛋，抱着十二个蛋孵了三年半，才孵化出来。其间因为过于煎熬也曾多次放弃，直急得神寅写字条给尚在蛋壳中的人类祖先腊，也即姜央，叫他开口求继尾鸟：

> 别忙跑，别忙跑，
>
> 别把我扔下就跑了，
>
> 做活可别偷懒啊！

---

① 榜略即榜香。

② 传说蝴蝶喜欢在溪边河旁生蛋，生在什么地方，当年河水就涨到什么地方。

③ 《苗族史诗》，马学良、今旦译注，中国民间文艺出版社，1983，第168页。

④ 《苗族史诗》，马学良、今旦译注，中国民间文艺出版社，1983，第171页。

再抱一夜就出了，

荒废一刻就毁了；

要毁啊，

不光我一个，

还有龙哥哥哩，

还有雷伯伯哩，

整个家族都毁哩！①

好险哪，就差一夜，差点就前功尽弃。由此也反证了孕育生命的过程有多难，风险有多大，让抱窝的继尾鸟吃尽了苦头，毛褪了，肚空了，气闷了，但姜央等总算平安出生了。

大家都生下来了，

齐齐睡在窝里头。

白的是尕哈②，

黑的是姜央，

亮的是雷公，

黄的是水龙，

花的是老虎，

长的是长虫。

……

① 《苗族史诗》，马学良、今旦译注，中国民间文艺出版社，1983，第 174 页。
② 尕哈，护卫神名。用白公鸡敬奉，因其贫穷，衣衫褴褛，羞于白天见人，敬祀要赶在天亮之前。

> 大家都生下来了，
>
> 一齐住在窝子里，
>
> 一个拉一个的手，
>
> 一个扶撑一个起，
>
> 大家都站了起来。①

在天地的抱窝里，人类祖先姜央诞生了，和他一同到来的还有形形色色的其他生灵，天地万物一个家，自然生灵是一家。生命事物彼此联系，生命情感彼此寄托，生命气息彼此呼应，生命命运彼此牵连。在生命的大场中，所有的生命都是珍贵的，谁也离不开谁。在生命的大场中，所有的生命都是平等的，谁也别伤害谁。

待渐渐长大，窝里终于放不下了，众生灵只好各寻生路，各找生活资源，各自生长繁衍，各自经营自己的家园去了。

> 雀儿多了窝子住不下，
>
> 人丁多了地方住不了，
>
> 容不下火塘烧火，
>
> 放不下脚杆春谷。
>
> 大家分散了，
>
> 一个一处走。②

这一诗节简洁明了却又生动感人地说清了一个道理：各属性生物之间的确存在着资源竞争，生命家园一定也免不了矛盾和危机，和与争一

---

① 《苗族史诗》，马学良、今旦译注，中国民间文艺出版社，1983，第 175 ~ 177 页。

② 《苗族史诗》，马学良、今旦译注，中国民间文艺出版社，1983，第 182 页。

直处在寻找平衡的状态中。另外，天地万物也以此为训喻，告诉每一个生命物种，长大了就独立吧；拥挤了，就分散吧。世界很大，去闯一闯，去看一看。《苗族史诗》中一直提到西迁，也一定是出于这个原因。"一个一处走"，走出的是活路和更广阔的天地。

结果很理想。水龙分得了深水潭，老虎分得了山林，姜央分得了田园，雷公分得了西天。因姜央在过桥比赛中获胜，成了大哥，大家在分散时，各自叮嘱，眷眷之情十分感人。比如：

> 雷公要到天上去，
> 声连着声叫姜央：
> "哥哥，我从哪条路走呢？"
> ……
> 姜央拾来（木渣和乱草）烧，
> 浓烟滚滚冲云霄，
> 姜央高声叫：
> "你跟火烟走吧！"
>
> ……
> 水龙要去深水潭，
> 那潭深深九千尺。
> 它声连着声叫姜央：
> "哥哥，我从哪条路走呢？"
>
> "大水从西往东流，
> 你跟流水走！"

雷公走时对央讲：

"我走了你得勤快啊，

开荒种田养亲娘。

……"

姜央回答雷公说：

"你到天上别偷懒，

要降雨来我耕田，

才不会饿死我们娘。"①

由此看，人类从来也不孤独，自然万物都是兄弟姐妹。"我们娘"读来令人心颤，本来一个家，同属一条根，不应该相亲相爱吗？不应该互相成全吗？不应该体贴谅解吗？苗族祖先一路向西，勇敢迁徙，心志里一定怀有这样的亲近感、信念感、依托感吧，所以才胆子壮起来，信心足起来。

（二）祭祖先

《苗族史诗》在完成了《弟兄分居》篇后，终于将"人"嵌入主题中。人类的祖先姜央开始奋斗，他是那样的勤劳，天天去开荒。

他在尖尖的山顶上开田，

在高高山坡上挖土，

他开了很多荒地，

---

① 《苗族史诗》，马学良、今旦译注，中国民间文艺出版社，1983，第185～187页。

　　直开到遥远的展希。①

　　开完了田，挖井引水来灌溉，插秧栽麻种竹子，冥冥中都似乎能听到祖先榜香自豪的夸赞声："我的子孙真勤劳啊！""我的子孙真能干啊！"②

　　丰收在望了，姜央抬起头来，停下手来，瓢虫教他转身，蜜蜂教他转调，他越学越好，越跳越欢。最后引得水牛、蚊子、啄木鸟一起跳，连牛鞭、钉耙也开始跳，"跳得田水翻大浪"，"大家都在跳舞，大家都在歌唱"。③ 艺术因生命的狂欢诞生了；因着艺术的感染，万物的灵性迸发了；生命中有了艺术，快乐更多了，美的享受更有感觉了。

　　感恩天地自然的赐予吧，是时候全心全意祭祖了。

　　　大家商量祭爹娘，
　　　祭那远祖高陶。
　　　他叫我们更富有，
　　　他让大家更繁衍。④

　　全体行动起来。先到纠利山林选最直最美最高的树做祭祀用的木鼓；木鼓有了，往东方去找回祭祀用的牯牛，连同祭祀用的各种什物；牯牛有了，往东方的汉人家寻找祭服、鞋和帽。因为姜央有三个姐姐嫁给了汉人，下面这段描述颇有意味。

---

　　① 《苗族史诗》，马学良、今旦译注，中国民间文艺出版社，1983，第190页。
　　② 《苗族史诗》，马学良、今旦译注，中国民间文艺出版社，1983，第195页。
　　③ 《苗族史诗》，马学良、今旦译注，中国民间文艺出版社，1983，第201页。
　　④ 《苗族史诗》，马学良、今旦译注，中国民间文艺出版社，1983，第202~203页。

客家多热情啊，

杀头花猪来待客。

住了三天又三夜，

客家在楼脚织绸，

在楼上制帽。

制成帽子织成希，

运到西方来，

祭祀我们的妈妈，

大家才兴旺。①

生命火种，落地生根，枝叶相连，根脉相亲。苗汉在几千年前就结了亲，常走亲，所有的深情厚谊都在"我们的妈妈"里边了。贡献了祭服，为祭祀奉上最诚挚的祝福"大家才兴旺"。

祭服有了，到纠利去打猎，猎获了山羊，拿羊皮蒙木鼓。在咚咚的鼓声中，在欢快的踩鼓舞中，人们赞颂着祖先的功绩，感恩着祖先的厚赐，在祖先遥远的注视中，在对未来生活的祝福中，完成着十二年一次的大祭，五年或七年一次的小祭。

祭祖先的准备过程在《苗族史诗》中用了很长的篇幅，从天到地，从山到水，从人到物，可以说都联动起来了。为了从东方找回来最好的祭祀物什，天地万物之间再一次心意相连，彼此叮嘱，彼此照应，亲切和谐，情意融融，仿佛又回到远古时亲亲一家的样子。

《苗族史诗》中祭祀的祖先不仅包含人类的祖先，还包含一切开辟天地、开创家园的神、事物，包括天地等。所以，祭祀礼仪更多地包含着对天地万物的敬畏和对创世先祖的敬爱与缅怀，是对心灵的洗礼，是对

---

① 《苗族史诗》，马学良、今旦译注，中国民间文艺出版社，1983，第225页。

意志的重铸，是对生命的致敬。

四 洪水滔天

洪水主题是各民族创世史诗所共有的环节。只不过缘由各不相同而已。《苗族史诗》中的《洪水滔天》篇起因于人类的祖先姜央和他同窝的兄弟雷公发生了争执，不太仗义地吃了雷公好心借给他的耕牛，又设法诓骗了雷公，从而使雷公发怒，雷公连下了三个昼夜的大雨，落了九个早晚的冰雹，引发洪水淹没了人间。最后的结局是，人类的祖先钻进葫芦里躲过了劫难，但不得不选择了兄妹成婚来繁衍后代。

新奇的是兄妹成婚后生下一个肉坨坨孩儿，好像一个人种包一样，从中生出了许多许多人。

> 姜央气坏了，
> 找来一把弯弯镰，
> 找来一块杉木砧，
> 把孩儿砍成肉片。
> 砍在谷仓边，
> 装满九粪筐，
> 撒遍九座山。
> 变成许多许多人，
> 变成百姓千千万。[①]

上苍在灭亡生命的同时，又给生命打开了一扇门，开辟了一条生机勃勃的新出路。从而训喻人与自然的关系既是顺应中的能动，也是索取

---

① 《苗族史诗》，马学良、今旦译注，中国民间文艺出版社，1983，第251页。

中的敬畏。生命繁衍的故事里有残酷有绝望，更有意外和惊喜，是悲欢苦乐的交响曲。

五　溯河西迁

随着人口的繁衍，族群越来越壮大，资源的匮乏也日益严重起来。尽管东方的故乡天水茫茫，地势平坦，美丽如画，奈何人多得放不下了，日子越过越穷，矛盾越来越多，分家找出路迫在眉睫。

> 一窝难容许多鸟，
>
> 一处难住众爹娘。
>
> 火坑挨火坑烧饭，
>
> 脚板摞脚板舂粮。
>
> 房屋盖得象蜂窝，
>
> 锅子鼎罐都挤破。
>
> 快来商量往西迁，
>
> 西方去找好生活。①

从这带有夸张性的描述中，可以看出苗族祖先们别无选择，只有率众西迁。穷则思变，冒险闯荡是唯一长久之计，而从故土情结和依恋中突围出来，是西迁途中最大的挑战。《苗族史诗》以酸楚的笔调烘托了故土难离的心理。来到树木纵横的展巴山，走进黑暗的密林中时，

> 妈妈一阵阵心寒：
>
> "早知道这样啊，

---

① 《苗族史诗》，马学良、今旦译注，中国民间文艺出版社，1983，第 258~259 页。

何必往西迁，

住在我们东方，

孬吃赖喝也心甘。"①

走到泥泞的南泽，路滑难走，一步一跟头时，

妈妈又叫苦：

"早晓得这样啊，

我们何必来，

住在我们东方，

再苦也比这好受。"②

走到镰刀滩，见波涛汹涌，呈现想要吞噬人的凶恶之状时，

妈妈见了心里凉：

"早晓得这样啊，

住在我们的东方，

少吃一点又何妨！"③

终于走到了西方的荆棘林，满目荒凉时，

妈妈好心灰：

---

① 《苗族史诗》，马学良、今旦译注，中国民间文艺出版社，1983，第269页。
② 《苗族史诗》，马学良、今旦译注，中国民间文艺出版社，1983，第270页。
③ 《苗族史诗》，马学良、今旦译注，中国民间文艺出版社，1983，第278页。

"早晓得这样,

我们不来了,

住在我们的东方,

少吃一点又何妨!"①

　　"妈妈"是一个家的重心和核心。"妈妈"最清楚经营一个家的不容易;"妈妈"最渴望一个安定的家;"妈妈"最怕路上风雨飘摇。因为她要保护好自己的孩子、自己的家。在艰苦的迁徙途中,母亲作为家的代言人特别能说明其间所经历的磨难。身体上的风餐露宿、忍饥挨饿和疲惫劳累,精神上的迷茫无助和惶恐焦虑,情感上的撕扯和煎熬等,都从一个别样的角度来进一步赞颂溯河西迁的伟大壮举。

　　在一步一回望中,苗族祖先们还是义无反顾地向西跋涉,并以达观自信的襟怀借助太阳、雷公、雄天等的助力,以亲和依赖的诚心向飞禽走兽等求助,更以虔诚的祭祀向先祖们祈求精神力量。历经千难万险、跋涉万水千山后终于来到了西方,奋力开辟新的家园,寻找新的幸福生活。

来啰来啰真来啰,

来到贡雄汪,

到了方玖桑的西方,②

爹妈开荒作田园,

挖成旱地一片片,

---

① 《苗族史诗》,马学良、今旦译注,中国民间文艺出版社,1983,第282页。
② "贡雄汪"直译为"七万天空","方玖桑"直译为"九千地方",也即"天空开阔,地方广袤"之意。

开成水田一湾湾，

妈妈过了好生活，

妈妈心里乐。①

《苗族史诗》中最普遍最出彩的表现手法是拟人，将天地自然万物人格化，它们有性别，有爱憎情感，有能动的言行举止，即说人话，做人事，连思考模式也完全类人，万物皆如我。"在儿童的世界里，一切事物都是相互渗透的——自我与外界，梦与清醒，现实与幻想，昨日与明日，概念与迹象，思想与感觉。"② 在如是的审美驱动下，《苗族史诗》里近乎所有的事物都被赋予了携带自然属性而又类人的生命情调，让它们按照自己的意愿活动起来，充满了儿童特有的天真纯朴而又简单纯粹的意味。比如，提到一个事物时，不管其是否有生命，都会说"他是哪个妈妈生的"，连金银木石等都有自己的妈妈。本质上是想溯其源头，即怎么来的或怎样产生的，但《苗族史诗》却完全以儿童的思维和语气表达出来，这么一来，所有的事物瞬间就变得有血有肉起来。在事物呈现其特有属性时，也一样做出看上去荒诞却又真实合理的解释。比如：

银子嫁给硼砂，

金子嫁给荸荠菜，

铜嫁给矾南。

锡嫁给松香，

① 《苗族史诗》，马学良、今旦译注，中国民间文艺出版社，1983，第283页。

② 〔德〕玛克斯·德索：《美学与艺术理论》，兰金仁译，中国社会科学出版社，1987，第225页。

　　　　铅嫁给猪油，

　　　　钢嫁给黄土，

　　　　铁嫁给风箱。①

　　这样的婚配不仅超越了物种，更是匪夷所思、荒诞不经。但若细品，明白这所谓的"嫁给谁"是指冶炼中需要什么东西时，则恍然大悟而哑然失笑。

　　各民族创世史诗都保留了本民族童年时代的印迹，但《苗族史诗》读来更童趣盎然，无理而妙，同时又极富活力和亲近感，感染力更强烈，甚至能引人入胜，使人产生奇特的参与感。

　　《苗族史诗》在析理方面也同样于童心观照的审美意境下顺利得出结论，那就是我如万物，即在万事万物的变化变迁中看出了"我"的样子和"我"的走向。比如蝴蝶生出的十二个蛋，虽个体差异很大，不属同类，但他们是兄弟，他们共有一个家，从而得出"我"和万物也是一样的关系。从众生灵分家找生活，明白了"我"的后代族群也一定会遇到同样的问题并有样学样。如此简洁直率的描述令全诗读来清爽朗利，又妙趣横生；形形色色的事物呈现千姿百态，又完全可以物我互化而心领神会。

　　《苗族史诗》画面感强烈，生动鲜活，生机勃勃。事物的造型极具浓郁的动画意味。万事万物在保有基本属性特征的基础上，被赋予人态，言行举止、神情意态是那般奇特可爱。千百般的变形、对接、整合手法简直令人眼花缭乱，既神秘奇幻又惟妙惟肖，既严肃认真又稚气可爱，既荒诞不经又真实可感。在如是造型思维下，每一个事物既有"画"的距离感，又有"动"的温度感。因而《苗族史诗》像极了一部故事连贯、

---

　　① 《苗族史诗》，马学良、今旦译注，中国民间文艺出版社，1983，第34页。

情节起伏的历史题材动画片。每个角色都有其独特的造型和行为表现，担当着特定的角色使命或职责，演绎着"很久很久以前"的故事。正如美国动画片《冰川时代》一般，那么奇异而瑰丽，那么美妙可爱、令人神往。

创世纪

  纳西族创世史诗《创世纪》以非凡的气魄和惊人的智慧再现了纳西族祖先对世界起源的探索，对自然现象的猜想，对天人合一的感应，以及对人类诞生的礼赞。全诗以短小精悍的四个篇章完成了纳西族祖先艰苦却又辉煌的神奇创世历程，记述了祖先们上天下地的拼搏经历和战天斗地、敢与妖魔周旋、敢与灾祸斗智斗勇的英雄奇幻行为。同时，也以亲切的口吻描述了可爱精灵们的无私帮助和成全，训喻人与自然应当和谐相处、平等互助、互敬互爱。特别肯定了自然万物的力量是无法阻挡的，人的能动性也是感天动地甚或惊天动地的。心胸豁达、敢闯敢为的纳西族祖先兼容并包、善于学习，也善于沟通和交流，总能友爱万物、和谐邻里，与其他民族团结互助，共同创造美好家园。作为与天争胜过的人类一族，纳西族祖先在心志上是顽强的，充满自信和无畏。同时，作为被天刁难过的人类一族，纳西族祖先在品质上是谦逊、坚韧的，体现着从容镇定与宽容大度。

  当从天上迁徙到人间后，经历过水火劫难的纳西族祖先是如此呵护一山一水、一草一木，如此深切地关注生命万物，如此真挚地热爱生活日常。在他们的意识中，美好的心灵与真善的神灵同呼吸共命运，友善的言行与自然精灵的意志一拍即合，真可谓达到了美美与共、善善相因的崇高圣洁的境界。

一 开天辟地

"太极生两仪，两仪生四象"，这是《创世纪》之变与化的奏鸣。《创世纪》史诗的开天辟地观照与华夏上古神话如出一辙，即混沌太初孕育着天地阴阳，其时没有人类，只有"气息"在运转流动，所有的元素都处于"变"的能量蕴积中。从"无"和"有"间排斥、组合，在冥冥意志的驱动下，在瀚漫时空的行进中辨识着"我"，分离着"他"，分裂着也聚合着。史诗唱得好：

> 天地还未分开，
> 先有了天和地的影子；
> 日月星辰还未出现，
> 先有了日月星辰的影子；
> 山谷水渠还未形成，
> 先有了山谷水渠的影子。[①]

"影子"的比拟非常贴切而又有创意。说不是吧，又是，像；说是吧，又不具体，但像。真真假假，虚虚实实，都在趋向"像"。当"像"完成了真和实的配合、假与虚的配合后，影子就化生为有形体、有性灵的可触可感的具体事物。

> 三生九，
> 九生万物，

[①] 《创世纪》，云南省民族民间文学丽江调查队搜集翻译整理，云南人民出版社，1960，第1~2页。

> 万物有"真"有"假",
>
> 万物有"实"有"虚"。①

这样的认知和道家的"一生二,二生三,三生万物"完全合鸣,即"太极生两仪,两仪生四象"。"两仪"指阴阳,阴阳合而化生万事万物。宇宙间的一切事物和现象都包含着阴和阳以及表与里。它们之间既互相对立斗争又相互滋生依存,这是众多事物的纲领和由来。纳西族祖先如此通透地领悟了这个天地玄机,自然而然地就与天地相参,与日月呼应了。所以,在开天辟地的最初就智慧地解决了造日造月的大难题,且那么顺乎情理,那么富有哲思。

> 真和实相配合,
>
> 产生了光亮亮的太阳;
>
> 假与虚相配合,
>
> 出现了冷清清的月亮。②

月光是冷光,因为它是太阳光的反射,月亮自己不是光源。假借别人的东西来表现或炫耀,怎么也不够有底气,所以"冷清清"。短短诗行,大大道理,既是科学的真相,也是常情常理的根本,犀利而睿智。

在《创世纪》中,开天辟地的使命很明确,有了日月就有了光,光作为生命万物的催化源或孵化源要登场完成最初的"化"了,于是化生出了神。而所有的"化"都有两面性,在化出"是"的同时,必定伴随

---

① 《创世纪》,云南省民族民间文学丽江调查队搜集翻译整理,云南人民出版社,1960,第2页。

② 《创世纪》,云南省民族民间文学丽江调查队搜集翻译整理,云南人民出版社,1960,第2页。

着"非"的同步出现，开天辟地因而变得曲折艰难了。

从"太阳光变化"产生"白气"，又进而产生"美妙的声音"，再变化产生善神依格窝格。从"月亮光变化"产生"黑气"，又进而产生"噪耳的声音"，再变化产生恶神依古丁那。从此这个世间在"明暗""冷暖""黑白""善恶""美丑"等的交锋与争鸣中前进着。每一类事物都有各自的属性和意志，从而有各自的使命和命运。

善要创造，恶要毁灭，善恶在日月的见证下，开始各显神通，交手较量了。善神依格窝格化生出吉祥的白神鸡恩余恩曼：

> 恩余恩曼生下九对白蛋，
>
> 一对白蛋变天神，
>
> 一对白蛋变地神，
>
> 一对白蛋变成开天的九兄弟，
>
> 一对白蛋变成辟地的七姊妹，
>
> ……①

恶神依古丁那则化生出黑魔鸡负金安南：

> 负金安南生下九对黑蛋，
>
> 九对黑蛋又孵化，
>
> 孵化出九种妖魔，
>
> 孵化出九种鬼怪。②

---

① 《创世纪》，云南省民族民间文学丽江调查队搜集翻译整理，云南人民出版社，1960，第4页。

② 《创世纪》，云南省民族民间文学丽江调查队搜集翻译整理，云南人民出版社，1960，第5页。

生命以卵生发端。善神诞出了开天辟地的兄妹，他们尝试着"开"与"辟"，结果把"天"开成峥嵘倒挂式，把"地"辟成坎坷不平式，危机四伏，随时有崩塌的危险。但职责促使他们去学习去探索。先给东南西北中各竖立一个撑起天地的大柱子，接着用绿松石将天补得圆圆满满的，用黄金把地铺得平平坦坦的，加上金玉做成的柱子，眼见开出了一个金碧辉煌、灿然美丽的新天地。但意外出现了，白神鸡恩余恩曼生下了对煞尾蛋，即最后一对白蛋，春风、夏雨、秋土、冬雪都来孵过了，就是孵不出来，白神鸡一怒之下将其甩向了大海。这时：

> 左边刮白风，
> 右边起黑风，
> 白风黑风呼呼响，
> 海水汹涌起巨浪。
>
> 白蛋飞出海，
> 撞在岩石上，
> 岩石闪金光，
> 蛋裂震天响，
> 一条野牛出世上。[①]

怪不得怎么都孵化不出来，不管是不是天意，基因明显发生了突变，鸡生出了牛，而且是一只极具破坏力的野牛。

---

① 《创世纪》，云南省民族民间文学丽江调查队搜集翻译整理，云南人民出版社，1960，第7~8页。

野牛角太大,

会把天顶垮,

野牛蹄太重,

会把地踏破,

野牛毛太多,

会与草混合。①

看得出造化的安排了,这野牛专为重新开辟天地和改造开辟天地的方案而来。若想探晓天机,问"固"和"斯"② 这些能干的人是徒劳的,只有再请求阴阳元神明示。

东神色神说:

"莫让牛角把星星撞落,

莫让牛蹄把大地踩破,

莫让牛毛与青草混合,

要拿天上的宝石斧来砍它,

要拿地上的黄金斧来砍它。"③

结果,野牛像是砍死了,但被砍时发出的叫声如雷响,气喘震山岗。临死时,它还是将任务完成了:天又在摇晃,地又在震荡。

---

① 《创世纪》,云南省民族民间文学丽江调查队搜集翻译整理,云南人民出版社,1960,第8页。

② 固即能干的人。斯即有知识的人。

③ 《创世纪》,云南省民族民间文学丽江调查队搜集翻译整理,云南人民出版社,1960,第9页。

> 野牛眨眼睛，
>
> 好象电光闪，
>
> 野牛伸舌头，
>
> 好象长虹吸大江。①

这壮丽的一幕一扫死亡的悲情和绝望，倒像是造化在狡黠地窃笑，做着鬼脸，晓喻世间：开天辟地哪有那么简单，不只是搭建一个框架，更需要构建一个立体多元的、有机而复杂的、生物链条下的生态园。神人们开始商量了。

> 不辛苦就开不了天，
>
> 不劳累就辟不了地，
>
> 要使天地永不摇，
>
> 一定要把神山造。②

开天辟地是天大地大的事，不付出辛苦和劳累如何能向天地做终极交代？于是所有的人都来了，且人尽其才、物尽其用来造山。四面用金银、石土、宝石、珍珠、海螺、珊瑚堆筑，山顶风来造，柏树做山骨，岩石镶山腰，顶天立地的若俣山成形了。为了加固，四周围了土坡。为了神山能与天地同寿，与日月齐光，神人们赋予其不朽的生命力保障。

---

① 《创世纪》，云南省民族民间文学丽江调查队搜集翻译整理，云南人民出版社，1960，第10 页。

② 《创世纪》，云南省民族民间文学丽江调查队搜集翻译整理，云南人民出版社，1960，第10~11 页。

三滴白露撑着三根冰柱,

三根冰柱撑着三把黑土,

三把黑土撑着三棵青草,

三棵青草撑着三棵灵芝,

三棵灵芝撑着三根灌木,

三根灌木撑着三根红栗树,

三根红栗树撑着三根绿松树,

三根绿松撑着三棵锑杉,

三棵锑杉撑着三棵翠柏,

三棵翠柏撑着三座岩壁,

三座岩壁撑着三座高山,

三座高山啊,

顶住居那若倮山。①

　　这一节诗实在太有意涵了!"三生万物","三"不是具指,"三"会变化,会生生不息。"三滴白露"是水之根,意指海洋,地球大部分是由水组成的。冰柱是支点,令人想起冻土原。然后露出黑土,开始了生态循环。从低等到高等,从低矮到高大,从质地松软到坚硬,从地面到悬崖峭壁。物物相续相生,铺遍山谷,葱茏茂盛,生机无限。这样的山必定会长青,因为这样的山充满了生命的活力,这样的山有来自生命自然而然的守护。

九匹神马守着九块神石,

九块神石守着九只虎豹,

---

① 《创世纪》,云南省民族民间文学丽江调查队搜集翻译整理,云南人民出版社,1960,第12页。

　　九只虎豹守着白狮子，

　　白狮子守着黄金象，

　　黄金象守着大力士，

　　大力士守着若保神山。①

　　"守"的力量越来越聚合，合力举起了撑起天地的"大力士"，开天辟地真正完成了，《创世纪》开启了新纪元。之后，天下了蛋，地以海洋为窝，抱孵出了人类。人类的"创世纪"从第九代祖先从忍利恩说起。

二　洪水翻天

　　天人相杀相爱，相克相生，这是《创世纪》之命与运的奏鸣。

　　"创世纪"中一个"创"字开宗明义告诉世间，前行中必定有发展变化，但没有模式可寻，祸福相倚、爱恨纠缠、苦乐相随是常态。同所有的创世史诗一样，《创世纪》中纳西族祖先也要经历洪水翻天的劫难。猜想的根源也几乎类同，即天神与人类的冲突导致天对人的惩罚，天降洪水淹没大地，毁灭人类和其他生灵。只是纳西族的视角极具前瞻性，已然指向了重视人与自然的关系主题。

　　金古不会耕田，

　　耕到天神住的地方去，

　　夸古不会犁地，

　　犁到天神住的地方去。②

---

① 《创世纪》，云南省民族民间文学丽江调查队搜集翻译整理，云南人民出版社，1960，第12～13页。

② 《创世纪》，云南省民族民间文学丽江调查队搜集翻译整理，云南人民出版社，1960，第16页。

　　金古和夸古是从忍利恩的兄弟，依靠耕田种地来生存。"不会"是指识别不出耕犁的范围，还是土地的归属性？是指不会做计划，随意乱耕乱犁，还是指胆大冒进，肆意妄为？在向自然索取方面，这些错误人类都有可能犯。纳西族史诗一言以蔽之：冒犯到天神住的地方去了。自作孽，不可活，天神子劳阿普怒从心起，要用洪水淹没大地，让人类灭绝。

　　天地危机已迫在眉睫，大难临头的人类却浑然不觉，阴阳造物神只好再次出手相救。先是派野猪去试探善恶之心肠，以选择该救哪一位。当扣子套住野猪的脚后，

　　　　夸古抬起犁架甩过去，
　　　　金古举起犁头打过去，
　　　　好心的从忍利恩啊，
　　　　拦也拦不及。[1]

　　金古、夸古莽撞且残忍，东神色神决定救从忍利恩。告诉他洪水要来，大地将成为一片汪洋，并急授他躲避灭顶之灾的法子。和经典的葫芦法差不多，只不过材质换成了皮囊，这个更贴近现实，因为种葫芦已然来不及了。

　　　　你去杀条骟牦牛，
　　　　剥下牛皮来绷晒，
　　　　细针粗线缝，

---

　　① 《创世纪》，云南省民族民间文学丽江调查队搜集翻译整理，云南人民出版社，1960，第18页。

　　缝成逃难的皮囊。

　　……

　　样样东西都装好，

　　条条铁链都拴好，

　　洪水翻天时，

　　你往囊里藏。①

　　东神色神向从忍利恩再三叮嘱了细节，教他如何缝，要带走什么，铁链如何拴系等。有意思的是同样是造物元神，却没有去阻止天神子的报复，而是允准大洪水如期到来。可见洪水翻天是注定要发生的，是人类前行征途里命中注定的劫难。但人类是天地孕育创造的，是天地的孩子，所以天地依旧存在慈悯之心，须助人种于绝处逢生。

　　一天又一天，

　　一月又一月，

　　利恩的皮囊漂了六个月，

　　漂到里耍治谷地。②

　　从忍利恩是幸运的，在六个月的漂流里幸存了下来。牛皮做的皮囊很结实，没漏水、渗水。金古、夸古等人，被东神色神告知做了猪皮囊，用竹索拴系，最终葬身于大洪水中了。劫难一样验证着善与恶。从忍利恩从皮囊里出来的那一刻，恐怕是人类最荒凉悲伤的一刻。

---

① 《创世纪》，云南省民族民间文学丽江调查队搜集翻译整理，云南人民出版社，1960，第20~21页。

② 《创世纪》，云南省民族民间文学丽江调查队搜集翻译整理，云南人民出版社，1960，第24页。

世间已无人烟，

世间只有利恩；

水獭鱼儿一见他就游入海底，

白鹤老鹰一见他就飞上云天。①

世上只剩一个人了，利恩成了幸存下来的怪物。没有了同类和伙伴，世间寂静得如同末日一般。

世间没有了烟，

世间没有了火，

世间成了没人的地方，

只有苍蝇在搓脚。②

就在靠吃草根、住窝棚度日的利恩都快忘记自己是谁的时候，东神想把九套木人变成人来陪伴他，结果利恩等不及九天的时间，只三天就打开看，木人没变全，失败了，利恩依旧是一个人。天无绝人之路，天女下凡了，是白鹤姑娘。故事的经过和著名的《田螺姑娘》很像，她在利恩外出时为他做好了饭食，利恩知情后，藏起了白鹤衣，以便盘问根由。有意思的是白鹤姑娘不急也不慌，"世间人种已灭绝，只有利恩才会把它藏"，她很爽快磊落。她说：

---

① 《创世纪》，云南省民族民间文学丽江调查队搜集翻译整理，云南人民出版社，1960，第27页。

② 《创世纪》，云南省民族民间文学丽江调查队搜集翻译整理，云南人民出版社，1960，第28页。

　　天上没有好配偶，

　　天上的凶神我看不上，

　　为了找到好伴侣，

　　我来到这个地方。①

　　原来天神也逃婚。子劳阿普将女儿衬红褒白许给了天神可兴可洛，但衬红不愿意嫁他，所以才化身白鹤到人间来找从忍利恩配对。人神相恋了，结合了，世间重现希望。幸运的从忍利恩配对了神女，安顿了身心，要开启新的更广阔而波澜起伏的创世征程了。

三　天上烽火

　　天意人心争锋，亦情亦理，这是《创世纪》之智与慧的奏鸣。

　　有抗争必然会有风波，从忍利恩要想真正拥有神女并在人间过上幸福美满的日子，必须得过天神这一关。赢得天神的认可和祝福才算解除了后顾之忧，也才能顺利拿到存放在天上的万物的种子以重建人间家园。

　　黑白交界处，

　　盛开白梅花，

　　梅花俏又艳，

　　利恩衬红结伴离人间。②

　　人间绽开了美丽芬芳的白梅花，一切将重新来过，生机已经复现。

---

① 《创世纪》，云南省民族民间文学丽江调查队搜集翻译整理，云南人民出版社，1960，第32~33页。

② 《创世纪》，云南省民族民间文学丽江调查队搜集翻译整理，云南人民出版社，1960，第33页。

带着使命和寄托，因着爱和情的追求，这一对创世者化作白鹤飞到天上去了。

闯关开始，从忍利恩在神女衬红的协助下与天神子劳阿普展开了惊心动魄的斗智斗勇甚至关乎生死的较量。天神自带慧根，有的是聪明狡猾的法子，而人也有智能，以变应变，以法斗法。

第一关，见天神。天神子劳阿普要求利恩彻洗全身，涂遍酥油，爬过九座利刃做的梯子来见自己。这是个残忍的见面礼，但利恩顺利过关，毫发无损地立在了天神的面前，勇敢从容地提出了自己的请求。

> 我是祖祖辈辈都神武的种族，
>
> 我是世世代代都能干的后裔，
>
> 你把女儿嫁给我吧，
>
> 我的阿普大帝。①

这一段言辞谦恭中满含着自信，体现着人类的尊严；祈求中表露着锋芒，体现着人类的意志。傲慢的天神却好一顿羞辱，明确告诉利恩，人神天差地别。"你不是摩天大树，只是石头上的小草"，"你不是大河里的流水，只是草上的露珠"，"这里不是那沙王古坡②，这里没有你住的地方"。天上与人间的鸿沟不是想跨就能跨过的。仿佛天意已决了，却意外打开了一条缝隙来，闪现了一下天机的影子。

第二关，斗天神。子劳阿普想了想，说：

---

① 《创世纪》，云南省民族民间文学丽江调查队搜集翻译整理，云南人民出版社，1960，第39页。

② 沙王古坡即凡人住的地方。

> 从忍利恩呀，
>
> 如果你能干，
>
> 如果你灵巧，
>
> 一昼和一夜，
>
> 砍完九十九片森林，
>
> 我的姑娘也许嫁给你。①

以人类的能力，再有心也力不足，这样的条件绝难完成。但有神女在侧，天上的事她自然用天上的法子去做，就迎刃而解了。衬红告诉利恩只消带上九十九把快斧头搁在森林下，然后如是做即可：

> 头上裹起白披毡，
>
> 睡在坡头嘴里喊：
>
> "白蝴蝶啊！快快飞，
>
> 飞来帮帮我的忙，
>
> 黑蚂蚁啊！快快跑，
>
> 跑来帮帮我的忙。"②

所有的蝴蝶和蚂蚁都来了，一昼一夜砍完了九十九片森林。接下来如法炮制，一昼一夜烧光了九十九片砍倒的树木；一昼一夜种子撒遍了九十九片地，又捡回了九十九片地上撒下的种子。聪明能干的白蝴蝶和黑蚂蚁全心全意，无条件地应和了利恩的呼求并帮他完成了不可能完成

---

① 《创世纪》，云南省民族民间文学丽江调查队搜集翻译整理，云南人民出版社，1960，第41页。

② 《创世纪》，云南省民族民间文学丽江调查队搜集翻译整理，云南人民出版社，1960，第42页。

的任务。这些勤劳善良又有神通的小精灵们为什么要这样做？天神子劳阿普如何会不晓得，天意在考验人心吧？够不够"诚""信""勇"，能不能"忍""受""争"。

利恩没让天神子劳阿普失望，每破解一个难题，他都会义正词严地质问：

> 你要我做的，我都做了，
> 你要我干的，我都干了，
> 我要的，你当答应。[①]

然而磨难未完，如何能功德圆满？砍林烧荒种地的那些技能考核是及格了，狩猎捕鱼的要求更高，险情随时随处都有，够不够机警敏捷，够不够胆大心细，可谓生死攸关。

先是约定在岩头上扣打岩羊。天神暗中设下一计，叫利恩夜里睡在自己脚边，"假装缩脚又伸脚，一脚把你踢下岩"。但神女衬红识破诡计，教利恩用外披毡皮的木桶代替自己，既躲过一难，滚下的木桶又正巧扣住了岩羊，利恩赢了。

接着又约定在江边拿鱼，故伎重演，只不过利恩将木桶换成了大石头，石头滚下江，又正巧砸伤了大鱼，利恩又赢了。

最后一计加大了难度，难到异乎寻常，简直无理取闹，天神子劳阿普竟然要利恩挤来三滴虎奶。想到猫虎同属，利恩以猫奶替代，却被子劳阿普轻易辨识出来。利恩只好与衬红商议，冒险入虎穴，杀虎子，披虎皮，与虎妈妈周旋，"利恩假装小虎去吃奶，三滴虎奶挤回来"。这一

[①] 《创世纪》，云南省民族民间文学丽江调查队搜集翻译整理，云南人民出版社，1960，第53页。

节诗描述得鲜活生动而又惊悚震撼。为了爱情，为了人类和人间，从忍利恩以超常的胆识和智慧破解了难题，英勇闯关，获得成功。

第三关，迎娶衬红。所有的关卡都通过了，天神子劳阿普被人类的智慧与勇气折服了，由衷地关注起了人类，他目瞪口呆地问道：

> 从忍利恩啊，
>
> 你是什么种族呀，
>
> 你是谁的子孙？[①]

从忍利恩以自豪的口气，以大无畏的气概，以磅礴充沛的气势代表人类，代表纳西族祖先，向天地发出了激昂豪迈的强音。

> 我是开九重天的九弟兄的后代，
>
> 我是辟七层地的七姊妹的后代，
>
> 我是白海螺狮子的后代，
>
> 我是金黄大象的后代，
>
> 我是大力士久高那布的后代；
>
> 是翻越九十九座大山气力更大的种族，
>
> 是翻过九十九座大坡精神更旺盛的种族，
>
> 我把居那若保山放在肚里也不会饱，
>
> 我喝完金沙江的水也不解渴，
>
> 三根腿骨一口吞下鲠不住，
>
> 三升炒面一口咽下不会呛，

---

① 《创世纪》，云南省民族民间文学丽江调查队搜集翻译整理，云南人民出版社，1960，第61页。

是所有会杀的人来杀也杀不死的种族，
是所有会敲人的人来敲也敲不碎的种族！①

这一大节是全本《创世纪》的高潮，是人类敢与天地共参，敢与日月呼应的宣告，是人类毫无愧色地成为天地人三元之一的不容置疑的证词。伟大而坚韧、顽强而拼搏的人类有辉煌高贵的起源，可以流血牺牲，但决不会屈服，因而只要天地不亡，人类就不灭！

天神子劳阿普无话可说，只好答应将女儿衬红褒白嫁给从忍利恩。虽然中间也设计了一些阻拦环节，甚至还提出了聘礼要求，但他被从忍利恩以情动人、以理服人的言辞化解了心结，从而同意了婚事，成全了天地姻缘，忍痛嫁女到人间。

四　迁徙人间

为了人世间的复兴和重建，从忍利恩和衬红褒白冲破了天地隔阂，跨越了人神界限，经历了太多的磨难，接受了太多的考验。但令神叹服、令人欣慰的是他们的爱情是坚贞的，是身心的全情托付，是无怨无悔的坚定选择和接受。因而多苦都是值得的，他们是快乐的。相关诗行非常感人。

利恩爱衬红，
如同蜂爱花，
蜜蜂采花要传粉，
利恩要找礼品送给她。

---

① 《创世纪》，云南省民族民间文学丽江调查队搜集翻译整理，云南人民出版社，1960，第61~62页。

> 衬红爱利恩，
>
> 如同花爱蜂，
>
> 花心蜜多蜂更喜，
>
> 衬红要找礼物送给他。①

道不尽的爱意，说不完的柔情，歌不完的相知相惜，唱不尽的幸福甜蜜。两人都精心准备了礼物，而且是互相找材料。利恩打虎拿来虎皮，衬红精心量身缝制成利恩心爱的虎皮穿戴；衬红剪下大堆羊毛，利恩精心揉制成衬红心爱的穿着物用。你心中有我，我心中有你，两人心心相印、肝胆相照。因着这爱的力量和爱的滋润，他们做好了迎向未来、迎向苦难的准备——迁徙人间。

带着天神赐给的九种畜禽和偷来的猫，携着十颗粮食种和偷来的蔓菁籽，一对恩爱的夫妻再次化身白鹤向人间进发。

可迁徙的路并不好走，因为衬红嫁给了利恩，曾经许婚过的凶神可兴可洛从此与利恩夫妻结了仇，一而再再而三地阻挠。眼看天人恩怨再起风波，世间造物元神东神色神等果断出手，护住了利恩的畜禽和粮食种，清除了堵路的三棵祸树和三股祸水，警告了可兴可洛请来妄图挡路的妖精。

米利东阿普说：

> 星路拦不了，
>
> 草路拦不了，
>
> 树路拦不了，

---

① 《创世纪》，云南省民族民间文学丽江调查队搜集翻译整理，云南人民出版社，1960，第70页。

水路拦不了，

人类迁徙的道路拦不了。[①]

最终可兴可洛失败了，利恩、衬红终于来到了人间，在一个叫"北石塔布当"的地方（今之丽江白沙）安顿下来。

北石塔布当，

是个好地方，

利恩搭棚帐，

衬红烧火塘，

安了战神石，栽下胜利桩，

从此定居北石塔布当。[②]

开始建家园，开始生烟火；开始勤劳耕耘，开始智慧发家。当然一定还会面临更多挑战，但他们对胜利充满信心。"定居"意味深长，从动荡中走来，定居是归宿；向未来开拓，定居是起点。在继往开来中，纳西族祖先写下了光耀千秋而又豪迈自信的《创世纪》。在天人恩怨、有声有色的奏鸣中，纳西族祖先如此热切地祝福道：

纳西的后代，

象星星一样繁多，

象青叶一样茂密，

---

① 《创世纪》，云南省民族民间文学丽江调查队搜集翻译整理，云南人民出版社，1960，第86页。

② 《创世纪》，云南省民族民间文学丽江调查队搜集翻译整理，云南人民出版社，1960，第87~88页。

象肯都①一样滋长，

象马鬃一样昌盛。②

　　纳西族《创世纪》篇幅短小精悍，结构紧凑连贯。以简洁晓畅的四章内容将纳西族祖先开天辟地，历经洪水劫难，上天下地，开创家园的壮丽足迹清晰生动地呈现给了世人。在思想内容上，视野宏阔深邃，思维灵活辩证，空间和时间感很强。既体现了太初时的荒古朴拙，也体现了元初时的惊奇壮丽，详略得当。叙述沉稳从容，表现出简约大气的风范。比如，万物有"真"有"假"，万物有"实"有"虚"，超常的认知和表述有洞察根本的意味。那种老练自如感，那种洞悉后的举重若轻感，将深邃而不深奥的气度表现得极为彻底。特别是"天上烽火"部分从忍利恩对天神子劳阿普的一段铿锵的言辞，将身世渊源、当下遭遇、成长磨难和未来意志一气呵成地宣告了出来，给人一种人神颠倒了的错觉。从忍利恩更像一个顶天立地的天神，从而让受众对人类祖先生出由衷的敬畏之感和钦佩之情。

　　纳西族《创世纪》讲述的是天人互动、人神关联的事迹，但读来却并没有过于跳脱现实的疏离感，而是颇具人间烟火气。比如天上的世界与人间也没有什么差别，一样有山有水有森林，要耕田放牧打猎捕鱼，天神子劳阿普像人间的一个顽固专横、嫌贫爱富的老财主，神女衬红褒白心灵手巧、善良聪明，和勤劳可爱的人间女子并无二致。而利恩和凶神可兴可洛结仇、复仇的情节在人间更不鲜见，情敌相见，分外眼红，交恶争伐自然难免。诸如此类，史诗人气很旺，也很接地气。这种朴素

---

① 肯都：一种野生植物，繁衍快，多籽，籽可榨油。

② 《创世纪》，云南省民族民间文学丽江调查队搜集翻译整理，云南人民出版社，1960，第94页。

自然的情怀和风格使得《创世纪》更具有接受性和影响力，因为亲近，才能走心，进而引起关注与共鸣。

纳西族创世史诗语言表现力很强，凝练精确，能以极简的语言表述重大事件的完整过程，比如若俣山天柱的建造、野牛生死、众人堆造等都极其简约，但不乏细节。若俣山生态天柱的内涵很丰富，但却借助象征手法准确传神地表达了出来，将物物相续相生、力力相聚相合的因果关系自然地、令人信服地呈现出来。"洪水翻天"是个普遍而古老的史诗主题，《创世纪》也以极精练的语言描述了人类劫后余生的全过程，起因从善恶，神助从善恶，神女青睐从善恶。情节有波折起伏，但该简处一笔带过，比如漂泊了六个月的过程。当从忍利恩从囊中出来后，史诗以高度精确传神的语言表现了他所面对的环境和内心的强烈感受，将人类祖先在洪水过后孤立于天地洪荒间的场景再现了出来。总之，史诗用笔省净、利落传神，堪称叙事艺术的珍品。

密洛陀

　　瑶族是一个勤劳勇敢的、极富创造力的民族，同时也是一个善良仁厚的、充满爱和深情的民族。布努瑶的创世史诗《密洛陀》就精彩地再现了其先祖们在心气、胆气、力气使然下，开天地、造日月、辟家园、诞人类的非凡业绩。同时，以极富感染力的笔触，表现了创世先祖在无比艰难坎坷中的无私奉献和对生命的热爱之情。如果创造是出于纯粹的爱，《密洛陀》便以其真挚感恩的描述为此做了佐证。如果奔波是出于守望之愿，《密洛陀》便以悲壮敬畏的抒发为此做了注解。《密洛陀》是布努瑶伟大的精神支柱，也是其社会发展史的投影，更是其民族心理、民族风俗和民族审美追求的集中反映。

　　《密洛陀》的内容非常丰富，它通过歌颂创世母神密洛陀这个光辉形象，表现了布努瑶认知天地人的智慧和气魄，表达了他们征服自然、改造自然的愿望，追述了这个民族战胜困难、挑战强暴的伟大历程。全书分三十四章来描述。从"序歌"的"祭庭""祭台"的场景切入，一幕幕展开了瑶族的创世母神密洛陀留给世间后代的无尽深情，从而在深切的缅怀与感恩中完成了神圣庄重的祭祀活动。

　　"序歌"开篇即点明《密洛陀》是祭歌，无论主题还是表现过程都是庄重的，仪式感很强。另外，因为祭歌以歌颂内容为主，祭祀时要喝酒、唱歌，所以，氛围的活跃感也很强。而把团结、紧张、严肃、活泼的内容和形式完美统一的前提和基础是：真。

相信创世母神的守护是真实而永恒的；感念创世母神的创造是伟大而无私的；回馈创世母神的心意是由衷而真挚的；呼唤创世母神的心声是真切而热烈的。

> 格鲁花开在我们布努山间，
> 古罗花开在我们东努心田。
> 我们把祭庭围住，
> 我们把祭台围满。
> 要把一百二十坛美酒喝光，
> 要把一百二十首古歌唱全。
> 树有树的根，
> 水有水的源。[①]

一个民族远古的记忆是火种一样的存在，曾经历程的灿烂与辉煌也还是民族永不凋谢的独有之美丽花朵。为了这火与光的传递，为了这爱与美的传承，众人围聚祭台，在歌声与酒香中一起回顾那过去的传奇故事，故事的名称是：根与源。

一　天地深情

（一）造天地日月

造化的意图是"造"与"化"吧。要造出开天辟地之神，造化先造

---

① 《密洛陀》，蓝怀昌、蓝书京、蒙通顺搜集翻译整理，中国民间文艺出版社，1988，第1页。

了诞生的地方：元些雅些。在这温床之上，再诞出主人公即创世母神密洛陀。诞生的元力是源于热气和暖风的"化"，而热气和暖风又源于造化所孕育的晶莹的水珠。那水珠多像造化的眼泪，从其造化之眼滚落出的那一刻起，就决定了其深情本质，也注定了其母性的仁慈本能，而造化之眼始终在冥冥中注视着一切。所以，密洛陀在"风把她抚养，气使她成长"中一旦睁开蒙昧的眼，就不可遏制地想要创造，想要付出，来延续或传递"风"与"气"的本心和意图。

> 她想要造天，
> 她想要造地。
> 用什么造天？
> 拿什么造地？
> 洛陀是风造成的，
> 洛西是气形成的。
> 她又对风叫喊，
> 她又对气呼唤。
> 呼风来帮她造天，
> 唤气来为她造地。
> 暖风轻轻吹到身边，
> 热气微微吹到身前。①

　　一如既往，"风"与"气"那么温情而又殷勤地来到密洛陀的身旁，增大着她的体量，增强着她的力量，让她以"体大无穷"和"力大无穷"将天盖顶起，将地底踏实，从而分开天和地。然后她又呼风变出十二根

---

① 《密洛陀》，蓝怀昌、蓝书京、蒙通顺搜集翻译整理，中国民间文艺出版社，1988，第11~12页。

天梁，唤气变出十二根地柱，将天梁横架，将地柱牢竖，于是造成了天，于是造成了地。

有天有地了，但无光无亮，宇宙一团混沌，大地一片死寂。

> 洛陀又想到要造火把，
>
> 洛西又想到要造明灯。
>
> 火把怎么造起？
>
> 明灯怎样制成？
>
> 她又呼来风，
>
> 她又唤来气。
>
> 风送洛陀力量，
>
> 气给洛西智慧。[①]

还在成长中的密洛陀女神是年轻的、单纯的，虽然充满了激情，但还缺少力量与智慧。于是"风"与"气"有求必应，送她力量，给她智慧，并耐心负责地守护她的创造成果，用了一千二百年造出了太阳，又用了一千二百年造出了月亮。

> 从此白日太阳点火，
>
> 金光闪闪照亮四方；
>
> 从此夜晚月亮点灯，
>
> 银光闪闪大地明亮。
>
> 后人见到太阳，

[①] 《密洛陀》，蓝怀昌、蓝书京、蒙通顺搜集翻译整理，中国民间文艺出版社，1988，第14页。

密的大恩怎能丢；

后人看到月亮，

密的深情怎能忘？①

深情一旦产生，便一发不可收拾，快乐是它，烦恼也是它。开了天地，造了日月，密洛陀是高兴的、欢喜的。但事物的矛盾性开始显现，太阳和月亮都来找她诉说：

白天我一个太孤单，

晚上我一个多孤寒。②

白日要同伙，夜月要同伴，这让女神很头疼，她苦思了许久，只好再向"风"和"气"呼求。"风给她智慧，气给她力量"，启迪并鼓励她用烟造出了云彩陪伴太阳，用泥造出了繁星跟随月亮。于是：

夜晚的天空多么迷人，

白日的大地多么明朗！

今世人生活在迷人的天空下，

密的大恩怎能忘？

今世人生活在明亮的大地上，

密的深情怎能忘？③

---

① 《密洛陀》，蓝怀昌、蓝书京、蒙通顺搜集翻译整理，中国民间文艺出版社，1988，第15~16页。

② 《密洛陀》，蓝怀昌、蓝书京、蒙通顺搜集翻译整理，中国民间文艺出版社，1988，第16页。

③ 《密洛陀》，蓝怀昌、蓝书京、蒙通顺搜集翻译整理，中国民间文艺出版社，1988，第18页。

大恩如天、深情似地的比喻恐怕由此而生，而这恩与情是造化赋予的，更是通过女神密洛陀的创造而实现和传播的，不能忘却也不容忘却。

（二）造男女大神

有了空间和光，生灵的诞生顺理成章，否则先前这些基础性的创造与开拓又有什么意义呢？况且有参照就会有思量，太阳和月亮都知道孤独，都需要陪伴，密洛陀形单影只，理所当然也有相同的烦恼。而造天地、造日月的成就感和自豪感并不能从根本上帮她解除烦恼，太阳和月亮也不能给她满足，她需要同类的呼应和共鸣。

> 我寂寞我应有小孩，
> 我孤独我理当生子。
> 有小孩才能替我开创一切，
> 有儿子才能代我繁衍人类。①

虽然出发点还是陪伴，但这一次的思考迸发出了完全不同的火星，人类创世女神的母性苏醒了，她想要生孩子！有了孩子不仅可驱赶走寂寞与孤独，更将为自己带来希望和帮手。因为造物主赋予她的使命让她越来越清晰地意识到"要造一切才起头，要造万物刚开端"，而天地间只有她一个人，"千辛万苦无人体谅，形单影只有谁相怜"。于是她做出了一个极为大胆且涉嫌悖逆的举动。

---

① 《密洛陀》，蓝怀昌、蓝书京、蒙通顺搜集翻译整理，中国民间文艺出版社，1988，第21页。

她又念风，

她又思气。

她腾云到天门口，

她驾雾抵天门旁。

在天门口挡风，

在天门旁遮气。

挡风身受孕，

遮气体怀胎。

受孕转回程，

怀胎返家来。①

言其大胆是因为密洛陀女神亲自打上天门"挡风""遮气"。言其悖逆是因为女神自己就是"风""气"造出来的，如果从伦理上讲，"风""气"是她的父辈。她自己说"先辈是勤防赊，先祖是勤防风"②，但想要受孕怀胎，她别无他法，因为"风""气"是创造之源，她也必须依靠它们。她说：

同伴靠它们帮造出，

同伙靠它们帮养起。

依它们造未来，

靠它们繁子孙。③

---

① 《密洛陀》，蓝怀昌、蓝书京、蒙通顺搜集翻译整理，中国民间文艺出版社，1988，第21页。

② 勤防赊，即风之魂；勤防风，即风和气流。

③ 《密洛陀》，蓝怀昌、蓝书京、蒙通顺搜集翻译整理，中国民间文艺出版社，1988，第21页。

顾不得可不可以，女神密洛陀如愿受孕怀胎，经过足够时间的孕育后，终于生下了像鲜花一般的十二位天女，她快乐地歌唱道：

> 十二个女仔是妈的同伴，
> 十二个女孩是娘的后代。
> 十二个女孩是十二位女神，
> 十二个女神有十二个神名。[①]

有了同伴可以陪伴她，有了后代可以跟随她，做了母亲的密洛陀无比欢欣。但她很快发现女孩们将面临与她曾经一样的烦忧，那就是女孩们不能独自生仔，依然会绝后代，为创造世界和创造未来，她必须再繁衍男孩出来。于是，密洛陀再次上天"挡风""遮气"而受孕怀胎，生下了十二个男童，且个个圆润，人人健壮。伟大的母亲"高兴得哭起来，激动得舞起来"。至此，影响深远的、有开创万事万物奇功的二十四位天神诞生了。

随着十二男、十二女逐渐长大，新的问题出现了，他们每一个人都渴望有配偶，可世上除了同胞姐弟是同类外，再无其他人。女神密洛陀的造人执念愈加强烈迫切了，她再次提出了一个冒失而又违背天伦的大胆设想：姐弟婚配。可天然的羞耻之心与罪恶感让姐弟们产生了严重的抗拒心理，坚决不肯配合。尽管母亲好多次以天意的测试来明示自己的孩子们，造就人类的使命非他们莫属，但本能还是让他们退缩了。无奈之下，是偶然也是必然，密洛陀从发酵的剩饭里发现了酒及其神奇力量。

---

① 《密洛陀》，蓝怀昌、蓝书京、蒙通顺搜集翻译整理，中国民间文艺出版社，1988，第22页。

于是她大量造酒，定计要他们顺从听话。

> 洛陀端出了酒，
>
> 洛西拿出了烟。
>
> 拿烟让他们抽，
>
> 拿酒把她们灌。
>
> 每个抽了十二袋，
>
> 每人喝了十二碗。
>
> 酒醉昏沉沉，
>
> 烟醉迷糊糊，
>
> 姐姐辨不出弟弟，
>
> 弟弟认不出姐姐。
>
> 姐把弟误认做情郎，
>
> 弟把姐错当做情妹。
>
> 她们对群弟说起了疯话，
>
> 他们对众姐唱起了鬼歌。[1]

为了造出人类，这位先祖母神可谓不择手段了，但创世无所谓对错。

众天神在沉醉中终于对起了热辣辣的情歌，在意乱情迷中双双配对了。结果是受孕了，怀胎了，生下的小孩却不成人仔，"有的变成石头，有的变成泥块"。因享有过孕和育，这些石头和泥块渐渐变成了精怪，危害到后来诞生的人类。

密洛陀的愿望落空了，还留下了后患。可见伟大的神也有失手的时

---

[1] 《密洛陀》，蓝怀昌、蓝书京、蒙通顺搜集翻译整理，中国民间文艺出版社，1988，第44页。

候。她在苦闷与悲哀中意识到造人时机未到，还得从长计议，另做安排。

（三）造万事万物

造人不成，但密洛陀创世的脚步一刻也没有停下，况且造人之前先得造出人居资源与环境。密洛陀动员她的儿女们开启了创造万事万物的新征程。她训诫儿女道：

> 创造人类来凡间不能不吃，
> 创造人类来世上不会不穿。
> 为了人类能生存，
> 为了子孙能繁衍。①

她对阿亨阿独说："要造高山把狂风挡，要造峻岭把大风拦。""你帮我去造峻岭，你帮我去造群山。"

这是一次划时代的召会和决策，从这一刻起，密洛陀从"将"跃升为"帅"。她有了自己的创造团队，她的使命主要是智慧地规划蓝图，然后交给最合适的人选去实现。同时，历练孩子们，将他们一步步推上封神榜。所以，后世祭祖时，最感念的必然是密洛陀母神。

于是神女们拾柴、挑水、做饭，密洛陀寝食难安地监督着，天还未亮，大儿子阿亨阿独吃饱了饭，带好餐上路了。

抓泥块，捏土团，成岭状，成山形，然后连吼带赶，连挑带担，终于将这些山与岭置放于四面八方，山造成了。密洛陀无比高兴，她封长子做了山神，嘱咐他继续造山造岭，并许诺"等以后造出了人类，我要

---

① 《密洛陀》，蓝怀昌、蓝书京、蒙通顺搜集翻译整理，中国民间文艺出版社，1988，第55页。

交代他们把你尊重"。

接下来，密洛陀调遣次子波防密龙。为了

> 以后能让人类种庄稼，
>
> 将来能使后代养子孙。
>
> ……
>
> 我还要开辟江河，
>
> 我还要凿通沟井。[①]

于是神女们又备饭，密洛陀再送行。不负重托，波防密龙使出浑身解数，造出了江河湖泊。母亲密洛陀大喜过望，封他做了水神，并许诺"人类要水先祭你，人类吃水不忘你"。[②]

有山有水有世间的雏形了，密洛陀母神的规划更趋具体。

她让三子洛班炯公去辟路架桥，事成之后，封他做了匠神。

她让四子雅友雅邪取竹秧树种造林播种，成功后，封他做了家神。

她让五子阿坡阿难去造雨，雨成后，封他做了雷神。

她让六子怀波松为她去各处巡视并通风报信，封他做了传音神。

她让七子格防则依去造百鸟群兽，造成后，封他做兽神。

她让八子勒则勒郎去造谷类食物，五谷丰登后，封他做了土地神。

她让九子邮友郁夺去给万物安名称，万物有名有姓后，封他做了书神。

太阳和月亮私自苟合，生出了十对日月，将日月的运行轨迹改变，把使命破坏，给世间带来巨大的灾难。密洛陀再三训示无效后，派最勇

---

① 《密洛陀》，蓝怀昌、蓝书京、蒙通顺搜集翻译整理，中国民间文艺出版社，1988，第68页。

② 《密洛陀》，蓝怀昌、蓝书京、蒙通顺搜集翻译整理，中国民间文艺出版社，1988，第77页。

敢的十子桑勒也和最有胆量的十一子桑勒宜去射太阳杀月亮。这一章极为悲壮。尽管有创造太阳和月亮的密洛陀母神面授机宜和一再助力，这两位英雄与日月的战斗也非常艰苦。先是被烘烤得全身冒烟、着火，接着是费尽了神气，耗尽了精力，待完成任务，射杀了十对日月后，已然体衰。但为防备最后一对日月复仇，两兄弟又苦苦坚守了十二年。密洛陀在无尽的牵挂中派了小儿子桑勒山将两位英勇的儿子迎回。在滚涌着热泪的倾诉中，她为"身已像裸虫般细小"，"体已像裸蜂般消瘦"的两位爱子再引前路。

> 不能为妈再办事别难过，
> 不能跟娘造人类别伤心。
> 裸虫也是生命的一种，
> 裸蜂也是生灵的一类。
> 你俩就帮妈去造裸虫，
> 你俩就帮娘去造裸蜂。
> ……
> 老来它们不会让你俩孤单，
> 年迈它们准会使你俩愉快。①

深情慈爱的母亲虽没有封这两位战日月的儿子为神，却将他们变作了永不灭绝的神奇的裸虫、裸蜂，世代受到布努瑶的景仰和赞颂。

她让十女、十一女、十二女去繁衍虫类，不幸十二女即满女摔落悬崖失去了生命，为寄托哀思，密洛陀将她安葬到了月亮上。

---

① 《密洛陀》，蓝怀昌、蓝书京、蒙通顺搜集翻译整理，中国民间文艺出版社，1988，第206页。

（四）除后顾之忧

随着创造的深入，世界变得越来越复杂，有机联系和因果报应开始浮出水面，从潜在隐患变成了当务之急。

> 洛陀有做不完的事
> 就象她造的森林数不清；
> 洛西有操不完的心，
> 就象她造的江河流不尽。
> 日月灾祸刚除掉，
> 凡间大地刚复生；
> 还没创造人类到天下，
> 无情的兽妖又降临。[①]

造人类的确是个复杂又精细的工程。造之前的各种考量和考验真是让造化神也费尽了心思，一波引出一波来，祸福相倚。

先是一种善于变化的兽妖出现了，在善恶相之间变形。

> 它从虎能化成牛，
> 它从豹可变作马。
> ……
> 它常化成慈善的野羊，
> 混到温情的羊群中；

---

① 《密洛陀》，蓝怀昌、蓝书京、蒙通顺搜集翻译整理，中国民间文艺出版社，1988，第208页。

它常变成美丽的山鸡，

混到温顺的鸡群中。

……

它乘大伙不知，

不费力就把它们吃尽；

它乘大家善良，

不擒捉就把它们活吞。①

这兽妖的出现意味深长。如果万事万物都由密洛陀造出，她没有造过这兽妖，那么，这东西从哪来？正如同《西游记》中的六耳猕猴一样，它是心魔的外化。女神在创造一切美好事物的同时，也一定同时创造了它们的负面；在修行崇高至善的心灵时，也一定同时映射着残酷凶恶的另一面。因此，这兽妖可谓是众形众色的本性之幻影，集众生灵之恶，且又善于伪装，因而十分厉害。好在密洛陀女神很快看穿了它，在派射过天宫天鸟的小儿子去剿除之前，她给儿子支了个妙招：一物降一物。她笑着说道：

黄蜂叮在乌龟背，

哪时伸头哪时锥。

娘给你出计谋，

妈教你用妙法。

我叫山猴和你作伴，

一同到妖山把兽怪杀!②

---

① 《密洛陀》，蓝怀昌、蓝书京、蒙通顺搜集翻译整理，中国民间文艺出版社，1988，第208～209页。

② 《密洛陀》，蓝怀昌、蓝书京、蒙通顺搜集翻译整理，中国民间文艺出版社，1988，第211～212页。

他一路遵照女神嘱咐，见招拆招，兽妖被射成重伤逃回妖洞。之后，神将桑勒山因洞口壁太高太滑而无能为力，只好将神弓神箭交给善于攀跃的山猴，并教会其拉弓射箭，轻取了兽妖的性命。

平了兽妖，却生出了妖猴，出现了更大的麻烦。山猴因射杀兽妖有功获赠射天神弓，从巡山使者渐变为祸山恶魔。无奈之下，密洛陀女神召回造山的大儿子设计将妖猴剿灭。

眼看天下太平了，密洛陀又想造人，没有先例，只好继续做试验。

> 洛陀拿磨石，
>
> 放在瓦缸中。
>
> 过了二百七十个白天，
>
> 过了二百七十个夜晚。
>
> 磨石变成了虎精，
>
> 虎精跳出了瓦缸。
>
> 虎精变成了人，
>
> 变人跑进了山。
>
> 变人最后变虎，
>
> 虎把百兽摧残。[①]

花了多少心血才将顽石孕化成灵物，结果却大出意外，造出的不是人，是可以变化成人的虎精。虽然在最初诞生的瞬间看到过人的影子，但其在本质上还是无情冷酷的。虎精是人与兽的混合幻体，当然要比山林老虎更难对付。密洛陀大惊失色，恼恨异常。如果虎精身上有某样火

---

① 《密洛陀》，蓝怀昌、蓝书京、蒙通顺搜集翻译整理，中国民间文艺出版社，1988，第231～232页。

种，那也是一股邪火，所以她立即召来五子雷神阿坡阿难，经过一番斗智斗勇，最后才消灭了虎精，解除了创造人类的后顾之忧。

至此，为创造人类，所要具备的先决条件都逐一满足了。密洛陀女神的重心完全放在了创建人类家园和创造人类物种上，从而打开了艰难而又激动人心的人间深情模式。

二　人间深情

人类到来的脚步声越来越近了，在虎精身上已经有影子闪过，所以密洛陀母神要给人类找落地的地方了。

儿女们各有事做，她只好派禽兽们去打听，过程颇为周折。聋猪、长尾鸟、乌鸦都半途而废，最后她找来忠诚的老鹰，却意外地遭遇了一场巨大可怕的劫难：密洛陀最为倚重的长子阿亨阿独要与她争功抢位了！为此阿亨阿独囚禁了报信的老鹰十二年，并明目张胆地向母神发出了挑战。这场天伦的危机提醒着也考验着密洛陀还要不要造人：背叛是痛苦的，大逆不道是后患无穷的，有亲就有疏，有爱就有恨，有建树就会有伤害，有利益就会有征伐。

但造天造地造万物的老母亲密洛陀在伤痛中依旧是坚决果断的，她对人间的深情不容她有丝毫迟疑。

> 我造人类找地方，
> 他却跟我争地盘。
> 亲生儿子也要整，
> 功劳再大也不容。[1]

---

[1] 《密洛陀》，蓝怀昌、蓝书京、蒙通顺搜集翻译整理，中国民间文艺出版社，1988，第270页。

大是大非，明明白白。密洛陀用铁钩、铁爪装备了老鹰，终于设计将长子抓来，并亲自移山掘地，造出坚固无比的土牢，将阿亨阿独关押进去，他直到认罪悔过才重见天日。

扫清了阻碍，老鹰顺利地为人类找到了建设家园的地方：格鲁苏九鲁袁。那里山河秀丽，土地肥沃，四季常春，宜人生存。

（一）建造家园

密洛陀母神开始为人类造房子了，她是如此周详和细心。选好了地方，选工匠，三子洛班炯公辟路架桥，手艺最好，但缺少称手的工具。没斧头，没锯子，没法砍大树，没法锯大木。密洛陀指导炯公去找打铁的神桑格样，熔石成铁打造出了利斧和锐锯。然后三更叫炯公吃饭，天未亮他就离家登岭，终于——

> 小树堆成丘，
> 大树堆成山。
> 用斧把树劈，
> 用锯把木锯。
> 大树留做房柱，
> 长根留做屋梁。
> 柱子十二棵，
> 屋梁十二根。
> 房架要多些，
> 檩条数不清。①

---

① 《密洛陀》，蓝怀昌、蓝书京、蒙通顺搜集翻译整理，中国民间文艺出版社，1988，第294页。

洛班炯公即汉语鲁班之意。其对建屋的构图早已了然于心，备料从数量到规格也明明白白，看来一切都刚刚好。

密洛陀又叫六子怀波松去请识字且会卜吉凶者，来选定五月廿九立房柱、造房子。房子造得又高又大，非常宽敞，柱、梁、檩条都用木头，屋顶用草夹铺盖，四周篱笆围严。密洛陀又启发洛班炯公开出前后门和四周窗户以透光，最后开箱拿出金水银浆去涂洗房柱和围墙，立刻屋内闪金光，满房亮堂堂。

> 洛陀又选了个吉日，
> 洛西又找了个良辰。
> 吉日进住新家，
> 良辰搬入新房。
> 好天进新房好造人类，
> 良日住新屋好繁后代。
> 这里是女儿们住的家，
> 她们要在这儿造人类。[①]

密洛陀率众天神喝着酒，唱着歌，跳着舞，欢庆新房建成，喜迁女儿们入住新屋。因为要繁衍后代，女人永远是房子的主人，她们为人类守护着一个千秋万代的家。

（二）创造人类

创造人类的试验到这里是第三回了。密洛陀这次格外小心，虎精给

[①] 《密洛陀》，蓝怀昌、蓝书京、蒙通顺搜集翻译整理，中国民间文艺出版社，1988，第301页。

她的教训很是沉痛，令她反省材质的选取当慎之又慎。同样，是偶然也是必然，最小的男神桑勒山进山打猎，发现了一棵大树的树枝上挂着一个怪东西。

> 树枝挂着一团圆圆的东西，
> 就象姐姐的乳房。
> 好多虫子在旁边纷飞，
> 好多虫子在周围奔忙。①

这短短的一节诗含义很深，信息量很大。桑勒山因为其女性乳房的外形而注意到了它，乳房既是女性的性征，更是哺乳的象征。好多虫子围着它纷飞奔忙，意味着多子多孙。

当桑勒山将此物取回呈现在众神面前时，其散发出的清香深深地吸引了众天神，他们都想亲口尝尝但又怕有毒。五子阿坡阿难因一向患有气喘，此时自告奋勇道：

> 我得这病迟早要死，
> 我这条命看来难活。
> 先让我来试一试，
> 先给我来尝一尝。
> 我若中毒大家就别吃，
> 我若还活着你们赶快尝。②

---

① 《密洛陀》，蓝怀昌、蓝书京、蒙通顺搜集翻译整理，中国民间文艺出版社，1988，第304页。
② 《密洛陀》，蓝怀昌、蓝书京、蒙通顺搜集翻译整理，中国民间文艺出版社，1988，第305页。

感谢勇于奉献的阿坡阿难，没有这一尝，人类便无法诞生。这是鲜美的蜜糖，没有毒还有营养。密洛陀立刻意识到了花蜡的价值，用花蜡来制造人仔。因为盛放如此甜香的物什，一定材质不坏，应该也是香甜的吧，至少是清纯的、无害的。

说干就干，密洛陀母神召来女儿们，给大家分工安排。

> 大姐包生育，
>
> 二姐包采花。
>
> 三姐捏人仔，
>
> 四姐接孩来。
>
> 五姐包养奶，
>
> 六姐打扮孩。
>
> 七姐身体弱，
>
> 安排她守家。
>
> ……
>
> 八姐包养猪，
>
> 供人仔吃肉。
>
> 九姐包造药，
>
> 医小孩百病。①

除了最后三个女儿被分派去繁殖虫类，其他所有的女儿都参加到造人的行列中。其中灵魂人物是捏人仔的三姐，只有捏出人仔，才能入腹

---

① 《密洛陀》，蓝怀昌、蓝书京、蒙通顺搜集翻译整理，中国民间文艺出版社，1988，第306~307页。

孕育，出生养育。这位三姐女神真是秉天地之正气，建不世之功业，仿佛女娲捏黄土造人一般。

> 三姐取花蜡，
>
> 细心捏人仔。
>
> 一捏人的肝脏，
>
> 二捏人的全身，
>
> 三捏人的手脚，
>
> 四捏人的头颅。
>
> 五捏人的眼睛，
>
> 六捏人的嘴巴，
>
> 七捏人的耳朵，
>
> 八捏人的鼻子。
>
> ……
>
> 三姐把蜡仔造成，
>
> 一共造了二十四个，
>
> 个个装进人缸，
>
> 大姐用肚孕育。①

经过九个月的艰苦孕育，人仔出生了，四姐作为接生婆一个一个接生出了孩子，共十二个男孩、十二个女孩。这回成功了，千真万确是人类！

密洛陀从没有如此欢喜，她换上新衣新裙，佩戴了最美的金银首饰，载歌载舞，一路跑到人类的家园，向天地呐喊：

---

① 《密洛陀》，蓝怀昌、蓝书京、蒙通顺搜集翻译整理，中国民间文艺出版社，1988，第 309~310 页。

> 我花了千年的精力，
>
> 最后造成了人类。
>
> 我的女儿们出了大力，
>
> 大家辛苦没白费。①

梦想终于实现了，之前千般万般的辛苦创造都是为了这一刻的到来！欢迎人类来到世间，祝贺人类呱呱坠地！感谢创世母神的创造，感谢她的女儿们为世间人类的诞生做出巨大贡献！

（三）排忧解难

人类诞生了。要成长，要经营，要壮大，困难与危机从来没有间断过。为这珍贵的人种，伟大的密洛陀和她的女儿们精心地哺育他们。

五姐用香甜的乳汁哺育了他们。

六姐纺线织布，用树皮纤维为人仔做衣帽，使其免受风寒。

七姐守着家园，看护着人仔，人仔个个安全生长，欢乐强壮。

八姐风吹日晒养猪，为人仔提供营养，其辛苦令人肠热，终被封为猪神。

九姐，翻山越岭寻草药，煮水熬浆，为人仔治病，其心之诚，其情之炽，百千代不能忘，遂受封为药神。

看上去终于安宁顺遂了，人仔健康而快乐地在密洛陀祖神的庇护下成长。却不料百密一疏，当年密洛陀初试造人类时，同胞婚配出生的石头变成了熊精，一直出没于世间，还没有除掉，专等人类的幼仔出生以

---

① 《密洛陀》，蓝怀昌、蓝书京、蒙通顺搜集翻译整理，中国民间文艺出版社，1988，第313页。

加害。

> 密造成人类，
>
> 人类生小孩。
>
> 熊精吃小孩，
>
> 又把人类害。
>
> 熊精象人熊，
>
> 凶狠又鬼怪。
>
> 它带有神弩，
>
> 它拿有神箭。
>
> 白天去抓人，
>
> 晚上住洞里。
>
> 洛陀很愤慨，
>
> 洛西很怨恨，
>
> 她又喊满仔，
>
> 叫他去除害。[①]

　　这比虎精可怕，熊精专吃小孩。密洛陀怨恨的是造人的失误，愤慨的是无论是熊精还是人仔，都是自己创造出来的。二者很有同胞的意味，可是悖逆天伦的产物——熊精成为残害人类的杀手。所有这些结果都和初衷背道而驰，令人痛心。但这也正是世间某些情景的写照或映射。比如，后面提到的官盗对布努瑶的追杀。

　　勇敢机智的满仔桑勒山不负母亲重托，剿灭了熊精，解救了熊精洞

---

　　① 《密洛陀》，蓝怀昌、蓝书京、蒙通顺搜集翻译整理，中国民间文艺出版社，1988，第336～337页。

里的一大堆男女小孩，为人类排忧解难，再建大功。

（四）隆重祝寿

人类长大成人了，密洛陀祖神却在千百年的操劳中渐渐老去。人类子孙为了能留住密洛陀，也为了报答她，特别为她举办了隆重的祝寿活动。天地神仔们都来了，自然精灵们都来了，人类子孙都来了，人人争敬菜，个个争敬酒。

   亲娘呀亲娘，

   您劳苦功高；

   奶奶呀奶奶，

   您恩德天大。

   洛立山呀洛立山①，

   你永远不倒，

   祝我们的亲娘，

   象你永远不老；

   堞防山呵堞防山，

   你永远耸立，

   愿我们的奶奶，

   和你一样高寿。②

"亲娘""奶奶"等热切称谓道出了世间儿孙对密洛陀祖神的挚爱和

---

① 洛立山及下文中的堞防山均指密洛陀所居之处。

② 《密洛陀》，蓝怀昌、蓝书京、蒙通顺搜集翻译整理，中国民间文艺出版社，1988，第361~362页。

依恋。血肉相连，心意相牵，这是天地见证过的深情与厚谊，是日月见证过的苦乐、爱恨、生死交响。儿孙们希望："密洛陀亲娘，您不能老去，密洛陀奶奶，您要永远健在！"洛立山是布努瑶心中永远不倒的丰碑，堞防山是布努瑶心里永远吉祥的守护！

密洛陀自豪而喜悦地接受了众神灵、人仔的叩拜和祝福，在这天地团聚、人神共庆的时刻，她给二十四位神仔神女封了神，安了牌位；为二十四位人类男孙女孙嘱咐了分种、分族、分家、分姓的未来事宜；定好了还愿喜乐的瑶年日子是五月廿九，即密洛陀的生辰；展望了分姓通婚、生男育女之一代一代的布努瑶的未来。

儿孙们祝完寿之后，密洛陀为人类做的最后一件事是帮助她的人类子孙们分姓分居，各寻生路。这是一种痛苦的分割，但也是必须面对的事实：树木大了要分枝，儿女大了要分家。密洛陀用她的深情与智慧、胆识与果决做出了示范。众人临别前，她叮咛道：

大家都是同母生养，
大伙不忘骨肉之情。
我让你们分住，
分住莫分心。
我给你们分居，
分居要相亲。①

她告诉后代子孙们：心不散，爱就在，有爱牵挂，世间就不孤单；情不疏，义就在，有义支撑，世间就安全了。

---

① 《密洛陀》，蓝怀昌、蓝书京、蒙通顺搜集翻译整理，中国民间文艺出版社，1988，第369页。

总之，一桩桩，一件件，伟大而深情的密洛陀祖神对人类子孙千般呵护，万般珍爱，为其排忧解难，保驾护航，直到最后一刻。

三　感念深情

（一）洛陀归去

使命完成，神与人一样都有大去之日。密洛陀自知时辰已到，叫来儿女，喊来子孙，做最后的告别。

> 我很想和你们在一起，
> 我很愿和大家共患难。
> 年龄不容我永存，
> 生命不让我长生。[①]

"很想""很愿"表明自己绝不是无情地抛弃大家，怎样艰苦疲惫都不曾厌倦过，同甘共苦就是幸福之源、力量之泉。但永存与长生是妄想，岁月与生命规律不会允许，也不能允许。伟大的密洛陀以自己创世祖神的身份与经历，告诉世间生命生老病死的真相，从而让人们认知死亡。

> 从今我不再住洛立，
> 此后我不再居堞防。
> 你们找我找不到，
> 你们见我见不着。

[①] 《密洛陀》，蓝怀昌、蓝书京、蒙通顺搜集翻译整理，中国民间文艺出版社，1988，第380页。

我要到金庙里去养生，

我要到银庙里去生存。

此别千年不见面，

此去万载不转身。①

　　如果洛立山曾因为密洛陀而成为后代儿孙的庇佑，那么从此以后就没有了；如果堞防山曾因着密洛陀而成为布努瑶有求必应的保障，那么从此以后就都空了。习惯了依赖，习惯了存在，习惯了被指导，习惯了被安排，习惯了风雨庇护，习惯了苦乐扶将……从此后，所有的习惯都变了，呼将不应，唤将不答，寻将不遇，觅将不逢。伟大、慈祥、仁爱的密洛陀永远地去了！去了天国的金庙，那里给了她最高的殿堂；去了天方的银庙，那里给了她最美的田园。

　　临别，密洛陀给布努瑶定了家规，立了习俗，布置了世代必须完成的课业，从为人到处世，从眼前到长远，最后的期望是：

你们别忘了我创业辛苦，

你们别忘了我一世劳累。

我造的山河大地，

你们要打扮。

我造的生灵万物，

你们要管好。②

---

①　《密洛陀》，蓝怀昌、蓝书京、蒙通顺搜集翻译整理，中国民间文艺出版社，1988，第381页。

②　《密洛陀》，蓝怀昌、蓝书京、蒙通顺搜集翻译整理，中国民间文艺出版社，1988，第385页。

如果不忘就去做，如果铭记就努力做好。密洛陀还眷眷嘱咐："如果想念我，我就在四季的来去中，我就在朝暮的劳作里，我就在一餐一食间，喊你们出工，催你们耕耘，唤你们回家，叫你们吃饭……"

> 你们也不要太难过，
> 你们也不要太伤心。
> 我一人登天去成仙，
> 你们千人兴旺我放心；
> 我一人入地去成龙，
> 你们万人繁衍我高兴。[①]

"登天""入地"曾经是密洛陀的使命，如今使命完成则自然成为她的归途。一人来，创造出了千人兴旺；一人去，留下了万人繁衍。密洛陀放心了，高兴了，死而无憾了。"你们"已然有千人相陪做同伙，不孤独了，"你们"有万人相随做伴侣，不害怕了，好好生活吧。

> 交代到此且停，
> 遗嘱到此为止。
> 断气就别你们，
> 闭眼我就永去。
> 一别千年不转身，
> 一去万代不回程。[②]

[①] 《密洛陀》，蓝怀昌、蓝书京、蒙通顺搜集翻译整理，中国民间文艺出版社，1988，第382页。

[②] 《密洛陀》，蓝怀昌、蓝书京、蒙通顺搜集翻译整理，中国民间文艺出版社，1988，第386页。

永别了，一手开创的天地；永别了，一手缔造的世界；永别了，母亲的孩子们；永别了奶奶的孙儿们！

风，带她走了；气，领她去了！风，呼她走了，气，唤她去了！

曾经为了创世，她无数次呼风唤气；而今使命完成，她被风呼，被气唤，重新大化于无形，终于大归于造物，只将深情的观照分发给了世间！

（二）布努瑶感恩

祖神密洛陀去后，儿孙们非常悲痛，精心装殓了她，抚遍了她身体的每一寸发肤；虔心地准备了祭物祭品和祭礼，为密洛陀隆重地举行了葬礼。在悲伤的泪水与倾诉中，将伟大仁慈的密洛陀祖神安葬，送别了布努瑶辉煌的创世纪。

> 您对我们的爱，
> 比洛立山重；
> 您对我们的情，
> 比海水还深。
> 我们哀悼您，
> 要象您一样忠贞勤奋；
> 我们赞颂您，
> 要把您的事业继承。
> 您在金房子安息，
> 您在银庙堂放心。
> 天塌洛立山不倒，
> 地陷墤防山不崩。

您的名字千秋和我们同在，

您的名字万代与我们共存。

我们只有一个信念，

子子孙孙敬仰母亲！①

伟大母亲安息了，但她开创的山河在养育着后代；仁慈母亲离去了，但她缔造的世界在福荫着儿孙。

密洛陀逝后，布努瑶的确遭遇了天塌般的灾祸，被官盗欺凌追杀而分崩离析，背井离乡，不得不分姓迁徙，走向深山，走进密林，艰难求生。同时，也经历了地陷般的劫难，同胞间背离征伐，寻仇结怨，在心灵的苦难里和精神的迷茫中苦苦挣扎，寻找着方向。

"密洛陀母亲！""密洛陀亲娘！"在深情的呼喊中，苦难的布努瑶抬起了头，寻找着同胞；在深情的呼喊中，坚韧的布努瑶挺起了胸，开拓着路径。在密洛陀精神的支撑下，各部族又重新团结互助起来，相亲相爱起来。在密洛陀信念的疗愈中，各姓氏又聚来再次围住祭庭，围满祭台，喝着美酒，唱起长歌，敬仰伟大的母亲和她的创世功业，赞颂慈祥的母亲和她的无尽深情。

创世史诗都有各自的美学特色，或从思想内容上，或从艺术表达上，带有各自民族的特殊气息和风貌，但异中趋同处也很明显，那就是神秘诞幻性。布努瑶创世史诗《密洛陀》却大异其趣，在审美追求方面表现得迥然有别。

1. 有求真务实之厚重感

无论开天地、造日月，还是创世界，《密洛陀》始终有一个明确的主

---

① 《密洛陀》，蓝怀昌、蓝书京、蒙通顺搜集翻译整理，中国民间文艺出版社，1988，第400~401页。

题，即创造人类，真正地始终体现着以人为本的初衷。当密洛陀刚完成开天地、造日月的工程后，使命感就浮现了出来：繁衍孩子做同伙，生育男女传后代。由此感召使然，一系列有计划、有步骤、有秩序的创造活动陆续展开，一边为着需要，一边为后日备用。在外部环境一点点开创完成的同时，密洛陀也一直在试验着创造人类。其间有失败，有重大失误，以致为后日人类的生存埋下隐患。但密洛陀从没有退缩，她立志要将人类创造出来。因之密洛陀是造世间之求真的标榜。

创世注定是艰难的，但密洛陀既借助了造化的力量，更依靠自己的身体力行和操心费力。当天地只有她一个的时候，她奋力拼搏，呼风唤气，上天入地，挡风遮气，受孕怀胎。生下神男神女后，她辛苦养育，用心栽培。待神男神女独当一面时，她依然一桩桩谋划践行，一件件验收记功。当人类到来的讯息终于传来时，她费尽心思找地方，建房子，备孕备产。当人类诞出后，她张开双翼护佑着，唯恐有一点闪失；人类成长壮大起来后，她指引他们未来之路，在最后的叮咛与安慰、鼓励与祝福中，含笑而去。因之，密洛陀是创世纪之务实的典范。

2. 有章回叙事之完整感

《密洛陀》的叙事结构突破了常规的分段法。全书共分三十四章，每一章既是独立单元，又前后照应，已然有了章回体的基本特点。因为体裁是严肃庄重、不容造作的创世史诗，全书又前后一贯，以创造的铁线牵着，特别是创造人类的鲜明意图，所以全书主旨与脉络相当清晰。而创造必定是新奇有别的，特别是降妖、除魔、剿怪的情节引人入胜，使得全书如《西游记》般充满神魔小说的意味，叫人欲罢不能，可读性很强。

3. 有对仗渲染之气势感

从史诗创作手法来讲，《密洛陀》全书基本采用了对仗渲染的手法，艺术的追求意味更强烈。不仅充分展开了叙事艺术，更运用了加强语气的对仗铺陈和比拟，读起来抑扬顿挫、妥帖舒畅、层层推进、一激一荡，非常有气势感。对仗渲染的美学功能通常直接表现为调动情绪、引发情感，容易使人产生共鸣，这更增加了《密洛陀》的艺术感染力，从而形成了更广泛的传播和更深远的影响。

梅　葛

　　彝族史诗《梅葛》是反映彝族祖先对天意与人心、自然与能动、生命与感悟之探索的伟大篇章。全诗共分四大部分：《创世》《造物》《婚事和恋歌》《丧葬》。观照了生命的基本主题和根本情理，从而将一个民族的心路历程、精神意志和个性情感忠实地、本色地呈现。创世史诗之所以是活态艺术珍品，是因为其既是民族初心养成的体现，从而成为独有的一个，同时作为一种遗传性记忆一直流传于民族的成长发展中。从传播载体看，口耳相传更为其保鲜保存提供了最好的保障，使其始终在时空中行吟歌唱。"梅葛"一词是彝语的音译，它是一种调子的名称。其内容虽不够完整连贯，但胜在每一篇都可以独立存在，便于传诵和分段式记忆。"彝族人民非常喜爱《梅葛》，他们把它看成是彝家的'根谱'，逢年过节都要唱三天三夜，并把会唱《梅葛》的朵觋和歌手尊为最有学问的人。"①

　　彝族史诗《梅葛》在表达上既活泼也深情，其程度或境界可谓纯粹如赤子。说它活泼，是因为它像极了一个精力过于充沛而又充满好奇心的孩子，挂着个有无限量内存的摄像机奔走在历史的四季中，拍啊照啊解说啊，讲述着心中眼里的人与自然的故事。说它深情，是因为当人种

---

① 《梅葛》，云南省民族民间文学楚雄调查队搜集翻译整理，云南人民出版社，1978，第234页。

劫难临头时，史诗将人种的恐惧与痛苦表现得深切而强烈，天伦的撕扯中更见同胞真情与惜念，而不仅仅是感到羞耻。父母患病受苦时千方百计寻医问药的焦灼迫切、父母离逝后的巨大悲伤和痛苦追忆等情感如此浓烈炙热，袭来时仿佛潮水滚涌，回卷时更似焰火焚心，令人怆然唏嘘。因而在审美观照、审美表达和审美效果方面的价值不同凡响。

一　天意与人心

创世史诗最壮伟之处是开天辟地时可以知晓天意，似乎不用问（也没有人去问），一双未来之眼只管看就可了然。彝族史诗《梅葛》颇为豁达直率，没有天，没有地，需要什么都可以造。造化派格滋天神来满足需要：放下九个金果变成儿子，要五个来造天；放下七个银果变成姑娘，要四个来造地。儿子们待遇高，着云衣，食露水；姑娘们条件差，着青苔，食泥巴。但他们都是开天辟地之神，在作为与结果中体现着"造"与"化"的天意。

（一）以赌造天，以勤造地，地比天大

> 造天的五个儿子，
> 胆子有斗大，
> 个个喜欢赌钱，
> 个个喜欢玩闹。
> 大儿子守着赌，
> 大儿子守着玩；
> 二儿子躲着赌，
> 二儿子躲着玩；
> 三儿子跳着赌，
> 三儿子跳着玩；

　　四儿子把着赌，

　　四儿子把着玩；

　　五儿子忙着赌，

　　五儿子忙着玩。

　　弟兄五个，

　　赌着来造天，

　　玩着来造天，

　　睡着来造天，

　　吃着来造天。

　　他们天天吃喝玩乐，

　　一天一天懒过去，

　　一天一天混过去。①

　　看得出来，男神们造天毫不认真严肃。以"赌"来造，既无设计蓝图，也无法预判结局，输也认了，赢也认了。五兄弟"赌"的行为表现说明各有承包的工程段，但态度和作为毫无二致，不管不顾，无畏无求，造成什么算什么。以"玩"来造，随意放任，天大的事也不是什么事，既不求什么作为不作为，也不在乎什么责任不责任，更不刻意于千秋功、万载名。在吃喝玩乐、逍遥自在中"天"造成了，什么样子由人去观、由人去想吧，真可谓胆大包天啊！

　　造地的四个姑娘，

　　精心又细致，

---

① 《梅葛》，云南省民族民间文学楚雄调查队搜集翻译整理，云南人民出版社，1978，第3~4页。

> 个个喜欢造地，
>
> 个个喜欢劳动。
>
> 大姑娘飞快地做，
>
> 二姑娘甩团地做，
>
> 三姑娘手不停地做，
>
> 四姑娘顾不得吃饭地做。
>
> 姊妹四个，
>
> 忘了吃穿来造地，
>
> 忘了睡觉来造地，
>
> 不管天晴下雨来造地，
>
> 不分白天黑夜来造地，
>
> 耐耐心心地造地，
>
> 勤勤恳恳地造地。
>
> 一天一天过去，
>
> 一点一滴造成。①

女神们造地截然相反，以"爱"来设计，以"勤"来制造，求一个完美，求一个用心，期一个不负所托，期一个问心无愧。相信辛苦必有回报，相信勤劳会创造奇迹。不在意吃穿，顾不得休息，不抱怨风吹雨打，不计较岁月风霜。她们只知道日复一日地劳作，她们只盼望造出的"地"能配得上"天"，多么坚韧无私的造地女神啊！

天地造好了，格滋天神派飞蛾和蜻蜓来验收时，发现了大问题："天造小了，地造大了，天盖地呀盖不合。"男神们偷工减料造出的"天"看

---

① 《梅葛》，云南省民族民间文学楚雄调查队搜集翻译整理，云南人民出版社，1978，第4～
5页。

似规格缩水，当然也可能是女神们精打细算，物尽其用造出的"地"规格超标，天地规格差得很大。当事者的态度和作为，以及格滋天神的处理方式意味深长。

> 弟兄五个不在意，
>
> 放心去玩耍；
>
> 姊妹四个心着急，
>
> 恐怕天神来责骂。①

无心无为者无所谓，该干啥干啥；有心有为者有所惧，提心吊胆怕受罚。格滋天神知道了，虽然安慰了造地的女神，却也对胡乱造天的男神们没有一丝一毫的责怪。他告诉四姐妹：

> 不要心焦，
>
> 不要害怕，
>
> 地做大了，
>
> 有人会缩；
>
> 天做小了，
>
> 有人会拉。
>
> 地缩小，
>
> 天拉大，
>
> 天就能盖地啦！②

---

① 《梅葛》，云南省民族民间文学楚雄调查队搜集翻译整理，云南人民出版社，1978，第6页。

② 《梅葛》，云南省民族民间文学楚雄调查队搜集翻译整理，云南人民出版社，1978，第6页。

真是看到了天差地别了，也领悟了一些"天"何以高高在上的说法，那就是道法自然、随物赋形而无拘无束；通晓了些"地"何以敦厚于下的认知，那就是孜孜以求、厚德载物而辛苦奉献。由此，似乎窥探出一个真相性的东西或认知：天意难问不是因为距离，而是原本没有答案。

（二）虎撑天地，虎化万物，且敬且畏

天、地造出来了，为求永恒稳实，需要搭建撑住天地的柱子，格滋天神选中了山上的老虎。

> 山上有老虎，
> 世间的东西要算虎最猛。
> 引老虎去！
> 哄老虎去！
> 用虎的脊梁骨撑天心，
> 用虎的脚杆骨撑四边。①

格滋天神的意图很是明确，从老虎身上取得天柱材料，因为山上的老虎是世间最威猛的存在，象征着力量、威仪，神圣不可侵犯。这个艰巨的任务还是派曾经造天的五兄弟去完成。捕捉老虎需要"哄""引"，有计划，有目标，有能动性，而这回有意味的是五兄弟非常有作为，从工具到方式都和造天时不同，顺利地"挡住""勾住""哄住""牵着"老虎走回来。原来五兄弟不是没有能力和本事，而是要不要、该不该呈

---

① 《梅葛》，云南省民族民间文学楚雄调查队搜集翻译整理，云南人民出版社，1978，第9～10页。

现出来。

杀死了猛虎后，"用四根大骨作撑天的柱子""肩膀做东南西北方向"。一时间，天高地厚，天远地宽，天意以为是时候做天长地久的打算了，图谋虎虎生威吧，继续用老虎的躯体组织来造化万物。

虎头作天头，虎尾作地尾，虎鼻作天鼻，虎耳朵作天耳，虎眼作日月，虎须作阳光，虎牙作星星，虎油作云彩，虎气成雾气。于是乎，抬头望天时，将仰面对着一个天大的虎头，灿灿生威，它以王者威仪对视着你。你敢不敬天吗？敢不畏天吗？

又虎心虎胆作天心地胆，虎肚作大海，虎血作海水，虎肠变江河，排骨作道路，虎皮作地皮，虎毛作草木。于是乎，举目环视时，将迎面对着一个地大的虎身，虎斑霞绮，以王者的浩荡气息围拢着你。你敢不敬地吗？敢不畏地吗？

又虎毫作秧苗，虎髓变金子，小骨变银子，虎肺变成铜，虎肝变成铁，腰子变磨石，虎虱变猪牛羊，头皮变雀鸟。于是乎，有可触可摸、可用可见之物什的陪伴，可感受到一种虎落平阳的悲壮与不甘之意，以王者高贵而又凝重刚毅的品质打量着你。你敢不敬天常吗？敢不畏地德吗？

最后，虎肉化作幸运的滋养分给世间生灵，得之为运，失之为命。得失之间的感恩与抗争渐渐变为世间百态，每每呈现出虎相的斑斓色彩和虎气的残酷猛暴的味道。

（三）人性善恶，因果有报，但拿好心

万事俱备后，要造人类了，这是所有创世史诗的必然意图和书写步骤。彝族史诗《梅葛》中的格滋天神同造天的五兄弟一样，只将上苍造人的意志融进三把雪中，撞命撞运一般向下撒去，看那意思是只要能在世间生存，像个人形就行了。

第一把雪撒下去造出的人差不多是残废。

头把撒下独脚人，

只有一尺二寸长；

独自一人不会走，

两人手搂脖子快如飞；

吃的饭是泥土，

下饭菜是沙子。

月亮照着活得下去，

太阳晒着活不下去，

这代人无法生存，

这代人被晒死了。[①]

上古神话中记载过有比目鱼、比翼鸟、独足人等，个体只有半拉，出生后只有迅速找到另一半才能行动自如。《梅葛》将《山海经》中独足人这个形象搬到了创世史诗中，可互证曾经可能真的有过这样的物种，也可见彝族史诗的久远。这一代人更像精怪，只能在夜间活动，见不得阳光，加之食用的是沙子和泥土，不用费力即可取用，因此没有创造的驱动力，天神随其自生自灭，放弃他们了。

第二把雪撒下造出的人虽然比第一代高大完整，但时运不济，正逢天上九个太阳、九个月亮时期，过度的光照把第二代人晒死了。

第三把雪撒下造出的第三代人是直眼人，这与《山海经》中的相关记载又有呼应、暗和。但格滋天神一眼就看出了这一代人的人性：

---

① 《梅葛》，云南省民族民间文学楚雄调查队搜集翻译整理，云南人民出版社，1978，第19页。

> 这代人的心不好，
>
> 糟蹋五谷粮食，
>
> 谷子拿去打埂子，
>
> 麦粑粑拿去堵水口，
>
> 用苦荞面、甜荞面糊墙。①

暴殄天物是生命最坏的品质与行径，不懂得珍惜就不懂得感恩，不懂得感恩必定冷酷无情，而冷酷无情必定在残暴无知中破坏世界、毁灭自己。于是格滋天神立即派出天神武姆勒娃下凡去寻找好人种，但前提是制造劫难，引发洪水，在末日般的淘洗中择出"好心"的人种来。

还得从第三代人即直眼人中挑。"直眼人学博若，有五个儿子，有一个姑娘"。为了验证心性善恶，天神武姆勒娃变成一只大老熊故意与五兄弟找麻烦。兄弟们前脚犁好地，大老熊后脚给翻回来，终被激怒了的兄弟们设扣套住，在肯不肯解救的测试中来寻一颗"好心"以选择人种。

求老大被拒绝，求老二、老三、老四依次都被无情拒绝，且"四兄弟都喊打，四兄弟都喊杀"，只有学博若的小儿子背着小妹跑过来喊道：

> 看它的头象祖父，
>
> 看它的身子象祖母，
>
> 千万不能打，
>
> 千万不能杀。②

---

① 《梅葛》，云南省民族民间文学楚雄调查队搜集翻译整理，云南人民出版社，1978，第23页。

② 《梅葛》，云南省民族民间文学楚雄调查队搜集翻译整理，云南人民出版社，1978，第27页。

　　心有善念，必存慧根，也一定幸逢选化恩泽。从小儿子背着小妹的
细节已然看出他作为哥哥对妹妹的疼爱，有温情好心的一面。更为难得
的是他从生命同根同源的角度来关爱生命，其仁其善展露无遗。他勇敢
地战胜了恐惧和压力，解开了绳索，搭救了天神，从而获得了生存、繁
衍的机会，为人类的起源立下了创造性功勋。

　　善恶有报，天神武姆勒娃终于确认了人种，他密授小儿子天机。

　　　　小弟弟你良心好，

　　　　给你三颗葫芦籽，

　　　　赶快回去栽葫芦。[①]

　　因为大水将发，人注定难逃一劫，唯有葫芦能漂浮于水上可用来避难。
天神殷切叮嘱小儿子葫芦应当何日种何日收，如何种如何收，如何开葫芦，
如何封葫芦，特别是面对巨型葫芦一定要敢于走进去，并放心使用它。

　　　　你不要干着急，

　　　　你不要瞎猜想，

　　　　不是有妖精，

　　　　不是有妖怪，

　　　　……

　　　　你兄妹搬进葫芦里，

　　　　饿了就吃葫芦籽。[②]

[①] 《梅葛》，云南省民族民间文学楚雄调查队搜集翻译整理，云南人民出版社，1978，第
　　28页。

[②] 《梅葛》，云南省民族民间文学楚雄调查队搜集翻译整理，云南人民出版社，1978，第
　　29~30页。

大洪水整整淹了七十七昼夜，好心的小儿子兄妹得救了，邪恶贪婪的四兄弟代表"心不好"的一代人被毁灭淘汰了。

伴随着人类的善恶果报，格滋天神在劫后洪荒的寻找人种途中一路惩恶扬善，彰显了好心得福、坏心得祸。比如同样都是蜂类，葫芦蜂对于天神"你看见人种没有？"的求问，回答是："人种我没见，要是遇见了，我要叮死他。"从而惹天神发怒，打断了蜂腰，并诅咒它繁衍后代时人类将会报复。而小蜜蜂却实情相告，说葫芦漂在河里面，并表示"要是见了人，我会请他吃蜜糖。"引得天神欢喜，许诺小蜜蜂待"人烟旺起来，让你挨着人住家"，享受人类的保护。

（四）天伦之痛，人伦之幸，分担使命

一番周折后，格滋天神找到了人种。欢喜之余，开始教诲兄妹承担起造人的重任。

> 吩咐兄妹俩：
> "世上人种子，
> 只剩你俩个，
> 兄妹成亲传人烟。"
>
> 兄妹两个忙回答：
> "我们两兄妹，
> 同胞父母生，
> 不能结成亲。"①

---

① 《梅葛》，云南省民族民间文学楚雄调查队搜集翻译整理，云南人民出版社，1978，第38页。

　　滔天洪水过后，世上总算还保存下了人种，人类还有繁衍的希望，还能有成群壮大的理想，这是人伦之幸，应该感谢上苍不绝之恩，感念天神保佑之义。但人种却是血缘兄妹、亲亲手足，结成夫妻是逆人道、违天伦的不耻行为。因此，即便是天神旨意，都无法破除灵魂深处的壁垒。

　　格滋天神面对难以周全的局面，一再以各种阴阳相配的事例启发兄妹俩，甚至威逼利诱，所谓"说了很多，比了很多"，但是兄妹俩仍然坚决抗拒，理由无可辩驳。人是人，物是物，人和物不能相比，人有不能撼动的人格，学不来也不能学物之格。格滋天神好话说尽，最后亮了底牌：行不行都得行！万般无奈之下，智慧的兄妹俩只好仿鱼类等一些水生生物的繁衍方式，完成了人类的最初孕育。

　　　"……

　　　属狗那一天，

　　　哥哥河头洗身子，

　　　属猪那一天，

　　　妹妹河尾捧水吃，

　　　吃水来怀孕。"

　　　一月吃一次，

　　　吃了九个月，

　　　妹妹怀孕了，

　　　怀孕九个月，

　　　生下一个怪葫芦。①

---

① 《梅葛》，云南省民族民间文学楚雄调查队搜集翻译整理，云南人民出版社，1978，第42～43页。

这有《西游记》中西梁女儿国里子母河故事的影子，幸运的是人类的生命火种终于得以再度点燃，人类起源的大经可以再从头念起，且念得有声有色。怪葫芦打开后，一道一道诞生出了汉族、傣族、彝族、傈僳族、苗族、藏族、白族、回族等，人丁兴旺了。一胎九个族①，九族同父母，彝族史诗《梅葛》以真挚和深情唱出了中华民族同根同源是一家的颂歌，使其"人类起源"章节更雄浑起来。

二 自然与能动

人类的史诗在客观地再现天地初开时，必然掺进了人类自我的动机。彝族史诗《梅葛》本着天意与人心完成了创世篇的同时，也以很大的篇幅讲述了祖先们在顺应自然的前提下，能动地利用自然为人类造福，以及能动地学习自然现象发生发展的基本规律的故事。把握好自然与能动的节奏，在领悟中开拓、创造，从而维护好天地自然之大家园，经营好婚丧嫁娶之小家庭。

（一）天地自然是我家

彝族史诗《梅葛》热情洋溢地宣告：世间万物都需要盖自己的房子，需要一个安身立命的家。这么多的家又都需要一个园，园里有山有水，有草有木，特别是要有各种各样的树来为不同的种族、不同的动物盖房栖息，也要有各种各样的草来为草食动物提供食源，从而保证生物链的有序循环。可这一切所求从哪里得到呢？天地自然。

天地自然给予了空间来播种，起房盖屋。高山顶上，梁子上，箐沟里，坝区，山腰上，山坡上，河边两岸上，总之，山山岭岭，坡坡箐箐，有的是地方。

---

① 原文第二和第九出来的都是傣族。这里根据原文写为九个族。

天地自然给了播撒的种子，哪里需要撒向哪里，哪里有用播种在哪里。总之，有的是种子，尽管慷慨大方去播撒。

天地自然给了万物生灵盖房住房的权利，他们共享资源，共尝悲苦，共历苦乐，共奏生物圈的生命交响曲。从种族观照，各民族都有自己的房子住；从职业看，劳动者都有自己的房子住。总之，人类应该有，飞禽走兽虫鱼都应该有。

> 各样房子都盖齐，
> 各样房子都盖好，
> 鸟兽虫鱼有房住。
> 盖也盖好了，
> 住的住好了，
> 天王地王都喜欢。[①]

有了家，就会扎根；扎了根，就会安心；安了心，就会繁衍生息。万物万灵各自都会以独有的方式努力生存、发展、壮大，一个充满生机和活力的家园将会又有许多故事发生，许多歌诗传诵。

（二）天地自然是我师

天地自然给了家园，家园里衣食住行所需资源应有尽有，就看人如何取、如何用。方法很重要，得来说易也难。天地自然建造了一个生物链条下的生物圈大家庭，意图使其在相克相生中互相影响、互相启示，从而互相模仿、学习生存的技能，积累生存经验，使一代更比一代有生

[①] 《梅葛》，云南省民族民间文学楚雄调查队搜集翻译整理，云南人民出版社，1978，第59页。

命力。因而，天地自然是生命世界永远的老师，一点点一线线将相关启示、启迪呈现出来。

衣食住行等的日常需求是最急迫的，人类要想获得基本保障，须拜天地自然为师，且敬且畏，要亲要近。世界生灵都有自己的窝，因之，人类学会了盖房子。天神的大儿子阿赌领着猎狗，提着麻索，拿着猎网，到茶山去撵公麂子，到东洋大海去撵母麂子，从而教会人类畜牧。

> 麂子跑出来，
> 阿赌拼命追，
> 从山头到山脚，
> 从河头到河尾，
> 追过一山又一山，
> 追过一林又一林，
> 追到大河边。①

虽然麂子被藤子绊住遭打杀，被取了皮做衣裳，被分了肉给大家吃，但猎获的过程太过艰辛，获取的皮衣和肉食过少，也不能保证每次都有收获。于是神又启发人们不再过度依赖狩猎为生，人们开始了畜牧和盘田。

比如去找牛：

> 哪个把牛找回来？
> 特勒么的女人，
> 左手拿盐巴，

---

① 《梅葛》，云南省民族民间文学楚雄调查队搜集翻译整理，云南人民出版社，1978，第62页。

梅　葛

右手拿春草，

把牛哄住了，

树藤来拴牛，

把牛牵回来。

……

河边两岸青草地，

那是放牛的好地方。①

　　这一节诗展示了彝族祖先如何驯养牛的详细过程。设法牵回来不是为了直接取肉吃，而是要放牛即养牛，让其在可控状态下繁衍生息，这样就保证了对牛肉牛皮等需求的稳定供应。

　　接下来是猪羊，在吆猪棍和赶羊鞭的作用下，人类扩大驯化种类，"汉族会放猪，彝族会放羊"。地王启示烧荒砍杂树，教会了人类盘田种庄稼。自然万物做指引。没有造农具用的铁和铜，花鸟和岩蜂给带路。

早晨岩蜂去采花，

花鸟飞到石岩上，

岩蜂见到铁花了，

花鸟见到铜花了。

石岩下面铜水流，

石岩对面铁水淌。②

① 《梅葛》，云南省民族民间文学楚雄调查队搜集翻译整理，云南人民出版社，1978，第64页。
② 《梅葛》，云南省民族民间文学楚雄调查队搜集翻译整理，云南人民出版社，1978，第80页。

人们从花鸟、岩蜂的习性里得到启示。它们的栖息地每与地热有关，诗里清晰地记录了熔岩喷发流淌时的情景，人类祖先从这样得天独厚的渠道获得铜铁资源来打造生产工具和生活用品。

生灵间互动互助，寻找生活资源。一只大绵羊从盐滩地跑回，见羊群围着大绵羊身上舔，放羊老人跟踪，找到了自然界中的盐资源，并由汉族煮盐成功。盐的发现和提纯，对人类祖先的生活影响很大，并由此见证了柴米油盐的不可或缺。

> 大家听说煮出盐，
>
> 纷纷搬到石羊来。
>
> 山坡有荞子，
>
> 山上有大麻，
>
> 平坝有谷子，
>
> 平坝有小麦，
>
> 人户增多了，
>
> 变成石羊镇。[①]

盐井的召唤，使人类有意识地聚拢在一起，从而促进了交流，扩大了群居规模。这有利于集中力量去应对生存难题，从而积累了物质财富，丰富了精神生活，增强了安全感。当村村寨寨开始形成，人类文明的脚步就迈得更大了。

"江西挑担人，来到桑树下，看见了蚕屎，找到了蚕种。"[②] 蚕种找到

---

① 《梅葛》，云南省民族民间文学楚雄调查队搜集翻译整理，云南人民出版社，1978，第94~95页。

② 《梅葛》，云南省民族民间文学楚雄调查队搜集翻译整理，云南人民出版社，1978，第95页。

了，人们开始抱蚕，喂蚕，拣蚕，结茧，煮茧，抽丝，纺织，等等。汉家姑娘利用"天神撒下的蚕种"和"东洋大海石岩边"的柞桑树、甜桑树、马桑树，学会了养蚕纺织，使人类祖先穿上了好衣裳，结束了兽皮树叶裹身遮羞的荒野时代，人类的自我和尊严因为衣的上身立刻强烈、高贵起来。

启示的经验和认知积累得多了，一些规律性的、常识性的情理渐渐浮出浑浊的思维水面而变得清晰起来，促使人类进一步思考和把握，并努力使其发挥更大作用。人类不仅观照物质利益，而且开始观照精神心理。比如：畜牧催生了放牧，放牧带来了孤独寂寞，于是竹制乐器应运而生。

　　　　山野放猪没有伴，
　　　　山野放羊没有伴；
　　　　放猪没有伴不要怕，
　　　　放羊没有伴不要怕。
　　　　四川人的三个儿子会砍竹竿，
　　　　四川人的三个儿子会做篾活，
　　　　竹头拿来做葫芦笙，
　　　　竹中间拿来做笛子，
　　　　竹根拿来做响篾。
　　　　……
　　　　吹着芦笙，
　　　　吹着笛子，
　　　　弹起响篾。
　　　　山头吹一调，
　　　　山尾弹一曲，
　　　　欢乐得起来，

唱得起来，

放猪的女人喜欢，

放羊的男人喜欢。①

　　劳动中的辛苦创造着物质财富，劳动中的智慧同时也创造着精神财富。《梅葛》中的类似描述深刻地提示了心理宣泄和精神愉悦的重要性。在物质生活得以保障后，追求快乐的精神之梦会不可遏止地从蒙昧中逸散出来，甚至在艰苦困厄的情形下，精神力量的引发和情绪潜能的激发都会有效影响人的生活质量，因而娱乐不可谓不重要。特别是音乐的倾诉功能和共鸣功能，使人便是隔山隔水，也能在弹与唱的呼应中感觉到欢悦和喜乐，情调大概也是这么来的吧。

　　农事激发了人类关注农时，从而节令、四季、年月日就一点点在盘田种庄稼的过程中记录了下来。其中，物候起了关键性的启迪作用。

　　如何记录年月日呢？《梅葛》中这样唱道：

房后有棵大松树，

一年长一台，

松树就是记年的。

房前有棵棕榈树，

一月发一匹，

棕树就是记月的。

地边有窝爬根草，

一天发一匹，

---

　　①　《梅葛》，云南省民族民间文学楚雄调查队搜集翻译整理，云南人民出版社，1978，第69～70页。

爬根草就是记日的。①

天地为师，自然授知，天地自然就是世间最完善的日历。科学的计算可以精确到秒，但未必与生命的节奏和韵律合拍。所谓天人合一并不一定指必须认可或遵照人类的规则，而是普适性的自然法则。比如生物钟可比闹钟灵慧适用，甚至被更合理、更广泛运用。

如何记录四季呢？《梅葛》中这样唱道：

> 河边杨柳发芽了，
> 大山梁子松树上，
> 布谷鸟儿声声叫，
> 大山大箐里，
> 李桂秧②叫起来了，
> 春季就到了。
> 河边水田里，
> 蛤蟆叫三声，
> 大山水箐里，
> 青蛙叫三声，
> 夏季就到了。
> 山上山下知了叫，
> 秋季就到了。
> 天心雁鹅飞，

① 《梅葛》，云南省民族民间文学楚雄调查队搜集翻译整理，云南人民出版社，1978，第77页。
② 一种鸟的俗名。

> 飞飞地上歇，
>
> 雁鹅叫三声，
>
> 冬季就到了。①

多美的一节物候诗！看，春夏秋冬的脸，那脸上有光与影，有山与水，有气与韵，有变幻的温度和表情；听，春夏秋冬的声音，那声音里有希望的呼唤，有行进的催促，有成熟的张扬，有告别的忧伤。在这样的四季里，一定会记得走过路过的地方，一定会记得逢过遇过的人事，一定会记得苦过乐过、悲过喜过的心情。于是，触过摸过的岁月就成了最亲最美的记忆与财富，生命体验与感悟就进一步生发和升华了。

三　生命与感悟

随着生命进程的推进，人类对生命现象和情感体验的思考与感悟也越来越深入广泛。人们会意识到生老病死是常态，爱恨悲欢是常情，聚散苦乐是常理。因着"常态"，会用心珍惜生命；因着"常情"，会用心呵护拥有；因着"常理"，会用心努力接受。彝族史诗《梅葛》在生命基本主题的探寻上表现得直白、坦率、真切、深情，其通透意味尤为强烈。

（一）生与死的体验

在《婚事和恋歌》篇有一长段铺叙了春回人间，春风吹醒万物之浩荡而又热闹的景象：春风吹到哪里，哪里的花草树木就发芽开花。

> 没有不发芽的树，

---

① 《梅葛》，云南省民族民间文学楚雄调查队搜集翻译整理，云南人民出版社，1978，第78页。

没有不发芽的草。
世间万物都发芽，
发芽要开花。①

春风吹到哪里，哪里的生灵就唱起"开花调"。

正二三月到，
风吹百花开。
天花开来落地上，
大山小山鲜花开，
河边坝子鲜花开，
四面八方鲜花开。
……
没有不开花的树，
没有不开花的草。
……
没有不开花的兽，
没有不开花的鸟。
……
没有不开花的耕畜，
没有不开花的家禽。
……
草木鸟兽开完花，

---

① 《梅葛》，云南省民族民间文学楚雄调查队搜集翻译整理，云南人民出版社，1978，第
100～101页。

人类忙着把花开。①

春风吹来如锣如鼓，满世间敲打着，吆喝还在睡眠或懵懂中的万事万物赶紧醒来：春来了，快发芽！春来了，快开花！春风吹来如火如焰，满世间引燃着、灼烫着还在蜷缩或冷倦中的万事万物：春来了，要发芽！春来了，要开花！错过了发芽，就错过了开花；错过了开花，就错过了一生芳华。快睁开眼，快抬起头，快伸开双臂，快迈开双脚，一年之计在于春。随春风唱起歌，随春风跳起舞，随春风大胆去吐真情，随春风勇敢去找伴侣。人类的婚恋也和着万物开花而开场了。

> 春风吹到傣族头顶上，
> 傣族也开花。
> 吹到高山彝族头顶上，
> 彝族也开花。
> 吹到坝子里的汉族头顶上，
> 汉族也开花。
> 吹到回族头顶上，
> 回族也开花。
> 吹到赶毡匠头上，
> 赶毡的人也开花。
> 吹到高山庙里和尚头顶上，
> 和尚也开花。②

① 《梅葛》，云南省民族民间文学楚雄调查队搜集翻译整理，云南人民出版社，1978，第101～106页。
② 《梅葛》，云南省民族民间文学楚雄调查队搜集翻译整理，云南人民出版社，1978，第106页。

　　此间的春风将生命的本能和张力吹醒了，唤开了，没有什么力量能
遏止生命之花的灼灼绽放。不分种族，不分职业，不分男女，不分美丑，
春风激荡起爱之火要燃烧，春风涌动起爱之潮要拍岸。连修行禁欲的和
尚也心旌摇荡，忍不住想开花了。这一节诗如此生动，揭示了生命中本
该公开的秘密：情与欲挡不住，两性思慕、两情相悦天经地义。

　　大唱"开花调"是为了理所应当地配对。《梅葛》同样以热情洋溢而
又不容置疑的"配对调"拉开了人类相亲、迎亲、安家的婚嫁序幕。

　　　　没有不相配的树木花草，

　　　　没有不相配的鸟兽虫鱼，

　　　　没有不相配的人；

　　　　样样东西都相配，

　　　　地上的东西才不绝。①

　　于是说亲、请客、抢棚、撒种、安家的一幕幕有序展开。《梅葛》真
实而详细地记录了彝族婚嫁的相关风俗礼仪，为保存和了解彝族古老原
始的风俗文化做出了重要贡献。

　　虽以最有活力和生机的春天开场，赞颂了生命的美好和无畏，但生
命四季里的风景风情各有千秋，因而，生命值得奔赴，值得拼搏。同时，
有生就有死，死亡是任何生命都无可回避的主题。《梅葛》中关于死亡的
理解别有意味，读后令人心惊，但也令人叹服。

　　　　天王撒下活种籽，

----

① 《梅葛》，云南省民族民间文学楚雄调查队搜集翻译整理，云南人民出版社，1978，第
　　109～110页。

> 天王撒下死种籽。
>
> 活的种籽筛一角，
>
> 死的种籽筛三筛。
>
> 活的种籽撒一把，
>
> 死的种籽撒三把。
>
>
> 死种撒出去，
>
> 会让的就能活在世上，
>
> 不会让的就死亡。①

"死"同"活"一样是种子，撒在哪里，落在哪里，哪里就会长出"死亡"，除非避开它，不让它落在身上。但天王代表造化撒种时，"死"种子要远比"活"种子多，很难避让得开。

> 没有撒不到的树，
>
> 没有不会死的树。
>
> ……
>
> 没有撒不到的草，
>
> 没有不会死的草。
>
> ……
>
> 没有撒不到的兽，
>
> 没有不会死的兽。
>
> ……

---

① 《梅葛》，云南省民族民间文学楚雄调查队搜集翻译整理，云南人民出版社，1978，第200页。

没有撒不到的鸟，

没有不会死的鸟。

……

没有撒不到的虫，

没有不会死的虫。

……

没有撒不到的鱼，

没有不会死的鱼。

……

没有撒不到的东西，

没有不会死的东西。

……

人和太阳一个样，

会生也会死。[①]

　　既然世间所有事物都避不开死亡的种子，那么死亡也是一类事物，它以自己的方式撒种、生长、结果。《梅葛》以沉痛但也从容的笔触，描述了死亡的种子撒到人类身上时的情形。如"人死就象落叶样"，"人死就象火会灭"，"人死就象果子掉"，等等。的确，正常死亡是生命能量殆尽后的必然结果，没有逆转的可能。死亡不分年龄，不分性别，不分高低贵贱，死亡无可救药。举了很多事例，讲了很多回合，结论只有一个：到死时候也会死。[②]

[①] 《梅葛》，云南省民族民间文学楚雄调查队搜集翻译整理，云南人民出版社，1978，第202～208页。

[②] 《梅葛》，云南省民族民间文学楚雄调查队搜集翻译整理，云南人民出版社，1978，第208页。

（二）爱与恨的感怀

生与死的旅程必定伴有爱与恨的情感体验，乐生恶死从来都是生命的终极主题之一。同时，生命中的得失聚散也强烈引发人的爱恨感怀，《梅葛》在叙述中很鲜明地突出了这一点。《婚事和恋歌》《丧葬》篇以热切而不吐不快的笔触再现了世间生命特别是人类所拥有的丰富多样、强烈深刻的爱恨情绪、情结，以此构成了生命的全部魅力。

本能的爱来自天性、欲望，构成了生命的初衷和动机，如前面介绍的"开花调""配对调"等。当这种强烈浓郁的爱受阻时，就会相应产生不能满足的焦灼感、饥渴感，从而对干扰阻碍的所有因素生出恨意来。在《安家》篇里就讲述了一对青梅竹马的青年真心相爱，却眼看要被女方父母拆散，不得不冒险偷跑出来互相倾诉，表明心迹，执着为爱争取的故事。幸好在两人的共同配合和努力下，终于顺利嫁娶，幸福安家。

因着曾经生存环境和生活条件的局限，人类祖先的生活朴素而纯粹，爱恨的观照主要体现在亲情天伦方面，特别是死亡带来的爱恨冲击。《怀亲》篇读来令人感慨唏嘘。

　　　　我爹我妈来兴家，
　　　　松头做椽子，
　　　　松腰做过梁，
　　　　松根做柱子，
　　　　房子盖得好，
　　　　房子修齐了。
　　　　家里有儿子，
　　　　村里有嫁出去的姑娘。

> 有满圈的牛，
>
> 有成百匹的马，
>
> 成千的公羊，
>
> 成百的母羊，
>
> 满槽的黑猪，
>
> 满村的家狗，
>
> 满院的鸡。
>
> ……
>
> 庄稼长得好，
>
> 粮食堆满仓。①

有爹有妈的家热气腾腾，有爹有妈的院兴旺富裕，有爹有妈的日子幸福快乐，有爹有妈的时光无忧无虑。以为生活会一直这样过下去，以为父母会一直相陪伴，以为父母的爱会一直护佑，以为自己可以永远做孩子。

但世间只有"变"是"一直"的，爹妈病了。"左手拉我爹，右手扶我妈，拉也拉不住，扶也扶不稳。"② 一旦生变，就难复原，想尽了所有能想的办法都无济于事。结果送鬼送过了，爹妈的病没好；祭神祭过了，爹妈的病没好；越病越重，爹死了，妈死了。③

在精心装殓埋葬了爹妈后，痛苦的思念如浪潮般淹没所有的感觉，

---

① 《梅葛》，云南省民族民间文学楚雄调查队搜集翻译整理，云南人民出版社，1978，第212~214 页。

② 《梅葛》，云南省民族民间文学楚雄调查队搜集翻译整理，云南人民出版社，1978，第216 页。

③ 《梅葛》，云南省民族民间文学楚雄调查队搜集翻译整理，云南人民出版社，1978，第216~220 页。

"我"只剩一个念头："找我爹去，找我妈去。"

三月里背起干粮沿大河找到树林里，不见爹妈。

五月里背起干粮"到处找我爹，到处找我妈"，找到大河边白木林，哪里也没有爹妈的影。

七月里背起干粮再沿大河走，"眼泪象水流，鼻涕象蜜淌"，依然寻不见爹妈。

九月里接着找，牧羊人骗了"我"。

十月里再去找，织布的老妈妈诳了"我"，"看爹爹不在，叫妈妈不应"。

一节节神思恍惚的"找爹找妈"的描述，将失去父母的巨大痛苦淋漓尽致地表现了出来：不能相信永别，不能接受离开，一定在哪一处水间可以寻见，一定在哪一寸土间可以重逢！因着对天伦至亲的眷恋和不舍，"我"生出了对抗死亡的强烈妄想，执着地去寻去找，去呼去唤。其间的爱凝汇着血泪，牵连着骨肉，牢系着肺腑，生死不泯。因着这爱，必然生出同样程度的恨意来，通常表现为悲伤、绝望、愤怒或沮丧等。死亡不可战胜，更无法找死亡复仇，于是，舒泄憎恨死亡的情绪便每每转化为号啕、悲歌、哀伤、呻吟等。《梅葛》以直面的勇气将这爱与恨的强烈甚至极端感怀展现给世人，实属难得。

（三）苦与乐的接受

创世史诗勾连天人，贯通古今。除了再现一路走来祖先们的伟大足迹，歌颂祖先们的丰功伟绩外，还赞美祖先们为后世儿孙留下了宝贵的精神财富和灵魂食粮，即苦与乐的接受。《梅葛》以深情而又澄明的胸怀记述和阐释着生命旅途中的苦乐真相，并本着爱的力量去认知和接受，从而化解痛苦，消解痛苦，在更高的境界中化苦为乐、化苦为美。

关于"乐"的思考与接受是简单的，因为无论怎样的快乐都是受欢迎的，无论怎样多的快乐都是被热情欢迎的，无论被快乐怎样地包围都是乐此不疲的，因而乐的接受不在话下。关键是"苦"的折磨与煎熬。身体上的苦在创世祖先那里非常普遍，因为劳作的艰辛、任务的艰巨、补给的匮乏，先祖们的确太累太苦。对精神心理上的苦创世史诗中也有不同程度的观照，《梅葛》中的这部分尤其细腻感人。

还从《怀亲》篇谈起。在将病死的爹娘安葬后，"我"在悲伤痛苦中不能自拔。

> 让爹住石房，
> 我心里不愿，
> 让妈住土房，
> 我心里不忍！
> 作揖磕头把他们请回来。①

冰冷的坟墓隔开了生死，孤寂荒凉的荒野乱岗带父母去了远方，他们再也不回转了，再也不能见了。"我心里不忍"，不能接受这事实，"作揖磕头把他们请回来"。悲伤令神志昏乱，发出了至极痛语：是不是"我"做错了什么？请求爹妈原谅宽恕，但不要远离！是不是爹妈伤心绝情了？请求爹妈仁慈垂怜，但不要抛弃！

> 有人劝我说：
> "世上鸟兽虫鱼都会死，
> 皇帝的独儿独女也要死，

---

① 《梅葛》，云南省民族民间文学楚雄调查队搜集翻译整理，云南人民出版社，1978，第223页。

　　有生就有死，

　　你爹你妈也要死。"①

话虽这样说，大痛之时，听不进去，也不起作用。

　　有人劝我说：

　　"你爹没有死，

　　你妈没有死，

　　你爹妈到红杨树林里去了。"②

　　这话说到心里去了，苦楚之际"我"抓住了希望，要寻爹要找妈。找过山找过水，呼过天抢过地，爹妈不见影，"我"心依然不能忍。直到有一天，找到青冈树林里时——

　　山顶松树象我爹，

　　山顶青冈树象我妈。

　　松木砍回来，

　　青冈木砍回来，

　　松木刻成爹的像，

　　青冈木刻成妈的像。

　　……

　　供在家堂上。

---

① 《梅葛》，云南省民族民间文学楚雄调查队搜集翻译整理，云南人民出版社，1978，第223页。

② 《梅葛》，云南省民族民间文学楚雄调查队搜集翻译整理，云南人民出版社，1978，第223页。

我爹回来了，
我妈回来了！

阿爹啊阿妈！
一月一节令，
每逢节令要祭你。
……
阿爹啊阿妈！
照着你们说的做，
五谷丰收，
人畜两旺。①

　　爱的执念让"我"去寻找，爹妈是"形"的追逐；爱的力量让"我"找到了，爹妈是"心"的笃定。父母的爱从没有远离，无论生前死后；父母的爱也永远不会消失，无论过去未来。爱在一山一水间，爱在一草一木际，爱在一朝一暮中，爱在一思一忆里。爱的力量化解了执着的痛苦后，"我"心胸豁然开朗：记住爹妈的叮咛，常想爹妈的话语，爹妈就从没有远离。逢年过节，跟爹妈倾诉一下，给爹妈汇报一下，爹妈就一直在身边。

　　生活还要继续，苦乐从容接受；希望总在萌发，前路全情以赴。

　　《梅葛》的情景创造清澈唯美，总是山清水秀的。有那么多的树，那么多的草，有那么多的鸟兽虫鱼在自由自在地生活，全篇充满了生机勃勃而又鲜润的童年色调。《梅葛》的主旨天真烂漫，直率坦荡。如造天地

---

① 《梅葛》，云南省民族民间文学楚雄调查队搜集翻译整理，云南人民出版社，1978，第230~232页。

时，没有前提铺垫，只直截了当喊"要造天啦！要造地啦！"就开场了。如盖房子时，不仅人类要盖，世上生灵几乎一起出动，为自己找树找草盖房子，热闹而又忙乱，颇显活力。如讲乐器或音乐的影响时，让放猪放羊的男人女人在山上山下一起吹，荒凉的氛围一下子温情起来。在叙述世间男欢女爱、男婚女嫁的必然而然时，渲染了春风催芽催花的春日盛景，以示不可阻挡。在叙述人间悲伤时，仿佛一个与父母失散了的孩子，在悲伤无助中惊慌失措。《梅葛》是以一双孩子般惊奇的眼注视着、观察着世间种种，以一颗儿童般纯真的心来体验世界的变迁，来感悟一路走来的得失道理或真相，读来盎然有趣又真诚感人。

《梅葛》的语言很有童言无忌的爽快、直白甚或锐利，且简单明了，直指要害，却又不乏睿智与洞察力，往往漫不经心地道出了真相。比如造天的五个男神以"赌"以"玩"造天，以"懒"以"混"过日子，从而道出了天道无为的玄机来。比如造人，第一代似精，第二代如怪，都见不得光，于是就让太阳晒死了。第三代人不知道珍惜，则脱口而出"这一代人心不好"。比如造物，没什么大惊小怪的，看看周围的生物生灵们，用心揣摩、虚心请教也就都一点点一件件造出来了。记录年月日时，不用问日问月，问房前屋后埂上的树木花草就有了；记录四季时，看看四山八岭、水田天空的鸟儿、虫儿、蛙儿、鹅儿、雁儿怎么说怎么做就明白了；找盐巴跟着离群的绵羊走就可以了；等等。比如相配，要说的是人的情窦顿开、爱如潮水，却夸张地说全世界的事物都被春风吹发了芽，吹开了花，所有的生灵都在春风浩荡中唱起"开花调""配对调"。比如死亡的不可避免，简单明了地告知死亡是种子，同"生"或"活"的种子一样，都很难避让，并在生命的机体上发芽、生长、结果，虽令人想来毛骨悚然，但无疑是真相。比如怀亲，道出了失去至亲的难以理喻和难以言喻之痛之悲。因为刻骨地想念，就不管不顾地去找；因为难忍痛苦，就访山走水，逢人就问。在巨大猛烈的情绪袭击下，人的精神之恍惚、心志之迷离正突出在一个疯狂的"找"的行为上，正如失散了的孩子哭着喊着找父母一样。

　　总之，《梅葛》在童心童趣的审美观照和童言无忌式的表达下，每每令人有猝不及防又恍然大悟之感，令人在轻松惬意之余又大惊失色，又或者令人于伤楚苦痛中破涕为笑。

遮帕麻和遮米麻

阿昌族是居住在我国云南境内的一个古老民族,《遮帕麻和遮米麻》是一部情动大地的神话英雄史诗。它即包含了创造天地万物的奉献作为,又讲述了守护自然生灵的全力以赴;既彰显了无可替代的神性,也表现了难以克服的人性。因而,这是一部极朴素真挚也极有奇特格调和创意的史诗,被阿昌人民称为"我们历史的歌"。①

一 配偶神舍身造天地

在创世史诗中,通常开天辟地的是一位创造神,他感应着造化的意志,以神奇的智慧和力量来分开天地,来分配天地元素,然后设法造出人种,并保护和诱导人种去繁衍后代子孙。阿昌族史诗《遮帕麻和遮米麻》别开生面。当世界混沌不分时,阴阳元神已然现形,且分工明确,真正呈现出天外有天的感觉,造化的指引显而易见。

> 造天的是天公,
>
> 天公就是遮帕麻;

---

① 赵安贤唱《遮帕麻和遮米麻》后记,杨叶生译,兰克、杨智辉整理,云南人民出版社,1983,第 77 页。

> 织地的就是地母，
>
> 地母就是遮米麻。①

开篇直截了当，造化分完工，点完将，就隐去了。遮帕麻和遮米麻则各领使命，各显神通去了。

（一）遮帕麻舍身造天

因为日月星辰挂在天上，造天似乎更难，所以天公遮帕麻拥有神奇的赶山鞭和神将神兵的配置。此间需要说明的是天公造天主要是造属天的重要事物，不是从造天形开始。比如先造日月，再造安放日月的太阳山、太阴山。安顿好日月后，再安排日升月落的秩序。然后再依次造好东南西北中的天，立好四极和主管之神后，天也随之造成。这样的造天思维和通常的开天地、造日月的次序有很大区别，可以隐约窥见宇宙观的立体化思维，即天不是平面化或屋顶化的存在，而是一个虚实繁复的空间存在。

> 来到天空的正中央，
>
> 遮帕麻在手心里捏泥团；
>
> 用闪闪的银沙造月亮，
>
> 拿灿灿的金沙造太阳。②

显然天空已经有了，只是没有太阳和月亮等。金沙、银沙的构想也

---

① 赵安贤唱《遮帕麻和遮米麻》，杨叶生译，兰克、杨智辉整理，云南人民出版社，1983，第2页。

② 赵安贤唱《遮帕麻和遮米麻》，杨叶生译，兰克、杨智辉整理，云南人民出版社，1983，第3页。

意味深长，除了金、银的色泽联想，材质的别样选取也颇趋近真相，是一类难得的科学猜想，可见阿昌族祖先的心智之超常。

> 遮帕麻用右手扯下左乳房，
> 左乳房变成了太阴山；
> 遮帕麻用左手扯下右乳房，
> 右乳房变成了太阳山。

> （天公遮帕麻呵，
> 舍去了自己的血肉；
> 今天的男人没有乳房
> 就是为了这个缘故。）[1]

化生通常是指生命体死亡后的各种转化再生，比如盘古化生等。化的过程自然而神圣安详。天公遮帕麻为安放日月造的山，做出令人闻之动容、色变之事。活扯乳房的急迫和残酷足见造天之艰难；舍却血肉的奉献和决然足见造天之担当。因着造日月为开启世间，天公遮帕麻舍身成仁；因着日月山牵系着光明，天公遮帕麻流血取义。因之，太阳、月亮的光辉里有天公遮帕麻的心愿和关怀，日月轮转的世界也应该是有血有肉的温暖存在。"月亮象一池清水，吐着银光"，"太阳象阿昌人的火塘，散发着温暖"，"轮转一圈是一年"的世界明亮可爱起来，清晰活跃起来。[2]

---

[1] 赵安贤唱《遮帕麻和遮米麻》，杨叶生译，兰克、杨智辉整理，云南人民出版社，1983，第4页。

[2] 赵安贤唱《遮帕麻和遮米麻》，杨叶生译，兰克、杨智辉整理，云南人民出版社，1983，第3~4页。

　　遮帕麻挥舞赶山鞭，

　　甩出火花一串串；

　　火花飞到云天里，

　　变成星宿亮闪闪。①

　　一个有日月星辰闪烁且无穷运转的永恒的天造成了，造好了，遮帕麻将一部分血肉连同信念融在了天上，刻在了人心。

（二）遮米麻舍身织地

　　地母遮米麻造地采用纺织法，如织布一样将地一点点铺展开来。工具和材料的选用也是触目惊心。

　　她摘下喉头当梭子，

　　她拔下脸毛织大地；

　　（从此女人没有了胡须，

　　从此女人没有了喉结。）②

　　虽然有性征的联想性解释，但从民族心灵深处还是读出了一个恩与义的成全。融进了地母身体发肤的大地是知冷知热的，是有血有肉有情有义的。喉头做的梭子在含辛茹苦的穿梭中道尽了叮咛，因此，以脸毛为线织成经纬之大地必须为地母长脸，也必须百般去呵护。把自己的一

---

① 赵安贤唱《遮帕麻和遮米麻》，杨叶生译，兰克、杨智辉整理，云南人民出版社，1983，第 6 页。

② 赵安贤唱《遮帕麻和遮米麻》，杨叶生译，兰克、杨智辉整理，云南人民出版社，1983，第 9 页。

部分血肉作为制造材料，本身就是一种强烈意志的表达，是力量的彰显，也是愿望的昭示。

> 遮米麻拔下右腮的毛
> 织出了东边的大地。
> ……
> 遮米麻拔下左腮的毛，
> 织出了西边的大地。
> ……
> 遮米麻拔下下额的毛，
> 织出了南边的大地。
> ……
> 遮米麻拔下额头的毛，
> 织出了北边的大地。①

正好似看一幅世界平面地图，上北下南，左西右东。地母以脸为参照，在织造大地的同时，将大地的方位也一并划定。可以想象，遮米麻地母喉部流着血，脸上淌着血，还在拔毛续线，飞快穿梭，大地在手下铺展开去，落而生根。造地使命刻不容缓，而造物没赐给地母遮米麻工具、材料和帮手，她自我消耗，白手起家，显得分外艰难，令人读来不忍。

> 遮米麻的右腮流下了鲜血，

---

① 赵安贤唱《遮帕麻和遮米麻》，杨叶生译，兰克、杨智辉整理，云南人民出版社，1983，第9~11页。

> 淹没了东边的大地；
>
> 东边出现了一片汪洋，
>
> 化成东海无边无际。①

脸毛拔起后渗出的鲜血汩汩流淌，浸染着伸展出去的大地，直到汇成一片汪洋，化成波涛连天的海水，育孕出虾、鱼、龟、鳖等。也许海水的咸腥感正是血的味道，波涛滚涌正是血脉的偾张，浪花起伏正是血脉的抚摸，海中生灵们繁衍正是源于血的喂养。

东南西北之四海就这样造成了，地母遮米麻又派四海龙王前去管理。于是，载起万物的大地造成的同时，孕育生命的海洋也诞生了。

> 大地无边无际，
>
> 到处流传着遮米麻的名声；
>
> 大海深不见底，
>
> 怎么比得上遮米麻的恩情！②

如此得来的大地能不珍惜吗？如此得来的海洋能不保护吗？虽然看上去取之不尽，但敬畏之心若存驻，敢用之无度吗？虽然生活资费在寻常之间，但感恩之心若常在，能享之简慢吗？伟大而经典的神话每每蕴含着科学的预言，智慧的史诗常常警告着祸福的未来。史诗的启发意义深远：生态文明首先当从精神生态、心理生态发端，敬和爱一旦生发并确认，保护的自律性和珍惜的责任感便会自然生出，且发挥根本性作用。

---

① 赵安贤唱《遮帕麻和遮米麻》，杨叶生译，兰克、杨智辉整理，云南人民出版社，1983，第10页。

② 赵安贤唱《遮帕麻和遮米麻》，杨叶生译，兰克、杨智辉整理，云南人民出版社，1983，第12页。

　　　　阿昌子孙啊，晒谷的时候，

　　　　不要忘记了遮帕麻；

　　　　喝水的时候，

　　　　不要忘记了遮米麻。①

　　天公遮帕麻将血肉付诸造天之大义，让世界沐浴在日月星辰的光辉下，正所谓义薄云天，为世间带来天大的福祉，后代子孙感念他吧！

　　地母遮米麻将血肉付诸织地之大德，让世界滋润于江河湖海的水色中，安稳舒展于无涯间，正可谓情动大地，为世间奉献出厚土恩泽，后代子孙感念她吧！

　　（三）天公地母传人种

　　天造好，地织就，天地要照应了、呼应了，天地要接触了、见面了。所谓天造地设，原是指造化的旨意。

　　　　有上必有下，

　　　　有天要有地；

　　　　地支撑着天，

　　　　天覆盖着地。②

　　为了找出支撑之源，天寻找着地；为了搞清覆盖之谜，地寻找着

---

① 赵安贤唱《遮帕麻和遮米麻》，杨叶生译，兰克、杨智辉整理，云南人民出版社，1983，第12页。
② 赵安贤唱《遮帕麻和遮米麻》，杨叶生译，兰克、杨智辉整理，云南人民出版社，1983，第13页。

天。于是天公遮帕麻出现在大地的东方，地母遮米麻出现在大地的西方。为了使天边与地缘对接，天公遮帕麻拉天响起的雷声惊动了遮米麻，而地母遮米麻抽地筋缩地引起的地震也同样惊动了天公遮帕麻。当天地对接完整后，世界一下变得神奇秀丽起来，人世间的生命序曲唱响了。

> 山脚绣桑①遍地黄，
> 花中住着金凤凰；
> 绣桑花开等蜂采，
> 凤凰合鸣寻伙伴。②

天荒地老等一回，"等""寻"的主题终于浮出了水面。天公地母创造了天地，天地间生长出的万物又反过来启示他们互相奔赴。花开得正艳，歌唱得正美，是时候抬起头来，放开视线，打开心扉，找同伙结伴侣，从此不再孤单，天大地大的世界彼此就有了依靠。

天公遮帕麻这样唱道：

> "是什么样的巧手把大地织就？
> 是什么样的巧手把大地打扮？"
> 遮帕麻要寻找地母，
> 把千山万水走遍。③

---

① 花名，一种黄色的花。

② 赵安贤唱《遮帕麻和遮米麻》，杨叶生译，兰克、杨智辉整理，云南人民出版社，1983，第15~16页。

③ 赵安贤唱《遮帕麻和遮米麻》，杨叶生译，兰克、杨智辉整理，云南人民出版社，1983，第16页。

地母遮米麻这样唱道：

"是谁拉开的天幕？

是谁安排的四极？"

没有太阳，月亮不发光；

不见天公，难解遮米麻心头的谜。①

这两节诗写得美妙感人，读来令人慨然而鼻酸。是命运的安排，他们必须相逢，每一处对方留下的痕迹与气息都是冥冥中的指引；是生命的碰撞欲求，他们必须相爱，每一回对对方的联想都成了寻找和奔赴的力量。而他们为了这一刻付出了血肉激情，奉献了艰辛努力，还要天遥地远地彼此奔赴，"下深箐、上高山"，食野果、喝泉水，树叶当盖头，兽皮蕉叶做衣裳，"藤子腰间系，打着光脚板"。② 这风尘满面、筚路蓝缕的天地会盟呵！

终于在一个美好的日子里，遮米麻和遮帕麻在大地中央的清泉边相遇了。

唱一曲欢乐的"巴松昆"③，

遮帕麻的笑脸象天空一样晴朗；

唱一曲热烈的"巴套昆"，

---

① 赵安贤唱《遮帕麻和遮米麻》，杨叶生译，兰克、杨智辉整理，云南人民出版社，1983，第16页。

② 赵安贤唱《遮帕麻和遮米麻》，杨叶生译，兰克、杨智辉整理，云南人民出版社，1983，第16~17页。

③ 巴松昆及下文的巴套昆指阿昌族古老的民歌曲调。

遮米麻的眼睛象月光那样明亮。①

　　这应该是世界上最早最美的欢乐颂，也是天地间最素朴最顶配的狂欢节。生命在这一刻探出头来，听着创世之歌，笑得天朗气清、惠风和畅。天公地母尽情地赞美着对方，诉说着倾慕，心意交流畅通无阻，相亲相爱水到渠成。于是天公遮帕麻向地母遮米麻求婚了。

　　　　遮帕麻说："世上有了造天的人，

　　　　世上有了织地的人；

　　　　天和地已经合拢，

　　　　我们为什么还不合在一起？

　　　　"让我们同在一眼井里打水，

　　　　让我们同在一座山上狩猎，

　　　　让我们同围一个火塘吃饭，

　　　　让我们同在一个窝里安身。"②

　　这可是天地造物神的婚誓，结合的理由一是使命，二是幸运和唯一。天地都见证了，万物都听见了，这当是世间最纯粹、浪漫的一幕吧！史诗再次启示：原来至真至诚的心意和愿望才能支撑起真正的浪漫；天大地大，只有两个人在一起才组成一个家；芸芸众生，只有两个人形影不离才叫伴侣；风雨飘摇，只有两个人相濡以沫，才叫相守；岁

---

① 赵安贤唱《遮帕麻和遮米麻》，杨叶生译，兰克、杨智辉整理，云南人民出版社，1983，第 18～19 页。

② 赵安贤唱《遮帕麻和遮米麻》，杨叶生译，兰克、杨智辉整理，云南人民出版社，1983，第 20 页。

月艰辛，只有两个人患难与共才叫温暖。大道至简，深情至纯，没有山盟海誓，没有甜言蜜语，合起来，不过一句话：看在天地的份上，让我们在一起吧！

没有爹的许可，没有妈的认同，能否结合？天公地母只好卜问天意。先是东山、西山滚磨盘，磨盖磨底合拢就成婚，结果合拢了。再是南山、北山点柴火，火烟相交合股就成婚，结果合股了。遮帕麻和遮米麻，从此结合，成了一家。

结婚九年怀胎，怀胎九年临产，地母遮米麻"生下一颗葫芦籽，把它种在大门旁"。九年后始发芽，又九年后才开花，再九年后终于结了一个葫芦像磨盘一样大。"剖开葫芦看一看，跳出九个小娃娃"，依次是：汉族、傣族、白族、纳西族、哈尼族、彝族、景颇族、崩龙族[1]、阿昌族。他们唱着同一首歌来到了世间。

> 九种民族同是一个爹，
>
> 九种民族同是一个妈，
>
> 九种民族子孙多得象星星，
>
> 九种民族原本是一家。[2]

"九"泛指多数，中华民族大家庭同胞众多，兄弟姐妹同根同源，团结友爱。从此，天地间升腾起烟火，大世界响动起人声。

二　治洪水变起南天门

创世史诗差不多都关注了一个重要主题，即洪水神话。它似乎又总

---

[1] 德昂族的旧称。

[2] 赵安贤唱《遮帕麻和遮米麻》，杨叶生译，兰克、杨智辉整理，云南人民出版社，1983，第 25 页。

与天人冲突有关。通常是因着人类的不当行为，天神不满，从而降下洪水以示惩戒，最后在毁灭与拯救中重新达成和解。过程曲折艰险，很有磨难中淘洗和成长的意味。阿昌族史诗《遮帕麻和遮米麻》却有些另类。它没有渲染天人冲突的环节，而是颇为客观地认为雨水过多造成灾难，不过是祸福相倚的表现。它理智地训喻后代儿孙，不必抱怨，而是去积极应对。

> 没有雨水鲜花不会开放，
> 雨水多了江河又会泛滥；
> 雨水给阿昌带来过幸福，
> 雨水也给阿昌制造过灾难。①

科学的判断和合理的认知发端于遥远而唯心的创世神话时代，可谓奇迹！没有呼天抢地，没有怨天尤人，只是从容清醒地道出客观之提示。

> 阿昌的子孙啊，
> 要是窝铺漏雨，
> 不要责怪雨水，
> 赶快把房顶修理。②

的确，风调雨顺的日子不会永远继续。《遮帕麻与遮米麻》记载道：在一个阳春三月的早晨，天地间狂风暴雨大作，一直持续了七七四十九

---

① 赵安贤唱《遮帕麻和遮米麻》，杨叶生译，兰克、杨智辉整理，云南人民出版社，1983，第26页。

② 赵安贤唱《遮帕麻和遮米麻》，杨叶生译，兰克、杨智辉整理，云南人民出版社，1983，第26页。

天，世界成了汪洋泽国，山寨村落被淹没，日月失去了光芒。地母遮米麻赶紧查找原因，原来是天地没有合拢紧密，狂风卷起了天的四边。她赶紧找来早先造地时抽出的三根地筋，将东、西、北的天地缝合在了一起，这三个方位的暴风骤雨立刻止息。但世间事多不完满，连补天这样的大工程也材料短缺，就差那么一点，南边的天地无法合拢，于是才有了劫难一说。

> 缝好东、西、北三边天地，
> 三根地筋已经用尽。
> 南边的天地无线补，
> 南边的暴雨还在下个不停。①

地母遮米麻已经无能为力，天公遮帕麻只得告别地母，挥舞着赶山鞭，奔赴遥远的拉涅旦，即南极，率神兵神将去筑一道遮风挡雨的墙——南天门。

筑墙要用巨大的长石头，修门要用九丈宽的巨大木板，搬运更是一个巨大的力气活。

> 找石头要到九十九里外，
> 找木板九十九天才回转。②

工程的艰辛超乎想象，连神兵神将都"脚打颤""汗如雨"，"一个

---

① 赵安贤唱《遮帕麻和遮米麻》，杨叶生译，兰克、杨智辉整理，云南人民出版社，1983，第29页。

② 赵安贤唱《遮帕麻和遮米麻》，杨叶生译，兰克、杨智辉整理，云南人民出版社，1983，第30页。

个浑身无力摇摇晃晃"。幸亏有一位聪明美丽又贤惠能干的女子来排忧解难，南天门工程才能够顺利完成。

> 拉涅旦有个智慧的盐婆，
> 名字叫做桑姑尼。
> 她炒菜放盐巴，
> 将士吃了才又有了力气。①

盐的使用有效地缓解了困局，助力神兵神将及时恢复了体能，从而助力南天门在最短时间内筑成。建成南天门，南方的暴风雨终于停歇了，一切又重新焕发出生机。世界复归平静安稳，天公遮帕麻完成了补天大任，应该北归了。

然而，变局才刚刚开始，一场邂逅的情缘让原有的格局发生了巨大的变化，悲欢苦乐交织着爱恨危机猝不及防地上演了。

> 枯树发芽靠春风，
> 拉涅旦离不开恩人遮帕麻；
> 青藤喜缠大青树，
> 桑姑尼爱上了英雄遮帕麻。②

英雄美人一见倾心，何况英雄是救世的神，何况美人帮了英雄的忙，于情于义都应当报答。桑姑尼报以深爱，遮帕麻回报以多情。拉涅旦留

---

① 赵安贤唱《遮帕麻和遮米麻》，杨叶生译，兰克、杨智辉整理，云南人民出版社，1983，第31页。
② 赵安贤唱《遮帕麻和遮米麻》，杨叶生译，兰克、杨智辉整理，云南人民出版社，1983，第31～32页。

住了天公北归的脚步，也安顿了遮帕麻思乡念亲的心。他沉湎于温柔，留在了拉涅旦最会做饭的桑姑尼的身边，忘了回家，忘了遮米麻。

阿昌族史诗竟将创世神话世俗化，这称得上奇迹。它洞察了神性也是人性，而人性中的意乱情迷也是烟火人间的协奏，它似乎与生俱来，唯从性情生发，并无理法可循。如此自然豁达的理念认知着实令人惊叹！

天公遮帕麻和地母遮米麻天长地久的结合发生了情变，天地间的局势也跟着生变。没有了天公的护佑和巡视，妖魔腊訇趁机出世作乱，为祸大地的中央，颠覆着世间秩序，折磨着生灵万物。没有了天公遮帕麻在身边，地母无力对抗妖魔，遮米麻只有在孤独的坚守中煎熬，望眼欲穿，等待丈夫天公的归来。

> 遮帕麻南行的时候，
>
> 曾站在家门口，
>
> 指着南流的河水对遮米麻说：
>
> "我就顺着这条河走。
>
> "南边的天补好了，
>
> 我就叫河水倒着流，
>
> 让它回来报信，
>
> 你在家里把我等候。"①

这别语听来牵肠挂肚，思来却令人心灰意冷。流水带着爱人在岁月中南去了，只要它还在流，思念和等待就不会停止，这头连着我，那头

---

① 赵安贤唱《遮帕麻和遮米麻》，杨叶生译，兰克、杨智辉整理，云南人民出版社，1983，第 39 页。

牵着你。但世上有倒流的河水吗？就比如岁月，可以倒流吗？神也做不
到，可见这叮嘱是个天大的诳语。遮米麻一天到河边跑九次，对着流水
喊哑了嗓子。

> 清清的流水呀，
> 快快流到拉涅旦。

> 请带个信给遮帕麻，
> 就说生灵遭祸殃，
> 魔王霸占了天地，
> 叫他赶快把家还。①

但河水顾自汤汤地流着，向南复向南。遮米麻的呼唤在水波间打着
漩涡，如浪花一般起而又灭。信儿如何传递？深情如何可寄？

> 看着滚滚南流水，
> 总是不见它折头。
> ……
> 南边的天空空荡荡，
> 听不到一声回响。②

伟大的作品一定能触及人灵魂，直击人心底，阿昌族史诗令人敬佩！

---

① 赵安贤唱《遮帕麻和遮米麻》，杨叶生译，兰克、杨智辉整理，云南人民出版社，1983，
第40页。
② 赵安贤唱《遮帕麻和遮米麻》，杨叶生译，兰克、杨智辉整理，云南人民出版社，1983，
第40页。

它真实地记录了那悲情一幕，以至于今日读来犹似能听到地母对着那条古河流凄厉地呼喊，那空荡荡的世界唯有奔腾不回头的河水之声在无情地回应着她，感人肺腑，催人泪下。

水獭猫自告奋勇去帮地母送信，这才揩净了地母遮米麻的眼泪。在叮咛又许诺下，千辛又万苦的水獭猫终于将信送给了天公遮帕麻。

> 水獭猫跳上遮帕麻的肩膀，
>
> 咬着耳朵把音信传：
>
> "腊司乱世搅窝子，
>
> 遮米麻盼你快回还……"①

聪明的水獭猫一定要等到遮帕麻打猎回来，才亲口将信儿详细地告诉了他。史诗中用了"咬着耳朵"和省略号，到底说了什么？其实完全可以想象出来。除了妖魔乱世的事，更有遮米麻的消息和情况吧。且问天公还记不记得？还会不会牵挂？有没有心痛？造天织地的创世功业受到威胁，辛苦孕育的人类儿女正在遭难，患难与共的英雄地母孤苦无依，携手共建的家园风雨飘摇……

> 激怒了的大象，
>
> 会把竹林踏平；
>
> 惊人的消息呵，
>
> 撕碎了遮帕麻的心。②

---

① 赵安贤唱《遮帕麻和遮米麻》，杨叶生译，兰克、杨智辉整理，云南人民出版社，1983，第51页。

② 赵安贤唱《遮帕麻和遮米麻》，杨叶生译，兰克、杨智辉整理，云南人民出版社，1983，第51页。

天公遮帕麻恍如从梦中惊醒，除了愤怒，更有心碎。他急切地收拾行装，准备北归。生灵涂炭，职责所系；家园告急，心急如焚。他要桑姑尼马上与自己一起动身北归。

> 遮帕麻收拾行装要上路，
> 桑姑尼心里乱如麻。
> 她走上前来拉着他，
> 眼里泪水如雨下。[①]

人神相恋，人总是要做出牺牲的，也注定是痛苦的，神话世俗化也突出了这一点。桑姑尼是人，离不开父母、同胞、族人，也不愿离乡背井，这是自然情结。从两性关系和两性情感的角度来讲，桑姑尼更不愿与遮米麻分享爱和陪伴，这是自然本性。所以她要设法阻止遮帕麻北归，动之以情，劝之以爱，又发动族人一起来挽留。女人的泪水是强大的武器，但天公心意已定，以"老鼠出新洞、进旧洞"的天意兆示说服了拉涅旦的百姓和桑姑尼。一行人深情告别了南方，急匆匆向大地的中央赶去。

三　斗魔王重整新世界

无人知道魔王腊旬从哪里来，只知道它在天公遮帕麻去了南方后就突然出现在大地的中央，恶毒地想要独霸这个地方，并按自己的方式改天换地，规划世间万物的生息运行。

---

① 赵安贤唱《遮帕麻和遮米麻》，杨叶生译，兰克、杨智辉整理，云南人民出版社，1983，第52页。

> 我要造一个不会落的太阳，
>
> 让世界只有白天没有夜晚，
>
> 让人们不分昼夜做活路，
>
> 让我的名声永远传扬。①

魔王说出了一个妄想家的心里话或者说野心，句句真切得叫人心惊。比如，以光明为借口，让世间生灵永远得不到休养生息；以扬名立万为图谋，让世间秩序永远以他为轴心。当魔王造了一个滚烫的假太阳并钉在天幕上后，它不会升不会落，连地母遮帕麻也因没有时间感而织布纺线到手麻脚酸；各式生灵生物就更遭了殃。水塘烤干了，树林晒枯了，土地开裂了，水牛角晒弯了，野猪的脊背烤煳了，鸭子把嗓子哭哑了，飞蝉把肠子气断了……

> 腊訇颠倒了阴阳，
>
> 整个世界一片混乱：
>
> 山族动物被赶下水，
>
> 水族动物被赶上山。②

越闹越凶，连基本的生命习性和生物物格也不管不顾了，唯我独尊，为所欲为，毫无羞耻感和畏惧感，更无生死观照。利欲熏心、忘乎所以便是特指这类疯狂吧。腊訇看着众生哀鸣，得意地叫嚣：

---

① 赵安贤唱《遮帕麻和遮米麻》，杨叶生译，兰克、杨智辉整理，云南人民出版社，1983，第 35 页。

② 赵安贤唱《遮帕麻和遮米麻》，杨叶生译，兰克、杨智辉整理，云南人民出版社，1983，第 37 页。

天上地下我都要管，

强者就要做大王。

谁敢阻拦我，

叫他活不长。

杀谁留谁全在我，

不管别人怎么说；

东西南北我安排，

生生死死我掌握。①

当私欲和野心膨胀到无以复加时，自以为是的"王者"大概就是这
副德性，世界是他的，他就是全世界。阿昌族史诗《遮帕麻和遮米麻》
是当之无愧的经典中的珍品，它的洞察力、穿透力和表现力非同凡响。

天地间的劫难自有天地来担当、来做主，不知天高地厚的魔王在变
本加厉地残害世间生灵、扰乱世间秩序的同时，也加快了自己灭亡的步
伐。天公遮帕麻归来了，地母遮米麻终于熬出了头。

遮帕麻回到故乡，

遮米麻到山脚迎接；

不等天公进家门，

便滔滔倾诉心中的苦和恨。②

---

① 赵安贤唱《遮帕麻和遮米麻》，杨叶生译，兰克、杨智辉整理，云南人民出版社，1983，
第 38 页。

② 赵安贤唱《遮帕麻和遮米麻》，杨叶生译，兰克、杨智辉整理，云南人民出版社，1983，
第 57 页。

　　久别重逢，爱恨交加，遮米麻有多少苦水要倾倒。是惭愧？是痛心？
天公遮帕麻将一腔意绪化作对魔王的愤怒，直欲将其顷刻消灭。

　　　　遮帕麻心里怒火烧，

　　　　一跳九丈高：

　　　　"妖精腊訇实在可恶，

　　　　不把他杀掉恨难消！"①

　　遮帕麻欲立即召集兵马与魔王作战，却又担心战争使百姓流离失所；
欲在腊訇喝水的河投毒，地母反对，怕牵连无辜生灵。

　　　　遮帕麻急得团团转：

　　　　"那还有什么好主张？"

　　　　遮米麻早有主意在心头：

　　　　"莫着急，先去跟腊訇交朋友。"②

　　天造地设的伴侣究竟是最好的搭档。硬碰硬容易两败俱伤，对于不
管深浅、不知死活的对手更妥当的策略是智取。遮米麻深谋远虑地献上
良策。

　　　　交了朋友再斗法，

---

① 赵安贤唱《遮帕麻和遮米麻》，杨叶生译，兰克、杨智辉整理，云南人民出版社，1983，
　　第58页。
② 赵安贤唱《遮帕麻和遮米麻》，杨叶生译，兰克、杨智辉整理，云南人民出版社，1983，
　　第59页。

瞅准时机好下手；

再烈的火也克不过水，

作乱的妖魔定能收。①

这并不亵渎友情，因为狂妄的愚蠢者不会有真正的朋友，也得不到真挚的友谊。权宜之计是接近他，然后找机会收服他。遮帕麻听从了遮米麻的建议，与魔王比智斗法。

斗法：腊訇让鲜活的桃枝枯萎，遮帕麻却让枯枝再发芽，毁灭容易，复活难，遮帕麻赢了。

斗梦：遮帕麻做光明而充满生机的好梦，腊訇做昏暗而死亡破败的噩梦，遮帕麻赢了。

智伏：遮帕麻以美味鸡枞菌诱惑腊訇上当，让他将毒菌"鬼见愁"当成美味吃下肚，终于毒死了腊訇，消灭了世上作恶多端的魔王，罪名是"腊訇凶狂野心大，天理不容，自取身亡"。②

阿昌族史诗《遮帕麻与遮米麻》里的《重整天地》篇很有东风浩荡之感：遮帕麻拉弓射箭射下了假太阳，天上真正的太阳、月亮又重新归位，日月正常轮转，亦升亦落，世界开始了拨乱反正。

遮帕麻挥舞赶山鞭，

把倒插的树木扶正，

把倒流的河水理顺，

把颠倒了的世界重新整顿。

---

① 赵安贤唱《遮帕麻和遮米麻》，杨叶生译，兰克、杨智辉整理，云南人民出版社，1983，第59页。

② 赵安贤唱《遮帕麻和遮米麻》，杨叶生译，兰克、杨智辉整理，云南人民出版社，1983，第70页。

......

鱼儿回水得自由，

鸟儿归林传歌声；

英雄的遮帕麻呵，

理顺了阴阳挽救了生灵。①

　　世间呼唤英雄。英雄有正气与担当，或替天行道，安抚黎庶，或降妖除魔，拯救生灵，或扭转乾坤，重整秩序，从而让生命回归自然，让生活复返轨道。阿昌族史诗以精彩而美妙的篇章讲述了英雄天公和英雄地母伟大而不朽的故事，让世世代代传唱不歇。《遮帕麻和遮米麻》既是神话创世史诗，也是英雄救世史诗，"它象天一样长久"，"象大地一样长存不衰"。

......

要知故事的来历，

请问月亮和太阳。

......

要问故事出自哪里？

阿昌心底是它的故乡。②

　　创世史诗通常都有英雄主义观照，但《遮帕麻和遮米麻》的英雄意识尤为浓郁而热烈。天公地母舍出血肉来造天织地，其英雄的"义"与

---

① 赵安贤唱《遮帕麻和遮米麻》，杨叶生译，兰克、杨智辉整理，云南人民出版社，1983，第 71 页。

② 赵安贤唱《遮帕麻和遮米麻》，杨叶生译，兰克、杨智辉整理，云南人民出版社，1983，第 73 页。

"勇"纯粹而强悍。遮帕麻挥舞着赶山鞭的形象与作为，遮米麻合拢天地抽地筋、用地筋在狂风暴雨中缝合天边地缘的形象与作为，表现出英雄的"力"与"气"的超常爆发和慷慨挥洒。为世间生灵奔波奉献，更突出了英雄的使命感和神圣感。总之，全篇都体现了崇拜英雄、热爱英雄、歌唱英雄、赞美英雄的深厚英雄情结。

创世史诗通常都体现了"奇""诡""怪"的浪漫奇幻色彩。《遮帕麻和遮米麻》虽然也展现着其共性，但更有鲜活生动之生活气息所展现的个性。比如天公地母结合前问卜天意，滚磨盘，点柴火等，有对冥冥中父母之命的请求。比如遮帕麻邂逅桑姑尼而冷落遮米麻的情节也颇类似于世俗男女情爱之纠葛。连智伏魔王腊訇的故事展开也极为生活化，暴戾的妖魔贪馋桑姑尼煮出的甜美鸡枞菌而终于被骗误食剧毒菌"鬼见愁"，一命呜呼。另外，地母遮米麻望夫归来的伤感、桑姑尼不愿北归的担忧等，也都颇符合人性的正常表达。总之，全篇读来没有远古神话的疏离感，也没有遥远年代的隔膜感，而是亲切自然、真挚感人，每每弥漫着烟火气息，生活感很强。

阿昌族史诗的文学意味充盈而浓郁。语言灵动唯美，叙述细腻丰润，抒情性很强。情节设计曲折离奇，富有故事性和戏剧性；形象塑造生动逼真，富有浪漫性和联想性；情感抒发起伏而热烈，富有真切感和共鸣感；音韵和谐自然，朗朗上口，富有表现力和感染力。总之，《遮帕麻和遮米麻》完美地展现出了诗性之美。

后　记

　　史诗是一种古老而源远流长的韵文体叙事文学样式，是一个民族在特定历史阶段创作出来的崇高叙事，是一个民族或一个国家文化的象征与丰碑，是"一种民族精神标本的展览馆"，在人类文化史上占据着重要位置。

　　中国是一个统一的多民族国家，各民族在悠久的生产生活实践中创造了具有本民族特色的史诗。根据史诗传承和流布的地域、民族地理区域和经济文化类群的异同，中国各民族史诗可分为南北两大史诗传统，北方民族史诗以长篇英雄史诗见长，南方民族史诗以中小型的创世史诗和迁徙史诗为主。中国史诗是各民族史诗的集合，是各民族祖祖辈辈流传下来的重要文化资源和精神财富。中华人文精神以其丰富博大的内容和生命力存在于中国各民族史诗中。中国各民族史诗作为一种语言形式和文化形态，不仅凝聚了中国各民族的智慧，也是中华传统文化和地方文化的精神载体。它们既是世界文化多样性的体现，也是一个民族、一个地区文化渊源和文化魅力的鲜活标本。

　　自 2016 年 9 月起，我每个学期都给内蒙古大学本科生讲授通识教育选修课程"世界史诗名篇选读与欣赏"，进而对世界各地的民族史诗有了更为全面和深入的理解。2019 年，我将通识教育选修课程"世界史诗名篇选读与欣赏"的讲义结集为《史诗阅读与欣赏》，2020 年由人民出版社出版。2022 年，我和张浩兰老师动议合作撰写这本《史诗名篇导读》，将其作为内蒙古大学通识教育选修课程"世界史诗名篇选读与欣赏"的教材和参考书目。本书精选出流传较广、具有代表性的 18 部史诗,对它们的人物形象、故事内容、思想主题等进行了较为详尽的述论,阐述了它们所具有的独特的美学品性,引导读者更深入地理解史诗,并充分认识到世界各地民族史诗的丰富性和多样性。

作为教材,本书在强调史诗阅读的同时,也注重史诗欣赏,目的在于培养本科生阅读、欣赏、理解史诗的能力,使他们掌握对史诗展开审美批评的基本知识和方法。

在本书中,张浩兰老师撰写了《格萨尔》《江格尔》《玛纳斯》《苗族史诗》《梅葛》等中国多民族史诗的导读与鉴赏,我撰写了导言和域外史诗的导读与鉴赏,并负责统稿和审定。

感谢社会科学文献出版社编辑们的辛苦付出。特别要感谢赵娜女士,她作为责任编辑在本书的编校出版过程中尽心竭力、一丝不苟,为本书的出版贡献了专业的学术智慧和大量的辛勤劳动,令我敬佩与感激。

由于能力和条件所限,本书对史诗的导读和赏析难免有片面或不当之处,谨向读者们表示深深的歉意,也敬请阅读和使用本书的读者们提出宝贵的意见,以利日后修改!

冯文开

2023 年 9 月 12 日

图书在版编目（CIP）数据

史诗名篇导读/张浩兰，冯文开著. -- 北京：社
会科学文献出版社，2023.11
（内蒙古大学口头传统研究协同创新中心丛书）
ISBN 978 - 7 - 5228 - 2546 - 5

Ⅰ.①史… Ⅱ.①张… ②冯… Ⅲ.①史诗 - 诗歌欣
赏 - 世界 Ⅳ.①I106.2

中国国家版本馆 CIP 数据核字（2023）第 184264 号

·内蒙古大学口头传统研究协同创新中心丛书·

史诗名篇导读

著　　者/张浩兰　冯文开

出 版 人/冀祥德
责任编辑/赵　娜
文稿编辑/许文文
责任印制/王京美

出　　版/社会科学文献出版社·群学出版分社（010）59367002
　　　　　地址：北京市北三环中路甲29号院华龙大厦　邮编：100029
　　　　　网址：www. ssap. com. cn
发　　行/社会科学文献出版社（010）59367028
印　　装/三河市龙林印务有限公司

规　　格/开 本：787mm × 1092mm　1/16
　　　　　印 张：23.25　字 数：309 千字
版　　次/2023 年 11 月第 1 版　2023 年 11 月第 1 次印刷
书　　号/ISBN 978 - 7 - 5228 - 2546 - 5
定　　价/128.00 元

读者服务电话：4008918866